일곱개의
고양이
눈

최 제 훈   장 편 소 설

일곱개의 고양이 눈

자음과모음

차례

집에 돌아와 문을 열었을 때
어둠 속에서 일곱 개의 고양이 눈을 보았네
내가 키우는 새끼 고양이는 세 마리뿐인데
하얀 고양이, 까만 고양이, 얼룩 고양이
나는 차마 불을 켜지 못했네

여섯번째 꿈

자, 이야기를 계속해봐. 잠이 들지 않도록. 이젠 지쳤어. 모르 겠어. 여기가 어디인지, 내가 누구인지도. 이렇게 똑같은 이야 기만 반복하면서 버티는 게 무슨 의미가 있을까? 의미…… 글 쎄, 최소한 지루하다는 느낌은 가질 수 있잖아. 그리고 똑같은 이야기만 반복하고 있는 건 아니야. 매번 변하고 있어. 조금씩, 조금씩, 쌓여가면서. 정말? 나는 모르겠는데…… 나는 알 수 있 어. 이번에는 어떤 새로운 이야기가 펼쳐질까, 내심 기대하고 있는걸. 그렇구나. 우리 기억이 점점 희미해지는 거겠지? 괜찮 아, 지금처럼 계속 채워 넣으면 되니까. 어떻게 해도 저 사람들 의 기억은 달라지지 않아. 변할 수 있는 건 우리 이야기뿐. 우리 는 그 속에서 기다려야 해. 하긴, 지금 내가 투덜거릴 처지가 아니지. 어떻게 얻은 건데, 이 지루한 시간을. 그래, 어떻게 얻은 건데…… 하아, 그럼 다시 시작해볼게.

지난 토요일 저녁, 우리 여섯 명은 산장에 모였어. 하지만 정작 우리를 초대한 악마는 오지 않았지. 모두 초면인지라 선웃음을 지어가며 어색하게 인사를 나누었어. 인사라고 해봤자 닉네임을 소개하면 온라인상에서 빚어놓은 그의 이미지를 실물로 대체하는 정도였지만. 아, 그분이었군요. 반갑습니다. 아무도 자기 실명과 신상은 밝히지 않더군. 우리에게는 그게 더 자연스럽지 않았을까? 비밀 회합을 한다는 스릴도 있고. 그런 거 알아봤자 공연히 신경 쓰이고 번거롭기만 하잖아. 그렇긴 해. 나 역시 모니터 밖의 나에 대해 시시콜콜 소개하고 싶은 마음은 없었으니까.

좁은 거실을 동선이 겹치지 않도록 서성이며 눈웃음만 교환하는 것도 한계에 다다를 즈음, 사람들의 눈길은 각종 위스키와 브랜디가 도열한 원목 장식장으로 할끔할끔 모였지. 누군가 초대장 내용을 언급하며 장식장 문을 열었고, 누군가 발 빠르게 주방에서 유리잔과 얼음을 내왔어. 또 누군가는 가방을 뒤적이더니 캔에 든 견과류와 육포를 멋쩍게 꺼내놓더군. 우리는 잭 다니엘스 블랙과 카뮈 VSOP 한 병을 가운데 놓고 둘러앉았지. 주인이 불쑥 등장하더라도 너무 염치없어 보이지 않는 선에서 최선의 선택을 한 거야. 얼음 달그락거리는 소리, 수줍게 잔을 부딪는 소리가 천진하게 흥을 돋우었어. 몇 순배 돌고 나니 몸에 서린 찬기가 풀리면서 서먹한 게 한결 가시더군. 주인장은 여전히 올 생각을 않고. 어쩌겠어, 우리끼리 오순도순 얘기나 나누었지. 살인자들 이야기.

"잭 더 리퍼는 정체가 밝혀지지 않았기 때문에 과대 포장된 케이스라고 생각해요. 런던에 갔을 때 보니 범행 현장을 둘러보는 관광 코스까지 있더군요. 범행이 잔혹하긴 했지만, 사실 석 달 동안 거리 매춘부 다섯 명이 살해된 게 전부잖아요. 동일범의 소행이라는 증거도 없고. 그럼에도 살인범은 미치광이 외과의사다, 도살장 주인이다, 왕자의 사생아를 없애려는 왕실의 음모다…… 루이스 캐럴이 잭 더 리퍼라는 설도 있더군요. 『이상한 나라의 앨리스』를 보면 애너그램 형식으로 상세한 범행 내용이 숨겨져 있다나? 아무튼 지금까지도 연쇄살인범을 다루는 영화나 소설에 단골로 등장하는 걸 보면, 대단해요. 그 때문에 잭 더 리퍼를 연쇄살인범의 효시로 잘못 알고 있는 분들이 꽤 많더라고요. 당시 유행했던 싸구려 타블로이드 신문 덕분에 스타가 됐을 뿐이지, 연쇄살인이야 옛날 옛적부터 얼마나 많았습니까. 「푸른 수염」이나 「빨간 두건」 이야기가 괜히 나왔겠어요?"

민규는 들고 있던 잔을 가볍게 흔들었다. 얼음 조각이 부딪치며 표면에 떠 있던 물이 위스키와 섞여들었다. 다른 네 사람의 시선이 자신의 동작 하나하나를 주시하는 게 느껴졌다. 무난하게 말문을 튼 것 같아 흡족했다. 잭 더 리퍼, 너무 무난한 사례를 들었나? 어쨌든 이런 자리에서는 일단 초반에 치고 나가 분위기를 주도하는 게 유리하다. 한번 과묵한 사람으로 찍히고 나면 대화에 스스럼없이 끼어들기가 쉽지 않다는 것을, 민규는 잘 알고 있었다.

"맞아요. 연쇄살인범은 정체가 드러나는 순간에 완성되는 것 같아요. 특히 의외의 인물이 범인으로 밝혀질 때의 충격은 살인 자체보다 더 공포스럽지 않나요? '광대 살인마' 존 웨인 게이시를 봐요. 성공한 실업가에다 지역 유지였잖아요. 피에로 분장으로 병원에서 자선 활동까지 열심이었고. 그의 집 마루 밑에 서른 구가 넘는 시체가 파묻혀 있을 줄 누가 짐작이나 했겠어요?"

현숙은 '성공한 실업가에다 지역 유지'라는 말에 무심결에 힘이 실리는 걸 느꼈다. 열한 살 연상의 남편 얼굴에 피에로 분장이 오버랩되었다. 건실하고 자상하고 사교적인, 주변 누구에게나 신망을 얻는 남자. 아내가 함께 살면서 느끼는 공허함을 어디에도 투정할 수 없도록 견고한 조건을 갖춘 남자. 남편이 차라리 두 얼굴을 가진 연쇄살인마라면 어떨까? 깜짝 선물이랍시고 까만 비닐봉지에 다이아몬드 팔찌를 담아 왔을 때보다 천배는 더 놀라겠지? 어느 날 우연히 그이의 렉서스 트렁크에서 벌거벗겨진 소년의 시체를 발견한 나. 어쩔 줄 몰라 허둥거리는 사이 위험한 동거는 계속되고…… 현숙은 객쩍은 공상에 마른 웃음을 흘리며 사람들을 곁눈질했다. 여자 멤버는 자신을 포함하여 모두 셋이었다. 소녀티가 가시지 않은 유혈낭자는 철부지 연예인 지망생처럼 보였다. 어느 자리에서나 대접받을 예쁘장한 얼굴이지만 아직은 어딘가 모르게 어설픈. 뺨 위로 흘러내리는 긴 생머리를 쓸어 넘길 때마다 두 남자의 시선이 쏠리는 걸 내심 즐기는 눈치였다. 자신을 폐쇄미로라고 소개한 여자는 어깨를 구부정하게 움츠리고 무릎을 끌어안은 채별말이 없었다. 호리호리한 몸피에 화장기 없는 얼굴은 고독한 사춘기 소년을 연상시켰다. 둘 다 자신보다 얼추 열 살은 아래로 보였다. 현숙은 귀밑으로 늘어진 컬을 만지작거리며 애 딸린 유부녀라는 내색은 말아야겠다고 마음먹었다.

"저는 몇 명을 죽였는가보다는 살인마들의 엽기적이고 독특한 행태에 흥미를 느껴요. 숫자로만 따지자면 '죽음의 의사' 해

럴드 시프먼이 최고겠죠. 희생자가 2백 명이 넘는다잖아요. 하지만 약물 주사를 사용했기 때문에 그리 와 닿지가 않아요. 끔찍한 살인마라기보다는 실적에 목숨 건 영업 사원 같지 않아요?"

세나는 천천히 머리를 쓸어 넘기며 말했다. 자신의 청순한 외모와 과격한 취향 사이의 불협화음이 유발하는 호기심 어린 시선을, 그녀는 충분히 즐겼다. 처음 마셔보는 코냑의 훗훗한 기운이 목과 두 뺨으로 치밀었다. 그녀는 유행을 따른답시고 천편일률적으로 꾸미고 다니는 여자들과는 차별화되고 싶었다. 독특하고 그로테스크한 매력으로 자신을 치장하고 싶었다. 학원에도 자신보다 예쁜 여자애들은 많았다. 반반한 얼굴 하나 믿고 몰려들어 울타리 안에서 우르르 몰려다니는 양 떼들. 남자 원생들은 판에 박힌 데이트 코스를 들이밀며 얘 아니면 쟤라는 식으로 올가미를 던졌다. 잘돼봤자 싸구려 모텔에서 끝날 따분한 수작이 빤히 들여다보였다. 하지만 자신은 야생의 산양이었다. 자신의 옆에 서기 위해서는 울타리를 벗어나 험준한 바위산을 기어오르는 모험이 필요했다.

"그런 면에서는 역시 에드워드 게인이 최고라고 생각해요. 〈싸이코〉, 〈텍사스 전기톱 연쇄살인사건〉, 〈양들의 침묵〉에 나오는 살인마의 모델이 전부 에드 게인이잖아요. 경찰이 그의 농가를 수색했던 사진 자료들 보셨죠? 야, 컬렉션이 정말 화려

하지 않아요? 살가죽으로 만든 조끼, 두개골 수프 접시, 프라이
팬에 담긴 심장, 도려낸 코와 음부……."

"그런 컬렉션을 눈앞에서 직접 보게 돼도 화려하다는 말이
나올까요?"

벽에 기대앉은 영수가 말허리를 자르고 끼어들었다.

"예?"

"살인이나 신체 절단을 너무 쉽게 얘기하네요. 머리핀 품평
하듯이."

세나는 입술을 비쭉거리며 그를 노려보았다. 가뜩이나 술기
운으로 달아오른 얼굴이 더욱 뜨거워졌다. 재수 없어. 꼭 저렇
게 안티 걸어서 튀려는 놈들이 있다니까.

"그게 뭐…… 어때서요? 한니발 님도 그런 데 관심이 있어
'실버 해머'에 가입한 거 아닌가요?"

영수는 검지를 꼿꼿이 세워 사각 뿔테 안경의 코다리를 살짝
밀어 올렸다.

"저는 엽기적인 범행 자체보다는 그런 행위를 저지르는 인
간들의 심리 분석과 성장 배경에 관심이 있습니다. 이해할 수
없는 잔혹한 행위들이 인간에 내재한 광기의 분출인지, 세상
이 그를 소외시키고 괴물로 만든 것인지. 예를 들면, 에드 게인
이 저지른 범행의 주요 모티프는 여자가 되고 싶다는 욕망이었

어요. 그 욕망이 광신도였던 어머니 밑에서 고립되어 자랐다는 사실과 어떻게 연결되는가를 먼저 살펴봐야겠죠. 화려한 컬렉션을 품평하기 전에 말입니다."

영수는 세나를 흘깃 쳐다보았다. 그녀는 자기 잔에 술을 따르며 시선을 피했다.

"다들 아시겠지만, 연쇄살인범은 다만 자신의 환상을 현실로 옮긴 자들입니다. 무기력한 몽상가가 아닌 과감한 행동가들이라고 할 수 있죠. 그렇다면 그들의 환상은 어디서 온 것일까요? 금기를 넘어서는 파괴적인 환상들. 그 심리의 기저를 파헤쳐보면 과연 우리와 얼마나 멀리 떨어져 있다고 단언할 수 있을까요?"

영수는 잠시 말을 끊고 네 사람과 돌아가며 눈을 맞추었다.

"그들과 우리를 구분 짓는 현실원칙이라는 게 생각만큼 단단한 벽이 아닐지도 모릅니다. 방아쇠를 당기는 건 한순간이니까요. 이런 이슈일수록 더욱 진지하고 신중하게 접근해야지, 연쇄살인을 한낱 액세서리처럼 다룬다면 그 무도한 냉혈한들과 다를 게 뭐 있겠습니까."

영수는 벌겋게 일그러지는 여자애의 얼굴을 보며 속으로 흐뭇한 미소를 지었다. 기회를 제대로 포착했어. 조직적 연쇄살인범은 자신이 품고 있는 판타지를 충족시켜줄 사냥감을 공들여

선정하고, 철저한 계획 아래 범행을 실행한다. 윤기 흐르는 생머리에 말간 눈망울, 환한 핑크빛 피부를 가진 여자애가 자신을 유혈낭자라고 소개할 때부터 영수의 사냥감은 정해져 있었다.

자신의 땅딸막한 체구와 지극히 평범한 인상은 어느 모임에서도 이목을 끌지 못한다는 것을, 영수는 어린 시절부터 깨달았다. 그와 함께 단번에 강한 인상을 심어주기 위한 효과적인 생존 전략도 체득했다. 모임에서 가장 주목받는 퀸카, 킹카를 노려 논리로 무장한 카운터펀치를 날릴 것. 은연중에 지성과 미모의 이분법적 구도를 유도해 단숨에 그들의 맞은편 권좌를 차지하는 전략이었다. 재수 없는 놈으로 찍힐망정, 똑똑하고 자기 세계가 분명하다는 인식이 평범한 외모에 후광을 부여해주었다. '무플'보다는 '악플'이 낫다고 하지 않는가.

"말이 좀 심하시네요."

민규가 재빨리 세나를 옹호하고 나섰다. 의식적으로 아랫배에 힘을 주고 걸걸한 음성을 끄집어 올렸다.

"우리가 무슨 국제 심포지엄을 여는 것도 아니고, 동호인끼리 편하게 얘기나 나누자고 모인 자리 아닙니까. 유혈낭자 님이 없는 얘기 지어낸 것도 아닌데, 서로 얼굴 붉히는 발언은 자제합시다."

영수는 그에게는 볼일 없다는 듯 가벼운 코웃음으로 넘겼다.

성공적으로 중재를 마친 민규가 세나를 향해 싱긋 웃어 보였다. 하지만 그녀는 눈을 질끈 감고 코냑을 들이켜느라 그를 보지 못했다.

괜히 왔나 봐. 연우는 둘러앉은 원에서 한발 물러나 말소리를 따라 눈동자만 굴렸다. 불쾌한 얼굴로 서로 토닥이고 견제하며 말치레하는 사람들. 특별한 유대 관계를 기대한 건 아니었지만 점점 이 자리가 거북살스러워졌다. 한가득 쌓인 스팸메일 틈바구니에서 '실버 해머' 운영자인 악마의 초대장을 확인했을 때, 그녀는 어리둥절했다. '가장 활발하게 활동하시는 회원 몇 분' 속에 내가 포함되었다니. '활발하게'라는 단어가 고대 산스크리트어처럼 생경하게 보였다. 하지만 이내 자신의 열없는 성격과 말투, 상대방의 마음을 을씨년스럽게 만드는 우울한 표정 등은 모니터에 드러나지 않는다는 걸 깨달았다. 자신은 누구보다도 많은 글을 올렸고 댓글도 정성껏 달았고 수요토론방, 금요퀴즈쇼에도 꼬박꼬박 참석했으니, 당연히 가장 활발하게 활동하는 회원이었다. 망설이던 연우는 '몇 분만'이라는 문구의 격려에 힘입어 용기를 내기로 했다.

이 사람들은 왜 연쇄살인범의 세계에 관심을 가지게 되었을까? 불 꺼진 방구석에서 '실버 해머'에 접속하고 있다 보면, 저

핏기 없는 모니터 너머 나와 비밀스런 내면을 공유한 이들에 대해 궁금증이 일었어. 구체관절인형 수집이나 맛있는 파이를 만드는 레시피가 아니라, 왜 하필 연쇄살인범에…… 너무 심각하게 생각할 것 없어. 모두들 무엇엔가 마음을 빼앗기고 싶어 하잖아. 그래야 자기 마음을 물끄러미 오래 들여다볼 필요가 없으니까. 그렇다면 남는 건 단순한 취향의 문제 아닐까? 배스킨라빈스 매장에서 아이스크림을 고르는 것처럼. 아이스크림을 고르는 것처럼…… 단지 그것뿐일까? 너는 왜 관심을 가지게 되었는데? 글쎄…… 나도 잘 모르겠어. '실버 해머'에 게시된 희생자들 사진을 보면서 가끔 그런 상상을 해본 적은 있어. 내가 에드 게인이나 존 웨인 게이시 같은 살인마에게 끌려가서 목숨을 구걸하는 상상. 눈물을 펑펑 흘리면서 제발 살려달라고, 그 빌어먹을 지긋지긋한 삶 속으로 다시 돌려보내달라고. 아이스크림을 고르는 것과 마찬가지라니까. 누군가는 더 완벽한 블루베리 파이를 만들게 해달라고 눈물을 펑펑 흘리며 기원할지도 모르지. 그건 그렇고, 산장엔 왜 다섯 명뿐이지? 여섯 명이라고 하지 않았어? 한 사람이 늦게 도착했잖아. 술이 절반 정도 비어갈 즈음 문 두드리는 소리가 났는데…… 그게 누구였더라? 자꾸 가물가물하네.

민규가 일어나 현관문을 열었다. 문바람과 함께 태식이 두둑한 뱃살을 앞세우고 들어왔다. 넙데데한 얼굴 폭 그대로 이어진 목선에 스웨터 목이 솔아 보였다. 태식은 힘겹게 허리를 숙여 등산화 끈을 풀었다. 짧은 곱슬머리가 뒤엉킨 뒤통수를 내려다보며 민규가 물었다.

"악마, 님인가요?"

"아뇨. 왕두더집니다." 태식이 뱃살을 두드리며 웃었다. "저도 똑같은 질문을 하려던 참이었는데. 주인장이 아직 안 온 모양이네요. 허, 이런 외진 산중에 별장이 있기는 있네. 길을 잘못든 줄 알고……."

태식이 자리를 잡자 거실의 원은 한결 커졌다. 민규가 돌아가며 사람들을 소개했다.

"반갑습니다. 저는 전신마취고 이쪽은 한니발 님, 이쪽은 유혈낭자 님입니다."

"햐, 어쩐지 오싹한 미인일 거라 예상했는데, 그대로 적중했네요."

세나는 수줍게 웃으며 고개를 비스듬히 까딱했다. 저렇게 가볍게 너스레를 떨면 되는 건데…… 민규는 그녀와 첫인사를 나눌 때 뭔가 찬사의 말을 덧붙이려다 우물쭈물 타이밍을 놓쳤던 게 떠올랐다.

"이쪽은 불면증 님, 그리고 폐쇄미로 님."

신기해. 왜 어느 자리에서나 나는 늘 마지막에 소개되는 걸까? 연우는 씁쓸하게 웃으며 눈인사를 보냈다.

태식은 술잔을 받으며 다섯 멤버들을 찬찬히 둘러보았다. 자신이 최고 연장자인 것은 확실했다. 그래도 전부 스무 살 넘은 성인들이라 다행이었다. 행여나 매일 PC방에 진을 치고 있는 버르장머리 없는 십대들이 나부대고 있다면 곧장 차를 돌릴 심산이었다. 큼직한 회전의자에 파묻혀 욕지거리가 태반인 대화를 주고받으며 라면 가져와라, 과자 가져와라, 재떨이 갈아달라…… 그 작은 괴물들에게서 잠시라도 벗어나고 싶어 떠나온 길이었다. 태식은 받은 술잔을 시원스럽게 비웠다.

"카, 게임은 시작한 건가요?"

"아뇨, 아직. 악마 님이 안 와서 어떤 게임인지도 몰라요."

"싸라기눈이 날리던데, 지금 오자면 길이 좀 막힐 겁니다."

여섯 명의 시선이 동시에 창밖을 향했다. 앞뜰 외등 불빛 아래 쌀알 같은 가랑눈이 점점이 흩날리고 있었다.

우린 밤이 이슥하도록 이야기꽃을 피웠어. 좀더 과감하게 선택한 맥켈란 18년산과 헤네시 XO, 조니워커 블루라벨까지 추가로 투입되었지. 각양각색의 살인마들도 안주 삼아 추가로 투입되었고. 어머니를 포함 십여 명을 살해하고 사체 절단에 시간(屍姦)까지 일삼은 에드먼드 켐퍼, 수많은 여성을 강간, 살해하고도 감옥에서 러브레터 공세를 받은 '연쇄살인의 귀공자' 테드 번디, 비틀즈 앨범을 「요한계시록」과 접목시켜 사이비 예수 흉내를 냈던 히피 우두머리 찰스 맨슨…… 넌덕스레 분위기를 주도하는 왕두더지의 출현에 전신마취는 암묵적인 사회자 자리에서 밀려났잖아. 그래, 둘이 어기며 신경전을 벌이는 게 나름 귀엽던데. 신경전이야 유혈낭자와 한니발 쪽이 볼만했지. 밤새 아웅다웅, 티격태격, 나중에는 사람들이 은근히 부추기더라고. 누군가 주방에서 나오며 술만 있고 안주가 없다는 푸념을 늘어놓더군. 악마 님이 식량이 떨어져 사람 사냥이라도 나간 게 아닐까요? 누군가 던진 질펀한 농담에도 우리는 장난스럽게 웃을 수 있었어. 허벅지 스테이크는 자기 몫이라고 한술 더 뜬 건 누구였더라? 그때부터 우리의 화두는 악마였지. 과연 그는 어떤 사람일까?

악마는 투명했어. 그가 올린 수많은 글을 살펴봐도 그에 대해 유추할 만한 단서는 전혀 없었지. 연령대, 성별, 직업은 물론이거니와 성향이나 생각조차도 알기 힘들었어. 역사와 심리에 해박하며 지적이고 논리적인 언어를 구사한다는 사실밖에는. 수백 명이 넘는 전 세계 살인마들의 신상, 세세한 이력과 진술,

육성 파일, 감옥에서 그린 그림, 범죄 현장의 적나라한 사진, 대표적인 범행을 실감나게 재현한 3D 영상, 정교한 연쇄살인범 피규어…… 도대체 '실버 해머'의 그 방대하고 희귀한 자료들을 어떻게 수집했을까? 온갖 뜬소문이 무성했잖아. 전직 FBI 요원부터 옥스퍼드 대학에서 살인의 역사를 연구하는 괴짜 교수다, 변태성욕을 가진 재일교포 부동산 재벌이다, 또 실제 연쇄살인범이란 설까지. 이런 웹사이트는 자칫 범죄를 미화한다는 비난을 받기 쉬웠지만 '실버 해머'는 달랐어. 악마는 항상 검증된 정보만을 제공하고 객관적인 의견을 개진할 뿐, 살인범들을 찬양하거나 그들의 행위에 과장된 의미를 부여하지 않았으니까. 맞아, 그런 점이 그를 더욱 신비로운 인물로 만들었지. 마니아들 사이에서는 이미 입소문이 파다했지만 악마는 까다로운 승인 절차를 거쳐 소수의 회원만을 받았어. 그래, 우리 여섯은 소수의 회원 중에서도 다시 선택받은 정예 멤버라는 사실에 은근한 자부심을 공유하고 있었고, 곧 베일에 싸인 '실버 해머'의 주인장, 악마를 만날 수 있다.

하지만 벽에 빈 술병이 늘어서고 어슴새벽이 가깝도록 그는, 혹은 그녀는 나타나지 않았어. 누군가 조금 더 굵어진 눈송이를 보며 걱정하기도 했지만, 거나하게 차오른 취기와 왁자지껄한 우스갯소리에 이내 묻혀버렸지. 우연히 모인 낯선 사람들.

다시 만날 기약도 없다는 사실이 서먹한 긴장감을 아슬아슬한 조증 상태로 고조시켜놓았어. 희붐한 새벽빛이 산등성이를 넘어올 즈음에야 우리는 깔끔하게 정돈된 여섯 개의 방으로 흩어졌지. 그래, 그때까지는 다 좋았는데…….

비몽사몽간에 요란한 뱃고동이 울렸다. 민규는 이불을 머리 위로 덮어썼지만 길게 늘어지는 고동 소리가 집요하게 그의 뒷덜미를 잡아당겼다. 뱃고동은 점점 가늘어지더니 날카로운 외마디 비명으로 변했다. 거칠게 문을 여닫는 소리, 계단을 뛰어오르는 발소리가 이어졌다. 민규도 얼결에 몸을 일으키고 주섬주섬 옷을 걸쳤다. 빈속에 위스키만 줄곧 들이부었더니 위장벽을 사포로 문질러대는 것 같았다.

사람들이 2층 가운데 방 앞에 모여 있었다. 까치발로 안을 들여다보니 한니발이 침대에 반듯이 누워 있었다. 가지런히 맞잡은 양손을 배 위에 올려놓고 안경까지 쓴 채로. 사람 자는 거 처음 보나, 왜들 이래? 하품을 하며 눈가를 비비던 민규는 손을 멈칫했다. 빨간 베갯잇이 왠지 눈에 거슬렸다. 너무 선명한 빨강이었다.

"저거…… 피 아닌가?"

"숨을 안 쉬는 것 같아요."

"119에 전화부터 해야 하지 않나? 911인가?"

"에이, 죽은 척하는 거겠지. 이게 게임이구만. 저 친구가 악마와 한패고."

사람들은 문가에서 웅성거리기만 할 뿐 선뜻 문지방 너머로 발을 들이지 못했다. 민규가 뻣뻣이 선 사람들을 헤치고 침대로 다가갔다. 입을 꾹 다물고 턱을 당긴 한니발의 모습은 어젯밤의 오연한 인상 그대로였다. 민규는 한 손으로 목의 경동맥을 짚고 다른 손으로 눈꺼풀을 벌려 동공을 확인했다. 박제된 동물의 눈알처럼 아무런 반응이 없었다.

"죽었어요."

민규의 한마디에 문간의 수군거림이 뚝 그쳤다. 현숙이 비틀거리며 문손잡이에 매달렸지만 아무도 그녀를 부축하지 못했다. 민규는 시체의 어깨와 골반을 잡고 조심스럽게 옆으로 돌려 눕혔다. 피에 물든 베갯잇이 뒤통수에 달라붙어 딸려왔다. 한 손으로 베갯잇을 떼어내다가 손이 미끄러지는 바람에 시체가 털썩 엎드렸다. 뒤에서 누군가 짧은 비명을 삼켰다. 출혈이나 시신은 병원에서 숱하게 봐왔지만, 살해당한 변사체는 처음이었다. 뒤통수 한가운데가 움푹 함몰되어 피딱지와 머리카락이 엉겨 붙어 있었다.

"뒤통수를 맞았어요. 망치 같은 걸로."

세나의 팔이 끈에 매달려 당겨지는 것처럼 스르르 올라갔다. 그녀의 떨리는 집게손가락이 서랍장 위에 놓인 주석 모형을 가리켰다. 벌거벗은 근육질의 남자가 오른손으로 턱을 괴고 구부정하게 앉아 영수의 주검을 응시하고 있었다. 민규가 남자의 머리를 잡고 조심스럽게 들어 올렸다. 정방형 바닥의 모서리에 핏자국이 묻어 있었다. 여덟 개의 눈동자가 동시에 세나를 향했다. 그녀는 싸늘한 눈씨에 떠밀려 주춤주춤 뒷걸음질 치다가 바닥에 풀썩 주저앉았다.

"뭐, 뭐야…… 말도 안 돼…… 꿈, 꿈이었는데. 난 아니야. 내가 안 그랬어. 내가 그럴 리가 없어!"

세나의 독백은 점점 격해지더니 앙칼진 절규로 끝을 맺었다. 사람들은 서로의 얼굴만 벙벙히 쳐다보았다. 민규가 다가가 그녀 앞에 쪼그려 앉았다.

"무슨 소리예요? 차분하게 말해봐요. 처음부터."

그녀는 넋이 나간 표정으로 웅얼거렸다.

"어제, 술에 취해 잠이 들었는데…… 꿈을 꿨어요. 꿈속에서…… 어떤 사람이, 어떤 남자가 저 방으로 들어가는 걸 봤어요."

세나는 '어떤 사람'을 '어떤 남자'로 재빨리 정정했다.

"한니발 님이 엎드려 자고 있는데, 남자가 저 〈생각하는 사람〉모형을 두 손으로 잡고…… 뒤통수를 내리쳤어요. 네 번, 아니, 다섯 번. 몸이 부르르 떨리다가…… 푹, 꺼졌어요. 그러고는 저렇게 반듯이 뉘어놓고, 안경을 찾아 씌우고, 방을 나갔어요. 꿈이 하도 찜찜해서 일어나자마자 와봤더니…….”

“그 남자 얼굴을 봤나요?”

“얼굴?”

세나는 아랫입술을 깨물고 골똘히 생각에 잠겼다.

“검고 긴 가운을 걸치고 있었어요. 영화에 나오는 중세 수도사처럼. 두건까지 뒤집어썼는데, 얼굴은…… 그래요! 가면을 쓰고 있었어요. 얼굴 전체를 덮는 검은 가면. 아무 모양도 없이 눈구멍만 뚫려서…….”

“그럼 남자인지 여자인지도 알 수 없었겠군요?”

“그게…… 체격이나 그런 게…….”

민규는 다른 세 사람을 돌아보았다. 모두 딱딱하게 굳은 표정으로 입을 앙다물고 있었다.

“분명히 꿈이었나요?”

민규의 물음에 세나는 절박하게 고개를 끄덕였다.

“꿈속에서, 당신은 어디에 있었죠?”

그녀는 대답을 하지 못했다. 입을 반쯤 벌리고 초점 없는 눈동자를 멍하니 허공에 던져놓을 뿐이었다.

일을 수습하려 할수록 그들은 더 큰 혼란에 빠져들었다. 자신들이 처한 상황의 심각성을 깨닫기까지는 그리 오랜 시간이 걸리지 않았다. 일단 경찰에 신고하려 했지만 다섯 명의 휴대폰에는 모두 '통화권 이탈'이라는 메시지가 떠 있었다. 분명 어제저녁에도 수민이하고 통화했는데…… 현숙은 휴대폰을 만지작거리며 손에서 놓지 못했다. 소담스럽게 내려앉던 눈송이는 밤사이 거친 눈보라로 변해 있었다. 차를 움직일 수 있는지 보고 오겠다며 나갔던 태식이 허옇게 눈을 뒤집어쓰고 돌아왔다.

"차 배터리가, 나갔어요."

확인해보니 나머지 다섯 대의 차도 모두 마찬가지였다.

"아무리 겨울이라지만, 하룻밤 새 전부……."

"누군가 고의로 방전을 시킨 거야."

태식의 입에서 불쑥 튀어나온 음모론이 사람들의 불길한 상상을 부추겼다.

"차가 움직인다 한들, 저 눈길을 뚫고 산을 내려가는 건 위험해요."

"걸어서라도 내려갑시다."

"이 눈보라 속에? 금방 길을 잃고 쓰러질 겁니다. 술도 아직 안 깼는데."

"하긴, 국도에서도 꼬불꼬불 한참을 올라왔잖아요."

"젠장, 그럼 어쩌자는 거요?"

고립…… 그들은 당황하기 시작했다. 창문을 때리는 하얀 눈 갈기를 바라보며, 자신들이 두고 온 세상이 아득히 밀려나는 소리를 들었다.

"어차피 눈보라가 잠잠해질 때까지 기다려야 해요. 그동안 여기를 둘러봅시다. 산장이니까 무전기나 구조 장비가 있을지 몰라요. 또…….."

민규는 살인사건의 단서도 찾아보자는 뒷말을 삼켰다. 어젯 밤에는 가장 흔하게 돌아다니던 '살인'이라는 단어가, 지금은 입에 담기도 힘들 만큼 불경하게 여겨졌다.

민규와 태식이 앞장을 섰다. 세나는 여전히 무엇에 홀린 표 정으로 사람들 뒤를 유령처럼 따라다녔다. 현숙이 불안한 눈빛 으로 등 뒤의 세나를 흘끗거렸다. 내부가 밝은 원목으로 마감 된 산장은 정갈하고 쾌적했다. 하지만 급조한 드라마 세트처 럼 어딘지 엉성한 느낌이었다. 사람의 체취란 게 배어 있지 않 았다. 1층과 복층 구조로 된 2층에 각각 세 개의 방과 화장실이 하나씩 있고, 1층에 널찍한 거실과 주방이 딸린 구조였다. 정면 출입문과 주방 쪽 뒷문은 안에서 잠긴 상태였고 외부에서 침입 한 흔적도 없었다. 방의 창문도 모두 잠겨 있었다.

"집주인이 범인이라면 굳이 침입할 필요가 없었겠지." 태식이 퉁명스럽게 내뱉었다.

"그러고 보니, 방이 꼭 여섯 개네요."

연우가 무심코 던진 말이 그들의 가슴 밑바닥에 끈적하게 눌어붙었다. 모임의 주최자인 악마까지 왔다면 인원은 총 일곱 명인데…… 혹시 이미 와 있는 게 아닐까? 모두가 똑같은 의혹을 품었지만 아무도 입 밖에 내지 않았다. 구석구석 살펴보아도 무전기나 탈출을 도와줄 구조 장비는 찾을 수 없었다. 살인 사건의 단서도. 대신 그들은 당면한 또 하나의 난제를 확인했을 뿐이다. 산장에 먹을거리라곤 거실 장식장에 빼곡히 들어찬 위스키와 브랜디가 전부였다.

산중의 겨울 해는 짧더군. 눈보라는 잠시도 그칠 기미를 보이지 않았고, 우왕좌왕하는 사이 어항에 잉크 방울을 떨어뜨린 것처럼 어스름이 내렸어. 예정대로라면 색다른 주말을 즐기고 각자의 보금자리로 흩어졌어야 할 시간이었는데. 연쇄살인범 따위는 잊고 저마다의 견고한 일상으로…… 우리는 전날 밤처럼 다시 거실에 둘러앉았어. 한 명이 줄어든 탓에 우리를 감싼 원은 보일 듯 말 듯 작아졌지. 2층 가운데 방을 집적거리는 눈길들 봤어? 안 보는 척 교대로 할깃대는 눈길들. 그래, 다들 지쳐 있었잖아. 그 방에 누워 있는 시체가 두려웠어. 아니, 혐오스러웠어. 각운을 맞추듯 돌아가며 배에서 꼬르륵 소리가 났지만, 아무도 배고프다는 투정은 하지 않았지. 다섯 개의 머리통을 헤집고 다니는 한 가지 의문에 떠밀려 허기는 뒷전이었으니까. 과연 살인범은 산장 밖 저 눈보라 속에 있는 걸까, 아니면 산장 안에 있는 걸까?

민규는 컵에 물을 가득 따라 천천히 마셨다. 종일 맹물로만 배를 채웠더니 욕지기가 치밀었다. 모두들 하루 새 몇 년은 폭삭 늙어버린 낯짝들이었다.

"우선 잠이라도 자두죠. 아침에 눈이 그치면 국도까지 걸어 내려갈 수 있을 겁니다. 이러다가 탈진하면 아무것도 못해요."

민규의 말에 사람들은 서로 눈치만 살필 뿐 가타부타 반응을 보이지 않았다. 각자의 방으로 흩어지는 건 불안했다. 그렇다고 함께 모여 자는 게 안심이 되는 것도 아니었다. 태식은 뱁새눈으로 세나를 흘겨보았다. 그녀는 여전히 어리벙벙한 얼굴로 마룻바닥의 옹이 자국만 뚫어져라 쳐다보고 있었다.

"쟤를 밤새 그냥 놔두고 잘 겁니까?" 태식이 턱짓으로 세나를 가리켰다.

"예? 무슨 소리예요?"

세나가 고개를 쳐들고 눈을 슴벅였다. 네 사람의 시선이 그녀의 턱 근처에서 뒤엉겼다.

"지금 내가…… 살인범이라는 거예요? 하, 말도 안 돼."

"살해당하는 걸 봤다면서. 아주 리얼하게도 설명하더만." 태식은 이제 대놓고 반말이었다.

"꿈속에서 본 거라니까요! 우연히…… 그렇게 맞아떨어진 거겠죠."

"우연? 그게 말이 돼? 무슨 처녀보살이야?"

"내가 왜 저 인간을 죽여요. 알지도 못하는 사람인데."

"어젯밤에 둘이 계속 티격태격했잖아요." 이번에는 현숙이 차분하게 지적했다.

"세상에…… 그런 일로 사람을 죽이지는 않아요. 아니, 도대체 어딜 봐서 내가 살인자로 보여요!"

"그거야 모르지. 알지도 못하는 사람인데." 태식이 빈정거리며 몰아붙였다.

"그건 정말로 꿈이었다고요!"

세나는 눈물이 그렁그렁한 눈으로 민규를 돌아보았다. 민규는 머리를 쓸어 넘기며 시선을 피했다. 그 역시 세나에 대한 의혹을 쉽게 털어낼 수는 없었다. 꿈이라는 주장은 신빙성이 떨어졌다. 잠결에 범행을 목격했을 가능성도 억지스럽기는 마찬가지였다. 지금으로서는 그녀가 가장 유력한, 그리고 유일한 용의자였다. 네 사람은 서로 모호한 눈빛만 교환했다. 이윽고 태식이 단호하게 결론을 내렸다.

"주방에 빨랫줄이 있던데, 안전하게 조치를 취합시다."

그들은 세나를 떠메다시피 끌고 가 1층 가운데 방의 침대에 눕혔다. 발버둥 치는 그녀의 사지를 한 사람씩 눌러 잡고 빨랫줄로 침대의 네 귀퉁이에 묶었다. 꼭 이렇게까지 해야 하나…… 연우는 마음이 심란했으나 '만에 하나'라는 가정 앞에 어떠한 반론도 힘을 잃었다. 그 가정의 치명적인 결과가 바로 윗방에 누워 있었으니까. 연우는 입술을 깨물고 세나의 가녀린 왼 손목에 다부지게 빨랫줄을 감았다. 세나는 눈을 희번덕이며 발악했다. 그놈이 오늘 밤도 나타날 거라고. 와서 자기도 죽일 거라고.

"우리가 밤새 거실에 있을 겁니다. 아침에 풀어줄 테니, 기운 빼지 말고 얌전히 자요."

미적미적 방을 나서던 민규를 세나가 가라앉은 목소리로 불렀다. 그는 다시 침대로 다가갔다. 모든 걸 체념한 듯 세나는 몽롱한 표정으로 천장을 올려다보았다.

"내가 정말, 그 사람을 죽인 걸까요? ……모르겠어요. 술 때문에 정신이 오락가락했어요. 그 사람이 싫었어요. 죽이고 싶도록. 그래도 진짜 죽이겠다는 생각은 없었어요. 추호도…… 없었을 거예요. 처음엔 꿈이라고 확신했는데, 지금은 모르겠어요. 검은 가면을 꿈에서 본 건지, 그게 나였는지…….”

민규는 우두커니 서서 넋두리하는 세나를 내려다보았다. 줄에 묶여 사지를 벌리고 있는 모습은 인신공희를 위해 바쳐진 제물 같았다. 문득 예전에 보았던 영화 〈킹콩〉의 한 장면이 떠올랐다. 밀림을 울리는 북소리, 늘어선 횃불, 제단에 묶인 금발 미녀, 혼미한 눈동자, 헝클어진 검은 생머리, 캐시미어 스웨터 아래 수줍게 웅크린 젖가슴, 검은 스타킹에 감싸인 날렵한 종아리, 숲을 헤치며 나타난 거대한 털북숭이 야수…… 민규는 고개를 세차게 흔들었다. 무슨 생각을 하는 거야, 이런 때. 이불을 당겨 세나의 턱 밑까지 덮어주고 그는 방을 나왔다.

네 사람은 각자의 방에서 침구를 가져와 거실 네 귀퉁이에 멀찍이 떨어져 자리를 잡았다. 서로 멀거니 건너다보다가 불을 켜놓은 채 주뼛주뼛 이불 속으로 파고들었다. 밖에는 여전히 독 오른 눈보라가 산장을 휘감아 돌았다. 이따금 누군가 몸을 뒤채는 소리가 확성기라도 달아놓은 것처럼 크게 울렸다.

태식은 베개 대신 자신의 배낭을 베고 누웠다. 배낭 속에 들어간 오른손은 접이식 등산용 칼의 손잡이를 움켜쥐고 있었다. 조금이라도 수상한 낌새가 느껴지면 그대로 손을 빼내어 휘두를 생각이었다. 제길, 이게 무슨 꼴이야. 간만에 콧구멍에 바람이나 집어넣자고 왔다가…… 먼지와 담배 연기 매캐한 지하 PC방으로 내려갈 때면 SF 영화 속으로 들어서는 기분이었다. 미래 도시 빈민가의 마약굴. 칸막이 하나씩을 차지하고 희푸른 모니터 불빛에 얼굴을 담근 중독자들. 사촌동생과 맞교대로 하루 열두 시간을 그곳에서 지내다 보면 목구멍은 그을음이 낀 것처럼 컬컬하고 시야는 흐리멍덩했다. 이러다 눈이 점점 퇴화되어 두더지로 변하는 건 아닌지. 여기저기서 총을 쏘고 칼을 휘두르는 소리, 단말마의 비명, 괴물의 포효, 자동차 굉음, 수십억, 수백 억을 거침없이 베팅하는 외침…… 과자를 집어 먹으며 카운터에 파묻혀 있노라면, 머릿속에서 퓨즈가 툭 끊어지는 느낌과 함께 환각에 빠져들곤 했다. 동시에 부스스 일어나 카운터를 향해 휘뚝거리며 다가오는 손님들. 창백한 피부, 텅 빈 눈동자, 입가의 핏자국…… 망할 좀비 새끼들! 카운터 아래서 샷건을 꺼내어 난사한다. 머리가 터지고 뇌수가 분수처럼 치솟고 잘린 팔다리가 날아다닌다. 총알이 떨어졌다. 새우깡을 한입 욱여넣고 이번엔 수류탄을…… 젠장, 가게에서 새우깡이나 몇 개 집어오는 건데. 줄줄이 비엔나소시지도. 태식은 잊고 있던 허기가 밀려와 새우처럼 몸을 웅크렸다.

연우는 청바지 주머니에서 꼬깃꼬깃한 A4 용지를 꺼내어 소리 나지 않게 펼쳤다. '폐쇄미로 님. 이번 주말에 가장 활발하게 활동하시는 회원 몇 분만 제 별장에 초청하여 친목을 다지는 시간을 마련할까 합니다. 홈페이지에 차마 올리지 못한 희귀 자료도 공개하고, 재미있는 게임도 준비되어 있으니 꼭 참석해 주시기 바랍니다. 술과 음식은 넉넉히 대접할 테니 몸만 오시면 됩니다. 약도 첨부합니다. 악마.' 홈페이지에 차마 올리지 못한 희귀 자료는 기대 이상이었다. 살해당한 시체를 실제로 본 건 난생처음이었으니까. 그것도 오늘 새벽까지 함께 술을 마시던 사람의 시체를. 2층의 저 몸뚱이는 지금도 조금씩 썩어가고 있겠지…… 그러나 정작 그녀의 마음속을 어지럽히는 건 살인사건과 무관한 상념들이었다. 집에 금붕어 밥을 못 줘서 어떡하지, 보일러는 '외출'에 맞춰놓고 나왔나, 생리대를 사왔어야 하는 건데, 침대에 묶인 유혈낭자는 밤에 화장실에 가고 싶으면 어떡하나…… 연우는 소리 죽여 한숨을 내쉬었다. 눈앞의 급박한 위기 상황을 회피하기 위해 필사적으로 하찮은 걱정거리에 매달리는 자신이 한심했다. 그녀는 다시 초대장을 들여다보았다. 게임. 유독 그 단어가 종이 위에서 혼자 꿈틀거렸다.

우리가 묶어놓은 여자애가 진짜 살인범이기를 바랐어. 그러면 우리의 두려움과 혐오도 함께 묶어놓을 수 있었으니까. 충분히 납득할 정도는 아니었지만, 그녀는 유일하게 살해 동기를 가지고 있었잖아. 맞아. 죽은 남자는 전날 밤 사사건건 그녀를 걸고넘어지며 자존심에 상처를 냈지. 어딜 가나 공주 대접이 몸에 밴 품새던데, 얼마나 창피했겠어. 공주는커녕 천방지축 '골빈녀' 취급을 당했으니. 그때마다 들이부은 독주가 앙심을 더욱 부추겼을 테고. 그러고 보니 막판에는 낯빛까지 거무데데하게 변해서 눈을 할기족거리는 게, 정말 무슨 일이라도 저지를 것 같더라. 방아쇠를 당기는 건 한순간이니까. 그래, 남들이 보기엔 별것 아니라도 본인이 심한 모멸감을 느꼈다면, 죽일 수도 있지 않겠어? 에드 게인은 별다른 원한도 없이 사람을 죽이고 가죽을 벗겨 뒤집어쓰는데.

현숙은 팔을 베고 엎드려 창밖을 보았다. 이미 날이 밝기 시작했지만 매서운 눈발은 사그라질 기미를 보이지 않았다. 오늘은 어떻게든 내려가야 하는데…… 수민이가 벌써 전화를 수십 통은 했겠지. 머리맡의 휴대폰은 여전히 '통화권 이탈'이었다. 어쩐지 어머니로서, 아내로서의 자격에 대한 선고처럼 여겨졌다. 남편에게는 미대 동창들과 온천으로 주말여행을 다녀오겠다고 둘러댔다. 숙소와 동행하는 친구들을 묻는 남편에게, 하룻밤 갔다 오는데 웬 야단이냐며 쏘아붙이고 나왔다. 아마 지금쯤 잘 알지도 못하는 친구들에게 전화를 돌리며 전전긍긍하고 있겠지. 현숙은 자리에 일어나 앉았다. 극심한 공복감에 절로 허리가 꺾였다. 다른 세 사람은 아직 이불을 둘둘 말고 누워 있었다. 문득 방에 묶어놓은 유혈낭자에게 이불을 덮어주었는지 가물가물했다. 밤에 추웠을 텐데…… 힘겹게 몸을 일으키자 현기증이 몰려왔다.

방으로 들어서던 현숙은 숨이 컥 막혔다. 허리까지 말려 올라간 스커트, 목 근처에 뚤뚤 말린 스웨터, 잡아 뜯긴 스타킹이 미역줄기처럼 다리를 휘감았고 핑크색 팬티는 입에 처박혀 있었다. 흰자위가 번득이는 눈이 그녀를 쳐다보았다. '저는 몇 명을 죽였는가보다는 살인자들의 엽기적이고 독특한 행태에 흥미를 느껴요.' 현숙은 낚싯바늘에 꿰인 양 고개도 함부로 돌리지 못하고 비슬비슬 뒷걸음질 쳤다. 거실을 이리 뛰고 저리 뛰며 세 사람을 흔들어 깨웠다. 목구멍에서는 말소리 대신 헛바람만 새어 나왔다. 현숙은 거실 한가운데 주저앉아 손가락으로 가운데 방을 가리켰다.

민규는 비트적거리며 침대로 다가갔다. 인신공희 의식은 끝난 후였다. 손목과 발목의 깊게 팬 찰과상이 그들에게 저주 섞인 원망을 퍼붓는 것 같았다. 얼굴은 푸르데데하게 부풀었고 눈 주변에는 혈관이 터져 붉은 반점이 주근깨처럼 퍼졌다. 전형적인 질식사의 흔적이었다. 정답을 알려주듯 목에 핸드프린

팅처럼 손자국이 찍혀 있었다. 도대체 이게…… 민규는 가슴이 선득해졌다. 검푸른 멍 자국을 향해 천천히 오른손을 뻗었다.

"뭐예요! 어떻게 된 거예요?"

뒤에서 윽박지르는 소리에 민규는 황급히 손을 뺐다. 소매로 이마의 식은땀을 훔쳤다.

"누군가…… 목을 졸랐어요."

민규는 팔다리에 묶인 줄부터 풀어주려 했으나 쉽지 않았다. 네 사람이 제각각 옭아맨 매듭은 엉망으로 꼬여 있었다. 몇 차례 헛손질만 하다가 포기하고 스웨터를 끌어내려 드러난 가슴을 가렸다. 입에서 팬티를 잡아 빼 다리 사이에 던져놓고 스커트를 내려주었다. 바닥에 떨어진 이불을 주워 들다가 시체의 부릅뜬 눈과 마주쳤다. '내가 정말, 그 사람을 죽인 걸까요?' 민규는 이불을 그녀의 얼굴까지 덮어씌운 후 방을 나왔다.

"강간당한 거죠?" 현숙이 히스테릭하게 소리치며 두 남자를 번갈아 노려보았다.

"뭐, 뭐요? 지금 우릴 의심하는 겁니까? 말이 돼, 밤새 거실에 같이 있었으면서?" 태식이 눈을 똥그랗게 뜨고 되받았다.

"어떻게 알아요, 모두 잠들었는데."

"허, 그러는 당신은? 모두 잠들었다는 걸 어떻게 알아? 불면증 당신이야말로 밤새 안 자고 뭘 하셨나?"

"안 자긴, 누가 안 자요. 나도 잠들었으니까 하는 소리지."

현숙은 이번에는 민규 쪽으로 고개를 돌렸으나 차마 추궁할 마음은 들지 않았다. 그의 얼굴은 시체보다 더 창백했다.

"우리들이, 문밖에 있었는데…… 어떻게……." 민규가 고개를 숙이고 더듬거렸다.

연우는 어금니를 깨물어 떨리는 아래턱을 붙잡았다. 사람들 말소리가 고장 난 스피커를 통해 들려오는 것처럼 워글거렸다. 미지의 거대한 존재가 뿜어내는 숨결이 꿉꿉한 안개가 되어 사위를 감싸는 게 느껴졌다. 주머니에 손을 집어넣어 악마의 초대장을 말아 쥐고, 연우는 기어들어가는 목소리로 중얼거렸다.

"게임이…… 이미 시작된 거예요."

눈보라는 시간이 지날수록 거칠어졌다. 태식이 현관문을 열어보았으나 기관총을 쏘아대는 것처럼 들이치는 눈바람에 문을 다시 닫는 것조차 힘겨웠다. 앞뜰 주차장에는 자동차의 모습이 사라지고 여섯 기의 하얀 봉분이 나란히 솟았다. 거실에 널브러진 네 사람은 서로의 퀭한 몰골만 쳐다보았다.

"그 악마라는 놈이 범인이라 치고……." 현숙이 말문을 열었다. "산장 밖에는 아무것도 없는데, 저 눈보라 속 어디에 숨어 있다가 이리로 들어와 살인을 한다는 거죠?"

현숙은 다시 두 남자를 번갈아 쏘아보았다. 저 두 사람 중 한 명이 정체를 위장한 악마가 아닐까? 하지만 그럴 가능성이 희박하다는 건 누구보다 자신이 잘 알고 있었다. 태식의 말대로 그녀는 어젯밤 거의 잠을 이루지 못했다. 가뜩이나 신경이 곤두선 상태에서 약도 챙겨 먹지 않은 탓이었다. 거실에 있던 세 사람은 화장실을 들락거린 일 외에는 자리를 이탈한 적이 없었다. 그러나 몇 번인가 깜박 풋잠에 빠진 것도 같아 확신할 수는 없었다.

"이 산장에 비밀 공간이 있는지도 모르지. 왜, 영화에 많이 나오잖소. 사이코 같은 새끼가 CCTV 잔뜩 설치해놓고, 어쩌면 지금도 어디선가 우리를 관찰하고 있는 게 아닐까?"

태식의 말에 현숙과 연우는 목을 움츠리고 사방을 휘둘러보았다.

"이 산장, 어째 처음부터 수상하긴 했어. 등산 코스도 아닌 곳에 이렇게 외따로 떨어져 있는 게."

"그럼 저 애가 어제 꿈에서 보았다는 그 검은 가면이 사실이었나? 자기를 목격했다는 걸 알고 죽인 걸까요?"

"제길, 이게 게임이라면 또 다음 차례가 있다는 거 아냐."

바닥에 드러누운 민규는 사람들의 대화를 흘려들으며 혼자 생각에 잠겼다. 꿈…… 검은 가면…… 꿈…… 혹시 술에 특수

한 마약을 타놓은 게 아닐까? 그래서 환각을 보았거나, 실제로 본 것을 환각처럼 여겼거나. 아니, 그랬다면 약효가 즉시 나타났어야지. 이건 말이 안 돼. 민규는 눈을 질끈 감았다. 푸르께하게 부풀어 오른 유혈낭자의 얼굴이 눈꺼풀 안쪽에서 어른거렸다. '잘 모르겠어요. 검은 가면을 꿈에서 본 건지, 그게 나였는 지…….' 손바닥의 불룩한 부분으로 눈꺼풀을 거칠게 문질렀다. 빛이 파닥거리며 유혈낭자의 얼굴을 지웠다. 우선은 한 가지에만 정신을 집중하자. 이 게임에서 살아남아야 한다. 폭설로 발이 묶이고, 식량도 없고, 자고 일어나면 기척도 없이 한 사람씩 죽어나가고…… 젠장, 힌트라도 줘야지, 무슨 게임이 이따윈가.

"이봐요, 뭐라고 말 좀 해봐요."

민규는 눈을 떴다. 세 사람이 막막한 표정으로 그를 내려다보고 있었다. 그는 양손으로 뺨을 철썩 소리가 나도록 때리고 몸을 일으켰다.

"게임이라면 규칙이 있어야죠."

민규는 세 사람과 돌아가며 눈을 맞추었다.

"우리는 '실버 해머'의 일원으로 여기 모이게 됐습니다. 놈은 '실버 해머'의 주인이고. 힌트가 있다면 그곳에 숨겨뒀겠죠. 우리가 아는 지식을 동원해봅시다. 지금까지의 행태로 봤을 때 악마라는 놈은 철저한 조직적 연쇄살인범일 가능성이 높습니다. 조직적 연쇄살인범은 일정한 기준과 목적을 먼저 세우고 거기에 맞춰 희생자를 선택하는 게 특징이죠."

"그리고 그들을 통제하고 지배하면서 쾌감을 느끼죠." 현숙이 거들었다.

"그래요. 놈이 지금 연쇄살인 게임을 하는 거라면 우리를 마구잡이로 불러 모으지는 않았을 거예요. 우리 여섯 명 사이에 공통점이나 연결되는 지점이 있을 겁니다. 일단 그걸 찾아낸다면, 우리도 게임을 풀어나갈 단서가 생기지 않을까요?"

"놈이 어디 있는지도 모르는데, 우리끼리 그런다고 뭐가 달라지나?" 태식이 퉁명스럽게 토를 달았다.

"모르죠. 하지만 이렇게 손 놓고 앉아 있으면 아무것도 달라지지 않는다는 건 확실합니다."

세 사람은 어정쩡한 표정으로 민규를 바라보았다.

"그래서 뭐 어쩌자는 거요?"

"우선 자기소개부터 하죠. 우리는 아직 서로가 누군지도 모르잖아요. 제 이름은 강민규입니다. 스물아홉 살이고, 대학병원에서 마취과 레지던트로 근무하고 있습니다."

민규는 말을 마치고 태식을 쳐다보았다.

"민태식이오. 서른여덟이고, 코딱지만 한 PC방 하나 운영하고 있수다."

"저는 김현숙이에요. 서른다섯이고…… 가정주부예요. 세 살배기 아들이 하나 있어요."

"아가씨, 아니 아줌마가 서른다섯이야? 햐, 관리 잘하셨네."

태식은 진심으로 부러운 듯 입맛까지 다셨다. 민규와 연우는 대놓고 눈살을 찌푸렸지만, 현숙은 새치름하게 입만 실룩거릴 뿐 싫지 않은 기색이었다.

"이연우예요. 스물일곱, 프리랜서로 번역 일을 해요."

"영어 번역인가요?" 민규가 물었다.

"아뇨. 스페인어."

잠시 침묵이 이어졌다. 사람들의 눈길은 문이 굳게 닫힌 두 개의 방으로 쏠렸다. 민규가 끄응, 소리를 내며 일어나 죽은 두 사람의 방에서 가방과 외투를 가져왔다.

"거 뒤지는 김에 주전부리라도 있나 살펴보슈."

민규는 태식을 힐끗 째려보았다. 말 참 예쁘게도 하는군. 손가락 하나 까딱 안 하는 주제에. 지갑은 찾았지만 가방을 다 뒤져도 먹을거리는 나오지 않았다.

"한니발의 이름은 오영수, 스물다섯 살. 학생증이 있네요. 서울대학교 법학부."

"공부 더럽게 잘했구만. 어쩐지 잘났더라."

태식의 빈정거림에 다시 눈총이 쏟아졌다. 태식도 2층 방을 올려다보고는 겸연쩍은 듯 헛기침을 했다.

"유혈낭자 이름은 한세나, 스물한 살. 배우 지망생인가 봐요. 연기학원 수강증이 있어요."

다시 침묵이 흘렀다.

"각양각색이네요. 제비뽑기라도 했나 보죠?" 현숙이 힘없이 말했다.

"'실버 해머'에 올린 글들을 보면 알겠지만 악마는 결코 단순한 놈이 아닙니다. 지금도 이렇게 치밀하게 우리를 몰아가고 있잖아요. 좀더 인내심을 가지고 찾아봅시다."

우리는 오랜 시간에 걸쳐 서로에 대한 정보를 교환했어. 어차피 할 일도 없었으니까. 생년월일, 사는 곳, 전화번호, 가족 관계, 친구들, 직장 동료, 취미, 자주 가는 곳, '실버 해머' 가입 시기와 가입하게 된 계기, 게시판에 올린 글, 연쇄살인범에 대한 선호도, 최근에 있었던 특이한 사건들, 고민거리, 과거 누군가에게 원한을 샀던 일, 해를 끼친 일, '악마'라는 단어와 관련된 모든 기억…… 재미있지 않아? 악마가 제안한 대로 우리는 친목을 다지고 있었어. 그것도 매우 빠른 속도로. 반나절 만에 몇 년을 가까이 지낸 지인들보다 서로에 대해 더 많은 걸 알게 되었지. 마치 예정된 죽음을 목전에 두고 시간을 압축해서 친해지려는 사형수들처럼. 하지만 아무리 친목을 다져도 우리를 하나로 이어줄 연결 지점은 찾지 못했어. 오히려 아무런 연관성도 없는 사람들을 뽑기 위해 철저한 사전 조사라도 한 것 같더군. 그래, 완전한 타인들이었지. 처음부터 알고 있던 대로. 그 사실이 우리를 더욱 초조하게 만들었어. 벌써 애먼 사람이 둘이나 죽었는데, 악마가 우리를 불러들인 이유조차 알 수 없었으니. 차라리 우리가 누군가의 인생을 망친 범죄의 공모자들이었다면 속은 후련했을지 모르지. 진짜 제비뽑기라도 한 거라면, 너무 억울하잖아.

"그만합시다. 계속 씨부리니 배만 더 고프네." 태식이 뒤로 벌렁 드러누우며 불퉁거렸다. "어쩌면 무작위로 초대장을 뿌렸는지도 모르지. 우리 여섯이 가장 한가해서 당첨된 거고."

"상황을 통제하자면 제한된 인원만 초대했을 겁니다. 방도 꼭 여섯 개뿐이고." 반박하는 민규의 목소리도 힘을 잃었다.

"씨발, 그러고 보니 6은 악마의 숫자네." 태식이 누운 채 중얼거렸다.

"벌써 해가 지고 있어요."

현숙의 말에 사람들의 눈길이 일제히 창밖으로 향했다. 눈 덮인 골짜기에 또다시 어둠이 고이기 시작했다. 산마루 너머

암회색으로 물들어가는 하늘이 그들의 얼굴에도 스며들었다. 맹수가 들끓는 무인도에 갇혀 멀어져가는 구조선을 바라보는 심정으로, 네 사람은 해넘이에서 눈을 떼지 못했다. 태식이 벌떡 일어나 장식장에서 손에 잡히는 술병을 꺼내왔다. 유리잔에 반쯤 따라 연거푸 두 잔을 비웠다.

"빈속에 적당히 하시죠."

"걱정되면 안주라도 한 상 내오든가."

태식은 코웃음을 치고 다시 잔을 채웠다. 속이 쓰라린지 얼굴을 찡그리며 신트림을 우렁차게 뱉어냈다. 세 사람의 얼굴도 따라서 찡그려졌다. 태식은 새로 따른 잔을 입으로 가져가다 말고 불쑥 현숙에게 내밀었다.

"아줌마도 한잔하셔. 첫날 보니까 아주 선수던데."

현숙은 뜨악한 눈초리로 태식을 노려보았다. 그러거나 말거나 태식은 능글맞은 웃음을 흘리며 술잔을 그녀의 얼굴에 바투 들이밀었다.

"치워요!"

현숙이 파리를 쫓듯 태식의 손을 쳐냈다. 출렁이며 넘친 술이 태식의 손등을 적셨다. 그의 표정이 딱딱하게 굳었다. 둘 사이에 팽팽한 눈싸움이 이어졌다.

"쌍!"

날카로운 파열음이 거실에 울렸다. 현숙은 비명을 지르며 뒤로 물러나 벽에 세워졌던 빈 술병을 거꾸로 집어 들었다. 가운데 방의 문지방 앞에 깨진 유리 파편이 나뒹굴었다. 방문에 사선으로 끼얹어진 위스키가 문의 나뭇결을 타고 흘러내렸다. 네 사람은 동시에 방문 뒤에 가려져 있는 광경을 떠올렸다.

"그만들 하세요."

민규가 태식과 현숙 사이를 막아섰다. 태식은 한풀 꺾인 표정으로 고개를 숙이고 코를 킁킁거렸다. 현숙도 술병을 얌전히 원래 자리에 세워놓고 자세를 고쳐 앉았다. 너무 쉽게 사태가 진정되자 오히려 엉거주춤 서 있는 민규가 멋쩍은 표정이었다.

"우리를 불안하게 만들어 분열을 조장하는 것도 녀석의 계략일 겁니다. 이놈은 게임을 즐기고 있어요."

"게임, 게임, 지겨워 죽겠어. 그놈의 빌어먹을 게임." 태식이 고개를 숙인 채 웅얼거렸다.

"놈에게 말려들지 않으려면 힘을 합쳐야 해요. 단서는 우리 자신뿐이에요. 분명히 우리들 사이 어딘가에 힌트를 심어놓았을 겁니다."

"제길, 각자 열심히 살아가는 모범 시민이라는 것 빼고, 우린 아무 공통점이 없잖소."

"왜 없어요?"

오후 내내 묻는 말에만 마지못해 답하던 연우가 불쑥 입을 열었다. 여섯 개의 눈동자가 그녀에게 몰렸다.

"우리 모두 연쇄살인범에 미쳤잖아요. 그래서 여기 모이게 된 거 아닌가요?"

사흘째 밤에는 아무도 잠을 자지 않았어. 하긴 어떤 강심장이 그 상황에서 잠이 오겠어. 두 개의 방에 시체가 한 구씩 누워 있고, 방은 아직 네 개나 더 비었는데. 거대한 설인의 휘파람 같은 왜바람 소리를 들으며 우리는 거실에 옹송그리고 앉아 밤을 새웠지. 깊게 가라앉은 정적은 배고픔을 더욱 사무치게 일깨우더군. 슬슬 굶주림도 미지의 살인자 못지않게 두려워지기 시작했어. 물만 거푸 들이켠 탓에 밤새 화장실을 들락거려야 했고. 옷자락 스치는 소리, 문 여닫는 소리, 물 내리는 소리, 마룻장 삐걱대는 소리…… 작은 기척에도 우리는 사막의 미어캣처럼 목을 빼고 사방을 두리번거렸지. 덕분에 무사히 아침을 맞을 수 있었잖아. 거실로 비쳐들던 아슴푸레한 햇살이 기억나. 그래, 어제와 똑같은 인원이 얼굴을 맞대고 있다는 작은 승리감은 여전히 기세등등한 눈보라와 두 구의 시체를 잠시나마 잊게 해주었지. 아주 잠시나마…… 새롭게 주어진 하루, 우리는 무얼 해야 좋을지 몰라 허둥거렸어. 누군가 시체가 썩기 전에 밖으로 치워야 하지 않겠냐고 했지만, 증거를 훼손하면 안 된다는 주장에 힘을 잃었지. 모두가 고개를 끄덕였어. 그 주장에는 우리가 곧 여기를 벗어날 테고, 경찰의 수사에 의해 범인이 잡힐 것이라는 희망이 깃들어 있었으니까. 그래, 언제나 희망은 밑바닥에 남아 있는 거야. 판도라의 상자를 이미 열었다면.

연우는 거슴츠레한 눈으로 창밖을 내다보았다. 하얀 소용돌이가 산 전체를 집어삼켜 더 이상 아무것도 보이지 않았다.

"이상하지 않아요? 여기가 에베레스트 정상도 아니고."

옆에 선 민규도 같은 생각이었다. 출발하기 직전에 확인한 일기예보에서 기상캐스터는 화사한 표정으로 당분간 맑은 날씨가 이어진다고 했었다. 설마 이런 이상기후까지 악마의 계획에 반영된 것일까?

"우리가 환영을 보고 있는 건 아닐까요?"

연우는 팔을 뻗어 성에 긴 유리창을 손바닥으로 천천히 쓸어내렸다. 시린 냉기가 뼈마디 사이로 스며들었다.

"언제부터 환영이 시작된 걸까요? 처음 오영수 씨가 살해당했을 때부터? 아니면 이곳에 도착한 이후부터? '실버 해머'에 가입했을 때? 어쩌면…… 내가 태어난 순간부터?"

민규는 잠꼬대하듯 옹얼거리는 연우를 돌아보았다. 단식 사홀째. 슬슬 근육에서 영양분이 빠져나가고 시야가 흐려지기 시작한다. 더 심해지면 판단력이 흐려지고 환각이나 환청도 나타날 것이다. 수돗물이 나오는 게 그나마 다행이었다. 사람은 식수만 있어도 최소 3주일은 버틸 수 있다. 하지만 그건 굶주림 이외의 다른 변수가 없을 때 얘기다. 정체를 알 수 없는 살인마에 대한 공포, 서로 간의 의심과 긴장, 무엇보다 수면 부족이 굶주림보다 더 큰 위협이었다. 민규는 창에 비친 파리한 얼굴의 남자를 바라보았다.

"저게 환영이면, 우리도 환영입니다. 이젠 환영 속에서 살아남을 궁리를 해야죠."

민규는 사람들을 불러 모았다.

"먹을 것 없이는 한 달도 버티지만, 잠을 안 자고는 닷새도 못 버팁니다."

"쫄쫄 굶고 한 달을 버틴다고?" 태식이 때꾼한 눈을 뒤룩거렸다.

"불면의 고통이라면 제가 잘 알죠." 현숙이 태식을 무시하고 말을 받았다.

"낮에라도 수면을 취합시다."

민규의 주장에 따라 그들은 교대로 잠을 자기로 했다. 하지만 방법과 순서를 정하는 것도 간단치 않았다. 처음에는 군대

내무반처럼 한 사람이 불침번을 서고 나머지 세 사람이 자는 방안을 생각했다. 그러나 동시에 그들의 뇌리를 스쳐가는 생각이 있었다. 만일 그 불침번이 악마라면? 남녀 한 명씩 짝을 지어 교대로 자는 방법도 그리 안전하게 여겨지지 않았다. 악마의 성별이 남자라면, 일단 굶주린 여자 하나 제압하는 건 일도 아닐 테니까. 결국 한 사람이 세 시간씩 수면을 취하고 나머지 세 사람이 지키는 방안이 채택되었다. 효율보다는 안전이 우선이었다.

제비뽑기를 통해 현숙, 연우, 민규, 태식의 순으로 정해졌다. 양성평등을 내세워 제비뽑기를 주장했던 태식은 4번을 뽑자 죽을 사(死) 운운하며 볼멘소리를 했다. 현숙이 먼저 1층 끝 방에 들어가 방문을 열어놓은 채 침대에 누웠다. 나머지 세 사람은 거실에 자리를 잡고 파수꾼이 되었다. 태식은 양주병이 빼곡한 장식장 근처를 기웃거렸고, 민규와 연우는 벽 하나씩을 차지하고 앉아 이따금 벽시계를 향해 눈만 치떴다. 초침이 모래주머니라도 두른 듯 발을 질질 끌며 숫자판을 돌았다.

"악마란 놈, 그래도 술 인심 하나는 후하네. 씨발, 내 주제에 이런 고급 양주를 언제 빨아보겠어."

태식은 3백만 원을 호가한다는 레미 마틴 루이13세를 병째

물고 나발을 불었다. 리처드 헤네시에 이어 두 병째였다. 민규가 말렸지만 막무가내였다.

"그런데 어쩌나. 나중에 만날 일이 없으니 고맙단 인사도 못하겠네. 왜냐! 난 죽어 천국에 갈 거거든. 왜냐! 난 무지무지 착하게 살았으니까. 남 등쳐먹은 적도 없고, 사람 해코지한 적도 없고. 지하 빵카에서 시건방진 애새끼들 시중들어가며, 응? 하루 열두 시간 일해 적금 붓고, 제주도 노인네들한테 꼬박꼬박 용돈 부쳐, 가끔 지하철역 거지한테 동전도 던져주고…… 씨발, 그런데 왜 이런 꼴을 당하는 거냐고?"

민규는 벌건 눈으로 횡설수설하는 태식을 불안스레 쳐다보았다. 목덜미와 팔뚝까지 술독으로 얼룩덜룩했고, 떡진 곱슬머리에 거뭇한 수염이 하관 전체를 뒤덮었다. 정신줄 반쯤 놓은 거구의 사내. 또 하나의 악재가 추가된 셈이었다. 공포는 사람을 과격하게 만든다. 특히 실체를 드러내지 않고 타박타박 주위를 돌아다니는 공포는.

"다 끝났어. 우린 여기서 다 죽을 거야. 줄줄이 시체로 발견되겠지. 줄줄이 비엔나소시지처럼. 사이코 살인마에게 돼지든, 굶어서 돼지든." 태식이 울먹이며 머리를 감싸 쥐었다.

"그렇게 마셔대다가는 알코올 쇼크로 먼저 죽을 겁니다."

민규의 까슬한 대꾸에 태식은 딸꾹질을 하며 킥킥거렸다.

"쇼크! 그게 훨씬 폼 나네. 어이, 마취. 잘난 척 마쇼. 난 아무래도 당신이 악마인 것 같아. 우릴 전부 마취시켜놓고 고 계집애하고 재미 본 거 아냐? 첫날부터 걔 보는 눈빛이 심상치 않더만. 하긴, 고게 뽀송뽀송하긴 했지. 맛이 어땠어? 쫄깃쫄깃했나?"

민규의 얼굴이 벌겋게 달아올랐다. 달려가 태식의 면상을 걸어차고 싶은 걸 참았다. 오래 버티기 위해선 불필요한 체력 소모를 막아야 했다.

"어이, 미로 아가씨. 우리 금요퀴즈쇼나 할까? 오늘이 무슨 요일…… 쌍, 아무 때나 하면 어때. 내가 문제를 내지. 앨버트 피시, 제프리 다머, 음…… 안드레이 치카틸로, 한니발 렉터의 공통점은?"

구석에 쪼그리고 앉은 연우가 얼굴을 찡그리며 고개를 돌렸다.

"딩동댕. 역시 우등생이야. 어때, 배고프지 않아? 우리는 힘들게 사냥할 필요도 없잖아. 저기 암수 짝 맞춰 두 마리나 뻗어 있는데. 오래되면 상해서 못 먹어."

"적당히 좀 하죠." 민규가 눈을 부라렸다.

"흥, 하루만 더 굶어봐. 내 말이 빈말로 들리는지. 안데스인가 어디서도 비행기 추락했을 때 사람 고기 먹고 살아남았다는데,

씨발, 우리라고 못 할 거 있나. 인간 종자가 다 거기서 거기지. 어디가 맛이 좋을까? 가슴살? 히프?"

"술을 마시려면 입 다물고 얌전히 처마시든가."

민규가 어금니를 물고 아르렁거렸다. 둘은 퀭하게 꺼진 눈으로 눈씨름을 벌였다. 연우는 무릎을 바짝 끌어안았다. 태식이 슬쩍 눈길을 피하며 일어섰다. 술병을 들고 비어 있는 끝 방으로 휘적휘적 걸어갔다.

"어디 갑니까! 규칙대로 해야지요."

"빌어먹을, 규칙은 무슨…… 다 뒈질 판에."

태식이 들어간 방에서는 이내 코 고는 소리가 들려왔다. 민규는 차라리 자게 놔두는 편이 낫겠다고 생각했다.

"두려움 때문에 그래요. 이겨내야 되는데……." 민규는 벽시계를 올려다보았다. "시간 됐네요. 가서 교대하시죠."

연우는 벽을 짚고 일어나 방으로 갔다. 쌔근거리는 숨소리가 문지방을 넘어왔다. 잘도 자네. 연우는 침까지 흘리며 잠든 현숙을 내려다보다가 어깨를 흔들었다. 현숙이 눈을 뜨고 부스스 일어났다.

"벌써 시간이 됐어요?"

"네, 세 시간."

현숙은 손등으로 입가를 훔치며 겸연쩍은 눈웃음을 보냈다.

"불면증이란 사람이 이 상황에서 어떻게 저렇게 퍼질러 자나, 그런 생각 했죠?"

"예? 아뇨. 그냥······."

연우는 말꼬리를 흐렸다. 현숙은 침대를 내주고 내려와 늘어지게 기지개를 켰다.

"불면증도 살아 있을 때 얘기지. 일단 푹 자요. 머리가 훨씬 개운하네."

"잠이 올 것 같지 않아요."

연우는 침대에 걸터앉아 베개를 토닥였다. 현숙이 보스턴백을 뒤적이더니 작은 플라스틱 약병을 꺼냈다. 연우의 손을 당겨 손바닥에 알약 한 알을 덜어주었다.

"먹어요. 푹 잘 수 있을 거예요." 현숙은 연우의 귀에 대고 속삭였다.

"그거, 아스피린 아닌가요?" 약병을 곁눈질하며 연우도 목소리를 낮춰 말했다.

"수면제예요. 스틸녹스. 먹어본 중에 제일 효과가 빠르더라고. 머리도 안 아프고. 내가 이쪽은 전문가잖아." 현숙은 싱긋 웃으며 덧붙였다. "약병만 바꿨어요."

민규는 졸음에 겨워 축 처진 얼굴에 눈만 애써 부릅뜨고 있었다. 거실로 나오는 현숙은 한결 산뜻해진 낯빛이었다.

"PC방 사장님은 어디 갔어요?"

민규는 태식이 잠든 방을 턱짓으로 가리켰다. 현숙은 방을 들여다보고 혀를 찼다.

"어떡하나, 혼자 피곤해서."

현숙의 말치레에 민규는 어깨를 으쓱했다. 그녀는 자리에 앉을 생각을 않고 가방을 든 채 서성거렸다. 창문에 얼굴을 비춰보며 손빗으로 머리를 매만지다가 갑자기 욕실로 향했다.

"괜찮으면 난 샤워나 할게요. 이틀이나 씻지를 못했더니……."

민규가 뭐라 대꾸하기도 전에 욕실 문이 닫히고 안에서 잠그는 소리가 들렸다. 기가 막히는군. 내가 악마라면 어쩌려고. 거실에 혼자 남은 민규는 무릎을 끌어안고 머리를 괴었다. 퇴적층 속에서 꾸덕꾸덕 화석으로 굳어가는 기분이었다. 빌어먹을 규칙 지킨답시고 혼자 궁상이네…… 역시 깨어 움직이는 사람들을 상대하는 건 피곤한 일이야. 이기적이고 뻔뻔하고 제멋대로이고. 안전을 위해 규칙을 정할 때는 모두 좋다고 찬성하더니, 그새 시체며 악마 따윈 까맣게 잊은 모양이지? 민규는 사람들의 그런 속 편한 망각 능력이 내심 부럽기도 했다. 혼자 쭈그리고 있으려니 밀쳐두었던 졸음이 야금야금 다가왔다. 곰 세 마리가 한 집에 있어…… 한 마리는 차례가 되어 자고…… 한 마리는 술에 취해 멋대로 자고…… 한 마리는 자고 일어나더니

샤워를 하고…… 한 마리는, 아니, 곰은 세 마린데…… 눈꺼풀
이 셔터를 내리는 것처럼 차르륵 밀려 내려왔다.

현숙은 욕실 문에 붙어 서서 잠시 밖의 낌새를 살폈다. 아무
소리도 들리지 않았다. 구석에 붙은 삼각형 욕조로 다가가 샤
워기를 틀었다. 물줄기가 투닥거리며 욕조 바닥으로 쏟아져 내
렸다. 현숙은 변기 뚜껑 위에 걸터앉아 가방에서 유기농 감자
로 만든 크래커를 꺼냈다. 포장을 뜯어 정확히 열 개만 꺼내고
나머지는 다시 가방 속에 숨겼다. 소리가 새어 나가지 않도록
크래커를 혀 위에서 침으로 충분히 녹인 후 흐물흐물해진 덩어
리를 조금씩 삼켰다. 과자 부스러기에 이렇게 황홀한 맛을 느
끼기는 처음이었다. 목구멍으로 넘어가기 바쁘게 몸의 온갖 기
관들이 경쟁적으로 끌어당기는 것 같았다.

아이를 데리고 외출하면서부터 가방에는 늘 한두 가지 간식
거리가 비축되어 있었다. 현숙은 아빠 품에 안겨 주차장까지
배웅 나온 수민이의 얼굴을 떠올렸다. 아이는 엄마가 하룻밤
자고 온다는 말에 눈을 내리깔고 입술만 샐룩거렸다. 응석받이
가 돼가지고 밥도 안 먹고 칭얼거릴 텐데…… 수민이를 위해서
라도 나는 반드시 살아 돌아가야 한다. 현숙은 크래커 곤죽을
삼키며 모질게 마음을 다잡았다. 크래커 열 개는 눈 깜짝할 새

사라졌다. 몇 개만 더 꺼내어 먹을까 고민하다가 참기로 했다. 아직 얼마나 더 버텨야 할지 기약이 없었다. 현숙은 세면대에서 손을 씻고 손바닥에 물을 받아 마셨다. 거울 속에서 뺨이 핼쑥한 여자가 실소를 터뜨렸다. 허, 수민이를 위해서라고?

이 애만 아니라면…… 자신에게서 떨어질 줄 모르는 아이를 보며 얼마나 자주 되뇌었던가. 미련 없이 결혼 생활을 정리할 수 있을 텐데, 다시 그림을 시작하고 망설였던 뉴욕 유학도 떠날 수 있을 텐데, 내 자신을 되찾을 수 있을 텐데…… 이 핏덩이에게서 놓여날 때쯤이면 난 이미 인생의 황혼기에 접어들어 있겠지. 잇몸으로 젖꼭지를 꽉 깨물고 매달려 있는 갓난아기가 아귀처럼 보였을 때, 그녀는 깨달았다. 모성애라는 건 출산과 함께 자동으로 딸려오는 품질보증서 같은 게 아니라는 걸.

아이가 무럭무럭 자랄수록 자신의 삶과 꿈은 아무도 찾지 않는 흉가로 쇠락해갔다. 아이를 품에 안고 25층 베란다에서 내려다보는 풍경이 점점 매혹적으로 다가오는 게 두려워, 그녀는 자진해서 정신과 상담과 항우울제 처방을 받아들였다. 이 애만 아니라면…… 자신의 무능과 회한을 달래기 위해 사리 분별도 못하는 꼬맹이를 늘 핑곗거리로 삼지 않았던가. 그런데 지금 와서 필사적으로 우기고 있는 것이다. 변기에 걸터앉아 남들 몰래 과자 부스러기를 먹는 것도, 새끼를 위해 어떻게든 살아낳아야 하는 어미이기 때문이라고.

거울에 비친 여자의 치아 틈새에 크래커 잔해가 끼어 있었다. 현숙은 가방에서 칫솔과 치약을 꺼내어 양치를 했다. 거울을 노려보며 턱이 움씰거릴 정도로 야무지게 손을 놀렸다. 산후우울증이 좀 오래가는 것뿐이야. 그렇다고 수민이를 사랑하지 않는 건 아니잖아. 지금은 어떻게든 버텨야 해. 저 사람들이라고 다르겠어? 어쩌면 저들도 각자 싸온 간식거리를 몰래 먹고 있을지 몰라. 조금만 더 견디면 돼. 그이가 검찰의 막강한 친구들에게 이미 연락했을 테고, 어쩌면 경찰이 벌써 내 이메일에서 악마가 보낸 초대장을 발견했을지도 몰라. 초대장에는 약도가 있으니까…….

현숙은 세면대 위로 허리를 숙이고 입을 헹궜다. 돌아간다면, 이제는 뭐든 헤쳐나갈 자신이 있었다. 그 자신감이 어디서 비롯된 것인지도 잘 알고 있었다. 눈앞에서 멀쩡한 사람이 둘이나 죽어나가는 꼴을 보게 되면, 누구라도 장밋빛 희망부터 냉큼 챙기게 마련이다. 난 아직 늦지 않았다고. 내 삶에는 차고 넘치는 기회가 남았다고. 그만 징징대고 일단 작업실부터 구하는 거야. 멋진 아티스트가 되면 수민이도 엄마를 자랑스러워하겠지? 우선 가족 여행을 가자고 해야지. 하와이 해변에서 느긋하게 며칠 뒹굴면 이 악몽도 씻겨나갈 테고. 아니, 벳부의 온천에서 땀을 빼는 게…… 현숙은 머금었던 양칫물을 뱉고 고개를 들었다. 거울 속으로 한결 밝아진 표정의 여자와 그 뒤에 동상처럼 버티고 선 검은 덩어리가 눈에 들어왔다. 샤워기 물은 여전히 투닥거리며 욕조 바닥으로 쏟아져 내렸다. 헐렁한 두건을 뒤집어쓴 검은 덩어리가 한 팔을 번쩍 치켜들었다. 얼굴을 가린 밋밋한 검은 가면, 동그랗게 뚫린 눈구멍 속 충혈된 눈자위, 여자의 머리 위에 높이 솟아 차갑게 빛나는 등산용 칼…… 현숙은 길거리 영화 포스터를 구경하듯 거울 속을 물끄러미 바라보았다.

얘기했던가? 어린 시절, 「푸른 수염」 동화를 읽을 때면 항상 궁금한 게 있었어. 만일 푸른 수염의 아내가 남편의 당부를 존중해 그 비밀의 방을 열어보지 않았다면 어떻게 되었을까? 아무 일도 일어나지 않고 근사한 성에서 푸른 수염과 행복하게 오래오래 살았을까? 밥을 먹고 잠을 자고 무도회에서 흥겨운 음악에 맞춰 춤을 추고…… 벽에 시체가 주렁주렁 매달린 방을 바로 곁에 두고 말이지. 그거야말로 끔찍한 이야기 아니야? 아내가 그 방을 열어보지 않았다면, 푸른 수염이 화를 냈겠지. 당신은 호기심도 없냐고. 큭큭. 하긴, 새장가를 못 가게 되니 짜증도 나겠네. 만일 그 전 부인도 열어보지 않았다면 시체가 되어 그 방에 매달리지 않았겠지. 그 전 부인도 열어보지 않았다면, 그리고 그 전 부인도, 또 전 부인도…… 결국 푸른 수염은 조강지처와 오래오래 살았습니다. 행복했는지는 잘 모르겠지만. 그런데 말이야…… 만일 아무도 그 방에 들어가지 않았다면, 벽에 주렁주렁 걸어놓을 시체가 아예 존재하지 않았다면, 애초에 그 빈방에는 무엇이 있었을까?

잠결에 누군가 옆구리를 툭툭 치는 게 느껴졌다. 태식은 입맛을 다시며 눈을 떴다. 에이씨, 한창 기분 좋은 꿈인데…… 민규와 연우가 옆에 서서 자신을 내려다보고 있었다. 태식은 누운 채 눈을 씀벅거려 초점을 맞췄다. 루이13세 빈 병이 침대에 남은 술을 토해놓고 함께 널브러져 있었다.

"김현숙 씨가 살해당했어요. 방금 전에, 욕실에서."

태식은 상체를 벌떡 일으켰다. 머리통 여기저기가 볼트로 조이는 것처럼 욱신거렸다. 제길, 기어코 우리를 다 죽이고 말겠다는 거야? 술기운이 가시며 다시 불안과 공포가 스멀스멀 차올라 목구멍을 틀어막았다.

"간식 챙겨온 걸 몰래 먹고 있다가 당했나 봐요. 가방 안에 과자 포장지가 있어요."

민규는 들고 있던 현숙의 가방을 태식의 옆에 던졌다.

"흐흐흐. 여편네, 혼자 살아보려다 먼저 가셨구먼."

"여기서 계속 자고 있었나요?" 민규는 태식을 빤히 쳐다보며 물었다.

"댁이 잘 알 것 아뇨?"

"나도 거실에 혼자 있다가…… 깜빡 잠이 들었어요. 묻는 말에 대답이나 하시죠."

적의를 억누르는 기색이 역력한 말투였다. 태식은 그제야 민규의 손에 들린 각목을 보았다. 주방에 있던 식탁의 다리였다.

"뭐요, 지금 날 의심하는 거요? 이런, 지금 내 몸도 못 가누겠는데 누굴 죽인단 말이야."

"그럼 입가에 그 과자 부스러기는 뭡니까?"

"무슨……."

태식은 손등으로 입가를 훑었다. 까끌까끌한 부스러기가 잔뜩 묻어났다. 혀로 찍어보니 짭짤한 맛이 났다. 스웨터의 가슴과 배에도 허연 부스러기가 알알이 박혀 있었다. 다시 머리가 욱신거렸다. 태식은 얼떨떨한 표정으로 옆에 선 두 사람을 올려다보았으나 싸늘한 눈빛만 돌아올 뿐이었다. 그의 머릿속에 희미한 영상이 떠오르기 시작했다. 누군가 렌즈를 조정하는 것처럼 영상은 점점 선명하게 그려졌다.

"그 여자…… 어떻게 죽었소?"

"뒤에서, 칼에 목덜미를 찔렸어요."

태식은 와락 소름이 돋았다. 침대에서 굴러떨어지듯 내려와 자신의 배낭이 놓인 방구석으로 기어갔다. 배낭 속에는 등산용 칼이 그대로 들어 있었다. 손잡이를 잡고 날을 펼치자 피범벅이 된 칼날이 튀어나왔다. 태식의 심장이 사느랗게 굳었다. 민규와 연우가 등 뒤로 다가왔다.

"가까이 오지 마!"

태식은 칼을 내뻗으며 돌아섰다. 민규가 움찔하는 사이 태식은 재빨리 연우의 머리채를 그러잡고 목에 칼을 겨눴다. 피 묻은 칼날이 위태롭게 떨렸다. 칼을 내려다보는 연우의 눈동자도 함께 떨렸다.

"이봐, 이봐요, 진정하고, 칼 내려놔요."

민규가 손을 뻗어 그를 안심시킨다는 게 각목을 들이밀고 흔드는 꼴이 되었다.

"각목 내려놔. 어서!"

태식의 얼굴은 금세 식은땀으로 번들거렸다. 눈에는 터질 듯이 핏발이 팽팽했다. 창백해진 연우의 얼굴은 태식의 턱에 짓눌려 더욱 쪼그라들었다. 민규는 각목을 방구석으로 던졌다. 태식은 씩씩거리며 좌우를 두리번거리다가 연우의 머리채를 당겨 방을 나갔다. 빨랫줄을 팔에 걸고 돌아온 태식은 연우의 손목을 뒤에서 묶으려 했다. 하지만 한 손에 칼을 들고 민규를 힐 끔거리며 묶으려니 쉽지 않았다. 그는 줄을 민규의 발치에 던 지고 연우를 돌려세웠다.

"묶어! 꽉 묶어."

민규가 천천히 줄을 집어 들고 뒤에서 연우의 손목을 묶기 시작했다. 태식은 연우의 얼굴을 마주 보고 목에 칼을 겨눈 채 실성한 사람처럼 주절거렸다.

"난 아니야. 내가 안 죽였어. 그건 꿈이었다고. 난 그년이 먹 을 걸 숨기고 있는 줄도 몰랐어. 꿈속에서…… 그놈이, 그 검은 가면을 쓴 놈이…… 썅, 왜 하필 내 칼을 들고……."

태식은 민규에게 연우의 발목도 묶게 했다. 쪼그려 앉아 발 목을 묶고 있는데 갑자기 픽, 하는 소리가 귓전을 때렸다. 뒤통 수에 무지근한 통증이 일며 눈앞이 컴컴해졌다. 민규는 땅속 깊은 구덩이로 빨려들어갔다. 여자의 외마디 비명이 아스라이 들려왔다.

태식은 안절부절못하며 거실을 맴돌았다. 문득 자신의 손에 들린 피 묻은 칼을 보고 깜짝 놀라 던져버렸다. 벽에 부딪친 칼 이 둔탁한 소리를 내며 바닥에 떨어졌다. 그 소리에 시간이 멈 추어버린 듯 사위가 괴괴해졌다. 목을 움츠리고 주위를 살피던 태식은 현관으로 달려갔다.

"씨발, 여기서 이렇게 죽을 순 없어."

현관문을 열자 된바람과 함께 가슴 높이까지 쌓인 눈이 몰아쳐 들어왔다. 어깨로 문을 밀어붙여 간신히 다시 닫았다. 태식은 문에 등을 기댄 채 숨을 헐떡였다.

"빌어먹을, 이렇게 끝내려고 아등바등 살아온 게 아냐. 이제 몇 년만, 딱 3년만 더 고생하면 되는데. 사촌동생하고 제주도 내려가서, 펜션 하나 짓고, 이런 개떡 같은 산장 말고, 쌈박하고 고급스럽게. 젠장, 그럼 손님 받고, 낚시나 하면서……."

혼잣말을 쏟아내던 태식의 눈에 빠끔히 열린 욕실 문이 들어왔다. 심장이 쿵쾅거리기 시작했다. 관객들이 기립 박수를 보내며 커튼콜을 요청하는 것 같았다. 다리가 휘뚝거리며 제멋대로 욕실을 향해 다가갔다. 난 아냐. 안 죽였다고. 태식은 문손잡이를 거머쥐고 주문을 외듯 되뇌었다. 박수 소리가 더욱 수선스러워졌다. 열린 문틈에 눈을 대고 욕실 안을 훔쳐보았다. 현숙은 타일 바닥에 무릎을 꿇고 세면대에 머리를 처박은 채 걸쳐져 있었다. 축 늘어진 오른손에 단단히 움켜쥐어진 칫솔, 목덜미에 빨갛게 벌어진 세 개의 칼자국, 거울을 긁으며 흘러내린 핏줄기…… 꿈에서 본 그대로였다. 태식은 뒷걸음질 치다가 거실 한복판에서 엉덩방아를 찧었다.

"아니야, 난 아니야. 난 천국에 갈 거야. 착하게 살았다고."

태식은 무릎을 꿇고 엄마에게 꾸중 듣는 어린애처럼 울먹였다. 바닥에 떨어진 칼이 눈에 들어왔다. 태식은 몸을 뻗어 칼을 집어 들었다.

"난 저 여자가 먹을 걸 숨기고 있는 줄도 몰랐어. 혼자 몰래 처먹고 있는 걸 알았다면, 씨발, 뺏었겠지. 죽여서라도. 아니야! 그러지 않았을 거야. 과자 쪼가리 때문에 내가 그럴 리 없어."

칼을 거꾸로 쥐고 팔을 쭉 뻗었다. 칼끝이 정확히 심장을 향했다. 손이 부들부들 떨렸다. 피 묻은 칼날이 다 이해한다는 듯 고개를 끄덕였다.

"그건 정말…… 꿈이었다고."

어둠 속에서 눈을 떴다. 뒤통수가 불에 덴 것처럼 쓰라렸다. 손으로 문지르려 했지만 팔이 올라가지 않았다. 손목도 발목도 단단히 묶인 상태였다. 몸을 뒤틀 때마다 사방에서 삐걱거리는 소리가 울렸다. 붙박이장 속에 갇힌 것 같았다. 어깨로 문을 밀쳤지만 덜컹거리기만 할 뿐 열리지 않았다. 몸을 돌려 문에 발길질을 했다. 문틈으로 양쪽 손잡이를 가로 묶고 있는 빨랫줄이 보였다. 몸을 최대한 움츠렸다가 있는 힘껏 문을 걷어찼다. 민규는 문짝과 함께 바닥에 나뒹굴었다. 옷장 반대편 구석에 연우가 역시 손발이 묶인 채 처박혀 있었다. 문짝이 떨어져 나가는 소리에도 그녀는 아무런 반응이 없었다. 방문 밖도 잠잠했다. 민규는 문짝의 경첩에 대고 손목의 빨랫줄을 문질렀다. 엉성하게 묶었는지 줄 하나가 끊어지자 매듭은 쉽게 풀렸다. 발목의 줄도 풀고 연우에게 다가갔다. 그녀는 평온한 표정으로 숨을 새근거리고 있었다. 잘도 자네. 손발의 결박을 풀어주고 뺨을 가볍게 두드렸다. 연우가 신음 소리를 내며 눈을 떴다.

"여기…… 어디죠?"

"쉿! 그자가 근처에 있을 거예요."

민규가 문틈으로 밖을 살폈지만 태식은 보이지 않았다. 문을 조금 더 밀자 거실 한가운데 드러누워 있는 덩치가 눈에 들어왔다. 민규는 방구석에 내던졌던 각목을 집어 들었다. 연우에게 방에 있으라는 손짓을 하고 살금살금 거실로 나갔다. 현기증이 일어 똑바로 걷는 것조차 쉽지 않았다. 태식의 손에 들린 칼이 보였다. 민규는 각목을 부르쥐고 몸을 날렸다. 하지만 내려치려던 각목을 어정쩡하게 멈추고 말았다. 투실한 목을 휘감고 깊숙이 파고들어 있는 주황색 빨랫줄. 벌어진 입술 사이로 비어져 나온 혀가 힘없이 늘어져 있었다. 민규는 우두커니 서서 태식의 홉뜬 눈을 내려다보았다. 거실 바닥이 룰렛 회전판처럼 빙글빙글 돌아갔다.

연우가 비척걸음으로 다가왔다. 그녀는 태식의 옆에 쪼그려 앉더니 차분한 손길로 목에 휘감긴 빨랫줄을 풀어냈다.

"꿈을 꾸었어요." 연우가 최면에 걸린 사람처럼 나직한 목소리로 읊조렸다. "꿈속에서 이 사람이 바로 여기 주저앉아, 칼을 손에 쥐고 아이처럼 울먹이더군요. 그때 검은 가운을 걸친 남자가 나타났어요. 아니, 여자였는지도 모르죠. 이 빨랫줄을 양손에 감아쥐고, 등 뒤로 소리 없이 다가가더니…… 순식간에 목에 줄을 휘감고…… 당겼어요. 목이 두꺼워 쉽지가 않더군요."

연우는 손바닥을 펼쳤다. 빨갛게 쓸린 자국 두 줄이 양 손바닥을 가로지르고 있었다.

"귓가에서 컥컥대는 소리가 들리고, 부들거리는 떨림이 손바닥에 그대로 전해졌어요. 하지만 멈출 수가 없었어요. 줄을 당기고 있는 순간에는, 무섭지 않았거든요. 저 피 묻은 칼날도, 나뒹구는 시체들도, 배고픔도, 악마도…… 모두 잊을 수 있었어요."

그녀는 꿈을 꾸는 표정으로 자신의 손바닥을 들여다보았다.

"사람들이 말한 그대로였어요. 꿈속에서…… 검은 가면이……."

갑자기 뭔가 떠오른 듯 연우가 민규를 돌아보았다.

"두번째, 세나 씨가 죽었을 때는……."

둘의 눈이 마주쳤다. 민규의 눈가가 실룩거렸다.

"당신이 꿈을 꾸었군요."

연우는 일어나 창가로 갔다. 쌓인 눈이 흩날리며 하얀 연기가 되어 하늘로 피어올랐다.

"이제 알게 된 것 같네요. 악마가 어디 있는지."

정말 악마가 우리의 꿈속을 돌아다니며 살인을 저지르는 걸까? 어쩌면 우리가 악마의 꿈속을 돌아다니고 있는 건지도 모르지. 나른한 오후의 낮잠을 즐기는 동안, 자신의 꿈속으로 우릴 초대한 거야. 왜? 왜 우리지? 우리가 뭘 잘못했는데? 글쎄, 그런 질문이 의미가 있을까? 우리가 상대하는 건 악마야. 우리 곁에서 키득거리고 속삭이고 장난질 치는 악마. 저 높은 곳에서 정의롭게 심판을 내리는 신이 아니라고. 그래도…… 난 모르겠어. 왜지? 그냥 맥스웰의 은망치 같은 거라고 생각해. 맥스웰의 은망치? 비틀즈의 노래, 생각 안 나? '실버 해머'라는 이름을 거기서 따왔잖아. 살인자들과 희생자들의 사진을 뒤섞어 타일처럼 붙여놓은 메인 화면, 그 위로 흐르던 경쾌한 멜로디…….

조안은 약간 기묘한 아이야
어젯밤에도 집에서 형이상학적 과학을 공부하느라
늦게까지 혼자 시험관을 붙들고 있었지

의학을 전공하는 맥스웰 에디슨이 전화를 했어
"나랑 영화 보러 가지 않을래, 조안?"
그녀가 외출 준비를 하고 있을 때 문에서 노크 소리가 났어
쾅, 쾅, 맥스웰의 은망치가 그녀의 머리를 내리쳤어
쾅, 쾅, 맥스웰의 은망치가 그녀를 확실히 보내버렸어

"어릴 때부터 괴상한 놈이었어요. 죽은 동물의 사체를 모아 껍질을 벗기고 염산으로 살점을 녹이는 게 취미였죠. 내성적인 성격이라 친구도 없고, 외부와 담을 쌓은 채 공상의 세계에만 빠져 지냈어요. 살인, 고문, 절단, 식인, 시체와의 섹스 같은……"

민규는 맞은편 벽에 기대앉은 연우에게서 눈을 떼지 않았다. 간신히 목을 가누고 있는 그녀의 모습이 지저분한 창문을 통해 바라보는 것처럼 흐리마리했다. 몸이 구름에 감싸여 둥둥 떠다니는 기분이었다. 오늘이 무슨 요일인지, 며칠째 굶은 것인지, 어떻게 탈출할 것인지, 아무것도 떠올릴 수가 없었다. 그의 머릿속에 남은 생각은 오직 하나뿐이었다. 저 여자가 잠들면, 내가 죽는다.

"총 열일곱 명을 해치웠어요. 흑인 소년들만 골라서. 집으로 애들을 유인해, 막연히 그려왔던 공상의 세계를 현실로 만들었죠. 집을 수색한 경찰들이 그랬더군요. 지옥을 목격했다고. 재

판에서······ 9백 년인가······ 형을 선고받았지만······."

민규는 화들짝 고개를 쳐들었다. 맞은편 연우도 무릎 사이에
고개를 떨구고 있었다. 숨을 몰아쉬며 그녀를 향해 기어갔다.
마음만 급할 뿐 몸은 고철이 가득 담긴 자루처럼 거치적거리며
끌려왔다. 그녀의 턱을 잡고 고개를 치켜들었다. 옆에 놓인 세
숫대야에서 물을 떠 얼굴에 뿌렸지만 눈을 뜨지 않았다. 민규
는 젖은 손바닥으로 그녀의 뺨을 힘껏 올려붙였다. 연우가 미
간을 찡그리며 눈을 가슴츠레 떴다.

"다······ 듣고 있었어요."

민규는 그녀의 옆에 등을 기대고 앉았다.

"결국은 감옥에서, 두 명의 흑인 죄수에게 맞아 죽었어요."

"피시. 앨버트 피시." 연우가 눈을 비비며 말했다.

"제프리 다머. 쉬운 문제였잖아요."

민규가 따가운 눈살로 그녀를 책망했다.

"당신 차례예요."

연우는 한참 생각에 잠겼다가 풀기 없는 목소리로 입을 열
었다.

"키가 작고 목소리도 여자 같아서, 자신이 매력적인 남성이
아니라는 사실에 심한 콤플렉스를 가지고 있었어요. 그 때문
에 덩치 큰 금발 여자에 대한 식인 판타지가 그를 지배했죠. 그

녀들과 하나가 되고 싶다는, 일체감 같은 거. 마침내 파리 유학 중에 르네라는 여자를 만나, 가슴에 품어왔던 판타지를 실현해요. 시체와 나흘간 동거하며…… 식욕과 성욕을 함께 만족시켰죠. 하지만 정신이상 판정으로 병원에 잠시 있다가 풀려나요. 나중에 그 얘기를 책으로 펴내 베스트셀러가 되고, TV 토크쇼에도 나와 떠벌리고…….”

“사가와 잇세이.” 민규가 재채기하듯 내뱉었다.

연우는 천천히 고개를 끄덕였다. 민규는 그녀의 피폐한 몰골을 바라보았다. 뺨과 눈두덩이 움푹 꺼져 해골의 형상이 드러났고 눈동자는 백태가 끼어 희끄무레했다. 태평하게 보일 정도로 깊게 가라앉은 표정은 이미 저승에 한쪽 발을 걸치고 있는 사람 같았다. 민규는 자신의 얼굴도 별반 다르지 않으리라고 생각했다.

“조금만 더 참아요. 눈발이 많이 약해졌어요. 바람만 잠잠해지면 나갈 수 있을 거예요.”

“그래요? 내가 보기엔, 더 심해진 것 같은데요.”

연우는 창밖을 보며 큭큭거렸다. 민규가 보기에도 눈발은 점점 더 심해졌다. 저 눈은 과연 차가울까? 저 바람은 과연 어디서 불어오는 걸까? 그는 물에 적신 손으로 얼굴을 쓸어내렸다.

“계속하죠. 이 사람은…… 사람들과의 관계에 어려움을 겪었어요. 모두들 본심은 숨긴 채, 자신을 구슬리고 지배하려 한다는 망상에 시달렸죠. 그런 망상을 상대방에게 들킬까 또 조심스러웠고, 인간관계에 매사 불안을 느끼고 주눅이 들었어요. 그래서…… 마취되어 있는 환자들에게 차츰 호감을 느끼게 돼요. 아직 깨어나지 않은 환자에게 이런저런 속내를 털어놓으면, 오히려 진실한 교감을 나누는 기분이랄까? 비록 깨어나면 기억 못 하겠지만, 그의 잠재의식은 내 얘기를 간직하고 있을 테니…… 솔직히 젊은 여자 환자를 보면, 마음이 달뜨기도 해요. 네크로필리아까지는 아니지만, 그냥 꼭 끌어안고 같이 누워 있고 싶은 기분. 무엇을 강요하지도 숨기지도 않는…… 의식과 감각이 거세된 순수한 몸뚱이……."

"사람 죽여봤어요?"

연우의 돌발적인 질문에 민규는 멍한 표정으로 돌아보았다.

"전 죽여봤어요."

"……정말요?"

"번역하면서."

민규는 얼굴을 허물어뜨리며 웃었다. 연우도 덤덤하게 마른 웃음을 흘렸다.

"처음에는 장난삼아 본문에 등장하는 사물을 바꿔봤어요. 거의 눈에 띄지 않는 것들로. 커피를 밀크티로 번역한다든지, 커튼 색깔을 바꾸고, 개를 고양이로…… 누군가 원서와 번역본을 꼼꼼히 대조해보지 않는 이상 알아채기는 힘들죠. 내게 맡겨지는 일감이란 게 그리 비중 있는 책들도 아니라서…… 그렇게 하면, 세상에 나만이 알고 있는 비밀 표식을 숨겨놓은 것 같아 은근히 뿌듯했어요. 내 주문에 의해서만 빛을 발하는 마법의 돌 같은 거…… 내가 세상의 일부를 변형시켰다는 거창한 자부심까지 들고. 현실에서는 절대 있을 수 없는 일이잖아요."

연우는 고장 난 형광등처럼 깜빡거리는 의식 속에서 생각했다. 이렇게 서로 잠들지 못하게 감시하면서 얼마나 더 버틸 수 있을까? 게임이 끝나가는데…… 한계점에 도달했을 때, 이 남자가 편하게 잠들 수 있는 방법은 하나뿐이겠지.

"그 장난도 차츰 시들해지자…… 사람을 죽여봤어요. 『복수의 공식』이라는 아르헨티나 소설이었는데, 작가가 도대체 무슨 생각으로 집어넣었는지 이해가 안 가는, 아무런 비중도 없는 날건달이 하나 나와요. 그가 마지막으로 등장하는 장면에서…… 제 마음대로 죽였어요."

"전형적인 '묻지마 살인'이네요. 어떤 방법으로 해치웠나요?"

"그게…… 한밤중에 골목길을 지나다가, 건물에서 누군가 내던진 술병에 머리를 맞고 즉사해요. 우스꽝스럽죠? 왠지 그런 껄렁한 죽음이 어울릴 것……."

연우의 말이 끊기자 민규는 재빨리 돌아보았다. 그녀가 얼굴을 찡그린 채 아랫배를 싸잡고 있었다. 앙다문 이빨 사이로 여린 신음이 새어 나왔다.

"왜 그래요? 어디 아파요?"

"예, 아파요. 당신은 평생 느껴보지 못할 통증이죠."

연우는 찌푸린 얼굴로 힘겹게 웃었다. 옆에 쌓여 있는 가방 무더기에서 현숙의 보스턴백을 찾아 하얀 약병을 꺼냈다. 민규는 고개를 틀어 그녀의 손에 들린 약병 라벨을 곁눈질했다. 연우는 뚜껑을 열고 손바닥에 알약 세 알을 덜었다. 잠시 손바닥을 바라보았다. 한 알을 더 보태어 입에 털어 넣고 세숫대야 위로 엎드려 물을 마셨다.

"생리통에 아스피린 많이 먹으면 안 좋아요. 통증 심하면 산부인과 가서 진찰을 받는 게 좋아요."

"그래요, 꼭 가보죠. 나중에." 연우가 다시 큭큭거리며 웃었다.

둘은 한동안 말이 없었다. 민규는 이따금 딱따구리처럼 뒤통수를 벽에 찧어 졸음을 쫓았다. 정신적으로나 육체적으로나 임계점에 다다랐음을 두 사람 모두 느끼고 있었다. 연우가 메마른 목소리로 입을 열었다.

"『복수의 공식』이 나온 후, 일부러 시내 대형 서점에 가서 읽어봤어요. 복작거리는 사람들 속에서, 내가 저지른 살인을……

어땠는지 아세요? 극심한 죄의식에 사로잡혔어요. 한동안 집 밖에 나가지도 못하고, 밤이면 그 아르헨티나 날건달이 정수리에서 피를 뿜으며 쫓아오는 악몽에 시달리고…… 바보 같죠? 개를 고양이로 바꾸는 것과는 완전히 다르더라고요. 그런데 말이죠, 어느 정도 죄의식이 희석되고 나자…… 또 생각이 나는 거예요. 그 짜릿함 또한, 개를 고양이로 바꾸는 것과는 비교가 안 됐으니까."

민규는 창밖의 성난 눈갈기를 몽롱한 눈빛으로 바라보는 연우를 몽롱한 눈빛으로 바라보았다. 둘 사이에 롤스크린이 스르르 풀려 내려오며 그녀의 모습을 가렸다. 스크린 너머에서 그녀의 말소리만 드문드문 들려왔다.

"그래서 새로 번역을 맡으면…… 책을 훑으면서 나도 모르게…… 적당한 희생자를…… 물색하고 있는 거예요. 갑자기 죽더라……도 누구도, 신……경 쓰지 않, 을 인……물을, 이번, 에……는 어, 떤방……법, 으로눈, 에, 안, 띄……게제, 거할……."

느적느적 끊어진 소리들이 의미로 조립되지 못하고 귓바퀴만 간질였다.

"저, 한……테그, 랬……죠, 저, 게환……영, 이, 면우…… 리도, 환, 영이……라, 고, 환, 영속……에서, 살, 아……남, 을 궁……리, 를, 해, 야……."

민규는 무언가 어깨에 달라붙은 듯한 이물감에 눈을 떴다. 연우가 살가운 연인처럼 눈을 감고 그의 어깨에 머리를 기대고 있었다. 새근거리는 여린 숨결이 뺨에 닿았다. 민규는 손바닥으로 연우의 머리를 밀쳐냈다. 그녀는 반대편으로 힘없이 넘어갔다.

"일어나요."

발로 엉덩이를 찼지만 연우는 미동도 없었다. 민규는 한숨을 내쉬며 무릎걸음으로 다가갔다. 얼굴에 물을 끼얹고 뺨을 몇 차례 때렸다. 하지만 그녀는 커다란 봉제인형처럼 축 늘어져 눈을 뜰 생각을 하지 않았다. 뭔가 이상했다. 상체를 숙여 살짝 벌어진 그녀의 입술에 귀를 들이밀었다. 호흡이 끊어질 듯 가냘팠지만, 분명 들숨과 날숨이 고르게 교차되고 있었다. 민규는 다급하게 그녀의 머리채를 잡고 흔들었다.

"일어나요. 빨리 일어나!"

멱살을 틀어쥐고 일으켜 안면을 마구잡이로 후려쳤다. 역시 아무런 반응이 없었다. 입안이 바짝 타들어갔다. 민규는 두 손으로 그녀의 팔뚝을 들어 올렸다. 입을 한껏 벌려 앙상한 팔뚝에 이빨을 박아 넣었다. 헐거워진 이빨들이 오합지졸처럼 휘청거렸다. 팔에 찍힌 잇자국에서 핏물이 배어 나왔지만, 그녀는 도무지 잠에서 깨어나지 않았다. 마취 상태의 환자 같았다. 무엇을 강요하지도 숨기지도 않는, 의식과 감각이 거세된 순수한 몸뚱이…… 민규의 가슴팍 안쪽에서 심장이 빨리 손을 쓰라며 월컥월컥 성을 냈다.

"이런, 썅! 일어나! 눈떠!"

등 뒤에서 누군가 냉장고 문을 연 것처럼 스산한 냉기가 스쳤다. 재빨리 돌아보았지만 아무도 없었다. 창밖에는 여전히 눈보라가 휘몰아쳤다. 민규는 밭은 숨을 몰아쉬었다. 꿈을 꾸는 듯, 연우의 얼굴에 희미한 미소가 번졌다. 그 미소가 민규의 귀에 대고 나직이 속삭였다. 내가 이겼어요. 민규는 마른침 한 덩이를 삼켰다. 천천히 손을 뻗어 연우의 목을 감싸 쥐었다. 핏줄이 불거진 가느다란 모가지가 손아귀에 쏙 들어왔다. 금방이라도 수수깡처럼 분질러버릴 수 있을 것 같았다. 민규는 서서히 손가락에 힘을 주기 시작했다. 내가 지금 무슨 짓을 하는 거지? 이게 정말 나인가? 휑뎅그렁한 머릿속에 울리는 자책과 달리, 심장은 마지막 한 저름 기력까지 짜내어 열 손가락 끝에 쏟아부었다.

바람에 날려온 눈송이들이 창에 달라붙어 산장 안을 들여다본다. 비쩍 마른 남자가 비쩍 마른 여자를 타고 앉아 두 손으로 목을 조르고 있다. 남자의 뒤틀린 입술에서 침이 흘러내린다. 쏟아져 내릴 것처럼 돌출된 눈알, 기괴하게 실룩거리는 얼굴은

우는 것도 같고 웃는 것도 같고…… 하지만 밑에 깔린 여자는 눈을 감고 봉제인형처럼 축 늘어져 있을 뿐이다. 뒤엉긴 남녀의 뒤로 검은 형체가 다가온다. 검은 가운, 검은 가면, 동그랗게 뚫린 눈구멍 속 차분하게 가라앉은 검은 눈동자. 그림자처럼 소리 없이 움직이며 소맷자락에서 주황색 빨랫줄을 꺼낸다. 남자는 여전히 울고 웃는 얼굴로 여자의 목에 매달려 있다. 여자가 움찔, 콧잔등을 찌푸린다. 남자의 등 뒤에 선 검은 가면이 뼈만 남은 앙상한 손아귀에 빨랫줄을 팽팽하게 감아쥔다.

시간이 얼마나 지났을까? 모르겠어. 여기는 시간이 멈춘 곳 같아. 아직도 밖에 눈보라가 치고 있나? 글쎄, 온통 하얗기만 하니 저게 눈인지, 우릴 향해 비치는 빛인지, 빛마저 삼켜버린 암흑인지…… 뭐라도 상관없어. 이젠 밖으로 나가고 싶은 마음도 없으니까. 어쩌면 이 게임은, 마지막까지 남은 사람이 악마가 되는 게 아닐까? 퀴즈를 하나 낼게. 앨버트 피시, 제프리 다머, 안드레이 치카틸로, 한니발 렉터, 그리고 나…… 공통점이 뭔 줄 알아? 괜찮아. 안데스인가 어디서도 비행기가 추락했을 때 그랬다잖아. 괜찮아, 중요한 건 살아남는 거야. 우선은 그것만 생각해. 내가 살아 있기는 한 거야? 그런데, 내가 누구지? 이야기를 계속해보면 알 수 있겠지. 살아 있는지, 누가 살아남은 건지…… 이젠 못하겠어. 나…… 너무, 졸려. 나도 그래. 그래도 우리 조금만 더 버텨보자. 이젠 그냥 자도 되지 않을까? 게임은 이미 끝났잖아. 정말 게임이 끝났다고 생각해? 감당할 수 있겠어, 잠이 들면 찾아올지도 모를 여섯번째 꿈을? 여섯번째 꿈…… 그게 뭐가 됐든, 알고 싶지 않아. 나도 그래. 그러니 기운 내자. 만일 우리가 지금 악마의 꿈속에 들어와 있는 거라면, 버티기만 하면 되는 거야. 악마가 잠을 깰 때까지. 그럼, 이번에는 내가 먼저 시작할게.

지난 금요일 저녁, 우리 일곱 명은 산장에 모였어. 하지만 정작 우리를 초대한 악마는 오지 않았지…….

복수의 공식

1

슈베르트 현악사중주 〈죽음과 소녀〉. CD 재킷에는 동명의 뭉크 그림이 인쇄되어 있다. 부둥켜안고 입맞춤을 나누는 벌거 숭이 소녀와 해골 사나이. 소녀의 살결은 환한 핑크빛이다. 등 과 어깨의 부드러운 곡선을 타고 붉은 머리채가 격류처럼 흐른 다. 살포시 내리감은 눈꺼풀이 파르르 떨리는 것 같다. 풍만한 소녀에 비해 누렇게 변색된 해골 사나이는 안쓰러울 만치 가냘 파 보인다. 앙상한 뼈다귀 손에 소녀의 투실한 허리가 버겁다. 엉거주춤 골반을 뒤로 빼고 뒷걸음질 치려는 해골 사나이. 하 지만 소녀의 미끈한 팔이 목덜미를 단단히 휘감고 놓아주지 않는다. 봉긋한 유방이 강마른 갈비뼈를 짓누른다.

남자는 CD를 돌려 뒷면을 본다. 라텍스 장갑을 낀 손으로 네 개 악장의 연주 시간을 짚어가며 꼼꼼히 합산한다. 38분 28초. 손목시계를 흘끗 보고 창밖으로 고개를 돌린다. 초승달이 막 구름을 벗어나 핼쑥한 얼굴을 내민다. 좀 긴데…… 남자는 부채질하듯 CD를 까딱거리며 뒤를 돌아본다. 벽에 붙은 싱글 침대에 한 사내가 드러누워 있다. 얼굴을 천장으로 향하고 차렷 자세로 누운 모습이 염을 앞둔 시신처럼 어색하다. 베개 옆에 입을 쩍 벌리고 있는 하드케이스 서류가방에는 휴대용 인공호흡 장비가 빼곡하게 들어찼다. 알루미늄 산소탱크에 연결된 튜브가 사내의 가슴팍 위에서 똬리를 틀었다가 벌어진 입속으로 머리를 디밀고 있다. 게슴츠레 열린 눈꺼풀 아래, 형광등 불빛이 어린 눈동자가 반쯤 잘려 있다.

"슈베르트 좋아하나?"

남자는 어깨 너머로 질문만 던져놓고 책상 위 포터블 오디오에 CD를 넣는다. 플레이 버튼을 누르자 스피커에서 희미한 잡음이 두런거린다. 곧이어 첼로의 장중한 선율과 함께 제1악장이 시작된다. 남자는 뒷짐을 지고 서서 현악기의 앙상블을 감상한다. 왼손 손가락이 리듬에 맞춰 절도 있게 까딱거린다.

"〈죽음과 소녀〉라는 영화도 있었는데, 혹시 봤는지 모르겠네. 로만 폴란스키 감독, 시고니 위버 주연. 국내에서는 아마 〈진실〉이라는 제목으로 소개됐을 거야. 그렇게 바꾸면 관객이 더 많이 들 거라고 생각했나 보지. 도대체 머릿속에 뭐가 들었는지…… 쯧, 한심한 노릇이야. 죽음도 소녀도 어디 가고, 고작 진실이라니.”

남자가 침대로 다가가 누워 있는 사내 옆에 털썩 앉는다. 사내의 몸이 잔파도를 넘는 뗏목처럼 출렁인다.

“영화는 군부독재를 막 벗어난 남미의 어떤 나라가 배경이야. 주인공은 학생운동을 하다가 고문을 당해 정신적 후유증에 시달리는 여자고. 눈이 가려진 채 고문 감독관에게 수차례 전기고문과 성폭행을 당했지. 그때마다 그자는 슈베르트의 〈죽음과 소녀〉를 틀어놓았어. 실제로 남미에서는 그런 방법을 썼다고 하더군. 고문당한 사람들은 평생 그 음악만 들어도 벌벌 떨게 된다나. 파블로프의 개처럼 말이야.”

남자는 두 개의 벽과 천장이 만나는 모서리에 거뭇하게 터를 잡은 곰팡이를 바라보며 말을 잇는다.

“바야흐로 세상이 바뀌고, 그녀는 함께 반정부 운동을 했던 변호사와 결혼했지. 하지만 과거의 상처는 극복하지 못했어. 심한 대인기피증 때문에 외출도 못 하고, 바닷가 외딴집에 틀어박혀 의미 없이 하루하루를 보내는 거야. 하긴, 그런 게 쉽게 지워지나. 그러던 어느 날이었어. 종일 폭풍우가 몰아쳤고, 차가 고장 난 남편이 인근에 사는 어떤 의사 선생의 차를 얻어 타고 돌아왔어. 남편이 그를 집에 들여 술대접을 하고 이런저런 얘기를 나누는 동안, 여자는 침실에 누워 두런거리는 말소리에 귀를 기울이고 있었지. 대충 감이 잡히지 않나? 그래, 여자는 그 의사가 과거의 고문 감독관이었다고 확신하는 거야. 얼굴은 본 적이 없지만 목소리와 말버릇, 웃음소리만으로 충분했거든. 그의 차에서 나온 〈죽음과 소녀〉 카세트테이프는 결정적인 물증이 되었고. 자, 이제 여인의 복수가 시작됩니다. 난 복수에 관한 영화는 꼭 챙겨 보는 편이야."

스피커에서 흘러나오는 두 대의 바이올린 가락이 수면을 미끄러지는 소금쟁이처럼 날렵하게 좁은 방을 누빈다.

"여자는 술에 취해 잠든 의사를 결박하고, 이번에는 자신이 심문을 하는 거야. 한 손에 총을 든 채로. 그녀가 원하는 건 단 하나였어. 진실한 자백. 아, 소박하잖아. 하지만 의사는 완강하게 범행을 부인하지. 자신은 군부와 전혀 관련이 없다고, 그때는 외국에 체류 중이었다고. 아내의 히스테리를 익히 알고 있는 남편마저 그녀를 믿지 못해 갈팡질팡. 과연 누구의 말이 맞는 걸까? 밤새 지루한 심문이 이어지지만 의사는 끝내 죄를 시인하지 않아. 결국 여자는 임의로 사형을 선고하고 피고를 바닻가 절벽으로 끌고 가지. 밝아오는 새벽빛과 낭떠러지 아래 사납게 울부짖는 파도를 망연히 바라보던 의사는, 비로소 진실을 토해내는 거야. 자신이 했던 악랄한 행위들, 고문실에서 누린 권력의 달콤함, 그것을 잃어 아쉽다는 적나라한 고백까지. 이제 우리 주인공의 심판만 남은 셈이지. 그녀는…… 아무 말도 없이 그를 풀어줘.

나는 말이야, 이 결말이 영 마음에 안 들어. 진실, 그게 뭘 바꿀 수 있는데? 진실이 쓸모없다는 건 아니야. 그저 박물관에 걸린 명화 같다고 할까. 다빈치의 〈모나리자〉, 고흐의 〈별이 빛나는 밤〉, 클림트의 〈키스〉…… 그래, 멋있지, 아름다워. 한 번씩 찾아가서 그 아우라를 느끼면 되는 거야. 영혼이 정화되도록. 어차피 박물관을 나오는 순간부터 다시 때가 타기 시작하겠지만. 그러나 흉터는 달라. 오롯이 나만의 것이지. 내 몸에 악착같이 달라붙어 상처를 잊지 말라고 속삭여주잖아. 그녀는 의사를 절벽에서 밀어버려야 했어. 그게 예의야. 영원한 동반자인 흉터에 대한 예의.”

남자는 고개를 외틀어 부동자세로 누워 있는 사내를 내려다본다. 눈꺼풀 아래 메마른 눈동자에 남자의 얼굴이 비친다.

“가위눌린 것처럼 몸이 말을 듣지 않을 거야. 눈꺼풀도 못 감고. 걱정할 것 없어. 근육이완제를 주사해서 그런 거니까. 신경과 근육 사이의 신호를 차단하는 약인데 수술할 때 마취제와 함께 쓰지. 근육이 축 늘어진 상태가 돼야 째고 벌리고 자르기가 용이하거든. 그래도 의식은 있지? 소리도 잘 들리고. 쓸데없이 용쓰지 말고 차분하게 슈베르트나 감상해. 이 멋진 현악사중주가 끝나는 순간, 당신은 절벽에서 떨어질 테니까."

음악이 잠시 끊겼다가 제2악장이 시작된다. 레퀴엠처럼 을씨년스런 음색이 바닥을 훑으며 밀려와 남자의 발목에 휘감긴다.

"안단테콘모토. 느리게, 그러나 활기차게. 26분 58초 남았군. 그동안 나에 대해 얘기해줄게. 적어도 자신이 어떤 사람의 손에 죽는지는 알고 싶겠지. 안 그래? 그렇다고 자기소개서 쓰듯이 어디서 태어나 어떻게 자랐고 하는 시시콜콜한 얘기로 소중한 시간을 빼앗을 생각은 없어."

남자가 왼손 셔츠 소매를 걷고 팔뚝을 사내의 눈앞에 들이민다. 길게 찢어진 흉터가 팔뚝을 가로지르고 있다.

"보이지? 이 흉터의 내력에 대해서만 말할 거야."

남자는 다시 셔츠 소매를 내리고 단추를 채운다.

"열 살 때 첫 발작이 왔어. 그때 난 서점에서 『카라마조프가의 형제들』을 뒤적이고 있었지. 도스토옙스키. 내가 원체 조숙한 편이었거든. 돌이켜보면 그 조숙함이라는 것도 몸이 발동시킨 일종의 방어기제가 아니었나 싶어. 남들보다 앞당겨 세상을 겪어보라는 배려. 아무튼 그 책을 손에 들고 있다가 까무룩 정신을 잃었는데, 깨어나니 병원 응급실이더군. 갑자기 거품을 물고 쓰러져 구급대원들이 싣고 왔다는 거야. 넘어지면서 책꽂이 모서리에 부딪쳐 오른쪽 눈썹 위를 아홉 바늘 꿰맨 후였고. 난 그저 어리둥절했지. 이상한 건 어머니의 반응이었어. 의사의 설명을 듣는 동안에도, 내 손을 잡고 집으로 돌아오는 길에도, 한마디도 않으시더군. 이마에 붙인 거즈를 만지작거리며 올려다본 어머니 입매에는 단단하게 주름이 잡혀 있었어.

　이유는 그날 저녁에 알게 되었지. 어머니는 우리 오누이를 앉혀놓고 아버지의 죽음에 대해 설명하셨어. 집에 혼자 계시다가 간질 발작이 왔고 토사물에 기도가 막혀 질식사하셨다고. 우리가 알고 있던 연탄가스 때문이 아니라. 우리는 고개만 주억거렸지. 어차피 아버지가 없다는 사실은 달라지지 않았으니까. 하지만 어머니의 비장한 표정에 우리도 덩달아 숙연해질 수밖에 없었어. 이어진 응급처치 교육도 일사불란하게 진행되었지. 옆으로 눕혀 분비물이 입 밖으로 흘러나오게 해라, 주위의 위험한 물건을 재빨리 치워라, 옷의 단추나 벨트를 풀어 느슨하게 해라, 경련이 멎을 때까지 옆에서 가만히 지켜보아라 등등. 그리고 당신이 집을 비울 때는 꼭 내 곁에 붙어 있으라고 동생에게 단단히 다짐을 놓으시더군. 동생은 입만 비쭉거렸어. 어머니는 파출부 일 때문에 거의 매일 집을 비우셨거든.

사실 간질 발작으로 죽는 경우는 흔치 않아. 하지만 어머니는 그 흔치 않은 경우 중 하나를 직접 겪으신 탓에 극도로 예민하셨지. 나를 볼 때마다 방에서 혼자 꺽꺽거리다 죽어간 남편이, 그동안 짊어져야 했던 죄책감이 떠올랐을 거야. 그 무게는 고스란히 동생에게 전달되었고. 한번은 일을 일찍 마치고 돌아오셨다가 집에 나 혼자 있는 걸 보신 거야. 하필 그날 동생이 몰래 놀러 나갔거든. 그 애는 대나무 먼지떨이로 종아리가 온통 검푸르게 변하도록 매를 맞고 대문 밖으로 내쫓겼어. 싸라기눈이 날리는 초겨울인데 옷도 제대로 못 걸치고. 방구석에 엎드려 『지하생활자의 수기』를 읽는 내내 창문 너머에서 동생의 울부짖음이 들려왔지. 엄마, 잘못했어요, 엄마, 잘못했어요, 엄마…….

여동생과 나는 한날한시에 태어난 이란성 쌍둥이야. 하지만 우린 서로 달랐지. 많이 달랐어. 동생은 항상 크게 웃고, 어머니에게 바락바락 대들다가도 금세 아양을 떠는 붙임성하며, 아이돌 가수에 광적으로 빠질 줄도 알고, 끝을 못 맺더라도 이것저것 시도하는 걸 좋아하고…… 어디서나 주위를 환하게 밝히는 생기를 타고난 아이였어. 나와 달리 눈에 띄는 외모도 한몫했고. 아마도 삼신할멈이 우리를 점지할 때 한쪽 눈에 백내장이라도 왔던가 봐. 장점은 골고루 뽑아 동생에게 몰아주고, 거름망에 걸린 찌꺼기는 나에게 버린 거야. 간질 같은 찌꺼기."

남자는 리듬에 맞춰 발을 까딱이며 오디오의 디지털 표시창에서 연주 시간을 확인한다.

"어머니의 응급처치 교육은 꽤나 유용했어. 유독 집에 동생과 단둘이 있을 때 발작이 잦았거든. 자연히 그 애도 내 곁에 붙어 있어야 한다는 사명감이 높아졌고. 밥을 먹다가, TV를 보다가, 목욕을 하다가, 툭…… 전원이 꺼져버리는 거야. 퓨즈가 나간 것처럼. 의식이 돌아와 부스스 눈을 뜨면 나를 내려다보는 말간 눈망울과 마주쳤지. 깨어났네. 빙긋이 웃으며 건네는 동생의 한마디가 나에게는 부활의 메시지였어. 아직 때가 아니라는, 퓨즈를 갈아 끼웠다는. 그 애의 머리 뒤로 천장에 매달린 원형 형광등이 왜 성스러운 후광처럼 보였을까? 눈이 부셔 똑바로 쳐다볼 수가 없었어. 눈을 까뒤집고 입에서는 거품을 줄줄 흘리고 사지가 뻣뻣하게 뒤틀리고 때론 괄약근이 풀려 변까지 지리는 꼴을, 밟힌 벌레처럼 꼬물거리는 자신의 반쪽을, 동생은 쪼그리고 앉아 말끄러미 지켜보고 있었겠지. 무슨 생각을 했을까, 그 애는?

동생도 불만이 많았을 거야. 한창 친구들과 어울릴 나이에

나 때문에 집에 묶여 나가지도 못하고. 그래, 미안하기도 하고 고맙기도 했어. 함께 태어난 나의 수호천사. 하지만 그런 인간적인 감정을 한 꺼풀 걷어내고 나면, 거기엔 검고 끈적끈적한 덩어리가 키득거리고 있었어. 악성종양처럼 꾸역꾸역 자라나, 온몸에 전이되어 조직을 파괴하는 그놈을…… 나는 잘 알고 있지."

남자는 CD 재킷의 그림을 들여다본다. 다부지게 휘감긴 소녀의 팔이 점점 조여들어 해골 사나이의 숨통을 틀어막는 것 같다. 휑하게 뚫린 검은 눈구멍에 두려움의 빛이 고인다.

"첫 발작과 그로 인해 알게 된 아버지 죽음의 내막을, 내 안에서는 사뭇 심각하게 받아들였던 모양이야. 열 살의 그날 이후 내 삶은 매 순간 죽음에 짓눌려 지내왔어. 정확히 말하자면 죽음이라는 관념에. 아무런 예고도 없이 찾아오는 발작이 나를 이 세상에서 지워버릴지도 모른다. 얼굴도 떠오르지 않는 아버지처럼. 그런 두려움이 죽음이라는 관념에 차츰 신의 형상을 덧씌우더군. 벽돌을 쌓아 신전을 세우고 교리를 정비해 복종을 요구하기 시작했어. 그렇다고 내가 신전의 노예로 전락한 건 아니야. 그 종교는 한편으로 은밀한 선민의식도 부여했으니까. 또래 애들이 포르노 잡지나 돌려 보고 오락실에서 '스트리트 파이터'에 목숨 걸 때, 생과 사의 경계 위에서 존재의 비의를 엿보고 있다는 자각은 일종의 자부심이었지.

자연히 나에게 성장이란 생의 가치를 축소해가는 과정이 되었어. 사랑이나 우정 같은 기본적인 가치부터 꿈, 평화, 희망, 자유, 예술, 명예, 권력, 재물, 쾌락, 슬픔이나 절망까지도. 감정의 굴곡을 없애고 모든 것에 초연해지려 노력했지. 신의 갑작스런 강림을 대비해야 했으니까. 언제부턴가 내 입가에는 유연한 냉소가 트레이드마크처럼 달라붙었지. 타인과 관계를 맺을 때에는 그가 쳐놓은 보호막의 영역을 면밀히 측정해서 내 것과 겹치지 않도록 거리를 조절했어. 불시에 발작하는 모습을 보이더라도 수치심을 최소화할 수 있도록, 그리고 혼자 남겨지는 시간의 두려움도 최소화할 수 있도록. 그렇다고 인간관계에 심각한 문제가 있었던 건 아니야. 오히려 그런 점을 깔끔하고 편안하게 여기는 사람들이 의외로 많더라고. 매사에 쿨한 게 내 매력이라나.

두려움을 극복하는 가장 좋은 방법이 뭔 줄 아나? 두려움의 대상과 하나가 되는 거야. 그래서 난 의대로 진학했지. 나의 생애를 인류 봉사에 바치고 어쩌고 하는 히포크라테스 선서와 무관하게, 단지 사람들이 얼마나 유약하고 죽음에 가까운 존재인지 곁에서 확인하고 싶었던 거야. 굳이 발작이 아니더라도 질병으로 사고로 자살로, 존엄하다는 인간이 얼마나 쉽게

5리터의 혈액과 이백여섯 개의 뼈를 담은 단백질 주머니로 변하는지. 그렇게 난 죽음을 복제해 내 안의 신전에 제물로 바치며 삶을 이어갔지. 그 덕분인지 어머니가 돌아가셨을 때에도 슬픔을 적정한 선에서 통제할 수 있더군. 억척스럽게 사시던 양반이었는데…… 계 모임에서 단풍놀이 가셨다가 차가 뒤집혔어. 3년 만에 큰맘 먹고 나선 나들이 길에서. 죽음이라는 게, 그렇다니까."

남자는 밤하늘에 위태롭게 매달린 초승달을 잠시 바라본다. 구름이 몰려와 달을 등 뒤로 감춘다.

"동생과 둘이서 지냈지만 집에서 마주치는 시간은 그리 많지 않았어. 이젠 성인이었고 각자 일이 있었으니까. 당시는 장기간의 약물 치료로 발작도 뜸해진 상태였는데, 그 애는 꼭 전화를 걸어 내 귀가 시간을 확인하더군. 괜찮다고 했는데도 어릴 때부터 몸에 밴 책임감은 어쩔 수 없었나 봐. 이제는 나의 유일한 보호자로서 더욱 마음을 쓰는 눈치였어. 난 일부러 학교에서 시간을 보내다가 한밤중에 귀가하는 날이 많아졌지.

어느 일요일이었어. 동생이 노크를 하더니 난처한 표정으로 들어오더군. 중요한 오디션이 있어서 나가봐야 한다고. 참, 동생은 전부터 배우가 꿈이었어. 고등학교 축제 때 연극반 공연하는 걸 본 적도 있지. 살로메 공주 역을 맡았는데, 소질이 있더라고. 졸업 후에는 아르바이트를 하며 연기학원에 다니고 있었어. 오디션도 벌써 수십 차례 봤고. 아마도 나와는 정반대의 동기가 작용하지 않았을까? 인간의 삶이 얼마나 흥미진진하고 다채로운 것인지 마음껏 누려보고 싶었을 거야. 활력이 넘치는 애였으니 고작 하나의 인생으로는 부족했겠지. 그날 오디션은 유명 감독이 신작에 출연할 배우들을 직접 캐스팅하는 자리라더군. 신인을 대거 기용하기로 했다나. 나도 명성은 익히 알고 있는 감독이었어. 걱정 말고 다녀오라고 했지. 학교에서 세미나가 있어 나도 곧 나갈 거라고. 행운을 빈다고 했더니 두 주먹을 불끈 쥐며 기합을 넣더군. 동생이 외출한 후 종일 침대에서 인체해부학 책을 뒤적이며 시간을 보냈어. 저녁 무렵 근육계 챕터를 보던 중 툭, 퓨즈가 나갔지.

깨어났을 때는 침대 밑에 엎어져 있더군. 뜯겨 나온 전신근육 도판을 오른손에 꽉 움켜쥔 채로. 온몸의 빗살무늬 근육을 벌겋게 드러낸 남자가 엉망으로 구겨져 나를 노려보았지. 도판을 손바닥으로 눌러 펴 책갈피에 끼워 넣고 몸에 이상은 없는지 하나하나 점검했어. 왼쪽 대문니가 살짝 흔들리더라고. 침대에서 굴러떨어지며 방바닥에 들이박은 모양이야. 치과에 가서 엑스레이를 찍어보니 다행히 이뿌리에 실금이 간 정도였지. 의사는 가만히 두면 붙을 거라며 당분간 앞니로 음식을 씹지 말라더군. 거의 1년 만의 발작이었어. 하필 동생이 집을 비운 그 시간에.

며칠 후, 밤이 이슥해 돌아왔는데 동생이 친구 두 명과 캔맥주 파티를 벌이고 있더라고. 나를 보자마자 환호성을 질렀어. 두 친구는 옆에서 박수를 치며 입으로 팡파르를 울렸고. 오디션 합격, 정식으로 배우가 된 거야. 포옹과 함께 축하의 말을 건넸지. 친구들의 호기심 어린 시선을 받으며 잠시 파티에 합석했어. 꽤 비중 있는 역을 따냈나 봐. 산장에 모인 사람들이 한 명씩 의문의 죽음을 당하는 스토리인데, 거기서 두번째로 죽는 여자를 맡았다나. 끝까지 살아남는 주연급이면 더 좋았겠지만, 뭐, 선두 타자로 죽는 사람도 있으니까. 설명하는 품이 당장이라도 짐을 싸서 산장으로 올라갈 기세더군. 원래 감정을 묵혀두지 않는 성격이었지만 그렇게 들뜬 모습은 또 처음이었어. 양 볼이 발긋하게 달아올라 조증 상태의 카나리아처럼 쉴 새 없이 조잘거리는데, 뭐랄까…… 아름다웠어. 멋있더라고. 저런 건 어떤 기분일까, 궁금하기도 했고. 웃으며 말마중을 하는 내내 왜 혀끝으로 금이 간 앞니를 까딱까딱 흔들어댄 건지…….

이튿날부터 동생은 대본을 들고 거울 앞에 붙어살다시피 하더군. 문외한인 내가 보기에도 그 애는 타고난 배우였어. 이전까지의 오디션 심사위원들은 모두 장님 아니면 멍청이였던 게

지. '그놈이 오늘 밤도 나타나 나까지 죽일 거야!' 눈을 희번덕이며 절규하는 대목에서는, 하, 나까지 오싹하더라고. 정말 다른 사람처럼 보였어. 다른 사람이 된다는 건 짜릿한 경험이겠지? 인생이란 게 서너 번쯤 이렇게도 살아보고 저렇게도 살아보면 좋을 텐데, 딱 한 번뿐이라는 건…… 부조리해. 나에게도, 동생에게도, 또 당신에게도. 안 그래? 결국 동생도 하나의 인생밖에 살지 못했어. 산장에서 두번째로 죽는 여자 역할을 맡을 수 없었거든."

남자는 라텍스 장갑을 낀 손으로 턱을 괴고 2악장의 결말부에 귀를 기울인다. 잠시 사이를 두고 제3악장이 힘차게 시작된다.

"12분 34초 남았어. 3악장은 짧지만 강렬하지. 내가 가장 좋아하는 파트야."

남자가 벌떡 일어나 오디오 볼륨을 높인다. 스피커에서 피어나는 선율이 수백 겹 꽃잎을 활짝 펼쳐 방을 가득 채운다. 남자는 향기를 음미하듯 눈을 지그시 감고 음파의 꽃잎 속에 몸을 담근다.

"이 건물 방음은 잘되나? 이웃에 폐를 끼치고 싶지는 않은데. 난 무신경한 인간들이 딱 질색이거든. 꼭 한밤중에 세탁기를 돌리거나 하는. 잠귀가 예민한 편이라서."

남자가 다시 볼륨을 줄이고 침대에 걸터앉는다.

"그날도 한밤중에 들리는 희미한 기척에 잠을 깼어. 거실로 나갔더니 동생 방에서 억눌린 신음 같은 게 새어 나오는 거야. 무슨 일인가 싶어 방으로 뛰어들었지. 그때 눈에 들어온 광경을 난 지금도 떠올릴 수 있어. 아주 생생하게. 사선으로 비쳐드는 희푸른 달빛, 창가에 나부끼는 상아색 모슬린 커튼, 달걀 모양의 미니 가습기가 뱉어내는 허연 수증기, 침대에 누운 동생, 동생을 올라탄 우람한 덩치, 잠옷 앞섶이 벌어지며 얼굴이 반으로 갈라진 미키마우스, 입을 틀어막은 털북숭이 손, 나를 보고 비로소 안도하는, 발작에서 돌아오는 나를 마중하던 수호천사의 눈빛…… 내가 실제로 그 모든 걸 봤던 걸까? 달빛이 있었다고는 해도 캄캄한 한밤중인데. 어쩌면 나도 모르는 새 그 장면을 계속 되새김질하며 덧칠을 한 건지도 몰라. 디테일을 그려 넣고 색을 입히고. 왜냐하면 난 방에 뛰어들자마자 툭, 퓨즈가 나가버렸거든."

현악기들의 날카로운 떨림이 궁수부대가 쏜 화살처럼 날아와 방 구석구석에 박힌다. 남자는 셔츠 주머니에서 담뱃갑을 꺼내어 한참을 만지작거리다가 다시 집어넣는다.

"쓰러질 때 머리를 찧으며 기절을 했던가 봐. 일어서는데 두개골 안쪽에서 수십 개의 종이 한꺼번에 울리더라고. 놈은 이미 사라지고 동생 혼자 침대 위에 몸을 동그랗게 말고 누워 있더군. 머리는 헝클어지고 너덜너덜 찢긴 미키마우스 잠옷 사이로 하얀 살덩이가 드러난 채로. 깨어났네. 검은 구멍처럼 텅 빈 눈으로 부활의 메시지를 보내주고, 그 애는 소리 없이 울기 시작했어.

그래, 견디기 힘들었겠지. 자기 방 침대에서 짐승 같은 놈에게 강간을 당했으니. 그동안 오빠라는 인간은 옆에서 눈을 까뒤집고 사지를 뒤틀고 있었으니…… 하지만 나는 그 애의 고통을 제대로 가늠하지 못했어. 나에게는 고통의 척도라는 게 없었거든. 죽음을 유일신으로 모신 이후 고통의 무게마저 마냥 축소해왔으니까. 막연히 동생은 이겨낼 거라고만 생각했어. 나와 달리 웃음과 눈물, 환희와 좌절의 차이를 아는 애니까. 경찰에 신고하려는 나를 연기 인생 들먹이며 만류할 때는 차라리 한시름 놓았지. 며칠 넋이 나간 표정으로 방에 틀어박혀 있었지만, 머잖아 자리를 털고 발딱 일어날 거라 믿었어. 내 어깨에 기대어 대차게 한판 울어젖히고 나서, 그 일은 영원히 잊겠노라 선언할 거라고. 다시 대본을 들고 거울 앞에서 새로운 인생을 연습할 거라고. 그게 동생다웠으니까. 설마 그 애가 나만의 비밀 신전에 들어와 몸을 던지리라고는, 꿈에도 생각하지 못했어. 이런, 벌써 마지막 악장인가? 8분 57초 남았군."

남자는 건성으로 손목시계를 들여다본다.

"어때, 죽음이 시시각각 다가오는 기분이? 그래도 당신은 행복한 거야. 정확히 언제 죽을지 이렇게 친절하게 알려주는 사람도 있고."

남자가 일어나 창가로 간다. 다시 구름을 가르고 나온 초승달이 맵시 있게 빛나고 있다. 남자는 커튼을 쳐 창문을 가린다.

"어느 날 집에 돌아왔더니 베란다 천장의 빨래건조대에 동생이 목을 매달고 늘어져 있더군. 원, 다리나 백화점도 곧잘 무너지는 나라에서 웬 빨래건조대는 그리 튼튼하게 만드는지. 조용히 장례를 치르고 동생의 유골함을 집으로 가져왔어. 자궁 속에서 눈에 보이지도 않는 수정란 때부터 함께 지내온 오누이야. 스산한 납골당에 차마 혼자 놔두고 올 수가 없더라고. 나의 반쪽을.

동생의 죽음은 어머니 때와는 또 다르더군. 내 안에 복제된 무수한 죽음들과 얌전히 섞여들지 못했어. 천방지축으로 신전을 들쑤시고 헤집어놓는데, 두 손 들었다니까. 그럴수록 난 한쪽 바퀴가 빠진 수레처럼 빙글빙글 제자리를 맴돌았지. 낮에는 멍하니 하나의 사물만 바라보며 몇 시간씩 보내기 일쑤였고, 밤이면 지독한 악몽에 시달렸어. 교수대에 목이 매달린 채 날갯짓하는 아버지, 불타는 버스를 타고 굽이진 산길을 달리는 어머니, 보름달 아래서 늑대인간에게 내장을 뜯어 먹히는 동생, 그 옆에 상자에 구겨 넣은 꼭두각시처럼 널브러져 입을 헤벌리고 침을 질질 흘리는 나…… 그 애는 10년 넘게 나를 지켜주었는데, 나를 필요로 했던 단 한 순간 나는 그 애를 지켜주지 못했어. 어쩔 수 없었잖아? 발작을 내 마음대로 조절할 수 있는 것도 아니고. ……모르지. 내 안에 도사린 죽음의 신은 조절할 수 있었는지도.

언제부턴가 책상 위에 올려놓은 유골함에서 소리가 들리기 시작했어. 호탕하게 웃고, 눈치를 살피며 훌쩍이고, 샐쭉하게 째려보며 콧방귀를 뀌고, 성이 나 악다구니 치고, 발그레 상기되어 카나리아처럼 조잘거리고…… 고등학교 축제 때, 동생이 무대에서 했던 대사 중에 이런 게 있었어. 사랑의 신비는 죽음의 신비보다 더 깊은 거야. 난 말이야, 그 애가 생래적으로 내뿜는 빛이, 그 아름다움이 두려웠던 것 같아. 내가 오랜 시간 힘겹게 지켜온 엄숙한 교리와 암흑의 신전을 일거에 무화시켜버릴 듯한 그 아름다움이……."

남자가 셔츠 위로 왼 팔뚝의 흉터를 쓰다듬는다.

"어느 날 밤, 또 악몽에 시달리다가 깨어났는데 가슴팍 안쪽이 아팠어. 심장인지, 간인지, 폐인지, 가슴 여기저기를 송곳으로 쑤시는 것 같더라고. 처음 느껴보는 종류의 통증이었지. 침대에 웅크리고 앉아 가슴을 끌어안고 있는데, 유골함이 말을 걸더군. 깨어났네. 발작하듯 일어나 유골함을 바닥에 패대기쳤어. 옷을 모두 벗어 던진 후 그 애의 하얀 뼛가루를 머리에 뒤집어쓰고 온몸에 문질렀지. 식은땀으로 푹 젖은 상태라 골고루 잘 발리더군. 그리고 그 애가 연기 연습을 하던 전신거울 앞에 섰어. 거울 속 비루한 몰골의 사내를 보자, 묘한 쾌감이 나를 감싸는 거야. 난 바닥에 뒹구는 유골함 파편 하나를 집어 팔뚝을 그었지. 일종의 징표라고 할까. 내 빨간 피가 동생의 하얀 뼛가루 위로 번지는 모습이, 아, 황홀하더라고. 전쟁을 앞두고 의식을 치르는 원주민 전사가 된 기분이었어. 흐르는 피를 몸 여기저기 바르며 결심했지. 복수를 하기로. 대번에 깊은 동굴 속 신전에서 비웃는 소리가 울려 나오더군. 복수? 그런 게 도대체 무슨 의미가 있느냐고. 하지만 무시했어. 가슴의 통증이 사라지고, 뜨겁고 아릿한 기운이 솟구치는 것만으로도 의미는 충분했으니까. 내 몸을 감싼 동생의 뼛가루가 곱게 빻은 별가루처럼 빛났으니까."

누워 있던 사내의 눈꺼풀이 한 번 깜빡한다. 눈동자가 꾸물거리며 남자의 얼굴을 좇는다.

"얘기가 너무 길어졌군. 그놈을 찾아다닌 과정은 생략할게. 정확히 6년 7개월 8일이 걸렸어. 신기하지, 그동안 한 번도 발작이 일어나지 않았다는 게."

남자가 사내의 목구멍에 삽관된 튜브를 빼내어 손수건으로 훑어 닦는다. 튜브를 둥글게 말아 가방에 챙겨 넣고 필통 크기의 양철 상자를 꺼낸다. 상자에는 주사기와 작은 약병이 들어 있다. 사내의 눈동자에 어린 형광등 불빛이 희미하게 흔들린다.

"경찰에 넘겨 몇 년 감방에서 썩게 할 생각은 없었어. 그건 너무 불공평하잖아. 탕! 탕! 탕! 사형선고는 벌써 오래전에 내려졌어. 요 며칠 미행하며 형을 집행할 기회만 노렸지. 그게 바로 오늘이야."

남자는 라텍스 장갑의 양 손목을 교대로 잡아당겨 손가락 끝까지 단단히 밀착시킨다. 양철 상자에서 주사기를 꺼내어 바늘 부분을 감싸고 있는 플라스틱 덮개를 제거한다. 약병의 고무 주둥이에 바늘을 찔러 넣고 피스톤을 천천히 당겨 약물을 빨아들인다.

"이걸로 내 악몽이 끝날까? 모르지, 더 심해질지도. 뭐, 그래도 어쩔 수 없다고 생각해."

남자가 손가락을 가볍게 튕겨 주사기 실린더 부분을 두 번 친다. 기포가 올라온 걸 확인하고 피스톤을 살짝 밀어 공기를 빼낸다. 두 대의 바이올린과 비올라, 첼로가 한 덩어리로 엉겨 비탈길을 쏜살같이 굴러 내려온다. 갈고리 모양의 검은 음표가 사방으로 흩뿌려진다.

"마지막 클라이맥스. 당신도 이 순간에 하고 싶은 얘기가 많을 거야. 하지만 미안해, 듣고 싶지 않아. 난 진실한 자백 따위는 필요 없거든. 이건 순수한 복수야. 동생을 위한, 내가 살아 있다는 걸 느끼기 위한, 그리고 나를 지배해온 죽음의 신을 엿먹이기 위한."

남자가 사내의 얼굴 위로 상체를 숙인다. 왼손으로 오른쪽 눈꺼풀을 활짝 벌리고 눈동자를 향해 주삿바늘을 가져간다.

"유감스럽게도, 고통은 없을 거야."

2

공든 탑일수록 더 쉽게 무너지는 법이죠. 어물쩍 넘어가면 그만인 작은 흠집도 공든 탑에는 치명적인 결함이 될 수 있으니까요. 오로지 그 탑을 쌓느라 자신의 모든 공력을 쏟아부은 사람은 편식이 심한 아이처럼 면역력이 약해지기 마련이랍니다. 점차 자신의 노력을 과대평가하게 되고, 그 탑에 과도한 의미와 가치를 욱여넣고, 종국에는 내가 탑을 쌓고 있는 건지 탑이 나를 쌓고 있는 건지 알 수 없는 지경에 이르죠. 공든 탑이 무너지고 나면 그 상실감을 만회할 수 있는 곳은 없습니다. 물론 다시 쌓을 여력 따위도. 제 인생이 딱 그 짝이었어요.

이 사회는 코흘리개 시절부터 또래 속에서 본인의 위치를 확실히 자각하도록 독려하더군요. 초등학교 입학 첫날, 번호를 정하기 위해 복도에 나란히 줄을 서면서 제 키가 작은 편이라는 걸 깨달았습니다. 성적표는 제가 부모님의 자랑거리가 될 영재가 아니라는 사실을 또박또박 알려주더군요. 체육시간 100미터 달리기 기록은 제 운동신경 역시 그저 그런 수준이란 걸 귀띔해주었고, 학급 인기투표는 저를 마음에 둔 여자애가 한 명도 없다며 약을 올렸어요. 그렇다고 열등감의 늪에서 허우적거리며 우울한 유년기를 보낸 건 아니었습니다. 저는 거의 모든 항목에서 다수 집단에 포함되었으니까요. 다만 남들보다 앞서고 싶고 추앙받고 싶다는 갈망을 충족시키기가 힘들었죠. 열등감은 끼리끼리 무언의 공감대라도 형성되어 있지, 잘나고 싶은 갈망은 드러내놓고 말하기도 뭣하고, 정말 처치 곤란이더군요. 매슬로의 욕구 5단계설에도 당당히 4단계에 명시된 자연스런 욕구인데 말이에요.

그래서 전 특기나 적성을 배제하는 이 나라의 주입식 교육을 숭배하게 되었습니다. 100미터 달리기나 인기투표와 달리

학교 성적은 투자한 시간과 노력에 비례하여 결과가 나왔으니까요(물론 완전한 정비례 함수는 아니지만). 시간과 노력은 누구에게나 공평하게 부여된 소비재 아닙니까. 제 갈망을 위해 얼마든지 투자할 용의가 있었습니다. 비례, 뿌린 만큼 거두는 것. 얼마나 깔끔합니까. 변명의 여지가 없잖아요. 게다가 성적표는 당장 학교와 가정에서의 인정은 물론 차후 사회에서도 영향력을 발휘하는 높은 호환성이 장점이었죠. 인내하고 노력하여 도달할 수 있는 목표라면 무엇이든 가능하다! 이 오연한 자신감이 뿌리를 내리고 우람하게 자라 저를 지탱해주었습니다. 이 나라에 태어난 게 천만다행이었어요. 만일 획일화된 학습을 강요하지 않고 성적마저 타고난 아이큐나 창의성에 의해 좌우되었다면, 전 더욱 견디기 힘들었을 겁니다.

고등학교 3학년에 올라가니 모의고사 성적표에 전국 등수가 표시되더군요. 하, 누가 그런 멋진 생각을 했는지. 지방 평준화 고등학교에 다니던 저에겐 엄청난 자극이었습니다. 전국 몇등, 상위 몇 프로, 거기에 분모로 뭉뚱그려진 이들이 누굽니까. 11년 전 전국에서 동시에 초등학교에 입학했던, 총성과 함께 출발선에서 일제히 달려 나간 동갑내기 경쟁자들 아닙니까. 섬마을 분교 시골뜨기들부터 서울 강남의 콧대 높은 귀족 자제분들까지, 오로지 점수에 의해 일렬로 늘어서는 거죠. 저는 성적표에 표시된 백분율을 낮추기 위해 잠을 줄이고 코피를 쏟았습니다. 대입 시즌이 다가올수록 제 위치는 가장 완벽한 숫자라 생각했던 '1'을 돌파하여 한없이 '0'에 수렴되어갔죠. 어때요, 일찌감치 분야를 잘 선택하지 않았나요? 어릴 적 타고난 운동신경으로 100미터 경주를 휩쓸던 애들 중에 그때까지 100미터 경주를 하는 애가 전국에 몇이나 있었겠습니까?

단순히 남아도는 성적이 아까워 서울대학교 법학부에 진학한 건 아닙니다. 중학교 3학년 여름방학 때 우연히 재판을 방청한 일이 있었어요. 아버지가 법원 정원을 가꾸는 기능직공무원이셨거든요. 아, 경이로운 경험이었습니다. 법정은 원시의 야만성과 문명의 합리성이 충돌하는 작은 우주더군요. 정신지체 장애인을 성폭행하고 살해한 흉악범의 침묵, 검은 법복의 숭고한 권위, 무기징역을 선고하는 준엄한 판결문, 마지막으로 악령을 봉인하듯 결연하고 낭랑하게 울려 퍼지는 망치 소리. 탕! 탕! 탕! 그 순간 제 마음속에도 하나의 판결이 내려졌답니다. 판사가 되겠다. 아시죠? 제가 마음을 먹었다는 건 이미 90퍼센트 이상 실현된 거나 진배없다는 걸.

사실 성적표에 기재된 숫자를 무기로 학교라는 울타리 안에서 승승장구해왔지만, 그건 단지 누군가 만든 퀴즈를 더 많이 풀었다는 걸 증명할 뿐이죠. 과학자가 만든 미로를 탁월한 실력으로 통과한다고 해서 모르모트가 연구소장이 되지는 않잖아요. 사회에 진출한다 해도 성적표의 양식만 바뀔 뿐, 누군가를 위해 실적을 쌓아야 하는 과정은 마찬가지일 것 같더군요. 하지만 판사는 다르죠. 나와 동등한 인간을 심판하는 존재, 죄에 따라 합당한 벌을 부과함으로써 세상을 공평하게 만드는 존재 아닙니까. 죄와 벌. 비례. 제 오랜 갈망의 안식처로 이보다 적당한 곳이 어디 있겠습니까.

3학년이 되던 해 사법시험 1차에 합격하고 2차를 준비할 때까지만 해도 모든 게 순조로웠습니다. 설계도대로 쌓아온 제 답은 이제 마지막 지붕돌과 탑머리만 올리면 완성되는 단계였죠. 하지만 2차 시험 바로 전날, 저의 공든 탑에 흠집이 생겼습니다. 어물쩍 넘어가면 그만인 작은 흠집이.

그날 저녁 여자친구와 관악산 호수공원 부근을 산책하고 있었어요. 마지막 관문을 앞두고 차분히 마음을 가다듬는 중이었죠. 잠깐 여자친구 자랑을 할까요? 그녀는 제 소년기의 로망 이자벨 아자니를 닮은 미대생이었습니다. 가량가량한 몸매에 자신을 우아하고 맵시 있게 가꿀 줄 아는 퀸카였죠. 우리를 연결시켜준 이는 장 르누아르 감독이었어요. 보름 동안의 회고전에서 몇 차례 마주치며 얼굴을 익혔고, 마지막 날 〈게임의 규칙〉을 함께 관람한 후 말을 걸었습니다. 에스프레소를 마시며 르누아르 감독의 섬세한 미장센과 등장인물들의 희비극적 성격에 대한 해설로 점수를 땄죠. 좋아하는 분야가 생기면 먼저 해박한 배경지식부터 섭렵하는 게 저의 오랜 생존 전략입니다. 제 평범한 외모로는 어느 자리에서도 이목을 끌지 못한다는 사실을 어릴 때부터 깨달았거든요. 대신 지적이고 자기 세계가 분명하다는 인식이 평범한 외모에 후광을 부여해준다는 사실도. 그 후광 효과에 일류대 법대생이라는 조건이 더해져 그녀와 연인이 될 수 있었으니, 왜 굳이 '생존 전략'이라는 표현을 썼는지 이해하시겠죠?

사법시험을 치르는 기간에는 연애를 포기하는 고시생들이 많지만 저는 개의치 않았습니다. 연애 정도에 흔들리는 의지라면 애저녁에 포기해야죠. 오귀스트 르누아르의 유화 속을 함께 거니는 듯한 세련된 여자친구는 오히려 성취동기를 자극하는 활력소였습니다. 육법전서의 메마른 사막에서 갈증을 풀어주는 싱그러운 오아시스라고 할까. 이런, 낯간지러운 비유군요. 아무튼 그날도 그녀가 행운의 마스코트라며 형법 강의 속표지에 네잎클로버를 따는 나폴레옹('내 사전에 불가능은 없다!' 제가 가장 존경하는 롤모델입니다) 캐리커처를 그려주었답니다. 흐뭇하더군요. 물론 저에게 행운 같은 건 필요 없었지만.

"어이, 형씨."

숲길을 지나는데 부싯돌을 맞부딪는 듯한 목소리가 불쑥 튀어나왔어요. 웬 남자가 나무둥치에 기대앉아 있다가 엉덩이를 털며 다가오더군요. 이미 사위가 어스레한 시각이라 바로 옆을 지나면서도 알아채지 못했죠. 땅딸막한 체구에 다부지게 각이 잡힌 머리통이 유난히 커 보였습니다.

"불 좀 빌립시다."

숨결에서 구리터분한 막걸리 냄새가 훅 끼치더군요. 손가락 사이에 담배를 끼우고 제 면상에 들이미는데 팔뚝에 새겨진 문신이 눈에 들어왔어요. 막 고치를 가르고 나와 첫 날갯짓을 하려는 나비. 저 나비가 날아가고 나면 울퉁불퉁한 팔뚝에는 쓸모없는 고치 껍데기만 남겠구나. 뜬금없이 왜 그런 생각이 들었는지.

"담배 안 태웁니다."

여자친구를 잡아끄는 손길에 힘이 들어갔습니다.

"씨발, 학삐리 새끼, 뻣뻣하기는."

혼잣말이라기엔 지나치게 또랑또랑한 상소리가 날아와 뒷덜미에 꽂히더군요.

"흘린 보지 하나 주워 먹느라 바쁘시구만."

돌아보지 말았어야 했는데. 그냥 무시하고 그 자리를 떴어야 했는데…… 눈이 마주친 순간 녀석이 히죽 웃었습니다. 모든 게 순식간이었죠. 명치와 콧등에 찌릿한 통증, 쌉싸래한 피비린 내, 여자친구의 갈라지는 비명…… 저는 땅바닥에 엎어졌고 나비문신이 제 지갑을 뒤지고 있더군요. 불퉁거리며 얼마 안 되는 지폐를 주머니에 구겨 넣고 손가락에서 금반지를 비틀어 빼 냈습니다. 1주년 기념으로 맞춘 커플링을. 몸을 일으켜 녀석의 어깨를 붙잡는데 다시 주먹세례가 날아왔어요. 여자친구가 사색이 되어 비명을 질러대자 나비문신은 몸을 돌려 그녀의 배를 걷어찼죠. 그녀의 돈과 반지도 곧 녀석의 주머니 속으로 빨려들어갔어요. 그 악당이 내 여자의 머리채를 그러잡고 가슴을 난폭하게 주물러대는 걸, 무력하게 바라볼 수밖에 없었습니다. 팔다리를 바르작거렸지만 몸이 말을 듣지 않았어요. 목구멍을 솜으로 틀어막은 것처럼 숨 쉬기조차 힘들었죠. 음탕한 말을 뇌까리며 치마 속으로 손을 집어넣던 녀석이 멈칫했습니다. 산책로 아래쪽에서 남학생들이 어깨동무를 하고 고래고래 노래를 부르며 다가오더군요. 나비문신은 저를 향해 다시 히죽 웃고는 숲의 어둠 속으로 사라졌습니다.

이튿날 아침은 무심히도 밝아오더군요. 만신창이 얼굴로 시험장에 갔지만 문제는 한 글자도 눈에 들어오지 않았습니다. 대신 전날의 치욕이 계속 눈앞에 떠올라 저를 괴롭혔어요. 축구 중계의 골 장면처럼 다양한 각도에서 리플레이, 리플레이, 리플레이…… 열 맞춰 책상에 고개를 처박은 수험생들은 열심히 법전을 뒤적이고 볼펜을 놀렸지만, 저는 줄줄 흘러내리는 땀방울로 답지를 채웠습니다. 오한으로 몸이 떨리고 점점 숨까지 가빠왔죠. 결국 첫 과목 헌법 시험이 끝나자마자 집으로 도망쳐 왔습니다.

한동안 자취방에 틀어박혀 밖에 나가지도 못했어요. 여자친구가 매일같이 찾아와 저를 위로하고 격려했죠. 괜찮다고, 미친 개에게 물린 셈 치고 잊어버리자고. 제가 정작 괴로웠던 게 뭔지 아세요? 바로 그녀의 위로와 격려였어요. 사랑하는 사람이 나를 위해 짐짓 쾌활한 척해야 하는 상황. 그녀의 미소가 전처럼 우아하게 뺨으로 번지지 못하고 딱딱한 입꼬리에 막혀 표류하는 걸, 차마 똑바로 쳐다볼 수가 없더군요. 수치심과 굴욕으로 연탄불 위의 오징어처럼 몸이 오그라드는 것 같았습니다. 미친개에게 물린 걸 어떻게 잊을 수 있겠어요. 광견병이 옮는데.

하지만 언제까지 그러고 있을 수는 없었습니다. 와신상담. 지워지지 않는다면 차라리 나를 채찍질하는 자극제로 삼자. 불쑥 뛰어들어 내 정원을 헝클어놓은 미친개. 그런 무뢰한들을 심판하기 위해서라도 사법시험에 합격해야 한다. 그따위 사소한 접촉사고 때문에 인생 폐차시킬 수는 없지 않은가. 그렇게 마음을 다잡으니 다시 투지가 솟구치더군요. 여자친구도 제 변화에 비로소 안심하는 기색이었죠. 아예 학교를 휴학하고 고시 준비에만 매달렸습니다. 어차피 초시는 올림픽 정신으로 분위기나 익히는 기회, 중요한 건 내년 재시라고 스스로를 다독였어요. 합격만 한다면 모든 게 제자리로 돌아갈 거라고.

1년 후, 만반의 준비를 하고 다시 2차 시험을 치르러 갔습니다. 뇌세포 하나하나가 법조문을 줄줄 읊을 정도로 자신감이 넘쳤어요. 하지만 그 자신감은 출발부터 삐걱거리기 시작했죠. 지하철을 타고 가는데 갑자기 호흡이 가빠지고 식은땀이 줄줄 흘러내리는 겁니다. 거의 숨을 쉴 수 없는 지경이 되어 황급히 지하철을 빠져나왔죠. 택시로 갈아탔지만 역시 마찬가지였습니다. 다시 내려서 뛰고, 걷고, 뛰고…… 간신히 시험장에 도착했을 때에는 거의 탈진 상태였죠. 마음을 가다듬고 시험지를 펼쳤는데, 글자들이 꿈실거리며 사방으로 흩어지는 겁니다. 대신 1년 전 그날의 필름이 백지 위에 다시 상영되기 시작하더군요. 제발, 이러면 안 돼. 침착하자. 탕! 탕! 탕! 열여섯 소년을 단번에 사로잡았던, 결연하고 낭랑하게 울려 퍼지던 망치 소리를 떠올리며 심호흡을 하고 정신을 집중했어요. 하지만 그럴수록 영상은 더욱 선명해지더군요. 마치 그동안 머릿속에서 누군가 필름 복원 작업이라도 한 것처럼. 얼굴을 향해 날아오는 쇠망치 같은 주먹, 입으로 줄줄 흘러드는 코피, 여자친구의 비명, 그녀의 치마 속으로 날아드는 나비…… 또다시 첫날 시험을 마치지도 못하고 비틀거리며 시험장을 빠져나왔습니다.

다음 해 새로 도전한 1차 시험에서도 똑같은 일이 반복되었어요. 막막하더군요. 정당한 노력이 이렇듯 무참히 배반당하는 상황은 익숙지가 않았습니다. 매사에 자신감이 떨어지고 짜증만 늘어갔어요. 그럴수록 여자친구의 미소는 더욱 부석부석해졌고. 한참을 망설이다가 찾아간 신경정신과에서는 과도한 시험 스트레스로 인한 불안장애라고 하더군요. 시험 스트레스? 말도 안 되는 진단이죠. 이제껏 시험이야말로 제 존재감을 공인해주는 최고의 기회였는데.

사면초가. 제가 선택할 수 있는 탈출구는 군대뿐이었습니다. 사법시험 합격 후 군법무관으로 복무하려던 계획을 수정할 수밖에 없었죠. 계급장도 없는 전투복을 입고 훈련소 연병장에 열을 맞춰 서 있자니 마음이 착잡하더군요. 장교 대신 사병으로, 다시 특출할 것 없는 다수의 또래 집단으로 회귀한 셈이었어요. 죽어라 달릴 필요도 없이 정해진 시간만 채우면 되는 그야말로 공평무사한 집단으로.

이등병 계급장을 떼기도 전에 결별 편지를 받았습니다. 저는 담담히 받아들였어요. 그녀에게 어울리는 남자는 전도유망한 사법연수원생이지 신경정신과를 들락거리는 패배자가 아니었으니까요. 연애나 결혼에서 조건을 따지는 세태를 속물이라 비판하는 사람들이 있는데, 전 그것도 편협한 사고라고 생각해요. 조건 말고 사람을 보라고요? 외모 말고 내면을 보라고요? 얼굴 보고 결혼해봤자 3년 안 간다고들 하는데, 어디 가서 3년치 즐거움을 한번 찾아보라지요. 내면이 중요하다면 그만큼 외면도 중요한 겁니다. 특히 저처럼 외적인 스펙을 끌어올리기 위해 아등바등해온 사람에게는. 그것만이 이 적자생존의 사회에서 제가 가진 유일한 경쟁력이니까요. 그녀도 저도 애당초 서로의 외모와 조건에 끌렸던 게 사실입니다. 제가 그 조건을 충족시키지 못했으니 차이는 건 당연한 결과였죠. 차라리 홀가분하더군요. 치욕적인 기억의 절반은 내려놓은 셈이었으니.

길고도 짧은 26개월의 시간이 흘러갔습니다. 전 제대를 심기일전의 기회로 삼았죠. 인생 한 방, 남들에 비해 많이 늦은 것도 아니다. 이제 연인 앞에서 굴욕감을 씹으며 오그라들 일도 없고, 나만 잘하면 된다. 군대가 내 자율신경계에 깡다구와 똥배짱을 짱박아주지 않았는가. 그렇게 믿었습니다. 정말로, 믿고 싶었습니다. 하지만 예비역으로 치른 첫 시험에서 아무것도 변한 게 없다는 사실을 확인했죠. 또다시 숨이 가쁘고 사우나에 들어앉은 것처럼 땀이 줄줄 흐르고, 그날의 일이 명절 연휴의

성룡 영화처럼 재방송되더군요. 성룡 영화는 유쾌하기라도 하지. 이건 정말…….

다시 상담을 받고 항불안제를 복용하고 기수련이니 마인드 컨트롤이니 명상요가니, 눈곱만치라도 도움이 될 만한 것은 필사적으로 쫓아다녔습니다. 정말 눈곱만치도 도움이 안 되더군요. 평소 인간 의지를 모독하는 사회악이라 규정지었던 종교에까지 매달렸지만, 신도 저를 구원하지는 못했습니다. 해가 거듭될수록 기억이 흐려지기는커녕 생소한 장면까지 첨가되며 분량이 늘어갔어요. 거친 크로키 한 점이 어느새 정밀 묘사 작품으로 변해 있었죠. 나중에는 그런 생각까지 들더군요. 오히려 내가 그 사건에 강박적으로 집착하며 쾌감을 느끼는 건 아닐까. 마조히즘에 빠진 스토커처럼.

1년에 한 번 시험을 치르고, 한동안 자괴감에 시달리고, 다시 1년을 로봇처럼 공부하는 사이클이 반복되었습니다. 자신감에 넘쳐 판사를 꿈꾸던 포부는 사라진 지 오래였죠. 들인 공이 아까워서라도 포기할 수 없다는 오기의 단계도 지나갔어요. 사법시험은 그저 개천절 기념식 같은 연례행사로 전락했습니다. 그렇게 또 몇 년의 시간이 흐느적흐느적 흘러가더군요. 서른을 훌쩍 넘겨서야 노력하면 성취할 수 있는 목표 하나를 포기했습니다. 생애 처음으로. 제길…… 미안합니다. 저도 모르게 상스러운 말이 튀어나왔네요.

대학 동기 하나가 법률사무소 사무장 자리를 소개해주더군요. 월급도 많지 않고 사소한 서류 작업이나 하는 직책이었지만 마음은 편했습니다. 아쉬움이야 왜 없었겠습니까. 마라톤에서 35킬로미터 지점까지 선두권을 유지하다가 발이 걸려 넘어지며 단숨에 하위권으로 처진 꼴인데. 그래도 사람이라는 게 어떻게든 살아지더군요. 10년 넘게 진을 뺀 탓인지 출세니 야망이니 하는 것에 정나미가 떨어지기도 했고요. 대신 소소한 일상에서 얻는 즐거움이 새삼 애틋하게 다가왔어요. 퇴근 후 소주 한잔의 진맛을 알게 되었고, 자전거 동호회에서 떠나는 주말여행도 재미가 쏠쏠했습니다. 〈보스턴 리갈〉이나 〈샤크〉 같은 미국 드라마를 통째로 다운받아 보다가 밤을 새우기도 했죠. 이따금 TV에서 소아암에 걸린 아이들의 투병기나 억울한 옥살이를 겪은 이들의 사연을 볼 때면 소시민적 위안에 잠겨들었어요. 그래도 난 행복한 편이야.

소맷부리 김칫국물 얼룩처럼 묻어 있던 한 점 회한은 결혼과 함께 씻겨 내려갔습니다. 부동산 소송건으로 알게 된 할머님이 소개한 자리인데, 맞선에서 기대하게 되는 수준의 장점을 충분히 지닌 아가씨였어요. 튀는 면모 없이 참하고, 집안 무난하고, 결혼에 대한 과도한 환상은 접은 단계이고. 장래성도 없는 직장에 다니면서 슬슬 앞이마 쪽 탈모가 진행되기 시작한 저로서는 놓치고 싶지 않더군요. 노을이 지는 민둥산 억새밭에서 그녀가 제 프러포즈를 승낙하던 날, 기쁨보다는 고마움이 앞섰습니다. 한 여자가 나를 믿고 반생을 함께할 배우자로 선택해주었다니. 콧등이 시큰해져 한참을 말없이 황금빛으로 물들어가는 억새만 바라보았어요.

결혼의 장점이자 단점이라면 더 이상 인생의 의미나 목표 따위로 고민할 필요가 없어진다는 게 아닐까 싶어요. 그동안 수많은 부부들이 선택한 세트메뉴가 자동으로 주문되더군요. 재테크, 내 집 마련, 출산과 육아, 교육, 노후 설계를 기본 구성으로 공동 취미, 성생활, 자아실현 등은 옵션. 행복이란 자신이 행복하지 않은 이유를 생각할 틈을 주지 않는 상태라고 정의한다면, 너무 냉소적인가요?

수학과 출신인 아내는 중고생들을 모아 과외를 했는데 수입은 저보다 좋았어요. 3년 알뜰하게 맞벌이하니 그럭저럭 서울 변두리에 22평 아파트 전세금은 모이더군요. 아파트로 이사한 이듬해 딸 유리가 태어났습니다. 사실 저는 딱히 아이를 원한 건 아니었는데, 세트메뉴 항목을 변경하는 게 생각보다 쉽지 않더라고요. 얼마나 다행인지. 갓 태어난 유리를 품에 안으니 비로소 세트메뉴를 만든 전임자들의 깊은 뜻을 알겠더군요. 처음 느껴보는 신비로운 순간이었어요. 저의 잘난 점 못난 점 따지지 않고 그대로 한 움큼 뚝 떼어 빚은 분신. 계획을 세우고 악착같이 노력해서 얻는 성취와는 전혀 다른 열매였습니다. 유리창에 비친 제가 헤벌쭉 웃고 있더라고요. 친구들이 술자리에서 결혼 생활에 대해 볼멘소리를 하면서도 휴대폰에 저장된 아이 사진을 들이미는 기분을 알겠더군요. 저도 하루가 다르게 커가는 유리를 휴대폰에 담아 여기저기 들이밀었습니다. 물론 아이의 영특함을 입증하는 주석들을 조목조목 덧붙이면서.

지금도 가끔 생각해봅니다. 만일 그렇게 계속 살 수 있었다면, 난 행복했을까? 알 수 없죠. 가지 못한 길이니까.

"어이, 형씨."

서초동 법원에 서류를 접수시키러 간 길이었습니다. 등나무 휴게소 옆을 지나는데 귀에 익은 목소리가 불쑥 튀어나오더군요. 부싯돌을 맞부딪는 듯한. 땅딸막한 남자가 손가락 사이에 담배를 끼우고 저를 쳐다보고 있었어요. 검은 쫄티에 현란한 은빛 나염이 아침 햇살을 받아 반짝였습니다.

"불 좀 빌립시다."

이런, 까맣게 잊었다고 생각했는데…… 주머니에서 라이터를 꺼내어 불을 댕기자 남자가 담배를 입에 물고 다부지게 각이 잡힌 머리통을 디밀었죠. 떨리는 제 오른손을 두 손으로 살 포시 감싸 쥐고. 고치를 갓 벗어난 나비는 여전히 날갯짓을 못 한 채 팔뚝에 매달려 있더군요. 이제는 넙데데하게 살이 붙어 날아오를 수도 없는 나비. 남자가 담배 연기를 풀풀 흘리며 히 죽 웃었습니다.

"땡큐요."

법원 건물로 들어가 현관 기둥 뒤에 몸을 숨겼습니다. 녀석 은 담배를 필터까지 알뜰하게 피우고 즉결법정으로 가더군요. 저도 따라가 피고인 양 자리에 앉았죠. 술자리에서 시비가 붙 었는데 형사를 사칭한 죄로 출두했더군요. 나이 처먹고 사는 꼬락서니 하고는. 제 버릇 개 주겠어요? 녀석은 즉심 경험도 풍 부한지 판사를 능청스럽게 구워삶아 벌금 3만 원으로 저렴하 게 막았어요. 멍청한 판사, 7만 원은 때렸어야지. 반짝이는 은 빛 나염이 실룩거리며 계단을 내려가, 법원 정문을 나서서, 거 리 인파 속으로 사라지는 모습을, 저는 망연히 바라보았습니 다. 편두통과 함께 어디선가 정으로 돌을 쪼는 소리가 들렸어 요. 법정에서 스쳐 들은 녀석의 이름이 두개골 안쪽 면에 음각 으로 또렷이 새겨졌더군요.

나비문신과 마주친 이후 제 마음속에 다시 지옥의 문이 열렸 습니다. 스무 살의 전도유망한 법대생이 놓친 가능성들이, 이제는 깨끗이 떨쳤다고 생각한 미련과 회한이, 한을 품은 원귀들처럼 뛰쳐나와 아우성을 치더군요. 내가 왜 저런 삼류 변호사 '시다바리'나 하며 살아야 하지? 원래는 저들이 정성껏 만들어 올린 서류를 검토하고 죄를 심판하는 자리에 있어야 하는데. 세 식구의 안락한 보금자리였던 22평 아파트는 감옥처럼 숨이 막혔어요. 이 코딱지만 한 낡은 아파트조차 내 소유도 아니고 전세라니. 목욕탕 타일에 눌러앉은 누리끼리한 물때를 바라보다가 신경질적으로 칫솔을 내던지기도 했습니다. 곰살궂은 아내는 또 왜 그렇게 답답하고 구질구질하게 보이던지. 아직 삼십대 중반인데 기미가 자글자글한 얼굴에 처진 팔뚝살 하며. 원래 저 자리에는 이자벨 아자니를 닮은 미대 퀸카가 있어야 하는데. 말문이 트이고부터 쉴 새 없이 붙들고 늘어지는 유리도 귀찮아 죽겠고, 불혹 인생에 더는 변화가 없을 거라는 사실이 서글펐고, 술자리에서 형사를 사칭할 객기도 없는 내 자신이 한심했고…….

　원귀들은 집요하게 제 모멸감을 들쑤시고 조롱했습니다. 술냄새를 풍기며 지각하는 날이 늘었고 일 처리도 실수투성이였어요. 점잖게 한 소리 하는 변호사님과 대거리를 벌이는 어처구니없는 광경까지 연출했으니 말 다했죠. 아내의 몸매며 옷차림, 음식, 말투, 화장까지 사사건건 트집을 잡아 면박을 주기 일쑤였고, 유리한테도 걸핏하면 소리나 지르는 '짜증쟁이' 아빠가 되었습니다. 급변한 제 모습에 어리둥절하던 아내는 다른 여자가 생긴 게 아닌지 의심했나 봐요. 차라리 그랬더라면…… 흥신소에 제 뒷조사를 의뢰했다는 사실을 알게 된 날, 아내에게 손찌검까지 하는 막장으로 치달았습니다.

에스키모들이 늑대를 사냥하는 법을 아시나요? 간단합니다. 짐승의 피를 묻힌 칼을 얼음 위에 꽂아두고 기다리는 거예요. 피 냄새를 맡고 다가온 늑대가 칼날에 묻은 피를 핥아 먹습니다. 그러다가 제 혀를 베여 피를 흘리죠. 하지만 차가운 금속에 이미 혀의 감각이 마비된 늑대는 그 사실을 알지 못합니다. 칼날에 계속 묻어나는 자신의 피를 핥아 먹고, 그것을 핥느라 또 피를 흘리고, 또 핥아 먹고…… 그러다가 쓰러져 죽는 겁니다. 저도 빙판에 꽂힌 칼날 같은 기억 한 조각을 핥다가, 제 피인 줄도 모르고 흐르는 피를 핥고 또 핥다가, 마침내 쓰러졌습니다.

정신을 차려보니 을씨년스런 22평 감옥에 폐인이 되어 누워 있더군요. 사무소에서는 잘린 지 오래였고 아내는 이혼서류 한 장 달랑 남긴 채 유리를 데리고 친정으로 내려갔습니다. 자업자득. 누굴 탓하겠어요. 휴대폰을 꺼내어 유리 사진을 보았습니다. 액정화면 속에서 웃고 있는 유리는 1년 전 모습에 붙박인 채 성장이 멈췄더군요. 많이 컸겠지? 이 애는 건강하게 자라

5단계 '자아실현의 욕구'까지 충족시켜야 할 텐데…… 어떻게든 아내에게 용서를 구하고 다시 시작해볼까? 하지만 두려웠습니다. 똑같은 일이 반복되는 게. 저는 남은 평생 무엇에도 만족하지 못하는 저주에 걸렸으니까요. 그저 눈보라 치는 빙판에 누워 제 몸 위로 쌓이는 시간을 꾸역꾸역 과거로 흘려보내고, 그 과거를 또 후회하며 살아가는 수밖에.

굳이 그렇게 구저분하게 버틸 필요가 있을까? 벌떡 일어나 부엌으로 갔습니다. 날이 톱니형으로 생긴 과도를 꺼내어 왼손목에 갖다 대었죠. 자, 할 수 있어, 노력하면 다 되는 일이야. 딸 유리가, 아내가, 시골 아버님이, 친구들이, 화상채팅 하듯 돌아가며 등장해 나를 만류하더군요. 됐다. 무슨 미련이 있다고. 눈을 꾹 감고 힘차게 그었습니다. 긋긴 그었습니다만…… 왜 엉뚱하게 손바닥의 두툼한 살집에서 새빨간 피가 솟아나는 건지. 반사적으로 생채기에 입을 대고 피를 빨았죠. 머릿속에 알싸한 박하 향이 퍼지더라고요. 메마른 혈관에 싱싱한 원기가 도는 것도 같았고. 드라큘라가 이 맛에 흡혈을 하나? 오래전 그날이 다시 떠올랐습니다. 눈앞에서 유린당하는 연인, 무기력하게 지켜보는 나, 입으로 줄줄 흘러드는 피…… 채팅창에 마지막으로 나비문신이 등장해 히죽 웃었습니다. 어이, 형씨. 뭐 해?

가만, 내가 왜 죽어? 죽어야 할 건 내가 아니지. 안에서 뭔가 훅 치밀어 오르더라고요. 왜 그 미친개가 내 정원에 두 번이나 난입해 난장판을 만드는 거지? 왜 나의 소중한 노력을 모욕하는 거야? 왜 나 혼자 이런 진창에서 허우적거려야 하냐고? 미친개는 여전히 아무한테나 담뱃불을 빌리며 태평하게 살고 있는데. 나쁜 새끼, 라이터나 좀 가지고 다니지. 얼굴이 터질 것처럼 벌겋게 달아오르더군요. 압력밥솥의 수증기 같은 게 양쪽 귀로 뿜어져 나왔어요. 어쩌면, 내 인생에 만족할 만한 일이 아직 하나쯤은 있지 않을까? 하나쯤은.

비례. 비례가 중요하다고 했죠. 놈이 독립변수 x라면 저는 종속변수 y였습니다. 최소한 우리 둘의 고통 사이에 함수관계는 성립해야 하지 않겠어요? 이런 말이 있죠. 복수란 개한테 물렸다고 개를 무는 것과 같다. 제겐 이 말이 반어적인 교훈이 아니라 직설적인 행동 지침으로 들리더군요. 그래요, 저는 놈에게 복수를 하기로 결심했습니다. 광견병이 옮았으니, 저도 미친개가 되어 물어뜯는 수밖에요.

즉시 노트 한 권과 색색의 볼펜을 꺼내어 작전 구상을 시작했습니다. 신문지로 싼 사시미칼을 품고 찾아가 너 죽고 나 죽자 식으로 자폭할 생각은 없었어요. 사람마다 스타일이란 게 있잖아요. 치밀하고 교묘하고 깔끔한, 이왕이면 부대 수입까지 챙길 수 있는 지적인 복수극. 이쪽이 제 스타일이었죠. 좀더 완벽한 계획을 세우기 위해 밤낮없이 매달려 머리를 짜냈습니다. 그 옛날 학창 시절처럼. 다만 이번에는 주입식 교육을 따라가는 게 아니라 자율적이고 창의적인 작업이었죠. 경쟁에서 남보다 앞서기 위해, 남에게 과시하기 위해서가 아니라, 오롯이 나만의 내밀한 만족을 위해 투자하는 시간과 노력. 그 과정 자체가 벅찬 즐거움이더군요. 한 번도 느껴보지 못한 순수한 생기가 저를 가득 채웠습니다.

드디어 계획을 완성한 순간 저절로 환호성이 터져 나왔답니다. 작전명 '22J', 한번 들어보시겠어요? 작전의 핵심은 성공률을 높이고 후환도 없애기 위해 저 대신 더 강력한 제3자를 끌어들이는 겁니다. 변수를 하나 추가해 3차원 함수를 만드는 거죠. x, y, z. 놈은 제가 복수를 했다는 사실도 모른 채 당하게 되는 셈입니다. 자기가 내 인생을 어떻게 망쳤는지 알지 못하듯이. 변수 z의 적임자를 찾는 게 가장 큰 난관이었어요. 그런데 일이 되려고 그러는지, 캐비닛 서랍에서 나온 낯선 열쇠 하나가 녹슨 철문을 활짝 열어젖혀주더군요. 기억을 더듬어 찾아낸 열쇠의 출처가 바로 K 건설회사 강 사장이었습니다. 제가 모셨던 변호사가 그와 고교 동창이면서 고문 변호사이기도 했죠. 주로 지저분한 뒤처리를 맡기기 위해 믿을 만한 동창을 고른 겁니다. 호남형인 강 사장은 사업 수완이 뛰어나고 사회사업도 열심이어서 두루 평판이 좋은 기업가예요. 하지만 그건 대외용 가면일 뿐 실제로는 음흉한 승냥이 같은 인물입니다. 굵직한 폭력 조직에 뒷돈을 대고 그들을 수족처럼 부리죠. 사업의 걸림돌이건 개인적인 원한이건 그와 척을 지는 건 위험한 일이랍니다. 아주 위험하죠.

강 사장의 또 하나 숨겨진 진면목은 그의 변태적인 성적 취향입니다. 그 방면에선 창의성과 장인 정신을 갖춘 아티스트 수준이라고 하더군요. 이를 충족시키기 위해 강 사장은 한남동 조용한 골목에 오피스텔을 한 채 구입했죠. 제가 계약과 등기부터 인테리어, 관리비 정산까지 도맡았기 때문에 잘 알고 있습니다. 어린 연예인 지망생들을 소개받아 스폰서가 돼주는 대가로 욕정을 채우는 거래가 이루어진다는 사실까지도. 직접 본 적은 없지만 상당히 이색적인 쇼가 펼쳐진다고 하더군요. 장차 정계 진출까지 노리고 있는 유력 인사에게 이런 추잡한 스캔들은 치명적이겠죠.

어때요, 감이 잡히시나요? 이상의 정보들에 오피스텔 열쇠를 합쳐 '22J', 오랑캐로 오랑캐를 치는 이이제이(以夷制夷) 작전이 완성되었답니다.

1단계 : 노숙자 주민등록증을 하나 사서 대포통장을 만든다.

법원에서 나비문신의 신상명세를 확보해 차명 계좌를 만든다 (사소한 불법적 요소는 은행과 법원에서 일하는 동기생들이 해결해줄 겁니다).

2단계 : 한남동 오피스텔에 들어가 침실에 몰래카메라를 설치한다.

3단계 : 화끈한 동영상을 CD에 담아 어설픈 협박장과 함께 강 사장에게 보낸다. '아래 계좌로 ○○일까지 현금 2억 원을 입금하지 않으면 동영상을 인터넷에 유포시키겠다.' 계좌번호는 노숙자 대포통장으로 한다.

4단계 : 대포통장에 돈이 입금되는 즉시 나비문신의 통장으로 이체한다. 변장을 하고 그의 주소지 인근 은행을 돌며 ATM 에서 2억 원을 현금으로 인출한다.

5단계 : 기다린다. 차분하게.

강 사장은 무슨 일이든 뒤탈 없도록 확실하게 뿌리를 뽑는 성격입니다. 2억 정도는 일단 미끼로 던질 거예요. 정·재계는 물론 경찰, 검찰, 국세청까지 연줄이 풍부한 사람이니 이 정도 초보적인 계좌 추적은 일도 아니겠죠. 돈이 인출된 최종 계좌의 예금주 신상명세가 즉시 그의 책상에 놓일 겁니다. 그러면 어떻게 될까요? 바로 그날 밤 깍두기 머리의 건장한 청년 몇 명이 나비문신의 집으로 들이닥치겠죠. 아마 집을 뒤집어엎고 녀석을 반병신으로 만들어놓을 겁니다. 그래도 원본 테이프는 나오지 않을 테고, 녀석은 결국 삽자루가 덜컹거리는 트렁크에 실려 호젓한 야산으로…… 아니, 어쩌면 강 사장은 무식한 깍두기들 앞세우지 않고 더 확실하게 처리할지도 몰라요. 조용히 일하는 전문가를 보내서. 결말을 제 눈으로 확인하고 나면 강 사장이 기부한 돈을 유리 양육비로 아내에게 보낼 겁니다. 저는 시골에 내려가 아파트 전세금으로 조그만 서점을 운영하며 지낼 생각이에요. 서점 한쪽은 카페로 꾸밀까 해요. 누구나 책과 차 한잔의 여유를 즐기며 쉬어 갈 수 있는 북카페. 이름도 벌써 정해놓았답니다. '세잎클로버 책마을'. 무리에 섞여 평범하게 살아가는 세잎클로버. 어때요, 괜찮지 않나요?

그런데 일이 제 시나리오대로 순조롭게 진행될까요? 그거야 알 수 없죠. 아무리 완벽한 계획을 세우고 철저히 준비해도, 불쑥 튀어나와 불 좀 빌리자고 하는 변수는 있기 마련이니까. 제가 노력만 하면 뭐든 이루어진다는 오만함은 버린 지 오래입니다. 진인사대천명, 최선을 다하고 기다릴 뿐이죠. 적당히 어두워졌으니 1단계 실행을 위해 서울역에 나가봐야겠군요. 자, 이제부터 시작입니다. 부디 행운을 빌어주세요.

3

"여기가 어디죠?"

"모텔."

"몇 시예요?"

"두시, 다 되어가네."

"새벽?"

"아니, 오후."

여자가 어두침침한 실내를 휘둘러본다. 두툼한 암막커튼이 창문을 빈틈없이 가리고 있다.

"어우, 머리야. 담배 있어요?"

남자가 팔을 뻗어 의자에 걸쳐둔 옷 무더기를 뒤적인다. 그 사이 여자는 이불을 살짝 들춰 두 사람의 벌거벗은 몸을 확인 한다.

"어제 클럽에서 곧장 이리로 온 거예요?"

"근처 포장마차에서 한잔 더 걸쳤을 거야, 아마."

남자가 여자에게 담뱃불을 붙여주고 자신도 한 대 붙여 문 다. 두 사람이 길게 뿜어낸 담배 연기가 침대 상공에서 너울거 리며 몸을 섞는다. 여자가 손가락으로 눈곱을 떼고 남자를 돌 아본다.

"안녕하세요."

"안녕."

"우리 통성명은 했나요?"

"글쎄, 하지 않았겠어? 저기, 창문 조금 열어도 될까?"

여자가 고개를 끄덕인다. 남자가 속옷을 다리에 꿰고 일어나 커튼과 창문을 5센티미터 정도만 연다. 자동차 브레이크 밟는 소리, 횡단보도의 보행 신호음, 깔깔대는 웃음소리, 신장개업을 알리는 내레이터 모델의 흥겨운 외침, 공사장에서 레미콘 돌아가는 소리가 두런거리며 좁은 틈으로 비집고 들어온다.

"정말 조금만 여네."

"이 정도가 좋아. 벌어진 틈새로 도시의 소음이 먹먹하게 들려오는 게."

여자가 흐응, 콧소리를 낸다. 남자가 다시 침대로 들어와 눕는다. 5센티미터 두께의 유리벽 같은 햇살이 침대 위 두 사람의 발목을 가르고 지나간다. 하느작하느작 몸을 늘어뜨리는 담배 연기가 투명한 햇살의 벽을 통과하며 잠시 선명한 기하학적 문양의 꽃으로 피어난다.

"난 넓은 실내에서 사람들 와자지껄하는 소리가 좋더라. 저마다 신나게 떠들어대는데 온통 뒤섞여서 하나도 알아들을 수 없는 상태. 귀를 열고 가만히 있으면 몽환적인 기분이 들어요.

마치 거대한…… 가오리 한 마리가 둥둥 떠서 지느러미를 꿈지럭거리며 울부짖는 듯한."

"가오리도 울부짖나?"

"아이, 느낌이 그렇다는 거지. 필링."

이번에는 남자가 흐응, 콧소리를 낸다. 둘은 협탁에 놓인 유리 재떨이에 교대로 담뱃재를 떤다. 재떨이 바닥에 큼직하게 '샛강모텔'이라는 로고가 찍혀 있다. 남자는 팔베개를 하고 벽에 걸린 달력을 쳐다본다. 클림트의 〈키스〉가 달력 면의 거의 전부를 차지하고 있다. 찬란한 황금빛에 감싸여 연인의 입맞춤을 받는 달뜬 표정의 여인. 그림 아래 숫자들은 지난달 날짜를 알려주고 있다.

"샛강모텔 314호, 오후 두시, 두 사람…… 혹시 〈열차 안의 낯선 자들〉이라는 영화 알아?"

"뭐예요, 그게?"

"알프레드 히치콕 감독, 주연은…… 모르겠네. 열차에서 낯선 두 남자가 만나면서 시작되는 영화야. 시간도 때울 겸 둘은 가볍게 잡담을 나누지. 점차 사적인 얘기까지 오가면서 두 사람 모두 인생에 골치 아픈 걸림돌이 있다는 걸 알게 돼. 한쪽은 아버지, 다른 한쪽은 아내. 식당차로 옮겨 술까지 한잔 걸치던 중, 아버지가 문제인 쪽이 은밀하게 교환 살인을 제안하는 거야. 서로 눈엣가시를 바꿔서 제거한다면, 동기도 전혀 없고 알리바이도 꾸밀 수 있으니 완전범죄가 가능하지 않겠냐고."

"그래서 제안을 받아들여요?"

"아니. 또라이의 헛소리라고 여겼지. 하지만 헛소리가 아니었어. 또라이인 건 맞고. 그는 실제로 상대방의 부인을 미행하다가 놀이공원에서 목 졸라 죽였거든. 이제 당신도 약속을 이행하라고 협박하면서 일이 꼬여가는 내용이야."

"결국 자기도 모르게 아내를 청부 살인한 셈이네. 그것도 공짜로. 그런데 그 영화가 어쨌다고요?"

"그냥 갑자기 떠올랐어. 벌거벗고 한 침내에 누워 잡담을 나누고 있지만, 우리도 완전한 타인이잖아. 서로 이름도 모르는. 내가 너에 대해 아는 거라곤 넓은 실내에 사람들 왁자지껄하는 소리를 좋아한다는 것뿐이지. 그럴 때 거대한 가오리가 울부짖는 필링을 받는다는 것과."

"모텔 안의 낯선 자들."

"그래, 예를 들면 이런 거지. 만일 내가, 이 방에서 너를 죽이고 사라진다 해도 붙잡힐 가능성은 희박할 거야. 용의자 선상에도 오르지 않을 테니까."

"나를 왜 죽여?"

"죽이지 않지. 그럴 이유가 전혀 없으니까. ……하지만 모르는 일이잖아. 우리가 이 방을 나서기 전까지 그런 이유가 하나쯤 생길지도."

"절대 안 생길걸요. 나같이 아름다운 천사표 여인을 어떻게."

"영화 〈세븐〉에서 기네스 펠트로도 아름다운 천사표 여인으로 나오지. 바로 그 이유 때문에 시기의 대상이 되어서……."

"스톱! 거기까지. 아저씨 무지하게 한가한가 보다. 영화 많이 봐요?"

"응. 일 때문에도 그렇고, 특히 복수에 관한 영화는 꼭 챙겨 보는 편이야."

"무슨 일을 하는데?"

"뭐 하는 사람처럼 보여?"

"킬러."

"이런, 너무 쉽게 정체가 탄로 나버렸네."

"오오, 그럼 총도 있어요?"

"총? 우리나라에서 총은 무슨, 번거롭고 위험하기만 하지. 그런 건 영화에나 나오는 거고, 현실에서는 숙시닐콜린 주사 한 방이면 깔끔하게 끝나."

"숙시…… 뭐?"

"그런 게 있어. 체내에서 금방 분해되고 사인은 불명. 눈동자를 통해 주사하면 바늘 자국 찾기도 어려워서 심장마비로 판명

날 가능성이 높지."

"시시하네. 레옹처럼 총도 갈기고 해야지. 팔에 그 상처는 산업재해예요?" 여자가 남자의 왼쪽 팔뚝에 길게 그어진 흉터를 쳐다본다.

"어제도 얘기해줬는데."

"미안해요."

"전에 스키장에서 다친 거야. 난생처음 갔는데 리프트를 잘못 탔어. 높이도 올라간다 싶더니 상급자 코스더라고. 굴러 내려오다가 팔이 부러져서 철심을 박았어."

"가지가지 하신다. 성말 모양 빠지는 킬러네. 일은 할 만해요?"

"그럭저럭. 불황을 안 탄다는 게 장점이야. 누군가를 이 세상에서 제거하고 싶어 하는 고객들은 꾸준히도 있더군."

"양심의 가책은 안 느껴요? 킬러는 나쁜 사람이잖아."

남자는 정강이를 타고 올라오는 햇살 벽을 바라본다.

"글쎄, 죽이겠다는 마음을 품은 건 모두 다른 사람들이야. 의뢰인이 조준하고 방아쇠를 당기면, 탕! 난 날아가서 표적을 맞힐 뿐이고."

"그건 어쩐지……." 여자는 손톱으로 아랫입술을 갉작거린다. "그렇지, 부정. 자기부정 아닌가?"

남자가 '자기부정'이라는 단어를 되새김질하듯 입안에서 몇 번 굴린다. 담배 연기를 한입 가득 머금었다가 길게 내뿜는다.

"맞아, 그게 문제야. 계속 이 일을 하다 보니까……"

"하다 보니까?"

"허무해."

"허무. 허무…… 그것참, 어쩌나. 고양이라도 한 마리 키워보지 그래요. 레옹처럼 난초를 기르든가."

"레옹이 기르는 건 난초가 아니라 아글라오네마라는 천남성과 화초야. 안 그래도 영화 보고 하나 샀는데 별 도움은 안 되더군."

여자는 혀를 차며 재떨이에 담배를 비벼 끈다. 남자도 따라서 담배를 끈다.

"생각해봐. 갑이라는 사람이 자신이 아는 을을 영원히 사라지게 해달라고 의뢰하는 거야. 그 사이에는 그럴 만한 사연이 있지 않겠어? 법으로 처단할 수 없는 사적인 복수, 억울한 원한, 광적인 사랑, 이권, 협박, 배신…… 하지만 나에게는 갑도 을도 전혀 모르는 사람들이야. 완전한 타인들. 그렇게 치열하게 뒤얽혀 살아가는 사람들에게 나는 그저 도구가 될 뿐이지. 장전하고, 조준하고, 방아쇠를 당기면, 탕! 일을 할수록 궁금하더라고. 도대체 이들의 사연은 뭘까? 얼마만큼 한이 쌓이면 이런 의뢰를 하게 되는 걸까? 바람대로 누군가 이 세상에서 사라지고 나면 행복할까? 사실 나 자신은 누군가를 죽이고 싶다는 마음을 한 번도 품어본 적이 없거든."

"꼭 한밤중에 세탁기를 돌리는 이웃이 없는 모양이네."

"응, 단독주택에 살아. 보안 문제도 있고, 마당이 있는 게 좋아서. 아무튼 한동안 좀 심각했어. 누군가 지우개를 들고 나를 쓱쓱 지워버린 기분이랄까. 내가 있던 자리엔 지우개 똥만 지저분하게 흩어져 있고. 그런 느낌 받을 때 없어? 거울을 보는데 거울 속의 저 사람이 내가 아닌 것 같은……."

"있죠. 화장발 예술로 받았을 때."

"맨얼굴도 예쁜데, 뭘."

"고마워라. 그래서 어떻게 했어요?"

"신경정신과에도 가봤어. 물론 직업에 대해서는 적당히 둘러댔지. 동물구조협회에서 일하는데 유기견 안락사 업무 때문에 스트레스가 심하다고. 거짓말을 해서 그런지 쓸데없는 말만 늘어놓더군. 우울증이라고, 요즘 나 같은 사람 많다고. 하긴, 이런 문제를 누가 해결해주겠어. 각자가 스스로 견디는 방법을 찾아야지."

"찾았어요?"

남자가 새 담배를 물고 불을 붙인다. 여자도 손가락으로 브이 자를 만들어 담배를 달라는 표시를 한다. 두 사람이 뿜어낸 연기가 다시 침대 상공에서 만나 몸을 섞는다.

"작업을 할 때, 이게 의뢰받은 일이라는 사실을 잊고 나의 복수극이라고 가장하는 거야. 내가 개인적인 원한 때문에 누군가를 죽이는 거라고. 일종의 이미지 트레이닝이랄까. 의뢰를 받으면 먼저 그럴듯한 사연을 하나 만들지. 물론 사연에 맞게 내 인생도 전부 새로 짜야 하고. 작업이 끝날 때까지는, 표적을 미행하고 계획을 세우고 실행하는 내내 그 가짜 인생에 온전히 감정이입을 하는 거야. 나의 철천지원수를 쫓고 있다고. 말하자면 일을 하나 맡을 때마다 새로운 내가 하나씩 태어나는 셈이지."

"새로운 내가 하나씩 태어난다."

"지워질 바에야 아예 무수히 분열시켜버리는 전략이라고 할까."

"가짜 인생이란 걸 빤히 아는데, 감정이입이 잘되나?"

"뭐, 진짜 인생이라고 딱히 내세울 만한 것도 없으니까. 일종의 연극배우가 되는 거지. 자기가 배우라는 사실조차 배역으로 받아들이는 배우. 마지막에는 실제로 연기도 하거든. 나만의 의식 같은 게 있어."

"의식?"

"표적을 처리하기 전에 내 사연을 독백으로 들려주는 거야. 어울리는 배경음악도 하나 깔고, 감정을 실어서 진지하게. 나는 이런저런 사람인데 여차저차해서 너를 죽이는 거다. 그러니 잘 가라."

"표적이 얌전히 듣고 있나? 생판 모르는 사람이 와서 복수를 한다는데."

"얌전히 듣고 있지 않겠지. 그래서 미리 조치를 취해. 몸을 움직이지 못하게 근육이완제를 주사하는 거야. 말도 못 하고 오직 숨만 쉴 수 있도록. 그래도 정신은 또렷하지. 소리도 잘 들리고."

여자가 담배 연기를 분무기처럼 뿜으며 웃음을 터뜨린다.

"그러니까 사람을 손끝 하나 까딱하지 못하게 마비시켜놓고, 그 앞에서 모노드라마를 하신다. 오, 그로테스크한 공연인데. 효과가 있던가요? 이젠 삶이 허무하지 않아요?"

"그렇지는 않은데, 뭐랄까…… 허무를 약간은 즐길 수 있게 되지."

여자가 흐응, 콧소리를 낸다. 상체를 일으켜 절반쯤 탄 담배를 재떨이에 눌러 끈다. 불이 완전히 꺼지지 않은 꽁초에서 연기가 피어오른다. 그들의 무릎 언저리까지 올라온 햇살 벽은 손을 뻗으면 닿을 것 같다.

"그런데 자기가 킬러라는 걸 이렇게 떠벌리고 다녀도 되나? 내가 경찰에 신고하면 어쩌려고."

"이제 네 차례야."

"뭐가요?"

"네 말대로 난 절대 떠벌리면 안 되는 치명적인 비밀을 털어놓았어. 이 방에서 너를 죽여도 좋을 이유가 하나 생긴 셈이지."

여자가 고개를 외틀어 남자를 빤히 쳐다본다.

"조금은 가까워진 기분이 들지 않아? 이번엔 그쪽에서 다가올 차례야."

여자는 침대 아래로 손을 뻗어 브래지어와 팬티를 찾아 입는다. 냉장고로 가서 생수를 꺼내 천천히 고개를 젖히며 들이켠다. 반쯤 남은 페트병을 침대의 남자에게 던진다. 남자도 길게 한 모금 마시고 페트병을 협탁에 올려놓는다. 여자는 달력 앞으로 가서 팔짱을 끼고 그림을 감상한다. 그녀의 시선에 아랑곳하지 않고 열렬히 키스를 나누는 연인. 남자에게 안긴 여인의 낯빛은 핏기가 빠져나간 듯 파리하다. 여자가 달력을 벽에서 떼어 한 장을 넘긴다. 이번 달에 소개되는 명화는 뭉크의 〈죽음과 소녀〉이다. 벌거벗은 풍만한 소녀와 뼈다귀만 남은 해골 사나이가 뒤엉겨 입을 맞추고 있다. 여자는 달력을 다시 벽에 걸고 한 발 뒤로 물러나 그림을 바라본다.

"어제, 이상하다는 생각 안 했어요? 클럽에는 아저씨보다 어리고 멋진 남자들도 많았는데, 내가 왜 아저씨에게 접근했을까?"

여자가 몸을 돌려 침대로 다가온다. 남자에게 등을 보이고 침대에 걸터앉는다. 재떨이에서는 아직도 가느다란 연기가 피어오른다. 여자가 페트병을 집어 밑바닥에 남은 생수를 재떨이에 붓는다. 치직, 소리와 함께 수해가 난 것처럼 꽁초들이 물에 잠긴다. 여자는 무릎을 올려 감싸 안고 담담하게 이야기를 시작한다.

"남녀 쌍둥이는 전생에 금슬 좋은 부부였거나 철천지원수였대요. 배려인 거죠. 아름다운 인연을 이어가라는, 혹은 맺힌 한을 풀라는. 나와 남동생은 어느 쪽이었을까요?"

여자는 흘러내린 앞머리를 천천히 귀 뒤로 쓸어 넘긴다.

"한날한시에 태어난 우리는 평범한 오누이로 자랐어요. 동생의 그 저주받은 병을 알기 전까지는. 열 살 때 동네 놀이터에서 첫 발작을 일으켜 응급실로 실려 갔죠. 간질이라고 하더군요. 간혹 발작 때문에 사망하는 경우도 있다는 의사의 말에 엄마는 또 전생의 죄를 들먹이며 한탄했어요. 소방관이었던 아빠가 가스 폭발로 순직하신 게 불과 이태 전이었거든요. 남편 걱정에 늘 마음 졸이며 살았는데, 이제 남은 아들마저 몸속에 시한폭탄을 지니고 다니는 꼴이었으니. 극도로 예민해진 엄마는 의사에게 들은 응급처치 요령을 나에게 반복해서 교육시켰어요. 그리고 당신이 집에 없을 때는 반드시 동생과 함께 있어야 한다고 다짐을 놓았죠. 난 대답을 않고 입만 비쭉거렸어요. 보험설계사였던 엄마는 거의 집에 없었으니까.

　어릴 땐 동생이 발작을 일으켜 쓰러지면 너무나 무서웠어요. 난 손을 바들바들 떨며 배운 대로 응급처치를 했죠. 분비물이 입 밖으로 흘러나오게 옆으로 눕히고, 단추와 벨트를 느슨하게 풀고, 주위의 위험한 물건을 치우고 등등. 가장 힘든 건 발작이 멈출 때까지 옆에서 가만히 지켜보라는 항목이었어요. 눈에는 흰자위만 뒤룩거리고 입에서는 거품이 부글부글 넘치고 괴상한 소리를 내며 사지를 뒤트는데, 꼭 귀신이 들린 것 같았거든요. 영화에서처럼 악령이 코와 입으로 빠져나와 나에게 옮겨붙는 게 아닐까…….

　자신의 병을 알고 난 후 동생도 차츰 변해갔어요. 말수가 줄고 감정 표현도 인색해졌죠. 특히 그 눈빛…… 모든 사물을 하얗게 탈색시켜버릴 듯한 텅 빈 눈빛은 누나인 저도 감당하기 힘들었어요. 그 애 앞에만 서면 일없이 옷소매를 만지작거리며 시선을 피했죠. 게다가 종일 집에 틀어박혀 책만 읽어대니 나까지 꼼짝없이 감금된 신세였어요. 어떻게 불만이 없었겠어요? 한창 친구들과 어울려 싸돌아다닐 나이인데, 언제 찾아올지도 모르는 동생의 발작이 내 목에 쇠사슬을 칭칭 감아놓았으니. 엄마에게 심통을 부려봤자 돌아오는 건 모진 년이라는 타박뿐이었죠.

작정하고 바락바락 대들라치면 언제나 나를 무력화시키는 마법의 주문이 날아왔어요. 넌 동생이 죽어도 좋다는 거야!

천재적인 위인들 중에 간질 환자가 많다는 게 엄마가 찾은 유일한 위안거리였죠. 도스토옙스키, 에디슨, 고흐, 나폴레옹, 멀리 알렉산더 대왕까지. 어디서 주워들었는지, 엄마는 만나는 사람마다 지치지도 않고 그들의 미심쩍은 일화를 줄줄 읊어댔어요. 어린 내가 보기에도 어찌나 민망하던지. 그런데 그게 아주 허황된 말은 아닌가 봐요. 같은 날 같은 배에서 태어나 같은 초·중·고등학교를 다녔는데, 동생의 성적은 항상 전교 톱이고 난 뒤에서 헤아리는 게 빨랐으니. 하긴 열 살부터 줄곧 책만 판다면 누구라도 천재 비슷하게 보이지 않겠어요?

선생들은 나를 동생과 비교하며 숫제 불량품 취급을 했어요. 친구들이 장난삼아 붙여준 '사은품'이니 '추가구성' 같은 별명도 웃어넘길 수만은 없었죠. 가장 닦달해야 할 엄마는 오히려 성적에 관대하더군요. 당연한 결과라고 여겼으니까. 난 동생을 우려내고 남은 찌꺼기였으니까. 외려 동생을 빛내주기 위해 내가 계속 바닥을 맴돌기를 바라는 눈치였어요. 똑같이 태어난 쌍둥이인데 그 애는 고귀한 귀족이고, 나는 그 곁을 지키는 미천한 하녀라니. 동생 역시 나에게 고마워하거나 미안해하는 기색도 없었어요. 내가 저 때문에 얼마나 희생하는데. 그러면서도 늘 무시당하는 건 나인데. 발작만 오면 하찮은 벌레처럼 꼬물거리는 주제에."

5센티미터 햇살 벽은 어느새 남자의 사타구니 부근을 더듬고 있다. 여자가 침대에서 일어나 열려 있던 창문을 닫고 커튼도 친다. 햇살과 소음이 사라진 방은 다시 강바닥처럼 침침해진다. 여자가 등을 돌린 채 커튼을 움켜쥐고 말을 잇는다.

"그래요, 저 창백한 병자가 콱 죽어버렸으면 좋겠다고 생각한 적이 있어요. 아니, 자주 했어요. 부잣집 친구의 베니건스 생일 파티에 초대받았는데 동생 때문에 못 갔을 때, 생리대 사러 가느라 잠깐 집을 비웠다고 엄마에게 등짝이 시퍼렇게 멍들도록 두들겨 맞았을 때, 동생을 대견하게 바라보던 어른들의 시선이 시큰둥하게 나에게 옮겨질 때마다. 그래도 정말로 바란 건 아니었는데……."

여자가 몸을 돌려 남자를 쳐다본다. 입술이 어색하게 실룩거린다.

"열여덟 살 가을이었어요. 그날 엄마는 회사 교육 때문에 지방에 갔고 우리 남매만 집에 남아 있었죠. 한밤중에 들리는 나직한 신음 소리에 잠을 깼어요. 잠귀가 예민한 편이거든요. 발작이 일어난 건가 싶어 재빨리 방으로 뛰어들며 형광등 스위치를 올렸죠. 가장 먼저 눈에 들어온 건 창가에 나부끼는 상아색

모슬린 커튼이었어요. 추운데 왜 창문을 열어놓았을까? 그제야
청테이프로 손발이 묶이고 입도 봉해져 침대 위에서 꿈틀거리
는 동생과, 드라이버를 꼬나들고 나를 멀뚱히 쳐다보는 괴한을
발견했죠. 갑자기 불이 켜져 그놈도 당황했던지 드라이버를 흔
들며 알아들을 수도 없는 말로 위협하더군요. 곧 나도 똑같이
청테이프로 묶여 침대에 던져졌죠. 그는 허겁지겁 방들을 뒤지
더니 현관문을 통해 달아났어요. 우리를 침대 위에 그대로 묶
어놓은 채.

테이프를 풀어보려 안간힘을 썼지만 어찌나 잔뜩 감아놨는
지 꿈쩍도 안 했어요. 한참을 바르작거리고 있는데, 하필 그
때…… 웅크리고 있던 동생의 몸이 푸들푸들 떨리기 시작했어
요. 눈이 이미 허옇게 돌아갔더군요. 목구멍에서 물줄기가 쿨렁
거리며 역류하는 소리, 청테이프가 발린 입속에서 컥컥거리는
소리가 똑똑히 들렸어요. 코에서 토사물이 흘러나오고 동생이
흰자위뿐인 눈으로 나를 쳐다보는데…… 내 비명도 입 밖으로
터져 나오지 못하고 안으로, 안으로 파고들었죠. 몸속 여기저기
를 헤집고 다니며 영원히 메아리칠 것 같았어요. 경련이 잦아
들며 몸이 힘없이 늘어지고, 그 애의 눈동자에 비친 내 얼굴이
사그라지는 순간을, 나는 얼굴을 맞대고 지켜볼 수밖에 없었
죠. 아주 잠깐…… 동생이 미소를 지었어요. 엄마가 올 때까지,

침대 위에서 죽은 동생을 마주 보고 꼬박 열네 시간을 누워 있었어요. 나쁜 새끼, 불이라도 끄고 갈 것이지."

여자가 의자를 끌고 침대로 다가온다. 의자에 거꾸로 걸터앉아 등받이에 팔을 괸다.

"엄마는 충격을 받아 시름시름 앓다가 2년을 못 버티고 돌아가셨어요. 더 이상 모진 년이라는 잔소리는 듣지 않았죠. 불량품 취급도 받지 않았고. 집에 붙박여 있을 필요도 없었고. 나를 향하는 텅 빈 눈동자를 우물쭈물 피하지 않아도 되었고…… 대신 눈만 감으면 그 애의 마지막 눈빛이 아른거렸어요. 마른 우물 같은 눈동자에 나를 담기 위해 안간힘 쓰던 눈빛. 발작에서 깨어나 옆에 쪼그리고 앉은 나를 올려다볼 때의 눈빛이었죠. 가슴 졸이며 지켜보고 있던 나를 배시시 웃게 해주던…… 생각해보면, 그 애는 유독 나와 둘이 있을 때 발작이 잦았던 것 같아요."

여자는 화장대 거울 속에 비치는 자신의 실루엣을 바라본다.

"동생이 죽고 나서 가장 힘든 게 뭐였는지 알아요? 꿈을 잃어버린 거예요. 희망이니 이상이니 이딴 거 말고, 잘 때 꾸는 꿈. 그날 이후 한 번도 안 꾸었어요. 아침에 일어나면 빛도 소리도 없는 깊은 바다 밑바닥에 몇 시간 누워 있다가 돌아온 기분이에요. 딱 깨어서 의식하는 만큼만 사는 삶이 어떤지 아세요? 퍽

퍽해요. 종일 날고기를 씹는 것처럼. 꿈조차 짐적거리지 않는 삶이라니⋯⋯."

가늘어진 여자의 눈이 남자의 미간을 응시한다. 입꼬리에 웃음기가 스처간다.

"그런데 며칠 전, 4년 만에 처음으로 꿈을 꾸었어요. 내가 알몸으로 해골 사나이와 부둥켜안고 열렬히 입맞춤을 나누는 꿈. 해골 사나이의 뻥 뚫린 눈구멍에서 시큼한 바람이 불어 나오고 허리를 휘감는 뼈다귀 손의 감촉이 생생했죠. 난 팔에 힘을 주어 해골 사나이의 목덜미를 끌어당겼어요. 가슴을 파고드는 딱딱한 갈비뼈를 느끼며, 벌어진 턱뼈 사이로 혀를 더 깊숙이 쑤셔 넣었죠. 아, 꿈속이지만 그런 황홀한 느낌은 처음이었어요. 온몸의 감각세포들이 미친 듯이 진동하는⋯⋯ 복수를 결심하며 잠들었던 그날 밤이었어요. 거리에서 우연히 그놈을 발견한 날. 4년이 지났지만 단번에 알아보겠더군요. 드라이버를 꼬나들고 당황하던 그 얼굴을. 놈을 미행해 집을 알아놓았죠. 처음에는 경찰에 신고할 작정이었어요. 하지만 종일 놈의 뒤통수를 따라다니는 동안 생각이 바뀌었죠. 우리 가족을 파탄 내고 나를 바다 밑바닥에 처박은 죄를 고작 몇 년의 격리 생활로 때우는 건, 불공평하잖아요."

여자의 오른손이 탁자 위 검은 숄더백 속으로 미끄러져 들어간다.

"당신 말이 맞아요. 사람이 누군가를 죽이고 싶다는 마음을 품을 때는, 그럴 만한 사연이 있는 법이죠. 그날 이후 줄곧 놈을 따라다녔어요. 어젯밤 놈이 클럽으로 들어가는 걸 보고 드디어 기회가 왔다는 걸 알았죠. 난 타고난 미모를 무기로 놈에게 접근해, 술을 옴팡 먹이고, 모텔로 유혹해서……."

여자가 재빨리 숄더백에서 오른손을 빼내 손가락권총으로 남자의 미간을 겨눈다.

"탕!"

여자는 서부영화의 한 장면처럼 총구를 입으로 가져가 입김을 분다.

"어때요?"

남자가 수염이 까슬하게 돋은 턱을 만지작거리며 달력의 뭉크 그림을 바라본다.

"나쁘지 않아. 나쁘지는 않은데, 뭐랄까, 페이소스가 좀 부족하군."

여자가 팔짱을 끼고 입술을 샐쭉거린다. 달력만 뚫어지게 응시하던 남자가 상체를 일으켜 앉는다.

"좋아. 다음번 작업 때 써먹어야겠어."

"페이소슨가 토마토소슨가 부족하다며?"

"어차피 각색을 할 거야. 주인공도 남자로 바꿔야 하고."

"누구 맘대로. 사용하려면 저작권료를 내요. 그건 그렇고, 내 모노드라마 연기 어땠어요? 아저씨를 근육이완제로 마비시켜 놓았으면 더 실감 났을 텐데."

"나쁘지 않았어."

"훗, 건방진 평가군요. 미래의 대스타한테. 몇 년만 지나면 나와 보낸 하룻밤을 평생의 영광으로 생각하게 될걸요."

"지금도 영광으로 생각해. 배우가 꿈인가?"

"미모와 연기력과 카리스마를 겸비한 이 시대 최고의 여배우. 별 중의 별, 스타! 나도 인생이 허무해서 나를 무수히 분열시켜보려고. 차가운 커리어우먼, 명랑 소녀, 냉소적인 창녀, 팜므파탈, 사랑에 목숨 건 순정파, 사기꾼, 유령…… 아! 지금 몇 시예요?"

"세 시, 다 되어가네."

"이런, 네 시 반까지 가기로 했는데."

"어디?"

"나 스폰 해주는 사장 아지트에. 한남동 가려면 지하철 타야 되나?"

"스폰서도 있어?"

"옙. 하나 있으면 편해요. 한 달에 몇 번 섹스만 해주면 생활비에 옷값, 화장품값, 이렇게 딴 남자랑 놀아나는 유흥비까지 다 해결되니까. 근데 이 사장님 페이는 센데 상당한 변태라 매번 요상한 플레이를 요구하더라고. 뭐, 나름 연기 공부라고 생각해요."

"섹스만 하고, 사랑은 안 해?"

"오, 낭만적인 킬러네. 왜요? 아저씨 나랑 순백의 사랑 한번 해보고 싶나요?"

남자는 잠시 여자의 눈을 물끄러미 들여다본다. 여자는 맞잡은 두 손을 가슴에 모으고 고개를 갸우뚱 기울여 미소 짓는다.

"그런 것 같지는 않아."

"슬퍼라. 제가 매력이 없나요? 흑흑."

"매력적이야. 그런데…… 가슴이 떨리지가 않아. 사랑은 가슴이 먼저 떨리는 건데."

"와, 미치겠네. 아저씨 고용하려면 얼마예요? 아저씨를 죽이고 싶은데."

남자는 소리 없이 눈으로만 웃는다.

"공짜로 해줄게. 대신 작업 시기는 내가 정하는 조건으로."

여자가 숄더백에서 파우치를 꺼내 들고 욕실로 들어간다. 문을 닫으려다가 고개를 반만 내밀고 묻는다.

"저기, 어제 콘돔 했어요?"

"응, 그런데 어차피 사정을 못 했어. 나도 상당히 취한 상태라."

문을 닫으려는 그녀를 이번에는 남자가 부른다. 문틈으로 다시 반쪽 얼굴이 나타난다.

"궁금한 게 있는데, 어제 클럽에서 왜 나한테 접근한 거지? 나보다 어리고 멋진 남자들도 많았는데."

여자가 피식 웃는다.

"아저씨 눈빛이 내 동생을 닮아서."

샤워를 마친 여자는 드라이어로 머리를 손질하고 거울에 붙어 메이크업을 한다. 눈을 치켜뜨고 마스카라를 바르다가 우뚝, 손길을 멈춘다. 거울 속 속눈썹이 파르르 떨린다. 여자가 화장실 문에 귀를 대고 밖의 동정을 살핀다.

"아저씨, 거기 있어요?"

아무런 대답이 없다. 여자는 문손잡이를 잡았다가 다시 소리 나지 않게 손을 뗀다. 파우치에서 치한 퇴치용 스프레이를 꺼내 등 뒤에 감춘다. 문을 빼꼼히 열고 밖을 내다본다. 침대는 깔끔하게 정돈되어 있다. 남자의 옷가지도 보이지 않는다. 여자의 눈동자가 문 뒤쪽을 힐끔 곁눈질한다. 문손잡이를 쥔 손등에 가느다란 핏줄이 불거진다. 숨을 크게 들이마시고, 문을 박차며 뛰어나가 문 뒤쪽을 향해 스프레이를 겨눈다. 거울 속에 브래지어와 팬티만 걸친 여자가 팔을 내뻗고 엉거주춤 서 있다.

"혼자 쇼를 해라."

바닥에 널브러진 옷가지를 챙기는데 협탁 위에 담배 한 개비와 라이터가 눈에 들어온다. 담배와 라이터 밑에는 수표 한 장과 메모지가 겹쳐져 있다.

'저작권료야. 택시 타고 가. 지하철은 두 번 갈아타야 돼.'

4

우리 시대는 본질적으로 비극적이어서, 우리는 이 시대를 비극적으로 받아들이려 하지 않는다.

소설 『보바리 부인』의 첫 구절이에요. 오래전에 읽었는데도 고개를 끄덕이며 밑줄을 긋던 기억이 새롭네요. 그때는 아직 이십대…… 아니, 잠깐만요. 『채털리 부인의 연인』에 나오는 구절이었나? 음, 분명 둘 중 하나인데. 보바리 부인인 것 같기도 하고 채털리 부인인 것 같기도 하고. 참, 두 부인이 항상 혼동돼요. 비슷한 시기에 함께 읽어서 더욱 그런가 봐요. 유부녀의 몸으로 바람을 피웠다는 공통점도 있고. 바람이라는 표현이 좀

그런가요? 외도? 불륜? 혼외정사? 자유연애? 시대와 사회의 속
박에 맞서 자신의 욕망에 충실했노라. 어때요, 좀더 그럴듯한가
요? 여하튼 둘 다 바람을 피웠지만 그 결말은 달랐어요. 한쪽은
음독자살을 택했고, 한쪽은 아마 진정한 사랑을 찾아 가정을
버렸던가 그래요. 아무래도 음독자살 쪽이 비극 운운하는 말을
했겠죠? 보바리 부인이 자살하니까 맞는 것 같은데? 아니, 자
살한 건 채털리 부인이었나? 이런, 한 번 헷갈리는 건 두고두고
헷갈린다니까요. 보바리 부인 대 채털리 부인. 보바리 부인, 채
털리 부인, 보바리, 채털리…… 아아, 모르겠어요. 전 이런 알쏭
달쏭한 문제가 질색이랍니다. 부드러운 깃털 하나가 대뇌피질
을 살짝살짝 스치고 가는 간지럼 고문. 여러분도 아시나요?

　집이라면 벌써 컴퓨터를 켜고 인터넷에서 정답을 확인했을
텐데. 지금은 여행 중이라 그럴 수도 없네요. 머릿속 기억 창고
를 뒤져 책을 찾아보는 수밖에요. 창고가 엉망이라 한숨부터
나오는군요. 차분히 마음을 정리할 요량으로 혼자 떠나온 길인
데, 난데없이 왜 그 구절이 떠올라 마음을 이리 어지럽히는 거
죠? 어느 책의 첫 구절이건 전혀 중요한 문제도 아닌데 말이에
요. ……나비. 그래요, 나비 때문이었어요. 기차역을 나와 한가
로이 들길을 걷다가 코스모스 위를 팔랑거리는 하얀 나비 한
마리를 바라보는데, 불현듯 그 구절이 떠올랐어요. 또 순식간에

머릿속에서 몇 단계 연상이 바통을 이어받은 거겠죠. 가끔 이런 쓸데없는 계주 경기가 벌어지거든요. 마지막 주자가 보바리 부인인지 채털리 부인인지…… 우선은 나비를 따라가야 힌트를 얻을 수 있겠군요. 기억 창고로 날아들어와 어디에 살포시 내려앉은 건지.

나비, 나비라…… 특별히 떠오르는 기억은 없는데. 아무리 나비라고 해도 전 곤충은 질색이거든요. 얼굴이 징그럽게 생겼잖아요. 당장 생각나는 건 '나비효과' 정도네요. 북경 나비의 날갯짓이 뉴욕인가 어디에 태풍을 가져올 수도 있다. 맞죠? '호접몽'도 있군요. 내가 나비의 꿈을 꾼 것인지, 나비가 내 꿈을 꾼 것인지. 장자의 인생무상이 채털리 부인이나 보바리 부인을 호출한 건가요? 두 부인 모두 고개를 젓는군요. 자신들의 인생은 결코 무상하지 않았노라고.

나비…… 나비는 영혼의 상징으로도 쓰이죠. 그리스신화에 나오는 '프시케'가 그리스어로 나비와 영혼을 함께 의미한다는 걸 어디선가 읽었어요. 프시케, 사랑의 신 에로스의 아내. 하지만 에로스는 자신의 모습을 보여주지 않고 밤에만 머물다 떠나갔지요(에로스답군요). 이쯤에서 꼭 오지랖 넓은 훼방꾼이 등장하기 마련이죠. 제부가 수상하다, 괴물이 틀림없다고 옆에서 바람을 넣는 언니들. 결국 프시케는 한밤중에 등잔불을 들고 잠든 남편의 얼굴을 확인합니다. 그때 뜨거운 기름 한 방울이 떨어지는 바람에 에로스가 잠에서 깨어나고, 너같이 의심 많은 여자는 정떨어진다 하고 떠나는, 뭐, 그런 내용이었던 것 같아요. 그런데 이 신화는 대체 뭘 말하는 걸까요? 무릇 결혼 생활이란 컴컴한 암흑 상태에서만 가능하다?

그러고 보니 작년 결혼기념일에 남편과 예술의전당에서 오페라 〈나비부인〉을 관람했었군요. 이런, 또 새로운 부인의 등장이네요. 둘도 벅찬데 말이죠. 저는 사실 오페라보다 뮤지컬을 더 좋아해요. 오페라는 처음부터 끝까지 알아듣지도 못하는 노래만 불러대니 좀 지루해서. 하지만 남편은 웬일인지 나를 오페라 애호가로 알고 있어요. 해외 유명 오페라단의 내한 공연이 있을 때마다 알아서 VIP 티켓을 예매한답니다. 성의를 생각해서 굳이 남편의 편견을 바로잡아주지는 않았죠. 작년에 본 〈나비부인〉도 파리국립오페라단인가 그랬어요. 역시 공연은 훌륭하더군요. 프리마돈나의 체격이 남자 주인공을 압도할 정도로 당당해서 스토리에 몰입하기가 어려웠지만. 어쨌든 연결고리는 얼추 그럴듯하네요. 나비→나비부인→보바리 또는 채털리 부인→비극 운운. 그래 봤자 두 부인의 승부는 끝나지 않았군요.

사실 작년 결혼기념일의 하이라이트는 오페라가 끝난 후였어요. 남편이 목이 마르다며 편의점에 갔다 오더니 까만 비닐 봉지를 내밀더라고요. 음료수이겠거니 하고 무심코 받았는데, 세상에, 다이아몬드 팔찌가 번쩍이고 있는 거예요. 편의점에서 이런 것도 파네. 남편은 싱겁게 웃으며 제 어깨를 감싸 안았죠. 가끔 그런 귀여운 짓을 한다니까요.

아, 영화 〈양들의 침묵〉도 떠오르네요. 왜, 무표정한 여자 얼굴에 나비 한 마리가 날개를 펼쳐 입을 가리고 있는 포스터 있 잖아요. 고3 때 봤으니까 벌써 한참 됐네요. 같은 미술학원에 다니던 남자애가 주인공 조디 포스터가 나와 닮았다고 어찌나 떠들어대던지, 궁금해서 안 볼 수가 있어야죠. 뭐, 눈매하고 이 지적인 분위기가 약간 닮기는 했더라고요. 그런데 그렇게 무 서운 영화인 줄은 몰랐어요. 보는 내내 쥐며느리처럼 오그리 고 있었더니 극장을 나서는데 온몸이 뻑적지근했어요. 특히 조 디 포스터가 감방에 갇힌 한니발 렉터 박사를 면담하는 장면 은 지금도 생생해요. 얼굴엔 짙은 명암이 드리우고, 동그랗게 치뜬 눈으로 노려보면서, '클라리스, 그 어린 양은 어떻게 되었 지?' 스크린에 꽉 찬 그 눈빛이 내 마음속까지 샅샅이 해부하 는 것 같아 소름이 쫙 끼쳤어요. 그 배우 이름이 뭐였더라? 음, 유명한 배우인데…… 얼굴은 또렷이 떠오르는데 이름이 기억 나지 않네요. 금방이라도 튀어나올 것처럼 혀끝에서 뱅뱅 도는데…… 그만! 안 되겠어요. 아예 생각을 말아야지. 대뇌피질을 간질이는 깃털은 하나로 충분하답니다. 아무튼 그 영화에서 연쇄살인범이 희생자들의 목구멍에 쑤셔 넣은 나비 고치가 결정적인 단서가 되잖아요. 변신하고 싶은 욕망을 상징하는 거였죠? 혹시 길섶의 나비를 보고…… 잠깐만요. 〈양들의 침묵〉에 나오는 건 나비가 아니라 나방이었군요. 등에 해골 무늬가 그려진 나방.

변신…… 나비의 변신이라면 고백할 일이 하나 있답니다. 수민이가 갓난아기일 때니 벌써 3년 전이네요. 아이를 안고 아파트 베란다에서 바람을 쐬고 있었어요. 지금처럼 햇살이 탐스러운 초가을이었죠. 맞은편 아파트 베란다에 한 여자가 담요를 들고 나오더군요. 색색의 나비 문양이 수놓인 하얀 아기 담요. 난간에 아랫배를 기대고 상체를 밖으로 내밀어 힘차게 담요를 털기 시작했어요. 가녀린 손목에 잔뜩 힘이 들어간 게 멀리서도 보였죠. 담요가 펄럭이며 바람을 일으킬 때마다 깡마른 여자가 난간 너머로 딸려 나올 것 같았어요. 마법의 양탄자에 매달려 날아가는 것처럼. 싹둑, 여자의 손목이 잘리는 느낌과 함께 하얀 담요가 나풀거리며 떨어져 내렸어요. 레고 블록처럼 층층이 쌓인 집들의 경계를 제멋대로 가로지르며 춤을 추더군요. 여자는 허둥지둥 안쪽으로 사라졌어요. 엘리베이터를 향해 달려가는 중이었겠죠. 담요가 지상까지 내려와 놀이터 시소에 닿기 직전, 믿을 수 없는 일이 벌어졌어요. 하얀 담요가 커다란 나비로 변한 거예요. 한 쌍의 흰 날개를 펄럭이며 나비는 바람결을 타고 다시 날아올랐어요. 아파트 협곡을 벗어나, 파란 가을 하늘을 유유히 선회하다가, 눈부신 햇살 속으로…… 무언가 품에서 스르르 빠져나갔어요. 재빨리 난간 너머로 허리를 굽혀 떨어지는 하얀 덩어리를 움켜쥐었죠. 배냇저고리 안에서 수민이가 까르르 웃고 있었어요. 25층 허공에 대롱대롱 매달려서.

그때 일을 생각하면 지금도 심장이 벌름거린답니다. 거실에 퍼질러 앉아 아이를 끌어안고 한참을 울었어요. 왜 그런 실수를 했는지, 왜 손을 놓으면 아이도 나비처럼 나풀나풀 날아갈 거라고…… 제정신이 아니었던 게지요. 당시 전 지독한 불면증에 시달리고 있었거든요. 낮이고 밤이고 술에 취해 구름 위를 걷는 것처럼 몽롱했죠. 산후우울증 탓이었어요. 누구나 조금씩은 겪는다고 하는데 제가 특히 유난했던가 봐요. 코스모스 위에서 춤추는 나비를 보고 무심코 그때의 끔찍한 기억을 떠올렸던 걸까요?

영원히 변신하지 못하는 나비 한 마리도 창고에 처박혀 있군요. 의외로 나비에 대한 기억들이 꽤 있는데요. 대학생 때였어요. 남자친구와 공원 숲길을 산책하고 있는데 나무 뒤에서 웬 사내가 불쑥 튀어나오는 거예요. 담뱃불을 빌려달라며 시비를 걸던 사내가 갑자기 남자친구에게 주먹을 휘둘렀어요. 그러고는 뒤에서 저를 끌어안고 입을 틀어막는데, 숨결에서 풍기던 퀴퀴한 소주 냄새가 어찌나 역겹던지. 그때 사내의 팔뚝에 새겨진 문신을 봤어요. 모양이 독특해서 지금도 또렷이 기억해요. 막 고치를 가르고 나와 첫 날갯짓을 하려는 나비. 아, 맞아요! 그자가 절 붙잡을 때 들고 있던 책을 떨어뜨렸어요. 『채털리 부인의 연인』. '소설 속의 여인들'인가 하는 교양과목을 수강하고 있었거든요. 이제야 연상 퍼즐이 풀린 건가요. 그런데……『보바리 부인』도 그 수업에서 읽었군요. 떨어뜨린 책이 『보바리 부인』이었나? 하아, 다시 원점이군요. 보바리 부인은 프랑스인, 채털리 부인은 영국인. 영국 쪽이 자살이나 비극적 분위기에 더 어울리지 않나요? 프랑스의 자살률이 세계적으로 높다는 기사를 본 것도 같고. 아아, 어서 빨리 이 간지럼 고문에서 벗어났으면.

치한에게 붙잡힌 일은 어떻게 됐냐고요? 궁금하시다면 얘기해드리죠. 어차피 목적지도 없는 여행, 잠시 샛길을 산책하는 것도 괜찮겠죠. 나비문신이 머리채를 거머잡고 난폭한 손길로 제 몸을 유린하기 시작했어요. 귀에 대고 음탕한 말을 뇌까리면서. 거의 정신을 잃기 직전, 갑자기 그자가 옆으로 붕 날아가 고꾸라지더군요. 남자친구가 일어나 그를 걷어찬 거예요. 사실 제 연인은 그런 위기 상황에서 그다지 믿음직한 수컷은 아니었답니다. 체구도 작고 희멀건 피부에 뿔테 안경을 걸친, 점잖은 학자 타입이었죠. 나비문신도 벌떡 일어나더니 같잖다는 표정으로 콧방귀를 뀌더군요. 나비문신이나 저나 미처 몰랐던 게죠. 그 왜소한 샌님의 진가를. 주먹 두 방에 다시 나가떨어진 남자친구가 또 일어나 덤벼들더군요. 쓰러지고, 다시 일어나고, 나뒹굴고, 또 달려들어 때리고 물고 뜯고…… 저는 다리가 풀려 주저앉은 채 그 참혹한 결투를 지켜보았어요. 강단 있는 성격이라는 건 알았지만 그 정도로 막무가내인 줄은 몰랐어요. 피투성이 얼굴로 씩 웃으며 끝없이 일어서는데, 나중에는 눈빛에서 고삐 풀린 광기가 번들거리더라고요. 나비문신도 그 좀비 같은 기세에 질려버렸죠. 슬슬 뒷걸음질 치더니 욕설을 뱉으며 달아나더군요. 그는 별일 아니라는 듯 옷소매로 얼굴의 피를 대충 훔치고 저를 일으켜주었어요. 그리고 땅에 떨어진 책을 주워 제게 건넸는데, 그게 『채털리 부인의 연인』이었는지 『보바리 부인』이었는지…….

포토샵으로 남친의 외모만 손질한다면 하이틴 로맨스에 나올 멋진 장면이었죠. 하지만 현실에서는 그 사건으로 인해 상황이 적잖이 복잡해졌답니다. 사실 저는 곧 그와 헤어질 생각이었거든요. 우린 장 르누아르 감독의 회고전에서 처음 만났어요. 한눈에 반할 타입은 아니었지만, 얘기를 나누다 보니 그의 진지하고 지적인 면모에 끌렸죠. 하지만 시간이 흐를수록 깨닫게 되었어요. 이 사람은 내 잃어버린 반쪽이 아니라는 걸. 조건으로만 보자면 여자들이 충분히 눈독을 들일 만한 우량주였죠. 우리나라 최고 대학의 법학부 수석 입학에 이미 사법시험 1차도 합격한 상태, 물론 최종 합격도 떼놓은 당상. 그렇다고 거만한 태도로 상대를 무시하거나 '뚜마담'을 통해 몸값을 저울질하는 얄팍한 성격도 아니었어요. 속이 깊고 연애도 일편단심이었죠. 한마디로 경제적 풍요와 사회적 명예, 그리고 단란한 가정까지 3관왕 달성이 유력한 결혼 상대였답니다. 하지만 제가 원하는 건 그런 재무제표 같은 조건이 아니었어요. 말이 필요 없는 로맨틱한 떨림, 함께 있는 자체로 세포들이 활성화되면서 체온이 0.5도 정도 올라가는 발열성 연인. 전 그런 사람을 찾고 있었거든요. 평생 못 만날지 모른다는 불안감도 있었죠. 어차피 차선을 택해야 한다면 지금 이 사람이 최선의 차선이 아닐까? 하지만 아직 창창한 나이에 벌써 현실과 타협하고 싶지는 않더라고요.

진작부터 헤어지자고 얘기할 작정이었어요. 하지만 2차 시험을 앞두고 있던 터라 타이밍 잡기가 쉽지 않더군요. 의지의 화

신인 그가 고작 실연 때문에 거사를 망치지는 않겠지만, 제 성격상 일말의 자책감도 남기고 싶지 않았거든요. 망설일수록 결전의 날은 점점 더 가까워졌고, 부득이 시험이 끝나는 대로 이별 통지를 하기로 마음먹었죠. 그때까지만 맘 편히 애인 노릇을 해주자. 그런데 시험 하루 전날 그 사건이 터진 거예요. 만신창이 얼굴에 오른손 중지가 골절되고 갈비뼈에도 금이 간 상태로 시험장에 갔으니 결과는 보나 마나였죠. 한동안 전 두말없이 정의의 사도를 돌봐야 했답니다. 무지근한 자책감이 등허리에 달라붙더군요.

그는 여전히 자신감에 차서 걱정 말라고만 했어요. 부상 평계를 대지도 않고 그저 이번에는 운이 없었을 뿐이라고. 내년에는 너끈히 합격할 거라고. 내년이라니. 저는 내색도 못 하고 벙어리 냉가슴만 앓았답니다. 미래를 함께하지도 않을 사람과 1년을 또 만날 수는 없다. 하지만 나를 보호하느라 중상을 입고 중대한 시험까지 망친 사람에게, 어떻게 깁스도 풀기 전에 야멸치게 이별을 고한단 말인가. 그렇게 우물쭈물하는 새 몇 달이 훌쩍 지나가더군요. 그는 다시 전투 모드에 돌입한 상태였고. 제가 할 수 있는 일이라고는 이번엔 반드시 합격하게 해달라는 기도뿐이었죠. 자책감을 털고 홀가분하게 돌아설 수 있도록. 각자 운명의 짝을 만날 수 있도록. 그런데 이게 어찌 된 일입니까. 그 사람은 또다시 낙방하고 말았어요.

두번째 실패에는 그도 어지간히 충격을 받더군요. 충격이라기보다는 영문을 몰라 얼떨떨한 것 같았어요. 베테랑 고시생들이야 코웃음을 치겠지만, 그는 실패에 익숙지 않은 사람이었거든요. 이젠 1차 시험부터 다시 준비해야 한다는 사실도 적잖은 부담이었고. 어쩌겠어요. 마음 다부지게 먹고 헤어지자는 말을 꺼냈죠. 알아요, 제가 어떻게 보일지. 전도유망한 법대생을 꿰찼다가 싹수가 안 보이자 뻥 차버리고 말을 갈아타려는 속물로 보이시겠죠. 제 마음인들 편했겠어요? 하지만 사랑하지도 않는 사람과 연인인 척 연기하며 제 청춘을 다 허비할 수는 없잖아요. 이젠 반드시 1년이라는 보장도 없었고. 말씀드렸듯이 전 애당초 그런 조건에는 관심도 없었다고요. 빨리 저의 체온을 올려줄 반쪽을 찾고 싶었을 뿐이에요.

그가 자존심이 세다는 건 익히 알고 있었어요. 세다는 표현으로는 한참 부족한 입신의 경지죠. 고로 제 예상 시나리오는 이랬답니다. 그는 차분히 이유를 묻고 나서, 내색 않고 속으로 분을 삭이다가, 아쉬울 것 없다는 투로 깔끔하게 이별을 받아들일 것이다. 설마 그 극강의 자존심이 기수를 거꾸로 돌려 폭주하리라고는 미처 예상하지 못했죠. 담담하게 제 얘기를 들을 때만 해도 역시, 하며 안도했어요. 하지만 그 담담함은 제 결별 선언 자체를 인정하지 않는다는 뜻이었더군요. 분명하게 의사를 밝혔건만 그는 마치 아무 일 없었다는 듯 계속 연인처럼 구는 거예요. 끊임없이 전화하고 문자 보내고 강의실 앞에서, 자취방 앞에서 기다리고 기념일이면 꽃과 선물을 준비하고……맙소사, 그 이성적인 사람이 스토커가 될 줄이야. 네가 먼저 날 떠날 수는 없다, 내가 목표로 삼은 것을 놓친다는 건 있을 수 없다는 투였어요.

아무리 무시하고 설득하고 애원해봐도 소용없었어요. 나비 문신을 상대할 때 엿보았던 광기가 또다시 눈에 번들거리더군요. 그런 상황에서 공부인들 되겠어요? 그는 1차 시험에도 연이어 떨어졌어요. 그럴수록 저에 대한 집착은 더욱 강해졌고. 저는 이중으로 괴로웠답니다. 스토커에 시달리는 것만도 고역인데, 그 스토커가 나로 인해 몰락한 수재라는 자책감까지. 노이로제에 걸려 살이 빠지고 불면증에 원형탈모에…… 그런데 제가 왜 이런 얘기까지 하고 있는 거죠? 보바리 부인과 채털리 부인만 분간하면 되는데. 아아, 그 생각을 하니까 또 간지럽네요. 미치겠군요. 차라리 둘이 머리끄덩이라도 잡고 결판을 내주었으면 좋으련만.

그래도 하던 얘기는 끝을 맺어야겠죠. 제가 학교를 졸업하고 광고회사에 취직한 후에도 그의 스토킹은 계속됐어요. 그러다가 어느 순간 연락이 뚝 끊기더라고요. 조용히 수소문해 보니 군에 입대했더군요. 한마디 말도 없이 간 걸 보면 그도 고민이 많았던 게죠. 하긴 연달아 낙방하는 마당에 언제까지 휴학으로 버틸 수도 없는 노릇이고. 정말 한숨 돌렸어요. 이 나라의 의무병제가 그렇게 고마울 줄이야(남자분들께는 미안해요). 부디 어른들 말씀처럼 군대가 인간 개조 기능을 십분 발휘해주기를, 나같이 매정한 여자 깨끗이 잊고 자신감 넘치는 수재로 거듭나기를, 간절히 기도했답니다.

이듬해 저는 직장에 사표를 내고 일러스트레이션을 공부하러 뉴욕으로 떠났어요. 파슨스 디자인스쿨에서 유학하던 친구가 전부터 와서 같이 지내자고 권했거든요. 늘 마음이야 있었는데 막상 떠나려면 왜 그리 걸리는 일이 많던지. 하지만 그때는 짐 싸서 무작정 비행기에 올랐어요. 내 인생에도 변화가 필요한 시점이라는 생각이 강하게 들었거든요. 일단 떠나는 거다. 내 가능성을 시험해보자. 뉴욕이라는 꿈의 도시에 한번 나를 마음껏 풀어놓아보자. 솔직히 그의 제대 날짜가 다가오는 게 적이 불안하기도 했고요. 결과적으로 뉴욕은 저에게 확실한 변화의 계기를 제공해주었답니다. 자유의 여신상 머릿속에 올라갔다가, 휴가차 뉴욕에 온 지금의 남편을 만났거든요.

남편이 함께 있는 자체로 체온을 0.5도 올려주는 발열성 연인이었냐고요? 그렇지는 않았어요. 조건은 괜찮았지만 저보다 열한 살이나 연상인 데다 지나치게 현실적인 타입이라 친구는 끝까지 고개를 저었죠. 그를 선택하는 데 결정적인 역할을 한 사람은 다름 아닌 전 남친이었어요. 3년 넘게 스토킹에 시달리고 나니 말랑말랑한 로맨스보다는 단단한 보금자리부터 찾게 되더군요. 그런 면에서는 제격인 사람이었죠. 건실하고 자상하고 사교적인, 주변 누구에게나 신망을 얻는 남자. 그의 세련된 매너는 제 자신의 가치를 다시금 일깨워주었답니다. 당시 전 많이 지쳐 있었거든요. 연애라면 더럭 겁부터 났고, 공부에도 생각만큼 열정이 지펴지지 않았고, 뉴욕 생활도 〈섹스 앤 더 시티〉에서 보던 것과는 많이 다르더라고요. 화려한 대도시에서 곱씹는 외로움은 그만 낭만주의에서 사실주의로의 전향을 권하더군요. 지금도 가끔 그런 생각을 해요. 만일 그날 나비문신 치한을 만나지 않았다면, 남친이 사법시험에 합격하고 우리가 담백하게 헤어졌다면, 충동적으로 뉴욕에 건너가 남편을 만나지 않았다면…… 과연 나는 잃어버린 나의 반쪽을 찾을 수 있었을까?

이런, '나비효과'가 증명되었군요. 코스모스 위에서 춤추던 나비의 날갯짓을 쫓아 결국 뉴욕까지 갔다 왔으니. 나비, 나비, 나비야, 나비야…… 어쩌면 제가 나풀거리는 나비를 보고 떠올린 건 진짜 나비가 아니었는지도 몰라요. 곤충 나비가 아닌 포유류 나비. 왜 사람들은 고양이를 나비라고 부르는 걸까요? 고양이라면 바로 어제 일처럼 또렷이 떠오르는 기억이 있지요. 사실, 바로 어제 일이었으니까.

어젯밤도 전 수면을 위한 완벽한 자세를 찾기 위해 노력하고 있었답니다. 오른쪽으로 돌아누웠다가 왼쪽으로 돌아누웠다가, 골반이 침대 매트리스와 이루는 각도를 미세하게 조정하고, 베개 위에서 고개를 조금씩 틀어 일곱 개 목뼈를 정렬하고, 양팔을 앞으로 뻗어 교차시켰다가 한 손을 베개 밑으로 집어넣었다가, 오른 다리를 직각으로 세웠다가 다시 왼 다리로 바꾸어보고…… 수면을 위한 최적의 자세는 매일 밤 암구호처럼 바뀌기 때문에 찾아내기가 쉽지 않답니다. 손가락 하나하나의 각도에서부터 머리카락이 흘러내린 위치, 잠옷이 다리에 감기는 정도까지 완벽하게 일치하는 열쇠를 찾아야만 해요. 그래야 거대한 철문이 스르르 열리고 밀림 깊숙이 숨겨진 비밀의 왕국으로 들어갈 수 있거든요. 결국 어젯밤도 열쇠를 찾지 못하고 부스스 일어났죠. 옆에서 세상모르고 단잠에 빠져 있는 남편이 어찌나 부럽던지.

커피 한 잔을 타서 컴퓨터 앞에 앉았어요. 잉여 시간을 때우는 데는 인터넷쇼핑만 한 게 없죠. 자신이 왜 필요한 존재인지

열변을 토하는 신상품들의 수다를 듣고 있노라면 몇 시간은 금방이에요. 그런데 뭐가 잘못됐는지 모니터 전원이 들어오지 않는 거예요. 하는 수 없이 남편의 서재로 가서 노트북을 켰어요. 원래 서재에는 못 들어오게 하는데, 쿨쿨 자고 있으니 알 게 뭐예요? 노트북 드라이브에 CD가 들어 있더군요. 무심코, 정말 무심코 CD에 있는 동영상 파일을 클릭해보았어요. 오, 화면에 상상도 못 한 광경이…… 그건 '야동'이었어요. 안방에서 아이처럼 자고 있는 남편이 주연배우로 등장하는.

카메라는 퀸 사이즈 침대에 고정되어 있고 남편이 침대 네 귀퉁이에 사지를 벌리고 묶여 있더군요. 사타구니에 구멍을 뚫은 여성용 팬티스타킹 하나만 입은 채. 잠시 후 뮤지컬 〈캐츠〉에 나오는 고양이처럼 분장한 여자애가 화면에 등장했어요. 스무 살 남짓 되었을까, 몸에 쫙 달라붙는 검은색 레오타드에(역시 큼직한 구멍 세 개가 뚫린) 앙증맞은 고양이 귀가 부착된 머리띠, 손목과 발목에는 은빛 털토시를 하고 엉덩이에 긴 꼬리까지 붙였더라고요. 고양이 아가씨는 새침한 동작으로 침대 주위를 돌다가 남편의 몸을 구석구석 혀로 핥아대기 시작했어요. 야옹, 야옹, 울음소리까지 내면서. 그이의 입에서 생전 처음 듣는 하이톤의 신음이 흘러나오더군요. 팬티스타킹을 뚫고 나온 물건이 점점 천장을 향해 치솟았죠. 한참을 혀로 핥고 꼬리로 간질이고 손톱으로 할퀴고 물고 빨고…… '동물의 왕국' 고양이편의 결말이 뭐였는지 아세요? 새끼 고양이가 남편의 가슴팍을 타고 앉아 그의 얼굴에 시원하게 소변을 갈기는 거였어요. 황홀한 표정으로 괴성을 지르며 오줌 세례를 받는 그 남자는 분명, 건실하고 자상하고 사교적인, 주변 누구에게나 신망을 얻는, 단단한 보금자리가 되어준 내 남편이었답니다.

이상하죠. 왜 전혀 화가 나지 않았을까요? 외도라고 부르기도 민망한 고양이 쇼를 보는 내내 저는 웃었답니다. 처음에는 피식거리며 헛웃음만 흘리다가 나중에는 의자에서 굴러떨어질 정도로 박장대소를 했어요. 그렇게 실성한 듯 웃어본 게 얼마 만인지. 그리고 대미를 장식하는 세례식, 남편이 화면 속에서 엄청난 양의 정액을 분출하는 것과 동시에 저도 황홀경에 빠졌어요. 아랫도리가 불을 지핀 것처럼 뜨거워지며 바르르 떨리고, 그 열기가 도화선을 타고 등줄기를 지나 뇌에 도달해서, 펑! 터지는 거예요. 불꽃놀이처럼. 아, 이게 오르가슴이라는 거구나. 그동안 난 제대로 된 오르가슴을 한 번도 느껴본 적이 없었구나. 몸이 나른해져 거실 소파에서 그대로 잠이 들었어요. 열쇠 따위는 필요 없었죠. 왕국의 문을 박차고 들어가 몸을 던지면 그만이었으니까.

깊은 꿀잠에서 깨어난 후 전 깨달았어요. 아직 늦지 않았다는 걸. 내 스스로 체온을 0.5도 올릴 수 있는 작은 불씨가 가슴속에 남아 있다는 걸. 우선은 며칠 바람을 쐬며 마음을 정리할 거예요. 일을 어떻게 처리할지 결정하고, 앞으로의 계획도 설계하고. 이참에 수민이를 데리고 다시 뉴욕으로 들어갈지도 모르겠어요. 간다면 일러스트가 아닌 비디오아트 작업을 해보고 싶네요. 뇌에 불꽃놀이를 일으키는 야한 비디오아트는 어떨까요? 지난번과 달리 이제는 진지한 열정을 가지고 해나갈 수 있을 것 같아요. 비용은 걱정 없답니다. 위자료를 왕창 뜯어낼 작정이거든요. 문제없겠죠? 저에겐 막강한 '야동'이 있으니까. 그 동영상이 어째서 저에게 편안한 잠을 선사하고 꺼져가던 가슴속 불씨까지 되살려준 걸까요? 글쎄요, 저도 설명할 수가 없네요. 신묘한 경험이었다는 말밖에는. 고양이는 영물이라는 말이 괜히 나온 게 아닌가 봐요. 내 인생에 새로운 물꼬를 터준 나비양에게 감사의 꽃다발이라도 보내고 싶은 심정이랍니다.

가을 햇살이 참 정겹군요. 코스모스가 바람에 한들거리고…… 잠깐, 지금 코스모스 타령을 하려던 게 아니죠. 아, 또 시작이네요, 이 간지럼 고문. 두개골을 열어 대뇌피질을 벅벅 긁고 싶은 심정이에요. 채털리 부인이냐 보바리 부인이냐, 그것이 문제로다. 어머, 저게 뭐죠? 이럴 수가, 서점이에요! 놀랍군요. 꼭 필요한 때, 그것도 이런 시골 마을에서 서점을 만나다니. 앞길이 순조롭게 풀릴 조짐이 아닐까요? '세잎클로버 책마을'이라. 어쩜, 이름도 소담스럽게 지었네요. 깔끔한 카페처럼 꾸몄는데 커피도 팔았으면 좋겠어요. 이런 서점의 주인은 어떤 사람일까요? 은근히 설레는데요. 당장 들어가봐야겠어요. '우리 시대는 본질적으로 비극적이어서, 우리는 이 시대를 비극적으로 받아들이려 하지 않는다.' 드디어 확인할 수 있겠군요. 보바리 부인인지, 채털리 부인인지.

5

젠장, 뭐야? 사고가 났나? 동료들하고 단란주점에서 술 마시고 있었는데…… 가게에 불이라도 난 건가? ……아니, 술집에서는 나왔지. 계산할 때 주걱턱 마담하고 실랑이를 벌인 게 기억나. 취했다고 바가지를 옴팡 씌우려고 하잖아. 누굴 호구로 보나. 그래도 잠깐 그러다 말았어. 기분 좋은 날인데 막판에 잡치고 싶지 않았거든. 그럼 술집은 나왔다는 얘긴데…… 차를 몰았나? 제길, 또 음주운전을 했군. 교통사고가 난 거야. 내가 미쳤지. 그렇게 퍼마시고. 어휴, 이 좋은 날. 헌데…… 뭐가 좋다는 거지? ……맞아, 내 돌잔치였지. 다시 태어나 맞는 첫번째 생일. 운명을 바꾼 1주년 기념일. 그런데 이게 뭐야. 꼴좋다. 일이 잘 풀리니까 방심했던 거야. 늘 이 모양이지. 빌어먹을, 결국은 이렇게 끝나는구나.

왜, 그런 말이 있지? 주사위는 던져졌다. 누가 했는지 모르겠지만 뭘 좀 아는 친구야. 장담하는데 이 친구도 인생 더럽게 안 풀렸을걸? 잘 풀리는 인간들은 주사위 따위에 관심이 없거든. 재수 옴 붙은 놈들이나 이미 던져졌네, 아직 아니네, 씨불거리는 거지. 난 사람들마다 타고난 운명이란 게 있다고 믿어. 사주건 점성술이건 관상이건 손금이건 아무 생각 없이 뒤집은 타로 카드건, 모두 대법원의 최종심 판결문이나 마찬가지야. 탕! 탕! 탕! 판사가 망치 때려버린 거라고. 어떡해, 정해진 교도소에서 종신형을 살 수밖에. 착실하게 복역하면 가석방이 될 수도 있겠지만, 사회에 적응도 못 하고 평생 마음 졸이며 연명하는 게 고작일걸. 내가 너무 비관적이라고? 한 번뿐인 인생이 말도 안 되는 불운의 연속으로 쑥대밭이 돼봐. 생각이 달라질 테니. 난 진작부터 운명의 여신에게 미운털이 단단히 박힌 놈이었어.

내 타고난 운명을 친절하게 암시해주는 사건이 있었지. 중학교 때 친구들과 중간고사를 두고 내기를 했어. 문제를 읽지 않고 전 과목을 양심껏 찍어 누가 많이 맞추는가 하는 육감 대결.

참가자들 면면이 어차피 전 과목을 찍는 수준이었으니 큰 의미는 없었지만, 결과는 사뭇 충격적이더군. 전 과목 빵점. 이 정도면 육감이 아니라 거의 신통력이잖아. 덕분에 내기에서 꼴찌를 하고 '올빵'이란 치욕적인 별명이 생기고 담탱이한테도 늘씬하게 얻어터졌지. 반항하는 거냐고. 아니, 그게 반항한다고 나오는 점수냐고. 공부란 게 어느 정도 운도 따라주고 해야지, 딱 노력한 만큼만 성적이 나오니 금세 흥미를 잃어버렸어. 뭐, 애당초 대단한 흥미를 갖고 있던 건 아니었지만.

'올빵' 사건은 시작에 불과했다고. 내 저주받은 신통력을 나열하자면 『영웅문』 한 질은 써야 돼. 화장실에서 담배를 피워도 꼭 나만 걸리고, 돌려 보던 포르노 잡지가 내 가방에 있을 때에만 소지품 검사를 하는 정도는 애교야. 왜 처음으로 삥을 뜯은 놈 큰형이 무예타이 선수냐고. 건전하게 유흥비 마련하겠다고 성인오락실에서 한 달 열심히 알바를 뛰었는데 월급날 단속이 뜨지를 않나, 야구장에서 깔치 하나 끼고 한창 작업 중인데 8번 타자가 친 홈런볼이 날아와 코뼈를 박살 내는 건 또 뭐야, 응? 그 텅 빈 외야석에서. 큰고모가 나 태어난 날 선산에 심어준 잣나무는 벼락을 맞아 시커멓게 타버렸더군. 대추나무라면 팔아 먹기라도 하지. 하지만 그때까지만 해도 그리 심각하게 여기지는 않았어. 운명 따위를 의심하기엔 아직 혈기방장한 십대였으니까.

　날 유독 예뻐하던 큰고모 설득에 고3 때 체육교육과 실기를
준비했지. 어디 똥통 대학이라도 나와야겠다 싶더라고. 내가 몸
은 좀 쓰는 편이었거든. 몇 달 열심히 운동하고 시험을 치르러
갔는데, 이런, 배탈이 난 거야. 종일 사색이 되어 설사를 줄줄
흘렸으니 결과는 보나 마나였지. 새벽에 마신 우유가 문제였
어. 사연인즉, 우유배달원 자식이 우리 동네에 사는 어떤 계집
애에게 차였다는군. 쪼잔한 놈이 복수를 한답시고 그 집에 일
부러 상한 우유를 갖다 놓은 거지. 하필 그 우유를 내가 훔쳐 먹
었고. 나 원래 우유나 야쿠르트 같은 거 내 돈 주고 안 사 먹거
든. 몸이 낫자마자 새벽에 잠복했다가 그 자식을 잡아 족쳤지.
몇 달 훈련한 체력을 다 쏟아부었지만 분은 풀리지 않더군.

　몇 년 후에 그 우유배달원을 다시 만났어. 세상 참 좁아. 훈련
소 마치고 군기 바짝 들어 자대로 올라갔는데, 내 사수라는 일
병이 날 보고 씩 쪼개는 거야. 설사는 좀 어때? 때린 놈은 잊어
도 맞은 놈은 못 잊는다는 속담은 사실이더군. 난 녀석을 알아
보지도 못했는데 녀석은 내가 했던 욕설이며 맞은 횟수까지 낱
낱이 기억하고 있는 거야. 쪼잔한 새끼, 그러니 계집애에게 차
이고 다니지. 내 군 생활에 대해서는 길게 설명하지 않겠어.

　제대 후 청년 백수로 질풍노도의 방황기를 보낼 때였지. 하

루는 나이트에서 만난 죽순이와 가볍게 몸을 풀었는데, 허, 이
게 임신했다고 야로를 부리는 거야. 건강한 성 문화 정착을 위
해 장화까지 끼고 했건만. 난 거금을 들여 병원에서 당당하게
친자 확인 검사를 했지. 내 새끼가 맞다네. 하아, 나의 불운은
세계 최고 품질을 자랑한다는 대한민국 콘돔까지 가뿐히 뚫어
버리는가. 진솔하게 내 꼬락서니를 보여주며 수술하자고 다독
였어. 그런데 자기는 가톨릭 신자라 낙태는 안 된다는 거야. 이
런, 실컷 술 처먹고 떡을 칠 때는 엠마뉴엘이더니, 난데없이 웬
성모마리아 타령? 되도 않는 눈물 연기하며 아빠, 오삐 들믹이
는 품이 한몫 잡겠다는 수작이더군. 어쩌겠어, 여기저기서 긁어
모아 돈 사백 쥐여주고 병원에 같이 갔지. 망할.

　그래도 그 일 이후 정신을 차렸어. 이러다 인생 좋나는 거 금
방이겠다 싶더라고. 사촌형과 동업해서 조그만 PC방을 열었
지. 그것도 만만한 일은 아니더군. 먼지와 담배 연기 매캐한 마
약굴 같은 곳에서 하루 열두 시간을 찌그러져 있어봐. 시야는
흐리멍덩하지, 목구멍은 그을음이 낀 것처럼 퀼퀼하지, 앉아서
군것질만 해대니 뒤룩뒤룩 살만 붙지…… 이러다 거대한 두더
지로 변하지 싶더라고. 온종일 총 쏘고 칼 휘두르는 소리, 비명,
포효, 굉음에 파묻혀 있다 보면 뽕 맞은 것처럼 해골이 빙빙 돌
아. 그 상태로 입만 열면 욕설뿐인 시건방진 애새끼들 시중이

나 들고 있는 거야. 내 팔자야. PC방이 호황일 때라 그럭저럭 유지는 됐지만 사는 게 영 피폐하더라고. 썰렁한 자취방에 돌아와 혼자 밥 먹고, 잠깐 눈 붙이면 또 씻고 나가기 바빠. 들고날 때 누가 따뜻한 말 한마디라도 건네줬으면 좋으련만. 같은 고생을 해도 사촌형은 가정이 있어 그런지 때깔이 괜찮았거든.

나도 여기저기 청을 넣어 맞선을 보기 시작했지. 여섯번째인가 일곱번째, 드디어 마음에 쏙 드는 간호조무사 아가씨를 만났어. 이 여자다! 필이 팍 꽂히더라고. 곧장 5성 호텔 이태리 레스토랑으로 데려가 IT 업계 젊은 CEO로서의 포부에 대해 열심히 썰을 풀었지. 파스타인지 뭔지 배배 꼬아놓은 수제비 같은 걸 2만 원이나 주고 먹으면서. 그런데 자꾸만 날 어디선가 본 적이 있다는 거야. 자기는 사람 얼굴을 잘 기억한다고. 이런 미인을 내가 몰라볼 리 없다며 너스레를 떨었지만 불길한 예감이 엄습하더군. 아니나 다를까, 그녀의 병원에 나도 간 적이 있더라고. 그 성모마리아 꽃뱀과 친자 확인을 하고 애를 지우러. 거참, 사람 얼굴 정말 잘 기억하데.

이런 소금 바른 꽈배기 같은 사연들이 단순한 우연의 일치라고 생각해? 나도 그렇게 위안을 삼으며 30년을 꿋꿋하게 버텼지. 이 정도 당해줬으니 곧 좋은 일도 무더기로 닥칠 거라고 기대하면서. 언제쯤 운때가 풀릴까 싶어 용하다는 점쟁이도 많이 찾아다녔어. 가는 곳마다 사주는 최악에 이름과의 조화도 상극이라고 하더군. 웬 할망구는 이미 망태할배에게 잡혀간 아기귀신이 왜 왔냐고 악담을 퍼붓기에 냅다 소반을 걷어차고 나왔어. 그래도 일관성은 있는 걸 보면 그치들 아주 엉터리는 아니었나 봐. 하긴 결국 그들 말이 맞았으니까. 그래, 내 잣나무가 날벼락을 맞은 건 단순한 기상재해가 아니었어.

설 명절에 술이 얼큰해진 큰고모가 날 붙잡고 희한한 얘기를 들려주더군. 나에게는 한 살 터울의 형이 있었다는 거야. 태어나면서부터 시름시름 앓다가 돌을 채 못 넘기고 죽은 형이. 내가 태어나기 식전이었대. 아아, 장남을 극진히 사랑했던 부모는 차마 사망신고를 하지 못하고 갓 태어난 동생에게 형의 호적을 인계해 키운 것이었다. 이 스토리는 순전히 드라마 좋아하는 큰고모 각색이고, 그냥 귀찮았던 게지. 사망신고 하고, 금세 또 출생신고 하고, 이름 짓고 하는 게. 평생을 고깃배 타고 출렁거리며 살아온 아버지는 뭍에서의 견고한 일상을 딱 귀찮아했거든. 귀안케 뭘 또 해쌌노. 마, 이놈이 그놈이다, 카고 키우면 되는 기재. 망할 꼰대, 안 봐도 비디오다.

드디어 뿌리 깊은 내 불운의 비밀이 밝혀진 셈이야. 나의 사주도, 나의 이름도, 나의 별자리도 모두 죽은 형의 껍데기였어. 이유식 맛도 못 보고 골로 간 사주를 고스란히 물려받았으니,

인생 잘 풀릴 턱이 있겠어? 죽은 놈이 멀쩡히 살아 돌아다니는 걸 알고 운명의 여신도 열 받았겠지. 아주 작정하고 날 갈구는 거야. 감히 나를 속여. 어디 살아가는 내내 엿이나 먹어봐라, 이 거지. 30년 동안 헤매었던 미로의 지도를 찾으니 속은 후련하 더군. 문제는 그 미로에 출구가 없다는 거야. 방법이라곤 법원에 정정 신청을 하는 것뿐인데, 절차가 여간 복잡한 게 아니더라고. 그 옛날 일이 무슨 증거가 있나, 꼰대는 뭍에 오락가락하며 증언하라니 콧방귀도 안 뀌지, 오히려 나를 빙충맞은 놈이라 타박이나 하고…… 젠장, 죽을 때까지 죽은 형의 껍데기를 쓰고 사는 수밖에 없다는 건가? 그럼 도대체 나는 누구인가? 나라는 인간은 어디에 존재하는가? 꼴사납게 서른 넘어 이런 개똥철학으로 고뇌할 줄이야. 그 와중에도 운명의 여신은 쉬지를 않더군. 진짜 부지런한 아줌마야.

우리 PC방에서 고삐리 하나가 죽는 사고가 발생했어. 스무 시간 넘게 죽치고 앉아 게임을 하다가 핏덩어리가 혈관을 막았다는군. 이코노미 뭐라 그러던데, 비행기에 오래 쪼그리고 앉아 있을 때 종종 발생하는 거래. 그날 사촌형이 교대하면서 재 적당히 보내라고 주의를 주긴 했는데, 나도 출생의 비밀 때문에 일이 손에 안 잡히는 상태라 깜빡했지. 설상가상으로 발견된 게 청소년 야간 출입금지 시간이었고, 사망 후 세 시간 동안 방치되어 있었다는 사실이 언론에 터지면서 시끄러워진 거야. 얼결에 카메라에 대고 웅얼거린 게 '9시 뉴스'에까지 나오더군.

"전 그냥…… 피곤해서 엎드려 있는 줄 알았죠."

그걸로 다 끝이었어. 애 부모가 소송을 거는 바람에 법원 들락거리며 변호사 비용 깨져, 소방서다 구청이다 경찰이다 우르르 나와서는 영업정지 때리지, 벌금 때리지, 사람 죽은 가게라고 손님 뚝뚝 끊겨, 사촌형과도 서로 언성만 높이게 되고…… 결국 보증금 다 까먹고 권리금 한 푼 없이 가게를 넘기고 말았어. 2년 넘게 아등바등 일해서 간신히 투자금 회수하고 이제야 슬슬 돈이 들어오겠구나 하던 참이었는데. 망할 게임 중독 고삐리 새끼, 젊은 놈이 그렇게 할 일이 없나. 나가 공이나 찰 것이지 스무 시간 넘게 처박혀 뭔 지지리 궁상이냐고. 널린 게 PC방인데 왜 하필 우리 가게에서 뒈지느냐고!

타락이란 건 말이야, 산비탈에서 타이어를 굴리며 내려오는 것과 같더군. 처음에는 내가 충분히 통제할 수 있다고 생각하지. 하지만 점점 속도가 빨라지고 어느새 타이어 혼자 저만치 앞에서 구르고 있는 거야. 헉헉대며 쫓아가지만 도저히 따라잡을 수가 없어. 타이어는 계속 배뚝거리면서 넘어지지 않고 잘도 굴러. 그러다가 작은 돌부리라도 하나 만나면 텅, 공중으로 튀어 올랐다가 진창에 처박히는 거지.

차라리 방구석에 죽치고 술이나 퍼마셨으면 좋았을걸. 울화가 치밀어 견딜 수가 없더라고. 마침 근처에 '바다이야기'라는 게임장이 생겼네. 깊고 고요한 바닷속, 화려한 색상의 산호초와 물고기들이 나를 다독여주더군. 7번 사장님, 기운 내세요. 인생 별거 있나요. 고민일랑 파도에 실어 보내고 팔다리를 저어보세요. 우리와 함께 바닷속으로 들어가 고래를 잡아보아요. 자, 사장님, 돈을 넣고 버튼만 누르세요. 시간이 잘도 가더군. 그래 봤자 내 끝없는 불운만 확인할 뿐이었지만. 굳이 돈 들여 확인할 필요도 없는 것을.

바닷속에서 한참 이야기를 나누다가 수면 위로 고개를 내밀어보니, 내가 사채에 손을 대고 있었더군. 큰 액수는 아니었는데 돈 나오는 구멍이 없으니 이자가 눈덩이처럼 불어나는 거야. 어느 날 한밤중에 떡대 둘이 찾아오데. 둘 다 뭉개진 만두귀였지. 내 기구한 운명 따위에는 눈곱만큼도 관심 없는 놈들. 감히 배 째라는 말도 못 하겠더라고. 말 떨어지기 무섭게 바로 째고 신장이라도 끄집어낼 분위기였거든. 다음 날 게임장에서 나오다가 길가에 뻗어 있는 취객의 지갑에 손을 댔어. 생각이고 뭐고 없이 본능적으로. 고작 2만 8천 원 훔치자고 절도범이 된 거야. 그 돈으로 치킨 한 마리에 소주 세 병을 사서 집에 돌아오자마자 목구멍으로 쑤셔 넣었지. 젠장, 닭 뼈가 목에 걸려 죽는 줄 알았어.

달수라고, 게임장에서 알게 된 어리바리한 놈이 하나 있어. 동향이라 말을 트고 지냈는데 녀석도 입 헤벌리고 바닷속에 돈을 열심히 꼬라박더군. 야식집 배달의 기수가 어디서 자금을 조달하나 했더니, 이놈이 부업으로 빈집털이를 하는 거야. 욕심 안 부리고 머리만 잘 굴리면 잡힐 염려가 없다나. 솔깃하더라고. 펜치로 내 불알을 툭툭 치며 해맑게 웃던 만두귀를 떠올리면 뭔들 솔깃하지 않겠어. 달수가 머리 굴려서 되는 일을 나라고 못 할까. 녀석을 구워삶아 일거리를 하나 부탁했지. 처음엔 펄쩍 뛰며 손사래를 치더니 수입의 4할을 받기로 하고 문 따는 기술과 터는 요령, 빈집 정보를 제공해주더군. 야식 배달하면서 여기저기 봐둔 모양이야. 새끼, 보기보다 꼼꼼하더라고. 한두 번만 실전 경험을 쌓고 독립할 심산이었지.

드디어 디데이, 달수가 찍어준 집으로 한밤중에 숨어들었어. 햐, 어쩌나 떨리던지. 역시 범죄의 세계는 장난이 아니더라고. 녀석이 일러준 대로 먼저 안방으로 짐작되는 방문을 열었지. 열었는데…… 젠장, 그럼 그렇지. 이 몸이 도둑질이라고 잘 풀릴까. 분명 빈집이라고 했건만 떡하니 침대에 사람이 자고 있는 거야. 남자애와 여자애가, 실오라기 하나 걸치지 않고, 동그랗게 웅크려 서로를 꼭 끌어안고서. 허옇게 비쳐드는 달빛에 창가의 상아색 모슬린 커튼이 슬로모션으로 나부끼더군. 열여섯, 열일곱이나 되었을까, 깡마른 연놈이 판박이처럼 닮았더라고. 손전등 불빛에 드러난 희멀건 팔다리가 나무뿌리처럼 뒤얽혀 있는데, 해괴한 광경이었어. 몸이 달라붙은 샴쌍둥이 같기도 하고 머리 둘 달린 돌연변이 괴물 같기도 하고. 등골이 오싹해 내가 비명을 지를 뻔했지. 하지만 여자애가 기척을 느끼고 깨어나 먼저 비명을 지르더군. 난 얼결에 드라이버로 위협하며 조용히 하라고 윽박질렀어. 하아, 그때 도망쳐 나왔어야 했는데. 뭔 직업의식이 발동했는지 화장대 서랍을 뒤지기 시작했어. 연놈은 이불로 몸을 가린 채 벌벌 떨었지. 눈앞이 아뜩한 게 내가 뭘 하고 있는지도 모르겠더라고. 서랍 속으로 식은땀이 뚝뚝 떨어졌어. 갑자기 사방이 깜깜해지더니 뭐가 나를 덮치는 거야. 압박이 느껴지는 쪽을 향해 무작정 발길질을 하고 이불을 벗겨냈지. 이런, 남자애가 바닥에 쭉 뻗어 사지를 푸들푸들 떨고 있네. 제대로 찬 것도 아닌데 밀려 나자빠지며 어디 뒤통수를 박았나 봐. 눈을 허옇게 까뒤집고 입으로 게거품을 뿜는 게 금방이라도 숨이 넘어가겠더라고. 여자애는 옆에 꿇어앉아 괴성을 지르며 울부짖지…… 나는 돌아서서 무작정 달렸어. 무릎이 꺾여 몇 번이나 바닥에 나뒹굴면서.

달수 녀석에게 전화를 걸었을 때에야 뭐가 잘못된 건지 깨달았지. 녀석이 찍어준 빈집은 송정빌라였는데 난 근처의 청송빌라로 들어간 거야. 청송호. 젠장, 우리 꼰대가 평생을 애지중지해온 고깃배였어. 겁이 나서 집에 돌아가지도 못하고 한동안 여관을 전전했지. 그 남자애는 어떻게 되었을까? 제발 그냥 기절한 걸로 해달라고 하나님, 부처님, 알라신께 간절히 기도했어. 난 양말 한 짝 훔치지 않았다고. 응답은 금세 오더군. 내 신상정보에 떡하니 사진까지 박힌 수배자 명단으로. 강도살인 용의자. 빌어먹을, 달수 새끼가 경찰에 달려간 게지. 형사들 으박실에 술술 살도 불었을 거야. 그동안 자기가 저지른 범행까지 덤터기 씌워서. 강도살인이라니…… 인터넷으로 검색해보니 무기징역 아니면 사형이더군. 운이 좋아 강도치사로 받아도 최소 10년에서 무기. 난 정말 이불 뒤집어쓰고 발길질 한 번 한 죄밖에 없는데. 이건 너무하잖아. 도대체 나를 어디까지 내몰려는 거야!

떠돌이 도망자 신세가 되었어. 피를 말린다는 게 무슨 뜻인지 알겠더군. 휴대폰도 통장도 신용카드도 자동차도 사용할 수 없었지. 물론 제대로 된 일자리도 구할 수 없었고. 공사판이나 항구를 기웃거리며 일용직으로 잠시 일하다가 다른 곳으로 옮기고, 또 기웃거리고, 또 옮기고…… 교통순경만 보여도 멀찌 감치 길을 돌아갔어. 식당에서 누가 잠시만 쳐다봐도 밥숟가락 놓고 자리를 떠야 했고. '9시 뉴스'에 또 출연하고 싶지는 않았 거든. 밤에는 괭이잠을 사니 창밖의 빗소리에 서너 차례씩 화 들짝 깨어나기 일쑤였지. 이따금 인기척을 느껴 눈을 뜨면 웬 갓난아기가 낑낑거리며 내 팔을 잡아끌고 있는 거야. 같이 가 자고. 젠장, 누구겠어?

그렇게 3년을 보내고 나니 유령이 된 기분이더군. 내 몸은 지 금 어느 야산에 묻혀 있고, 영혼만 유체이탈 해서 둥둥 떠다니 는 게 아닐까? 실은 그날 게거품 물고 뒈진 게 나였고, 그 야릇 한 연놈이 나를 파묻은 게 아닐까? 그런데 이 영혼은 온전히 내 건가? 정신줄이 손아귀에서 스르르 빠져나가는 게 느껴지더군. 하긴, 난 원래 유령이었잖아. 죽은 형의 고치를 뒤집어쓰고 다 닌 유령. 망할 운명의 여신이 그것까지 압수해버린 거야. 유효 기간이 만료된 것이니 사용하지 말라고. 내 이름과 생년월일은 진즉에 저승사자 살생부에 올라 염라대왕 결재까지 끝난 상태 니까. 언제까지 이런 벌거숭이 유령으로 지내야 하나. 공소시효 는 아직 12년이나 남았는데. 술만 마시면 자꾸 높은 곳을 찾아 올라가게 되더군. 차라리 운명의 여신 앞에 무릎 꿇고 깨끗이 패배를 인정하겠다. 내가 졌소. 어서 베시오. 그런데 말이야, 이 운명의 여신이란 여편네 성격도 참 지랄 맞더군. 30년 넘게 집요하게 갈구다가 그렇게 엉뚱하게 돌변할 줄 꿈이나 꾸었겠냐고. 그 아줌마, 변태가 틀림없어.

그날은 내 생일이었어. 호적상의 죽은 귀신 생일 말고 엄마에게 확인한 내 진짜 생일. 여인숙에 처박혀 혼자 양장피에 술을 마셨지. 그래도 선물이랍시고 소주 대신 잭 다니엘스 큰 거 한 병을 샀네. 처량한 신세를 한탄하며 나발을 불다 보니, 어느새 또 바람 부는 건물 옥상이더라고. 사방이 괴괴한 게 나의 멋진 공중 3회전 다이빙을 숨죽여 고대하는 눈치였어. 갑자기 어디서 기립 박수까지 들려온다 했더니 내 심장 뛰는 소리더군. 그래, 간다. 내 더러워서 간다. 남은 술을 단번에 비우고 난간으로 다가갔어. 점점 더 요란해지는 박수 소리, 멀리서 넘실거리는 밤바다, 눈을 질끈 감고 몸을 휙, 던지려다 말고 일단 들고 있던 양주병을 난간 너머로 던졌지. 어느 정도 충격인지 테스트는 해봐야 하잖아. 그런데 경쾌한 파열음 대신 픽, 하는 둔탁한 소리가 울리더라고. 뭐지? 난간 너머로 내려다보니 뒷골목 가로등 아래 웬 남자가 패대기쳐진 개구리처럼 뻗어 있는 거야. 머리 주변에는 술병 파편이 반짝이고. 오, 마이, 갓!

허겁지겁 내려갔지만 남자는 이미 숨을 안 쉬더군. 두 명, 두 명째라니. 이러다 연쇄살인범 되는 거 아냐? 머릿속이 복잡해졌지. 튀자. 눈에 띄기 전에 빨리 여길 떠야 돼. 술병에 지문이 있을 텐데 파편부터 주워야지. 그동안 누가 오면 어쩌지? 참, 어차피 난 자살하려던 참이었는데…… 해골은 분주하게 돌아가는데 이상하게도 발이 떨어지지 않는 거야. 뭔가 나를 강하게 끌어당기고 있었어. 어쩌면 남자의 오른 팔뚝에 새겨진 문신 때문이었는지도 몰라. 고치를 찢고 나와 첫 날갯짓을 하려는 나비. 일단 남자의 주머니를 뒤져 지갑을 꺼냈지. 몇 푼 안 되는 돈을 챙기고 주민등록증을 확인하다가 난 깜짝 놀랐어. 남자의 생년월일이 내 실제 생년월일과 똑같은 거야. 세상에, 생일날 하늘에서 떨어진 잭 다니엘스 병에 맞아 뒈지다니. 너도 알 만한 놈이로군.

내 생년월일이 번듯하게 인쇄된 주민등록증을 들여다보고 있자니 코끝이 찡하더라고. 그때 목 언저리에서 맥박이 펄떡거리며 은밀히 신호를 보내는 거야. 녹이 잔뜩 앉은 머릿속 톱니바퀴들이 서서히 맞물려 돌아가기 시작하더군. 골목길을 지나다가 내가 무심코 던진 술병에 맞아 죽은 사내, 나와 같은 날 태어난, 하필 우리의 생일날, 소주 대신 선택한 묵직한 양주병에, 그리고 그의 팔뚝에 새겨진 저 나비, 고치를 벗어나 날갯짓하려는…… 이 모든 게 단순한 우연일까? 아니, 그런 우연의 일치는 없다는 거, 잘 알잖아? 이건 계시야. 운명의 조류가 불법 유턴하는 소리가 들리더군. 인생 리모델링 계획이 벼락처럼 내리꽂혔어. 일단 지갑과 열쇠를 챙긴 후 시체를 주차된 봉고차 아래 숨겼지. 일하던 공사장에서 트럭을 끌고 와 큼직한 부대에 시체를 구겨 넣고 벽돌을 채웠어. 해안도로까지 트럭을 조심스럽게 몰고 가, 부대를 절벽 아래 바닷속으로 던져버렸지. 첨벙, 소리가 그렇게 경쾌할 수가 없더군. 7번 사장님, 나이스. 이 남자는 우리가 잘 돌볼게요. 행운을 빌어요! 짭조름한 바닷바람을 폐 깊숙이 들이마셨어. 자, 이제 죽은 형의 고치를 벗어 던지고 새로 태어나는 거다!

신분을 위장하는 게 그렇게 간단한 줄은 몰랐어. 브로커에게 나비문신의 주민등록증 사본과 내 사진과 돈 백 건네니 닷새만에 감쪽같은 새 주민등록증이 나오더군. 서울로 올라와 먼저 녀석의 주소지로 가보았지. '벌집'이라고 부르는 가리봉동 쪽방에 짐이라곤 누렇게 찌든 이불 한 채, 옷가지와 세면도구 등을 담아놓은 라면박스 두 개가 전부였어. 다행히 인간관계라고 할 만한 게 거의 없는 놈 같더군. 나이 처먹고 사는 꼬락서니 하고는. 뭐, 내가 그런 말 할 처지는 아니었지만. 일을 깔끔하게 처리하기 위해 주인 할망구에게 밀린 월세를 정산하고 방을 뺐지. 유령에서 인간으로 환생하는 데는 주민등록증 한 장으로 충분하더군. 녀석의 신분으로 새 방을 얻고 휴대폰을 개통하고 통장도 만들고 면허증도 재발급받았어. 비로소 땅을 딛고 살아갈 몸뚱이를 되찾은 거야. 경찰도 사채업자도 두려워할 필요 없는, 뜨끈한 피가 도는 진짜 몸뚱이. 그런데 오래지 않아 알게 되었지. 내가 되찾은 건 몸뚱이만이 아니라는 걸.

운명의 여신이 얼마나 교활한 줄 알아? 내 말 좀 들어보라고. 나비문신의 지갑에는 로또 복권 한 장이 들어 있었어. 일을 대충 마무리하고 추첨 날짜가 한참 지나서야 맞춰보았지. 번호 다섯 개가 떡하니 맞아 3등에 당첨됐네. 1,458,760원. 으아! 하나만 더 맞았으면 수십억인데! 백이면 백 이런 탄식부터 했겠지. 하지만 난 그렇지 않았어. 그동안 수백을 때려 부어도 5천 원짜리 하나 안 맞았는데, 이게 뭔 개수작인가 싶더라고. 분위기가 수상한 거야. 한 번 더 테스트해보기 위해 당첨금을 찾아 간만에 바다이야기 게임장을 찾았지. 허, 앉는 다이마다 고래가 빵빵 터지네. 환장하겠더군. 3년 전에는 몇 개월을 죽치고 있어도 구경 한 번 못 했던 고래가. 일주일 만에 돈이 천만 원으로 불어났지. 이거 왜 이래? 장난치나? 저 높은 곳에서 나를 두고 게임을 하는 게 틀림없었어. 누가 주사위를 만지작거리고 있는지는 뻔하지. 돈 천만 원을 들고 경마를 하건 카지노에 가건 주식에 투자하건, 금방 열 배 스무 배로 불어날 거란 확신이 들더군. 이젠 쌍피 두 장 손바닥에 붙여놓고 고스톱 판에 앉은 거나 마찬가지였으니까.

그래서 어떻게 했냐고? 출장뷔페 업체에 취직했지. 주문받은 음식을 배달하고 세팅해주는 단순한 업무였어. 그래도 사람들과 시시껄렁한 농담 주고받으며 일하고, 내 이름으로 된 통장에 꼬박꼬박 월급 쌓이는 재미가 쏠쏠하더라고. 그런데 아무리 영세 사업장이라지만 너무 주먹구구로 운영되더군. 전직 IT 업계 CEO로서 사장에게 경영 혁신을 건의했지. 깔끔한 홈페이지를 만들어 온라인 주문을 받고, 각종 단체에 홍보 메일을 보내고, 직원 교육과 관리도 체계적으로 하자 매출이 급격히 늘어나기 시작했어. 사장이 반년 만에 날 총괄매니저로 진급시키고 월급을 두 배로 올려주더군. 함께 오래가자면서. 사실 나도 좀 놀랐어. 나에게 그런 수완이 있는 줄은 몰랐거든. 왜 진작 몰랐을까?

그래, 난 경마도 카지노도 주식도 하지 않았어. 어떻게 되찾은 소중한 인생인데, 이번에는 사주나 운발 따위에 맡겨놓고 싶지 않더라고(물론 되찾는 과정에서 과실치사와 사체 유기, 공문서 위조 등이 있었지만, 그동안 고생한 걸 봐서 넘어가자고). 우습게 들릴지 몰라도, 인간으로서의 오기라는 게 생기더라고. 운명의 여신의 장난질에 더는 놀아나지 않겠다는, 당당하게 원터치로 맞짱 뜨겠다는 오기. 망할 변태 여편네, 복수다!

이번에는 내가 네년을 엿 먹이는 거야! 내가 진정으로 다시 태어난 건 그렇게 운명에 맞설 수 있는 인간으로서의 자존심 덕분이었어. 까짓 플라스틱 쪼가리 때문이 아니라.

조리실에 서른셋 먹은 부산 아가씨가 하나 있어. 아무 때나 입도 가리지 않고 호탕하게 웃어젖히는 바람에 음식에 침 튄다고 노상 핀잔을 듣곤 하지. 키는 작지만 몸이 올록볼록 탱탱한 게 은근히 육감적이야. 한참 망설이다가 데이트 신청을 했어. 자기는 곰장어를 좋아한다며 시원스럽게 웃더군. 곰장어라면 나도 사족을 못 쓰지. 영화 하나 때리고 짚불 곰장어에 소주잔 기울이는데 죽이 잘 맞더라고. 성격 수더분한 건 알았지만 의외로 야물딱진 면도 있고. 몇 번 만나보니 그쪽도 싫지 않은 눈치였어. 자기는 과묵하고 성실한 남자가 좋다나. 과묵, 성실. 오해할까 봐 말해두는데, 물론 나를 두고 한 말이야.

생각해보면 나이 열아홉에 상한 우유 훔쳐 먹고 대입 시험을 망친 이후, 목표라는 걸 세워본 적이 없어. 음, 빈집을 털어 사채를 갚겠다는 것도 일종의 목표인가? 하긴 도망 다니며 절대 경찰에 잡히지 않겠다는 것도 목표는 목표군. 틈틈이 세우기는 했네. 암튼 그런 거 말고, 난 비로소 건실하고 발전적인 목표를 몇 가지 세웠어. 퇴근 후 조리학원에 다니기 시작했지. 우선 한식, 양식, 일식 조리사 자격증을 딸 거야. 요즘 각종 동호회 모임에다 서구식 홈파티 문화가 확산되면서 출장뷔페라는 게 전망이 괜찮더라고. 행사 성격에 따른 맞춤 서비스를 개발하고 영업 수완만 발휘하면 충분히 성공할 자신이 있어. 여기서 내년까지만 경험을 쌓고 독립해서 내 회사를 차릴 거야. 물론 그전에 그녀에게 정식으로 프러포즈를 해야지. 그녀는 주방을 책임지고 난 운영을 맡고. 아이도 낳아서 어린이날이면 사람으로 미어터지는 놀이공원에 가고, 조기축구회에 가입해 사람들과 땀에 젖은 몸을 부딪치고, 부부싸움을 하면 곰장어에 소주 한 잔으로 풀고…… 인생 별거 있나. 살면서 이 정도 행운이면 충분하잖아. 참, 미래의 내 회사 이름도 벌써 정해놓았다고. '버터플라이 출장뷔페'. 어때, 고급스럽지 않아?

오늘은 다시 태어난 지 꼭 1년이 되는 날이야. 내게 사주와 이름을 물려준 형님은 돌을 맞지 못했지만 나는 무사히 맞은 셈이지. 내 자신에게 돌잔치를 해주고 싶더라고. 직장 동료들에게 생일 턱이라고 거하게 한잔 쐈지. 인사관리도 총괄매니저의 주요 업무니까. 초고속 승진에 날 고깝게 생각하는 놈들도 있거든. 간만에 양주 따서 폭탄주도 말고 아가씨들 끼고 신나게 놀았어. 과묵, 성실도 좋지만 가끔 이렇게 스트레스를 풀어줘야지, 몸에서 사리가 나오겠더라고. 아, 신나게 노는 것까진 좋았는데, 너무 마셨나 봐. 꼭지가 완전히 돌아갔어. 젠장, 그러다 이 꼴이 된 거야. 태어나 처음으로 일이 잘 풀리고 있었는데. 어쩌자고 음주운전을…… 잠깐. 아냐, 아냐. 난 운전을 하지 않았어! 그렇지, 나갈 때 종업원에게 대리운전을 불러달라고 했다고. 차에서 졸면서 기다리고 있었는데…… 대리기사가 왔지. 그래, 기억나. 말도 잘 받아주고 싹싹한 친구였어. 그러면 집까지는 무사히 왔다는 얘긴데…… 그렇군, 여긴 내 방이잖아. 하하, 난 그냥 술에 꼴아 늘어져 있던 거야. 그럼 그렇지. 개과천선해서 착실하게 살고 있는데, 한 방에 훅 가면 섭섭하지. 다행이야. 그런데…… 저 친구는 누구지? 어, 아까 그 대리기사 아냐? 저 자식이 왜 안 가고 내 방에서 어슬렁거리는 거야? 뭐 훔칠 게 있다고. 일어나야 되는데, 빌어먹을, 몸이 천근만근이네. 어라, 자식이 나를 돌아보는데. 뭐라고? 젠장, 뜬금없이 왜 슈베르트는 좋아하냐고 묻는 거야?

π

폐쇄된 미로에 갇힌 사람은,

얼마나 헤매어야 그 미로가 폐쇄되어 있다는 걸 알게 될까?

하늘이 열리고 빛이 쏟아져 들어오기 직전, M은 잠깐 그런 생각을 했다. 오래 붙잡고 있을 틈은 없었다. 한순간 눈이 멀어버릴 것 같은 강렬한 섬광에 그의 머릿속은 하얗게 탈색되었다. 암실 문이 열리며 노출된 필름처럼. 이 빛이 천지창조의 광명인지, 세상의 종말을 알리는 겁화(劫火)인지, 혹시 우수한 지구 인재를 납치하는 UFO의 빛기둥은 아닌지…… 짧은 시간 M의 마음속엔 많은 불안과 기대가 교차했다. 펄이 반짝이는 은빛 매니큐어를 바른 손이 불쑥 나타나기 전까지.

손을 잡고 상체를 일으킨 M은 얼굴에 하얀 베일을 드리운 아랍 무희와 눈이 마주쳤다. 베일 위로 드러난 다갈색 눈동자가 고혹적인 미소로 그를 맞았다. 이마를 가로지른 체인에 매달린 황금 초승달이 두 눈썹 사이에서 찰랑, 흔들렸다. M은 그녀의 손에 이끌려 누워 있던 상자에서 나왔다. 나무로 투박하게 짠 검은 상자는 싸구려 관짝처럼 보였다. 그녀는 M의 손을 트로피처럼 높이 치켜들더니 정면을 향해 정중하게 허리를 숙였다. 요염하게 팬 가슴선을 따라 박힌 스팽글이 불빛에 반짝였다. 반대편에선 화려한 터번을 두른 카이저수염의 사내가 역시 정면을 향해 질도 있게 인사를 올렸다. 얼결에 M도 꾸벅 허리를 숙였다. 머리 위 구조물에 설치된 조명 아래로 울긋불긋한 현수막이 나부꼈다.

'지상 최고의 매지션, 샤리아르 겐지!'

플라스틱 벤치에 드문드문 앉은 관객들이 박수를 보내주었다. 좀 하네, 정도의 미적지근한 반응이었다. 아랍 무희가 멍하니 서 있는 M을 무대 옆쪽 계단으로 안내했다. M은 객석으로 내려가 빈 벤치에 엉덩이를 걸쳤다. 뒤에서 누군가 어깨를 두드렸다.

"어디 갔었수? 중간에 상자 열어봤을 땐 없던데."

투실한 볼살에 입꼬리가 눌린 중년 사내는 접선이라도 하듯 은밀하게 물었다. M도 상체를 기울여 은밀하게 속삭였다.

"사라졌었죠. 저 친구, 진짜 마술사예요."

해가 뉘엿뉘엿 이울기 시작했다. 구름이 적당히 퍼진 청명한 하늘은 멋진 캔버스가 될 것 같았다. M은 유원지 중앙에 있는 대관람차로 갔다. 높은 곳에서 노을을 감상하고 싶었다. 티켓을 받는 아르바이트 여학생이 껌을 질겅이며 M을 아래위로 훑어보았다. 검은 정장에 검은 넥타이를 매고 혼자 대관람차를 타는 남자. 여학생은 씩 웃으며 막 지상에 도착한 핑크색 곤돌라의 문을 열어주었다.

곤돌라가 채 정상에 오르기도 전에 유원지 전경이 한눈에 들어왔다. 전나무로 둘러싸인 공터에 회전목마, 유령의 집, 바이킹, 환상극장 등이 오밀조밀 들어차 있었다. 사람들은 두셋씩 짝을 지어 놀이기구 사이를 한가로이 배회했다. 마술쇼가 벌어졌던 야외무대에서는 카이저수염과 아랍 무희가 소품을 정리하고 있었다. 지상 최고의 매지션은 허리가 시원치 않은지 상자를 들고 걷는 폼이 엉거주춤했다.

M은 고개를 들어 서쪽 지평선을 바라보았다. 밤의 군대가 바람을 등지고 화공(火攻)을 시작했다. 진홍빛 화염이 건조한 회청색 하늘을 거침없이 집어삼켰다. 기세가 꺾인 낮의 군대는 대열을 허물고 허둥지둥 퇴각했다. M은 눈도 깜빡이지 않고 노

을의 고요한 진격을 응시했다. 그 절정의 한순간을 놓치지 않겠다는 듯. 선연한 붉은빛이 하늘 끝까지 닿으려는 찰나, 막 정점에 올라선 곤돌라가 덜컹, 흔들렸다. 바지 주머니 속에서 진동이 울렸다. 잠시 눈을 돌려 휴대폰을 꺼내는 사이, 노을은 거무튀튀한 재거름만 남긴 채 이미 사라지고 없었다. M은 방정맞게 떨고 있는 휴대폰을 노려보다가 통화 버튼을 눌렀다.

"네가 죽였지?"

*

네가 죽였지? 커서는 문장 끝에 멈춰 서서 숨을 골랐다. 스크린 우측 귀퉁이의 시계는 오후 9시 49분을 가리켰다. 자판에서 손을 떼고 담배에 불을 붙였다. 누굴 죽였다는 거지? M이라는 남자는 왜 검은 정장 차림으로 혼자 유원지를 어슬렁거리고 있을까? 장례식에 다녀오는 길인가? 스크린에 가로막혀 흘러내린 담배 연기가 자판 사이로 스며들었다. 내 노트북이 어느 날 먹통이 된다면 아마도 폐암 때문이리라. 휴대폰이 요란하게 〈오! 해피 데이〉를 연주했다. 발신자 미확인. 음악을 1절까지 감상하고 휴대폰을 들었다.

"네가 죽였지?"

그의 목소리는 오늘도 여전했다. 소심한 분노와 미처 감추지 못한 초조함. 전화를 받을 때마다 뒷골목 가로등 아래 공중전화 부스가 떠올랐다. 구겨진 레인코트, 송수화기를 움켜쥔 손등의 핏줄, 목을 움츠리고 주위를 두리번거리는 사내…… 불규칙한 숨소리가 귓바퀴를 간질였다. 가슴팍에 힘을 주고 숨결을 조절하려는 노력까지 그대로 전해졌다. '누구세요?'라고 물으면 그는 기다렸다는 듯이 전화를 끊겠지. 언제나처럼. 오늘은 내가 먼저 끊어볼까. 휴대폰 폴더를 닫으려는데 작은 구멍에서 억눌린 절규가 터져 나왔다.

"후미코 짱!"

황급히 휴대폰을 다시 귀로 가져갔다. 거친 호흡이 시원스럽게 뿜어져 나왔다.

"후미코 짱, 네가 죽였잖아. 왜 그랬어? 내게 얼마나 소중한 존재인지, 누구보다 네가 잘 알면서!"

"누구세요?"

전화가 끊겼다. 남자의 울부짖음이 사방 벽에 튀어 검은 얼룩을 남기며 흘러내렸다. 후미코 짱…… 그걸 알아채는 사람이 있을 줄이야. 스크린의 커서는 여전히 '네가 죽였지?' 뒤에서 숨을 고르고 있었다. M은 여전히 대관람차 꼭대기에서 휴대폰을 붙들고 있고, 노을은 거무튀튀한 재거름만 남겨놓은 채 이미 사라졌고⋯⋯ 백스페이스키를 눌렀다. 커서가 지나온 길을 맹렬히 달려 글자들을 지워나갔다. 스크린에 하얗게 눈이 내렸다. 배에서 꼬르륵 소리가 났다.

*

M은 프라이드치킨 한 조각을 베어 물었다. 아삭한 튀김옷 속에 따끈한 살코기가 졸깃하게 씹혔다. 생각해보니 오늘 입에 음식물을 밀어 넣고 씹은 기억이 없었다. M은 맥주 두 병을 곁들여 치킨 한 마리를 허겁지겁 해치웠다. 맛있다. 절로 독백이 흘러나왔다. 맥주와 나초를 추가로 주문하고 M은 느긋하게 소파에 몸을 묻었다. 기다리는 동안 빈 접시에 뒹구는 앙상한 뼈다귀들을 다시 닭의 형태로 맞춰보았다. 생각보다 쉽지 않은 퍼즐이었다.

그제야 M은 어두컴컴한 홀에 흐르는 이상기류를 감지했다. 곳곳에 뭉쳐 앉은 수컷들의 술렁임. 그들의 시선은 바에 홀로 앉은 블랙 시폰 원피스의 여인을 할금거렸다. M은 엉덩이를 옆으로 옮겨 사람들 머리 사이로 바에 이르는 시야를 확보했다. 할로겐램프에 드러난 그녀의 옆모습은 과연 아름다웠다. 허리 부근까지 탐스럽게 물결치는 곱슬머리, 이마에서 시작해 콧날,

턱, 목, 가슴골까지 한 번의 붓질로 그려낸 듯한 날렵한 윤곽선, 완벽이란 표현이 버겁지 않은 신체 비율과 볼륨. 탄력 넘치는 가무잡잡한 피부를 건강한 예외로 친다면, 그리스 여신에 비견할 만한 이상적인 아름다움이었다. 때문에 어떤 수컷도 그녀의 신전에 선뜻 발을 들이지 못했다.

중앙 테이블에서 몸에 달라붙는 스트라이프 슈트에 동그란 뿔테 안경을 걸친 댄디 보이가 일어섰다. 그의 발걸음이 여자를 향하자 일순 홀이 잠잠해졌다. 바에 한쪽 팔꿈치를 기대며 인사를 건네고 자연스럽게 옆자리 스툴을 차지하는 동작까지, 반복 훈련으로 다듬어진 선수의 내공이 묻어났다. 경쟁자들의 불편한 시선이 노골적으로 모여들었다. 댄디 보이는 서글서글한 미소를 앞세워 끈질기게 구애춤을 추었다. 하지만 여자는 그가 보이지도 않는다는 투로 앞에 놓인 블러디 메리만 홀짝거릴 뿐이었다. M은 나초를 씹으며 둘의 대결을 흥미롭게 지켜보았다. 댄디 보이의 춤사위가 차츰 안쓰럽게 보이기 시작할 즈음, 여자가 고개만 까딱 틀어 한마디를 던졌다. 칵테일과 같은 색의 루비 귀걸이가 반짝, 빛났다. 댄디 보이의 얼굴이 딱딱하게 굳었다. 테이블로 돌아온 그는 붉어진 얼굴을 감추려는 듯 연방 맥주만 들이켰다. 여자에게는 더욱 강한 후광이 드리웠고 그녀의 신전은 다시 공동경비구역으로 굳어졌다.

아르테미스. M은 신전의 주인으로 수많은 여신들 중 달의 여신을 선택했다. 태양신 아폴론의 쌍둥이 여동생, 멀쩡한 청년 악타이온을 사슴으로 변신시켜 사냥개들에게 갈기갈기 찢기도록 만든 매정한 여신. 자신의 벌거벗은 몸을 봤다는 죄목이었는데, 사실 작정하고 훔쳐본 것도 아니고 순전히 우발적인 사고였다. 왜 여신들은 때로 대책 없이 가혹하고 잔인해지는 건지…… M은 차가운 맥주를 입에 머금었다가 천천히 넘겼다. 역시 이상적인 아름다움은 연모의 대상이 아닌 금기의 대상인가.

M은 한때 사귀었던 노문과 여학생을 떠올렸다. 맑은 피부에 덧니가 매력석인 그녀는 왼쪽 눈이 약간 작은 짝눈이었다. 확연히 표가 나는 짝짝이는 아니고, 정면에서 보면 표정이 어딘가 살짝 기우뚱해 보이는 정도. 누군가를 향해 고개를 돌릴 때 그녀의 왼쪽 눈은 놀란 토끼처럼 활짝 벌어졌다. 아마도 어린 시절 콤플렉스를 처음 인식한 후부터 몸에 밴 습관이었으리라. M은 바로 그 모습에 반했다. 파르르 떨리는 왼쪽 눈가의 근육이 말할 수 없이 관능적이었다. 그는 유독 여인을 거울 앞에서 한숨짓게 만드는 사소한, 그러나 치명적인 흠결에 매혹되었다. 다만 흠결까지 사랑하는 것과 흠결을 사랑하는 건 미묘한 차이가 있었다. M은 결국 안톤 체호프를 좋아하는 짝눈 아가씨에게 매몰차게 차였다. 자신이 어떤 점에 반했는지 솔직하게 털어놓

은 직후에.

블러디 메리를 홀짝이는 아르테미스에게는 M을 매혹시킬 만한 '페르시아의 흠'이 없었다. 전혀. 그럼에도 쉽게 눈을 떼지 못한 이유는 기시감 때문이었다. 저 여자, 어디서 본 것 같은데…… M은 기억 창고를 잠시 뒤져보다가 고개를 저었다. 아무리 매력이 없다 한들, 저런 여인을 기억하지 못할 만큼 자신이 무례한 놈은 아니라고 믿었다.

M은 담배를 물고 불을 붙였다. 연기를 한껏 머금은 후 혀를 튕겨 공중으로 도넛을 만들어 날렸다. 하지만 동그란 도넛 대신 밀가루 반죽 같은 흐물흐물한 덩어리만 쏟아져 나왔다. 연기 덩어리가 몸을 늘어뜨리며 천장의 할로겐램프를 향해 피어올랐다. 단순한 장난 전화가 아니었나…… 남자의 절규가 허연 담배 연기에 실려 공중을 배회했다. '왜 그랬어? 내게 얼마나 소중한 존재인지, 누구보다 네가 잘 알면서!' 그렇게 말할 수 있는 사람은 세상에 단 한 명뿐이었다. 하루. 후미코 쨩은 그의 유일한 가족이자 친구이자 연인이었다. 장화를 신은 것처럼 까만 발을 가진 플라티나종 암컷 고슴도치. 이름도 다니자키 준이치로의 소설 「후미코의 발」에서 따왔다. 하루, 설마…… M은 담배 연기를 허공에 사선으로 길게 내뿜었다. 소설 속 인물이 전화를 걸어올 리는 없지 않은가.

장난삼아 시작한 일이었다. 발단은 몇 해 전 번역을 맡았던 일본 신인 작가의 미스터리소설이었다. 5백 페이지가 넘는 책을 관통하는 미스터리는 한마디로 요약될 수 있었다. 아니, 도대체 이런 게 어떻게 책으로…… 일본어를 한국어로 한 문장씩 기계적으로 옮기던 M은 무심코 장난기가 발동됐다. 여주인공이 마시고 있는 커피를 밀크티로 바꿔서 번역한 것이다. 왠지 그녀는 밀크티를 더 좋아할 것 같았다. 얼마 후, 출판사에서 보내온 책을 훑어보던 M은 노천카페에 앉아 밀크티를 마시는 여주인공의 모습에 야릇한 설렘을 느꼈다. 소설 속 박제된 세계에 미세한 균열을 일으켰다는, 그녀와 자신만이 알고 있는 비밀 표식을 숨겨놓았다는 자족감이 뿌듯하게 가슴을 채웠다.

M은 요술봉을 손에 넣은 신출내기 마법사처럼 변신술 놀이에 빠져들었다. 커튼 색깔을 자신이 좋아하는 자줏빛으로 바꾸고, 거실에 걸린 클림트 그림을 뭉크로, 좀더 과감하게 토이푸들을 벵갈고양이로 변신시키기도 했다. 원서와 번역본을 꼼꼼히 대조해보지 않는 이상 알아채기 힘든 보잘것없는 마법이었다. 자신에게 떨어지는 일감의 면면을 봤을 때, 그런 수고를 기꺼이 감내할 사람은 없으리라 확신했다.

최근『일곱 개의 고양이 눈』이라는 소설을 번역하던 중 M은 하루를 만났다. 단칸방에 틀어박혀 고슴도치를 벗 삼아 사는 히키코모리. 주조연급은 아니고, 일종의 맥거핀 효과로 짤막하게 세 번 등장하는 엑스트라였다. '하루'는 일본어로 '봄'이라는 뜻이었다. M은 세번째 장면 끝에 누군가 그의 고슴도치를 죽여 소나무에 밤송이처럼 매달아놓은 장면을 덧붙였다. 변환의 수위가 차츰 높아지기는 했지만, 살아 있는 생명체를 죽인 건 처음이었다. 출간된 책에서 자신의 범행을 확인한 M은 못내 꺼림칙했다. 왜 그랬을까? 왜 그런 위악적인 충동이 일었던 걸까? 왜 하루를 더욱 극단적인 고독 속으로 밀어 넣고 싶었던 걸까? 부정할 대상이, 사랑할 대상이 자기 자신밖에 없는 절대 고독 속으로……

M은 병 밑바닥에 남은 맥주를 잔에 따랐다. 한 병 더 주문할까 하다가 그만두었다. 며칠 노트북 앞에서 끙끙대며 잠만 설쳤더니 머리가 무지근했다. 배도 채웠겠다, 얼른 돌아가 침대 속으로 파고들고 싶었다. 하지만 계산하러 카운터로 갔을 때 번거로운 문제가 생겼다는 걸 알았다. 잠깐 밤공기나 쐬자고 나온 길이라 지갑도 휴대폰도 챙기지 않은 것이다. 주인 여자가 주머니를 뒤적이는 M의 손을 흘끔거렸다. 투실한 볼살에 눌린 입꼬리가 점점 더 아래로 처졌다.

"저…… 지갑을 놓고 온 것 같은데, 이걸 맡겨놓고 내일 와서 계산하면 안 되겠습니까?"

여주인은 M이 내민 윈드브레이커 점퍼를 오물이라도 되는
양 깔떠 보았다.

"곤란한데요. 그런 낡은 잠바는 전당포에서도 안 받아줘요."

M은 욱하는 마음을 지그시 억눌렀다. 이런 식의 취객을 한
두 번 상대했겠는가. 자신의 점퍼가 낡은 것도 사실이었고. 여
주인은 장부에 계산한 총액에 보란 듯이 밑줄 두 개를 그었다.

"혼자 많이도 드셨네."

무전취식이니 경찰이니 점점 언성을 높이며 실랑이하고 있
는데, 뒤에서 구원의 목소리가 들려왔다.

"제가 같이 계산할게요."

달의 여신이 빳빳한 만 원권 다섯 장을 여주인에게 내밀었다.
반지와 팔찌에 박힌 빨간 루비가 도도하게 빛났다. 실실거리며
구경하고 있던 수컷들은 어정쩡하게 벌어진 입을 다물지 못했
다. 부러움도 질시도 아닌 어이없다는 표정들. M도 역시 어정
쩡하게 벌어진 입을 다물지 못했다. 그녀를 따라 계단을 올라가
는데 돌도끼 수십 개가 날아와 등판에 박히는 느낌이었다.

가게 앞에서 M은 정중하게 감사의 말을 건넸다. 그녀는 숄
더백 끈을 잡고 가벼운 눈인사로 답례했다. 자, 이제…… 어쩐
다. M은 계면쩍게 콧방울만 만지작거렸다. 왜 이런 호의를 베

푸는지, 표정이나 태도만으로는 가늠하기가 어려웠다.

"연락처를 알려주시겠어요? 내일 찾아뵙고 돈을 갚겠습니다."

아예 계좌번호를 물어볼걸 그랬나? 상식선에서 대응하려 꺼낸 말이 진부한 작업 멘트처럼 들렸다. 그런데 해사한 미소와 함께 돌아온 답변은 그를 더욱 어리둥절하게 만들었다.

"전화야 안 하면 그만이니, 집에 따라가서 감시하면 안 될까요?"

영화라면 모던 스타일로 깔끔하게 꾸며진 오피스텔 문이 열리며 남녀 주인공이 들어서는 장면 정도가 어울릴 텐데. M은 허름한 단독주택 옥상으로 이어진 철제 계단을 오르며 생각했다. 검은 하이힐을 신은 그녀가 고양이처럼 살금살금 뒤를 따랐다. 옥상은 포스트모던 스타일로 너저분하게 꾸며져 있었다. 토막 난 PVC파이프와 폐타이어, 널브러진 빈 술병들, 말라 죽은 행운목 화분, 내장을 드러낸 빨간 벨벳 소파……

"집이 마음에 들어요."

M은 여자의 말을 예의 바른 농담으로 간주했다. 시멘트로 대강 발라놓은 옥탑방은 어떤 여자라도, 특히 에르메스 원피스에 루비를 주렁주렁 걸고 다니는 여자라면 한숨부터 나올 몰골이었다. 더군다나 집 뒤편으로는 어깻죽지가 수직으로 잘린 야

산이 몸을 바짝 붙이고 서 있었다. 절단면 바위틈에 의수처럼 뿌리를 박고 옥탑 지붕 위로 손을 뻗친 아카시아가 오늘따라 더욱 스산하게 보였다. 정오부터 해거름 녘까지, 녀석의 그림자는 M의 작은 방을 그악스럽게 거머쥐고 놓아주지 않았다.

"집이란 걸 눈치챘군요. 막 설명하려던 참이었는데. 저걸 굴뚝으로 착각하는 사람들이 많아서."

여자는 하얀 꽃묶음을 포도송이처럼 늘어뜨린 아카시아를 올려다보며 희미하게 웃었다.

"밤의 아카시아 향기는 꼭 소마 같아요."

"소마?"

"환각 효과를 내는 식물이에요. 고대 인도에서 예배의식 때 썼던."

애련한 눈길로 옥탑방을 바라보는 그녀의 얼굴에 달빛이 물그림자처럼 아른거렸다. 판잣집을 처음 보는 말괄량이 공주님 같기도 했고, 빈손으로 돌아와 고향집 앞에 선 방랑자 같기도 했다. M은 또다시 혓바늘처럼 돋아난 기시감에 사로잡혔다.

"저, 혹시 우리 언제 만난 적 있나요? 제가 그렇게 무례한 놈은 아닙니다만, 왠지 낯이……."

그녀는 빙긋거리며 숄더백에 손을 집어넣었다. 하얀 스카프를 꺼내더니 복면을 두르듯 얼굴을 가렸다. 다갈색 눈동자가 찡긋 윙크를 보냈다.

"어, 당신, 그 마술쇼의……."

*

어, 당신, 그 마술쇼의…… 커서는 문장 끝에 멈춰 서서 숨을 골랐다. M은 번역으로 생계를 꾸리며 글을 쓰는 작가인 모양이었다. 번역물에 장난스런 비밀 표식을 남기는 기벽이 있는. 그런데 미모의 루비 여인은 왜 M의 술값을 대신 계산하고 집까지 따라갔을까? 그의 누추한 옥탑방을 애련한 눈길로 바라보는 그녀, 정체가 뭘까? 정체가 뭐든, 부럽다.

오후 10시 51분. 스크린의 글자들은 눈 덮인 허허벌판에 어지럽게 찍힌 발자국 같았다. 누구의 흔적인지, 어디로 향하는지도 알 수 없는…… 검지를 꼿꼿이 세워 백스페이스키를 눌렀다. 커서가 지나온 길을 맹렬히 달려 글자들을 지워나갔다. 스크린은 이내 아무도 밟지 않은 희푸른 설원으로 변했다.

옥상으로 나와 섀도복싱으로 몸을 풀었다. 나비처럼 날아서 벌처럼 쏜다. 나의 현란한 원투 스트레이트와 어퍼컷이 보이지 않는 챔피언을 향해 작렬했다. 하지만 채 1라운드를 버티지 못하고 다리가 풀려버렸다. 챔피언의 레프트 카운터 한 방에 녹다운. 원, 운동 좀 해야지. 내장을 드러낸 벨벳 소파에 걸터앉아 숨을 골랐다. 밤하늘에는 자를 대고 정확히 자른 것 같은 반달이 걸려 있었다. 달은 나머지 반쪽 몫까지 책임지려는 듯 유난히 밝게 빛났다. 혹은 나머지 반쪽의 빛을 흡수해버린 것처럼.

뇌종양과 동맥경화, 어느 쪽이 더 견딜 만할까? 글을 쓰지 않으면 머릿속에서 암세포처럼 꾸역꾸역 자라나는 이물질이 두개골을 터뜨려버릴 기세고, 글을 쓰면 혈전처럼 엉겨 붙은 문장들이 혈관을 막아버린다. 무엇을 쓰고 있는 걸까, M은? 포도송이처럼 매달린 아카시아 하얀 꽃묶음이 바람에 고개를 내저었다. 휘황한 달빛 때문에 녀석의 그림자가 한밤중까지 내 작은 방을 움켜잡고 있었다. 눈을 감고 숨을 깊이 들이마셨다. 밤의 아카시아 향기를.

*

그녀와 M의 기묘한 동거는 그렇게 시작되었다. 달의 여신과 옥탑방. 이 희극적인 부조화가 M은 적잖이 부담스럽기도 했다. 혹여 악타이온처럼 험한 꼴을 당하는 건 아닌지…… 하지만 괜한 걱정이었다. 그녀는 첫날부터 M의 트렁크 팬티에 목이 늘어난 반팔 티셔츠를 걸치고 제 집 안방인 양 뒹굴었다. 분위기만으로 금단의 신전을 쌓았던 맥주홀에서의 카리스마는 온데 간데없었다. 집이 마음에 든다는 게 빈말이 아니었던지 외출도 거의 하지 않았다. 그렇다고 밤낮없이 침대 스프링이 비명을 지르고 등판에 오선지가 새겨지는 격정적인 동거는 아니었다. 두 사람은 첫날밤 꼭 한 번, 그것도 격식은 차려야 하지 않겠느냐는 암묵적인 분위기에 떠밀려 차분한 섹스를 나누었을 뿐이다. 그리고 곧바로 깊은 꽃잠에 빠져들었다. 마치 오래전부터 예정되어 있던 일인 것처럼, 그녀와 M은 서로에게 자연스럽게 스며들었다. 애꿎은 에르메스 원피스만 만원 버스 같은 옷장에 처박혀 팔자에 없는 생고생을 했다.

가장 크게 변한 건 끼니였다. 그녀는 식사만큼은 자기가 담당하겠다며 고집을 부렸다. 혼자 서 있기도 비좁은 부엌은 이내 번쩍이는 식기들과 현란한 식재료로 복작거렸다. 끼니때가 되면 그녀는 요리책을 들춰가며 두 사람분의 푸짐한 식사를 만들어 내왔다. 빨간 보석들이 하나둘 사라지는 대신 양고기 케밥, 해물 필라프, 캐비아를 얹은 철갑상어 샐러드 등 예사롭지 않은 요리들이 삼시 세끼 이어졌다. 문제는 그녀의 솜씨였다. 냉정하게 말해서 솜씨라고 부를 만한 구석이 없었다. 전혀. 경험과 비례해 향상될 기미도 보이지 않았거니와, 설상가상으로 조리 과정이 단순한 요리들은 은근히 무시하는 경향이 있었다.

맛에 대한 일체의 평가를 생략한 채 묵묵히 그릇을 비우는 그녀를 보고 있노라면, M의 마음속엔 감탄과 함께 의혹이 일었다. 본인은 나름 만족하는 걸까? 불만을 사전에 차단하기 위해 꾹 참고 먹는 게 아닐까? 혹시 불의의 사고로 미각을 잃었을지도…… 그렇다고 M이 무례하게 음식 투정을 하지는 않았다. 맛에 대한 고정관념만 약간 수정하면 이전과 비교도 할 수 없는 호사였다. 미모에 재력까지 갖춘 우렁각시를 집에 들인 기분이었다. 하지만 그의 우렁각시는 웬일인지 물동이로 돌아가려 하지 않았다.

M이 창문 아래 앉은뱅이책상에서 노트북에 쓰고 지우기를 반복하는 동안, 그녀는 뒷벽 책장 옆에 기대앉아 종일 책만 읽었다. 늘 똑같은 위치, 똑같은 자세였다. 언제부턴가 등 뒤에 밀랍인형이 하나 들어앉은 것 같았다. 그녀가 타고난 독서광인지 그냥 시간을 때우는 것인지, M도 그 속내를 짐작하기 힘들었다. 책을 선택하는 데 특별한 기호가 있는 것 같지도 않았다. 단지 잡다한 책이 뒤섞인 6단 책장 두 개를 왼쪽 상단에서 오른쪽 하단으로 독파하는 게 목표인 듯했다. 소설책은 물론이거니와 『이슬람 원리주의의 역사』건 『기생충이 세상을 지배한다』건 차례가 되면 예외 없이 뽑혀 나왔다. 읽은 책에 대해 평을 하거나 감상을 덧붙이지도 않았다. 식사 때와 마찬가지로 그저 묵

묵히 먹어 치우기만 할 뿐이었다.

"책 많이 읽네?"

어느 날 M은 침대에서 그녀에게 물었다.

"그냥…… 궁금해서. 당신은 어떤 책들 읽었나."

"표지 요상한 포르노 몇 권은 빼줘. 번역만 한 거니까."

"왜, 제일 재미있던데."

그녀가 어둠 속에서 킥킥거렸다.

"당신은?"

"뭐가?"

"종일 뭘 쓰는 거야?"

"비밀."

"내가 맞혀볼까?"

"해보시지요."

"미스터리소설."

M은 그녀를 돌아보았다. 탐스러운 머리채가 달빛에 드러난 밤바다처럼 은은하게 빛났다.

"어떻게 알았어?"

"개인 도서관을 훑다 보면, 그 사람이 어느 정도 보여. 욕망이나 결핍 같은 거."

"흐응, 대단하네. 하지만 절반만 맞혔어. 단순한 미스터리소설이 아냐."

"그럼?"

"단 한 편의 완벽한 미스터리소설."

"단 한 편의 완벽한 미스터리소설…… 그게 어떤 건데?"

M은 책상 위에서 입을 꾹 다물고 잠든 노트북을 바라보았다.

"그게 바로…… 그 소설의 핵심 미스터리야."

앉은뱅이책상 앞에서 노트북과 눈씨름을 하는 M과 햇빛도 들지 않는 뒷벽에 그루터기처럼 자리 잡고 책을 읽는 그녀. 그 한 장의 스틸 사진 속에 하루하루가 고스란히 담겨 지나갔다. 웬일인지 『일곱 개의 고양이 눈』 이후 번역 일감도 들어오지 않았다. 때마다 내오는 성찬이 M의 가슴께에 더부룩하게 얹히기 시작했다. 단지 맛 때문은 아니었다. 식사 후 함께 TV를 보거나 산책이라도 나가면 좋으련만, 그녀는 상을 물리기 무섭게 자리로 돌아가 엎어놓았던 책을 집어 들었다. M도 옥상에서 담배나 한 대 피우고 나면 미적미적 들어와 다시 노트북의 주둥이를 벌려야 했다. 그녀가 차지한 부피만큼 밀도가 높아진 공기가 M의 어깨에 묵직하게 얹혔다.

물론 M에게도 '단 한 편의 완벽한 미스터리소설'이란 추상적으로 존재하는 모토일 뿐이었다. 결혼식장에서 다이아몬드를 주고받으며 꿈꾸는 '영원한 사랑'처럼. 하지만 장난 반 오기 반으로 그녀에게 털어놓은 후, 그의 내면에서 완벽한 미스터리소설 한 편이 생생한 모닥불로 피어올랐다. 진홍색 불꽃이 헛바닥을 날름거리고 뭉근한 온기가 전해졌다. 불티가 날려 옷에 까만 점으로 눌어붙기도 했다. M은 그 곁에서 얼어붙은 몸을 녹이고 싶었다. 하지만 다가갈수록 모닥불은 저만치 물러나 일렁이는 신기루로 그를 유혹했다. M은 다시 옷깃을 여미고 차가운 눈밭에 발을 내딛어야 했다. 순백의 설원에 의미 없는 발자국을 찍었다가 지우고, 찍었다가 지우고…… 하염없는 머뭇거림이 반복될 뿐이었다.

*

하염없는 머뭇거림이 반복될 뿐이었다. 커서는 문장 끝에 멈춰 서서 숨을 골랐다. 오후 11시 48분. 벌써 자정이 가까웠다. 단 한 편의 완벽한 미스터리소설…… M은 정말 그런 게 있다고 믿게 된 걸까? 어쩌면 그건, 뒷벽에 기대앉아 줄곧 책만 읽어대는 미스터리 여인의 갈망이 아닐까? 밑동만 남은 그루터기처럼 덩그마니 붙박여 있지만, 구들장 밑으로는 억척스런 뿌리를 뻗치고 있는지도 모른다. 항문을 통해 M의 몸을 뚫고 들어간 뿌리가 뇌와 척추를 휘감고 자판을 두들기는 손가락 끝의 모세혈관까지 이미 장악하고 있는지도. 담배에 불을 붙여 물고 다시 자판에 손을 올렸다.

그녀는 탐욕스런 포식자였다. M의 책장은 빠른 속도로 점령되어갔다. 남은 책이 줄어들수록 그의 마음은 초조해졌다. 쓰고 싶다는 열망은 점차 써야 한다는 강박으로 바뀌었다. 등 뒤에 버티고 앉은 침묵. 규칙적으로 책장 넘기는 소리가 비수처럼 날아와 등허리에……

"잘돼?"

그녀가 어느 틈에 다가와 내 어깨에 턱을 괴었다. 황급히 백스페이스키를 눌렀다. 커서가 지나온 길을 맹렬히 달려 글자들을 지워나갔다.

"그냥, 뭐, 그래."

"얼마나 썼어? 보면 안 돼?"

그녀가 눈을 빛내며 고개를 들이밀었다. 머리채에 몰래 향수라도 뿌려놓든가 해야지, 화장을 하지 않으니 후각으로 움직임을 탐지할 수가 없었다.

"아직 하나도 안 썼어."

그녀는 입맛을 다시며 책장 옆으로 돌아가 엎어놓았던 책을 집어 들었다. 내 앞에는 다시 흰 눈이 내려앉은 허허벌판이 휑하니 펼쳐져 있었다.

*

W 출판사에서 걸려온 전화는 M의 숨통을 틔워주는 집행유예 선고와도 같았다. 형의 집행을 유예합니다. 탕! 탕! 탕! M은 뱃살이 두둑한 곱슬머리 편집장과 시내 한정식집에서 만났다. 지난번 『일곱 개의 고양이 눈』 번역으로 안면을 튼 사이였다. 물론 편집장도 M이 고슴도치 살해범이란 사실은 알지 못했다. 상이 전부 차려지기도 전에 편집장은 목살에 파묻힌 넥타이 매듭을 잡아당기며 대뜸 본론을 꺼냈다. 출판사에서 미스터리와 판타지를 전문으로 하는 새 레이블을 창간했는데, 그중 일본의 『미스터리 클럽 Q』 시리즈의 번역을 맡아주었으면 한다는 것. 파격적인 제안이었다. M은 그 자리에서 계약서에 사인하고 편집장과 찰랑거리는 소주잔을 부딪쳤다. 그래, 가끔 이런 행운도 있어야지. 마침 통장 잔고도 그녀의 루비도 책장의 책도 모두 떨어져가던 참이었다. 시리즈라면 당분간 안정적인 수입이 보

장되는 셈이었다. 그리고 숨 막히는 설원의 유배지에서 벗어날
구실도. 술잔을 기울이는 M의 손길이 빨라졌다.

"잠이 안 와?"

그녀의 손이 티셔츠 속으로 파고들어 등허리를 부드럽게 어
루만졌다. M은 벌써 두 시간 넘게 뒤척이고 있었다. 비틀걸음
으로 돌아올 때만 해도 베개에 머리 붙이자마자 곯아떨어질 것
같았는데, 밤이 깊어갈수록 정신은 더 말똥말똥해졌다.

"미안. 간만에 마셔서 그런가, 알코올이 여기저기 들쑤시고
다니며 파티를 여는 모양이네."

그녀의 손가락 하나가 컴퍼스 바늘처럼 M의 등판 한가운데
를 콕 찍었다. 손가락이 나선을 그리며 천천히 퍼져나갔다. 등
을 가득 채운 원은 다시 중심을 향해 소용돌이치며 빨려들었다.

"과녁을 그리는 거야?"

"아니, 태엽."

점점 커졌다가 점점 작아졌다가, M의 등에 수많은 나선이
그려졌다.

"잠이 안 오면 내가 이야기 하나 해줄까?"

"이야기? 무슨 이야기?"

"폐쇄된 미로에 빠진 남자 이야기."

"저런, 어쩌다 그랬대?"

"듣고 싶어?"

"응."

"좀 긴데."

"오늘 밤보다?"

"어쩌면."

"내 남은 인생보다 길지는 않겠지?"

"어쩌면 더."

"괜찮아, 난 윤회를 믿으니까."

어둠 속에서 그녀가 배시시 웃었다.

"다행이네."

그녀는 M의 팔을 끌어다 팔베개를 했다. 부드러운 곱슬머리가 그의 뺨을 간질였다. M의 심장에 대고 속삭이듯, 그녀는 이야기를 시작했다.

"이름을 하나 말해봐."

"이름?"

"아무거나, 지금 머릿속에 떠오르는 이름."

"음, 떠오르는 이름…… 하루."

"하루. 특이한 이름을 골랐네. 좋아, 지금부터 이건 하루의 이야기야. 그날도 하루는 평소처럼 누군가의 비어 있는 아파트에 몰래 침입했어."

"빈집털이범이야?"

"아냐. 물건을 훔치러 빈집에 잠깐 들어가는 것뿐이야."

"……그게, 빈집털이범이잖아."

"좀 달라. 물건을 훔치기는 하지만 터는 건 아니거든. 한 집에서 한 가지 물건. 이게 원칙이야. 없어진 걸 무시하고 넘길 정도의 싸구려는 아니지만, 경찰을 불러 소란을 일으킬 정도의 귀중품은 아닌 것으로. 디지털카메라나 시계, 금반지, 핸드백, 고급 양주 같은 것들. 그런 물건 하나 사라졌다고 집에 도둑이 들었다고 생각하지는 않잖아. 잃어버렸다고 생각하겠지. 집주인은 잃어버린 물건을 찾기 위해 한 번쯤 집 안 곳곳을 뒤져볼 거야. 수시로 손길이 닿는 책상이나 옷장부터 시작해서 베란다 수납장, 다용도실 선반에 올려놓은 종이박스 같은 먼 유배지까지. 그러다 보면 무기수처럼 유폐되어 있던 추억의 잡동사니들과 마주치기도 하겠지. 첫사랑과 보았던 연극 팸플릿, 야구장에서 잡은 홈런볼, 빛바랜 군번줄, 짝꿍에게 받은 크리스마스카드…… 그들은 잠시 손길을 멈추고 먼지 쌓인 기억 창고를 들춰보지 않을까? 은은한 미소를 머금은 채. 하루가 바라는 게 그런 거야. 따분한 일상에 날아든 달콤한 휴식. 그 정도면 자신의 행위에 거래라는 이름을 붙여도 되지 않을까……."

"비용이 좀 과한 거 아냐? 묻어두고 싶은 시큼한 추억일 경우도 있을 텐데."

"빡빡하기는. 하긴 하루도 공정하지 않은 거래는 원치 않아. 그래서 항상 별도의 선물을 준비하지. 자신의 잡동사니 중 하나를 그들이 뒤져볼 만한 장소에 슬쩍 끼워 넣는 거야. 무엇이든 상관없어. 여행지에서 구입한 사진엽서, 칠이 벗겨진 지포 라이터, '지하 창고'라는 견출지가 붙은 낡은 열쇠…… 자신의 내밀한 공간에 처박혀 있는 낯선 물건을 발견하고 그들은 어떤 반응을 보일까? 기억 창고를 아무리 헤집어봤자 헛수고일 테고, 아마 대부분은 고개만 갸웃거리다가 다시 유배지에 던져놓겠지. 하지만 가끔은 그의 선물을 진지하게 받아들이는 이도 있을 거야. 그러면 무심결에 비슷한 기억을 끌어와 그 물건에 맞게 가공하지 않을까? 아니면 원하는 대로 새로운 기억을 만들어낼 수도 있고. 언젠가 꾸었던 꿈이나 막연히 품었던 공상, 어느 책이나 영화에서 보았던 장면을 재료로 해서."

"맞아, 나도 비슷한 일이 있었어. 책상 서랍에서 조그만 러시아 마트료시카 인형이 하나 나왔는데, 이게 어디서 났는지 도무지 기억이 안 나는 거야. 계속 생각하다 보니 러시아문학을 전공했던 옛 여자친구와 연결되더군. 그녀가 행운의 마스코트라며 선물하던 장면이 생생하게 떠올랐어. 덧니를 드러내고 귀

엷게 미소 짓던 모습까지. 얼마 후 집 근처 바에 들렀는데, 선반에 차례대로 늘어선 마트료시카 인형 중 두번째 게 없더라고. 참, 어찌나 황당하던지."

"흐응, 덧니가 취향이야? 애초에 취한 상태에서 그 아가씨를 추억하며 인형을 훔쳤을지도 모르겠네. 아아, 러시아 인형만 봐도 그녀가 떠올라요."

"그런 건 아니고."

"괜찮아. 나중에 날 위해서도 뭔가를 훔쳐준다면 무척 감동할 거야. 아무튼 하루의 선물도 그런 역할을 하는 거지. 실제 기억 너머의 무언가를 추억할 수 있도록 해주는. 기브 앤 테이크. 낯선 물건에 얽힌 추억은 정해진 가격이 없으니, 불공정한 거래는 아니라고 생각했어."

"직업윤리가 확실한 친구네."

"하루에게는 밥벌이 수단이기 이전에 하나의 놀이였으니까. 낯선 틈새로 서로를 훔쳐보는 놀이. 놀이는 더 공정해야지. 그럼, 이야기를 계속할게. 능숙하게 문을 따고 그 집에 들어서면서, 하루는 좀 이상하다고 생각했어. 평소 타인의 집에 발을 들일 때마다 그가 가장 낯설게 느끼는 건……."

냄새다. 사람들은 벽지나 가구, 가전제품 따위로 취향을 나타내려 하지만, 공장에서 대량으로 찍어낸 상품들 아무리 조합해봤자 거기서 거기다. 하지만 집에 고여 있는 냄새는 다르다. 그 사람이 매일 내뿜는 체취부터 먹은 음식, 배설물, 밖에서 돌아다니며 묻혀 온 공기, 사용하는 샴푸, 치약, 화장품, 세제, 사들인 옷과 책들, 키우는 동식물까지 온갖 냄새가 잡탕으로 뒤섞여 고유의 영역 표시를 한다. 비록 후각이 현저하게 퇴화된 포유류이지만, 아직도 남의 집 현관에서 잠시 멈칫거리게 되는 건 이질적인 냄새가 보내는 경고 신호 때문이리라. 그런데 이상하게도, 이 집은 냄새가 거의 느껴지지 않았다. 결벽증적인 청결함 때문이 아닌 건 분명했다. 생활의 체취가 배지 않은 드라마 세트에 들어온 기분이랄까.

인테리어에 무신경한 독신남을 표현한 세트라면 괜찮은 솜씨였다. 2인용 원목 식탁에 플라스틱 의자부터 베란다 난초 화분들을 가린 자줏빛 벨벳 커튼, 패브릭 소파 옆에 철제 장식장, 등나무 테이블 한가운데서 힘차게 발을 구르고 있는 크리스털 유니콘 모형까지, 조화란 걸 찾아볼 수가 없었다. 필요한 물품을 그때그때 별 고민 없이 구입한 것 같았다. 어쩌면 그런 이질적 요소들의 충돌이 나름 섬세한 인테리어 콘셉트였는지도 모르겠다. 휑한 벽에 걸린 클림트의 〈키스〉 복제화도 그랬다. 생뚱맞긴 했지만, 묘하게 빨려드는 분위기가 있었다. 찬란한 황금빛에 감싸여 연인의 입맞춤을 받는 달뜬 표정의 여인. 직접 고른 걸까? 평생 달뜬 표정 따윈 짓지 않을 것 같은 집주인의 얼굴이 떠올랐다. 그는 조금 전에 내가 맞춘 안경을 만들고 있을 것이다.

이틀 전, 터미널 맞은편의 찜질방 건물 1층에 있는 안경점에서 그를 만났다. 한밤중에 도착하는 버스를 타는 바람에 찜질방에서 눈을 붙이지 않았다면, 자다가 일어나 바닥에 놓아둔 안경을 밟지 않았다면, 렌즈가 발바닥에 작은 생채기를 내며 산산조각 나지 않았다면, 아마도 그 안경점에 들를 일은 평생 없었을 것이다. 하지만 그 모든 일이 일어났고, 건물 1층에 안경점이 있다는 걸 나는 작은 행운으로 여겼다.

진열장 속에 열을 맞춰 포개져 있는 수백 개의 안경테들을 보니 감히 선택할 엄두가 나지 않았다. 하나를 집어내면 쇠사슬처럼 줄줄이 딸려 올라올 것 같았다. 열병식을 하듯 천천히 옆으로 걸음을 옮기는데, 진열장 맞은편에서 하늘색 와이셔츠가 내 발걸음에 맞춰 움직이는 게 느껴졌다. 이럴 땐 유행하는 스타일 몇 가지를 살갑게 추천해주면 좋으련만, 안경사는 열병식이 끝나도록 묵묵히 기다리기만 했다. 포기하고 내 쪽에서 물었다.

"제 얼굴엔 어떤 테가 어울릴까요?"

안경사는 무례하다 싶을 정도로 내 얼굴을 빤히 쳐다보았다. 프로로서의 사명감을 보이는 건 믿음직했으나, 남자끼리 그러고 있으려니 좀 민망했다. 그가 갑자기 쓰고 있던 안경을 벗어 내밀었다.

"이걸 써보시죠."

뭐지, 이건. 얼결에 안경을 받아 쓰고 거울을 봤다. 도수가 없는 렌즈였다. 모서리에 라운드가 들어간 사각 뿔테, 다갈색이이지적이면서도 부드러운 느낌을 주었다. 바로 내가 원하던 스타일이었다. 역시 프로는 다르군.

"괜찮은데요. 이걸로 하죠."

"이 테는 지금 재고가 없습니다. 주문하면 모레쯤 들어올 겁니다."

"그래요? 그럼, 주문해주세요. 모레 다시 올게요."

안경사는 내가 건넨 안경을 다시 걸치고 검지로 코다리를 살짝 밀어 올렸다. 갸름한 얼굴에 턱 선과 눈매가 부드러웠지만 나약하다는 인상은 주지 않았다. 움푹한 눈두덩과 곧게 뻗은 콧날에는 오히려 스테인리스스틸 같은 정갈한 단단함이 흘렀다. 어쩐지 백화점 신사복 매장의 마네킹을 연상시켰다. 세련되고 멀끔한 모습이지만, 돌아서고 나면 금방 희석되어 사라져버리는 플라스틱 신사. 무도수 렌즈 너머 깊숙이 박힌 눈동자 때문인지도 몰랐다. 사막 한가운데서 텅 빈 우물을 들여다보는 것 같았다. 욕망을 버린 드라큘라 백작의 눈이 저렇지 않을까? 버거운 영생의 고뇌만 남은…… 문득 궁금해졌다. 이 남자는 자신의 영역에 어떤 냄새로 표시를 해놓았을지.

안경점의 폐점을 기다렸다가 그를 미행했다. 안경사는 트렌치코트 주머니에 양손을 찌르고 눈가리개를 씌운 경주마처럼 앞만 보고 걸었다. 그렇지만 발걸음은 달구지를 끄는 노새처럼 느럭느럭했다. 주변 무엇에도 관심이 없다는 투였다. 덕분에 미행은 수월했다. 그의 집은 안경점에서 그리 멀지 않은 소형 아파트였다. 그가 탄 엘리베이터가 9층에서 멈추는 걸 확인하고 건물 밖으로 나왔다. 잠시 후 9층 왼쪽 집에 불이 켜졌다. 창에 비쭉한 그림자 하나가 얼비쳤다. 그럼, 모레 다시 올게요.

거실에는 별로 탐나는 물건이 없어 침실을 뒤지기 시작했다. 붙박이장 속에서 니콘 F3 카메라를 발견했다. 셔터 소리가 아름답기로 유명한 모델. 영화나 CF에 나오는 카메라 효과음은 거의 이 녀석이 담당했었다. 겨울 스웨터 사이에 처박혀 있기엔 아까운 놈인데, 디지털의 물결에 떠밀려 퇴물로 전락한 지 오래였다. 그도 이 카메라를 언제 마지막으로 사용했는지 가물가물할 것이다. 보디에 흠집이 약간 있지만 상태는 괜찮았다. 셔터를 눌러보았다. 영롱하면서도 절도 있는 울림은 과연 명불허전이었다.

'테이크'는 정했고 '기브'의 차례였다. 무색무취의 드라큘라 백작을 위해 준비한 깜짝 선물은 모텔 열쇠였다. 샛강모텔 314호. 아크릴로 만든 사각 막대기둥 키홀더가 손아귀에 묵직하게 잡혔다. 장소는 침대 밑에 붙은 서랍이 적당할 것 같았다. 각종 가전제품 설명서와 추가 부속품, 역시 퇴물로 전락한 워크맨, CD 플레이어 등이 묻힌 공동묘지였다. 그는 언제쯤 이곳을 뒤지게 될까?

아파트를 빠져나와 곧장 안경점으로 갔다. 안경사는 완성된 다갈색 뿔테 안경을 직접 씌워주며 테를 내 얼굴에 맞게 조정했다. 그의 기름한 손가락이 귀밑머리를 스칠 때마다 은밀한 쾌감이 명치를 간질였다. 이봐요, 당신의 니콘 F3가 지금 내 배낭 속에 들어 있답니다. 대신 작은 선물을 두고 왔죠. 마음에 들었으면 좋겠네요. 한 시간 전, 이곳에서 시력 검사를 하고 렌즈에 대해 상담할 때보다 그가 한결 가깝게 느껴졌다. 물론 가면처럼 들러붙은 무표정은 여전했지만. 안경사는 마지막으로 안경을 정성스럽게 닦은 후 절도 있는 손동작으로 내 얼굴에 씌워주었다. 안경다리의 휘어진 고리가 양쪽 귀에 빈틈없이 걸렸다.

"잘 보이십니까?"

불온한 에로티시즘을 자극하는 모텔 열쇠를 발견하면 그의 공허한 눈동자에 어떤 빛이 어릴까? 직접 볼 수 없는 게 유감이었다. 최소한 미간 정도는 슬쩍 찌푸려주겠지. 혹시 기억 창고 음습한 곳에 처박혀 있던 소돔의 궤짝이 활짝 열리는 건 아닐까? 가죽, 가면, 채찍, 수갑, 밧줄, 양초 등등, 나 따위는 상상도 못할 방탕과 퇴폐의 컬렉션이 튀어나올지도…… 그런 잡생각을 굴리다가 잠든 탓인지, 나는 꿈속에서 그를 다시 만났다.

안경사는 흰 가운을 걸치고 책상 맞은편에 앉아 있었다. 나를 향해 무어라고 중얼거리는데, 볼륨을 완전히 줄인 것처럼 목소리가 들리지 않았다. 달싹이는 입술 움직임이라도 읽어보려 했지만 소용없었다. 아무리 봐도 금붕어처럼 뻐끔거리기만 할 뿐이었다. 혼자 떠들다 지쳤는지 그는 안경을 벗고 손바닥으로 눈두덩을 문질렀다. 책상 위에 놓인 안경 렌즈를 통해 가운의 주름이 굴절되어 보였다. 이상하다. 그의 안경에는 도수가 없었는데…… 꿈속이란 걸 알면서도 그런 생각을 했다. 툭, 흰 가운 위로 붉은 물방울 하나가 떨어졌다. 무심코 고개를 드는 순간…… 안경사가 자신의 오른쪽 눈을 후벼 파고 있었다.

검지와 중지를 꼿꼿이 세워 나사못을 쑤셔 박듯 빙글빙글 돌렸다. 손등에 힘줄이 팽팽하게 불거졌다. 눈알이 있던 자리에는 금세 검붉은 구멍이 뚫렸다. 그 질퍽한 구멍 속에 손가락이 두 마디 넘게 파묻혔지만, 그는 휘젓는 손길을 멈추지 않았다. 나는 주먹을 꽉 말아 쥐었다. 손가락이 펴지지 않도록. 안경사는 입술을 일그러뜨리며 하나뿐인 눈으로 나를 보고 웃었다. 희멀건 점액질이 섞인 피가 뺨을 타고 눈물처럼…….

"하루는 침대에서 벌떡 일어났어. 세수를 하고 찬물을 두 컵이나 들이켰지만 꿈속의 기괴한 광경은 눈앞에서 사라지지 않았어. 괜스레 오른쪽 눈알이 욱신거려 몇 번이나 불을 켜고 거울 앞으로 달려가야 했지. 이튿날까지도 찜찜한 기분에 시달리던 하루는 오후 늦게 터미널로 나갔어. 두 눈 멀쩡히 뜨고 일하는 안경사를 확인하고 싶었거든. 안경점 앞을 천천히 지나며 통유리 안쪽을 흘끔거리는데, 그의 모습이 보이지 않는 거야. 잠시 후 또 지나갔지만 마찬가지였고. 하루는 망설이다가 안경점으로 들어갔어. 여직원에게 어제 안경을 맞춘 사람이라 말하고 안경사를 찾았더니, 그가 출근하지 않았다고 하는 거야. 갑자기 몸이 아픈지 전화기도 꺼져 있더라고. 예감이 좋지 않았지. 하루는 곧장 안경사의 아파트로 갔어. 갔지만 딱히 안부를 확인할 방법이 있나. 놀이터 벤치에 앉아 9층을 올려다보며 마냥 기다리는 수밖에. 간밤의 꿈이 어른거려 쉬이 자리를 뜨지도 못하고……."

땅거미가 내린 지도 한참이건만 그의 집에는 불이 켜지지 않았다. 초가을치고는 쌀쌀한 바람이 일없이 놀이터를 어슬렁거렸다. 벌써 두 시간째. 이게 뭔 청승이람. 그깟 악몽 좀 꾸었다고. 딱 10분만 더 기다려보기로 했다. 그래도 불이 켜지지 않으면 올라가서 초인종을 눌러보자. 누구라도 대답하면 그것으로 됐고, 아무런 대답이 없다면…… 베란다 창문이 열리며 검은 그림자가 나타났다. 그림자는 난간에 팔꿈치를 괴고 밖을 내다보았다. 옆집의 불빛이 안경 렌즈에 반사되었다. 그가 맞는 것 같았다. 멀쩡하시네. 벤치에서 일어나 길게 기지개를 켰다. 굳어 있던 근육들이 늘어나며 팔다리가 저릿했다. 조금은 허탈한 심정이었다. 역시 내 꿈에 신통력 같은 건 없구나. 9층의 그림자는 여전히 허공만 바라보고 있었다. 살짝 쳐들린 고개가 밤하늘을 향하고 있는 듯했다. 하늘에는 자를 대고 정확히 자른 것 같은 반달이 걸려 있었다.

다시 고개를 돌렸을 때, 일은 순식간에 벌어졌다. 검은 그림자가 한쪽 다리를 난간에 걸치더니 빙그르르 반 바퀴를 회전했다. 누군가 창밖으로 내던진 마네킹처럼, 검은 그림자는 차곡차곡 쌓인 아홉 개의 층을 거꾸로 가로질렀다. 요란한 파열음이 울렸다. 나는 소리가 들린 지점으로 휘우청거리며 달려갔다. 차량 경보음이 방정맞게 울어댔다. 안경사는 주차된 검은 승용차 지붕 위에 엎드려 있었다. 렌즈가 깨진 안경이 승용차 옆 길바닥에 뒹굴었다. 내가 쓰고 있는 것과 똑같은 안경. 보이지 않는 차가운 손에 등을 떠밀려 주춤주춤 그에게 다가갔다. 마른 우물 같은 눈동자는 살아 있을 때와 별반 다르지 않았다. 축 늘어진 그의 오른손은 투명한 막대기를 꽉 거머쥐고 있었다. 샛강 모텔 314호 열쇠를.

"벌써 날이 밝아오네."

그녀는 이야기를 멈추고 희붐하게 물든 창문을 올려다보았다.

"나머지는 오늘 밤에 계속해줄게."

M은 침대에 누워 슬금슬금 방으로 침투하는 햇살을 바라보았다. 언제 시간이…… 아침잠이라도 잠깐 청해보려 했으나, 희미한 잠기는 반짝이는 햇살 속에 금세 휘발되어버렸다. 정동향으로 난 큼직한 창문은 정오까지 M의 방에 사정없이 직사광선을 쏘아댈 터였다. 평소에는 경건한 아침기도를 올리는 수도사

분위기였으나, 오늘은 영락없이 탐조등 불빛에 포획된 탈옥수 꼴이었다. 잊고 있던 숙취까지 몰려와 M을 자근자근 밟아댔다.

M은 아침도 거르고 오전 내내 어리마리한 상태로 침대에서 뭉그적거렸다. 점심때가 지나 택배가 하나 도착했다. W 출판사에서 보낸 『미스터리 클럽 Q』 시리즈의 첫번째 책이었다. 빨리도 보냈네. M은 자신이 더 이상 팔자 좋은 백수가 아니라는 사실을 깨달았다. 찬물로 샤워를 하고 늦은 점심을 먹자 정신이 좀 돌아왔다. 곧장 책상에 앉아 봉투에서 책을 꺼냈다. 『第6の夢』, 世海羅子. 세카이 라코. 귀에 잘 붙지 않는 둔탁한 이름이었다. 본명인지 필명인지 모르겠지만, 어느 쪽이건 그리 성공적인 작명은 아닌 듯했다. 목차에는 네 개의 소제목이 나열되어 있는데 첫번째 소설이 표제작인 「여섯번째 꿈」이었다. 표지에는 눈에 절반쯤 파묻힌 산장이 수묵화풍으로 그려져 있었다. 여전히 거친 눈보라가 몰아치고 있어 산장은 곧 시야에서 사라져버릴 것 같았다. 불을 밝힌 창문에 구부정한 그림자 하나가 얼비쳤다.

M은 노트북을 켜고 손때 묻은 일한사전과 한일사전을 꺼냈다. 책 내용을 한 번 훑고 나서 초벌 번역을 하는 게 보통이지만, M은 처음부터 한 문장씩 곱씹으며 번역하는 방식을 고수했다. 뒤의 내용을 모르는 상태에서 작업하는 게 더 흥미롭기

때문이었다. 번역 폴더에 새 문서파일을 만들고 제목을 써넣었다. 잠을 못 자 머리가 무지근하고 전신이 찌뿌듯했지만 손끝의 감각만은 살아 있었다. 간만에 하는 작업이라 그런지 산뜻한 긴장감까지 차올랐다. 이번에는 본연의 유쾌한 장난으로 지난번 고슴도치 사건의 찜찜한 기분도 떨칠 생각이었다.

막 첫 페이지를 펼치는데 뒤에서 퍽, 시원스럽게 책장 덮는 소리가 났다. M은 슬며시 등 뒤를 곁눈질했다. 그녀는 팔만 뻗어 다 읽은 책을 책장에 꽂았다. 제일 하단의 오른쪽 끝자리에. 그녀가 M의 도서관에서 마지막으로 읽은 책은 루이스 캐럴의 『거울 나라의 앨리스』였다. 양팔을 앞으로 쭉 뻗고 엎드려 늘어지게 기지개를 켜는 모습이 낮잠에서 깨어난 암사자 같았다. M과 눈이 마주치자 그녀는 네발걸음으로 어슬렁거리며 다가왔다.

"이 책이야?"

그녀는 M의 어깨에 팔을 걸치고 히라가나와 가타가나와 한자가 뒤섞인 책장을 째려보았다. 배는 고픈데 잡아먹지도 못할 고슴도치를 발견한 표정이었다.

"다 끝내면 보여줘."

그녀는 저녁 찬거리를 사오겠다며 보풀이 가슬가슬한 추리닝을 걸치고 밖으로 나갔다. 현관문 닫는 소리가 유난히 우렁차게 울렸다. M은 우람한 6단 책장 두 개를 가득 메운 책들을 바라보았다. 합동 위령제라도 지내줘야 할 것 같은 심정이었다. 채 반년을 못 버티고 전멸하다니…… 워낙 괴물 같은 상대를 만난 탓이었다. 그의 방에서 그녀가 읽지 않은 책은 이제 꼭 한 권뿐이었다. M은 노트북 스크린에 펼쳐진 하얀 설원에 『여섯번째 꿈』의 첫 문장을 써넣었다.

자, 이야기를 계속해봐. 잠이 들지 않도록.

토요일 저녁, 눈발이 날리기 시작하는 외진 산장에 어섯 명의 사람들이 모여든다. 그들이 어떤 관계인지 왜 모였는지는 아직 모른다. '악마'라는 닉네임을 쓰는 누군가의 초대를 받았을 뿐. 하지만 정작 주인장은 오지 않고 초면인 손님들끼리 어색하게 인사를 나눈다. 좁은 거실을 서성이며 눈웃음만 교환하는 것도 한계에 다다를 즈음, 사람들의 눈길은 각종 위스키와 브랜디가 도열한 장식장으로 모인다. 누군가 발 빠르게 주방에서 유리잔과 얼음을 내오고, 누군가 챙겨 온 안줏거리를 주섬주섬 꺼내놓는다. 둘러앉아 술잔을 나누며 추위와 서먹함을 녹인 사람들, 슬슬 이야기를 시작한다. 살인자들 이야기. 빈키는 연쇄살인범의 대명사 잭 더 리퍼를 초대하고, 카시코는 두 얼굴의 '광대 살인마' 존 웨인 게이시를 끌어들인다. 긴 생머리에 환한 핑크빛 피부를 가진 세리나는 영화 〈양들의 침묵〉의 모델인 에드 게인을…… 가만히 듣고 있던 료슈가 말허리를 자르며 끼어든다.

"다들 아시겠지만, 연쇄살인범은 다만 자신의 환상을 현실로 옮긴 자들입니다. 무기력한 몽상가가 아닌 과감한 행동가들이라고 할 수 있죠. 그렇다면 그들의 환상은 어디서 온 것일까요? 금기를 넘어서는 파괴적인 환상들. 그 심리의 기저를 파헤쳐보면 과연 우리와 얼마나 멀리 떨어져 있다고 단언할 수 있을까요?"

료슈는 잠시 말을 끊고 네 사람과 돌아가며 눈을 맞추었다.

"그들과 우리를 구분 짓는 양심이라는 게 생각만큼 단단한 벽이 아닐지도 모릅니다. 방아쇠를 당기는 건 한순간이니까요."

*

방아쇠를 당기는 건 한순간이니까요. 커서는 문장 끝에 멈춰서서 숨을 골랐다. 이들은 '실버 해머'라는 인터넷 동호회의 회원들인 모양이었다. 아마도 연쇄살인범을 다루는 웹사이트. 무난하게 진행되던 작업이 뻐기기 좋아하는 료슈의 딱딱한 장광

설 때문에 지체되었다. 어딜 가나 꼭 이런 친구가 있기 마련이다. 이들과 우리를 구분 짓는 염치라는 게 생각만큼 단단한 벽이 아닐지도 모른다. 국어사전 창을 띄우고 검색창에 '양심'을 쳤다.

사물의 가치를 변별하고 자기의 행위에 대하여 옳고 그름과 선과 악의 판단을 내리는 도덕적 의식.

'양심'을 지우고 이번에는 '현실원칙'이라고 쳐보았다.

쾌락을 추구하려는 이드(id)의 원시적이고 본능적인 욕구를, 현실 여건을 고려하여 연기하거나 충족시키거나 단념시키는 자아(自我)의 활동 원칙.

료슈의 대사 중에 나오는 '양심'을 '현실원칙'으로 바꾸었다. 난 '양심'이라는 단어를 그다지 좋아하지 않는다. 포르말린 병에 보관된 염통 표본 같다고 할까. 그보다는 '현실원칙'의 뜻풀이 쪽이 훨씬 역동적으로 보였다. 자아가 미친 듯이 날뛰는 이드의 등에 매달려 로데오 경기를 하는 장면이 그려졌다. M도 마찬가지 생각일 것이다.

오전 12시 39분. 어느새 날이 바뀌었다. 손바닥으로 눈두덩을 마사지하듯 문질렀다. 피곤해서인지 작업 속도가 예전만 못했다. 그녀는 여전히 책장 옆에 기대앉아 출력한 종이를 들여다보고 있었다. 다 끝내면 보여달라고 하더니, 그새를 못 참고 커서가 페이지를 건너뛰는 족족 프린터로 뽑아갔다. 달랑 네 장을 줄곧 붙들고 있는 걸 보면 반복해서 읽고 또 읽는 모양이었다. 세카이 라코 양이 알면 감격하겠군. 마우스를 잡고 디스켓 모양의 '저장하기' 버튼을 클릭했다.

*

"자려고?"

그녀도 어지간히 지루했던지 컴퓨터 종료음에 즉각 반응을 보였다. M은 하품을 흘리며 침대로 기어들어갔다. 그녀가 불을 끄고 침대로 들어와 옆에 누웠다. 눈만 감으면 잠의 우물에 풍덩 빠질 것 같았는데, 내려다본 우물은 바싹 말라 있었다. M의 눈앞에 안경사의 텅 빈 눈동자가 아른거렸다. 왜 하루가 선물한 모텔 열쇠를 움켜쥐고…… M은 몸을 돌려 노크하듯 그녀의 어깨를 두드렸다.

"어제 그 얘기, 계속해줘야지."

"졸리지 않아?"

"괜찮아. 듣다가 잠들지, 뭐."

그녀는 M의 팔을 끌어다 팔베개를 했다. 부드러운 곱슬머리가 그의 뺨을 간질였다. M의 심장에 대고 속삭이듯, 그녀는 이야기를 시작했다.

"안경사의 자살을 목격하고 하루는 큰 충격을 받았어. 자신이 그의 등을 떠민 듯한 죄책감까지 들었지. 도대체 왜…… 하루는 검은 정장을 갖춰 입고 장례식장을 찾았어. 안경사의 자살 동기가 무엇인지 알고 싶었거든. 아니, 알아야만 했거든. 3일간 장례식장에 상주하다시피 했지만 문상객은 별로 없더군. 그나마 평소에 왕래도 없는 먼 친척들이 대부분이었고. 귀동냥으로 알아낸 사실이라곤, 유서는 발견되지 않았다는 것과 3년 전쯤 그가 장기간 정신과 치료를 받았다는 정도였지. 친척들은 이번 일도 그 '지랄병'이 도져 우발적으로 저지른 사건으로 단정 짓는 분위기였어. 하루도 그렇게 믿고 싶었지. 자신이 휘말린 건 순전히……."

우연이었다고. 3년 동안이나 멀쩡히 지내던 사람이, 하필이면 내가 방문한 다음 날, 장난삼아 선물한 모텔 열쇠를 손에 쥐고 투신했지만…… 우연일 뿐이라고 믿고 싶었다. 세상에는 별

일이 다 있지 않은가. 예를 들면 그 모텔 열쇠만 해도 그렇다. 그의 집을 방문하기 전날, 온갖 잡동사니를 모아놓은 캐비닛을 뒤적이다가 발견한 물건이었다. 이거다, 라는 흡족함에 밀려 이게 왜, 라는 의문은 미처 제기하지 못했다. 그게 왜 나의 내밀한 공간에 처박혀 있었을까? 사건이 터지고 나서야 기억 창고를 샅샅이 뒤져봤지만 출처를 찾을 수 없었다. 그 열쇠는 나에게도 낯선 물건이었다. 마치 누군가 몰래 들어와 내 캐비닛에 던져놓고 간 것처럼.

죄책감이 들었다고 해서 밤마다 악몽에 시달린 건 아니었다. 까닭 없이 머리를 쥐어뜯지도 않았고 멍하니 길을 걷다가 입간판에 부딪치지도 않았다. 식욕조차 떨어지지 않았다. 다만 어느 날 양치질을 하다가 거울 속 내 모습에 흠칫 놀랐을 뿐이다. 다갈색 뿔테 안경 너머 깊숙이 박힌, 욕망을 버린 드라큘라 백작의 눈동자. 버거운 영생의 고뇌만 남은…… 얼굴을 찡그리며 송곳니를 드러내보았다. 허연 치약 거품 한 줄기가 입가에서 주르륵 흘러내렸다.

인터넷에서 '샛강모텔'을 검색했다. 그런 상호로 개설된 홈페이지는 없었다. 광고나 숙박 후기 등도 보이지 않았다. 전국 호텔과 모텔 관련 정보를 제공하는 웹사이트들을 며칠에 걸쳐 하나하나 뒤졌다. 세느강모텔도 있고 한강모텔도 있고 다뉴브강

모텔도 있고 만수무강모텔도 있지만, 샛강모텔은 없었다. 산뜻하고 괜찮은 이름인데, 전국 모텔 연합회에서 금칙어로 지정이라도 한 걸까? 동네마다 산재한 작은 모텔 중 하나라면 찾기가 쉽지 않을 터였다. 반쯤 포기한 상태로 인터넷의 망망대해를 하염없이 표류하던 중, 드디어 작은 부표 하나를 찾았다. '태고의 신비를 간직한 땅, 당신의 지친 몸과 마음에 편안한 휴식을 선사하세요.' W 읍의 관광안내 웹사이트였다. 예전에는 탄광촌이었다가 지금은 카지노 호텔이 들어선 산골 마을. 숙박업소 안내 게시판 한구석에 샛강모텔이 수줍게 고개를 내밀고 있었다. 나는 팔짱을 끼고 모니터를 한참이나 들여다보았다. 태고의 신비를 간직한 땅…… 국어사전 창을 띄우고 검색창에 '샛강'을 쳐보았다.

큰 강의 줄기에서 한 줄기가 갈려 나가 중간에 섬을 이루고, 하류에서 다시 본래의 큰 강에 합쳐지는 강.

고속버스가 문을 닫고 막 출발하려 할 때, 미키마우스 티셔츠를 입은 소녀가 달려왔다. 풍성한 빨간 머리채가 깃발처럼 휘날렸다. 버스에 오른 소녀는 좌우를 두리번거리며 옆자리 승객으로 적당한 사람을 물색했다. 통로를 따라 내려오던 발걸음이 하필 내 옆에서 멈췄다. 소녀는 껌을 질겅이며 통로측 좌석을 차지하고 있는 니콘 카메라 가방을 노려보았다. 창밖을 내다보며 딴전을 부렸으나 창에 비친 미키마우스는 물러날 기미를 보이지 않았다. 고집불통 생쥐 같으니. 자연스럽게 몸을 틀다가 흠칫 놀라는 척하며 가방을 무릎에 올렸다. 의자에 몸을 던진 소녀는 승리를 만끽하듯 치렁치렁한 빨간 머리를 유유히 쓸어 넘겼다.

버스는 평일 낮의 고속도로를 시원스럽게 달렸다. 창밖을 가로막고 있던 콘크리트 벽들이 하나둘 사라지고 단풍을 준비하는 나무들과 여물어가는 논밭 풍경이 펼쳐졌다. 도시를 벗어나는 것도 오랜만이었다. 마지막으로 기차나 고속버스에 몸을 실은 게 언제였는지 기억도 가물가물했다. 전에는 지방 공연 때문에 방방곡곡 잘도 누비고 다녔는데. 늘 새로운 무대, 새로운 관객들 앞에서 연기를 한다는 건…….

"잠깐, 하루가 연극배우였어?" M이 그녀의 이야기를 끊고 물었다.

"정확히 말하자면 마임배우. 무대에서 관객들과 무언의 소통을 나누는 일이 그의 가장 큰 즐거움이었어. 뒤늦게 시작했지만 재능도 있었고. 그런데 어느 날 공연 도중 일어난 발작이 모든 걸 앗아간 거야. 자신에게 간질이 있다는 걸 비로소 알게 되었지. 아무런 예고도 없이 찾아오는 발작에 대한 두려움은 생각보다 컸어. 눈을 까뒤집고 입으로 거품을 줄줄 흘리고 사지가 뒤틀리고 때론 변까지 지리는 꼴을, 언제든 누구에게나 보일 수 있었으니까. 그런 수치심은 둘째 치고, 운이 없으면 단 한 번의 발작으로 죽음에 이를 수도 있었으니까. 하루는 점점 자신감을 잃고 움츠러들었지. 사람들과의 교류를 피했고 더는 무대에 설 수도 없었어."

"하루가…… 그랬구나."

"그거 알아? 고대 사람들은 간질을 성스러운 병으로 여겼대. 갑자기 발작하는 모습이 마치 신을 만나는 것처럼 보였다나."

아주 틀린 말은 아닐지도 모른다. 한 번씩 발작을 겪고 나면 다른 세상에 내던져진 것 같은 기분이 들었다. 새로운 신이 막 창조한 또 하나의 세상. 모든 게 다 똑같지만, 똑같은 것처럼 시치미 떼고 있지만, 이음매 어딘가가 살짝 비틀어져 이전의 세상과 어긋나 있었다. 발작에서 깨어날 때면 그 틈새로 불어오는 바람이 서늘하게 얼굴에 닿았다.

"W 읍에 가나 봐요?"

소녀가 MP3 이어폰을 양손에 들고 쳐다보고 있었다. 열일곱, 열여덟? 봉긋한 가슴이 미키마우스의 양쪽 귀에 입체감을 부여했다. 현란한 빨간 머리에 시선을 빼앗겨 미처 몰랐는데, 머리채에 감싸인 얼굴도 기묘한 분위기를 풍기는 소녀였다. 외쌍꺼풀 눈에 원형에서 15퍼센트 축소된 듯한 코, 비뚜름히 기울어져 불안하게 혹은 활기차게 보이는 입술, 환한 핑크빛 피부에 슬쩍 뿌려진 주근깨. 뜯어보면 각 부분이 낭만적으로 조금씩 어긋나 있는데, 전체적으로는 엄격한 고전주의의 형식미가 흘렀다.

"응, 어떻게 알았지?"

"그거." 소녀는 껌을 질겅이며 턱짓으로 내 품에 안긴 카메라 가방을 가리켰다. "그런 거 메고 사진 찍으러 오는 사람들이 종종 있거든요."

"거기 뭐가 있는데?"

"폐광뿐이에요. 그걸 뭐 좋다고 찍는지."

소녀는 껌으로 풍선을 불었다. 입술을 내밀고 숨을 몰아쉬지만 밤톨만 한 풍선은 더 이상 부풀어 오르지 않았다. 어쩐지 낯이 익다 했더니…… 소녀의 비쭉 내민 입술과 발그레하게 달아오른 뺨을 보자 떠오르는 장면이 있었다. 붉은 머리를 늘어뜨린 벌거숭이 소녀와 누렇게 변색된 해골 사나이의 입맞춤. 작년 뭉크 전시회에 갔다가 〈죽음과 소녀〉란 작품 앞에서 한참을

붙박여 서 있었다. 생과 사의 강렬한 대비와 그 간극에서 피어
나는 위태로운 관능이 단번에 내 마음을 사로잡았다. 그날 기
념품점에서 산 복제화가 지금도 내 방 한쪽 벽을 차지하고 있
었다.

"사진 때문에 가는 건 아니고, 바람이나 쐴까 해서."

소녀는 건성으로 고개를 끄덕이고 이어폰을 귀에 꽂았다.
1차 면접에서 보기 좋게 탈락된 기분이었다. 요인 암살 임무를
띠고 W 읍에 잠입하는 중이라고 대답할걸 그랬나? 다시 창밖
으로 고개를 돌렸다. 흘러가는 경치에 눈을 담그고 있으려니,
희미한 현악기 선율이 이어폰 밖으로 새어 나왔다. 귀에 익은
곡이었다. 슈베르트 현악4중주 〈죽음과 소녀〉. 정말이지, 이런
우연의 일치와 맞닥뜨릴 때면 거대한 초자연적 존재의 손길을
상상할 수밖에 없었다. 아무런 목적도 없이 장난질 치는 손길
을. 혹은 좀더 합리적인 설명도 가능할 것 같았다. 음악은 아까
부터 이어폰에서 흘러나오고 있었고, 내 무의식적 연상이 장단
을 맞춰 뭉크를 끄집어냈을 뿐이라고.

중간 기착지인 W 읍에서 나와 옆자리 소녀를 포함해 몇 사
람이 내렸다. 사방이 산으로 둘러싸여 있어 얼굴에 닿는 공기
가 상쾌했다. 콩콩거리며 뛰어가는 빨간 머리채가 초가을 햇살
속에 흔들렸다. 항상 바쁘군. 나는 바지 주머니를 뒤져 자판기

에 동전을 넣었다. '뜨거운 음료'와 '차가운 음료' 사이에서 잠시 고민하다가 뜨거운 캔커피를 뽑았다. 군데군데 칠이 벗겨진 터미널 건물 지붕 위에서 볕을 쬐고 있던 얼룩 고양이가 나를 뚱하게 내려다보았다.

샛강모텔은 읍내를 관통하는 큰길 끄트머리, 산기슭 초입에 자리 잡은 5층 건물이었다. 처음 들어설 때는 주변에서 꽤나 번듯한 숙박시설이었을 것 같은데, 이제는 먼지에 찌든 창문이며 여기저기 시멘트로 대충 발라놓은 균열의 흔적들이 을씨년스런 분위기를 풍겼다. 출입구 위에 붙은 아치형 간판이 쩍 벌어진 짐승의 아가리처럼 보였다. 현관으로 들어서자 카운터 쪽방에 누워 있던 중년 여자가 부스스 몸을 일으켰다.

"혹시 314호 비었나요? 이왕이면 전에 묵었던 방에 묵고 싶네요."

주인 여자가 고개를 수평으로 눕혀 작은 창으로 나를 빤히 올려다보았다. 손에는 나무 십자가가 매달린 묵주를 둘둘 말아 쥐고 있었다. 공연히 가슴이 뜨끔했다. 그녀는 앉은뱅이책상의 서랍을 열고 부스럭거리더니 말없이 열쇠를 내밀었다. 사각 막대기둥 키홀더가 손바닥에 묵직하게 얹혔다. 맞구나, 여기가.

방은 도시의 여느 모텔과 다르지 않았다. 더블 사이즈 침대에 꿉꿉한 침구, 원형 탁자와 의자 두 개, TV, 두꺼운 암막커튼,

싸구려 방향제로 슬쩍 덮어놓은 세 종류의 분비물 냄새까지. 창밖으로 옆 건물의 환풍기 대신 단풍이 물들어가는 산자락이 보인다는 점이 그나마 다행이었다. 출입문 위에는 나이테가 그대로 드러난 나무 현판에 성경 글귀가 인두로 새겨져 있었다.

숨겨진 것은 드러나기 마련이고, 감추어진 것은 알려지기 마련이다.
　　　　　　　　　　　　　　　　　　　　—마태 10장 26절

모텔 방에 붙여놓기에는 상당히 무례한 글귀였다. 베닝과 카메라 가방을 탁자에 올려놓고 침대에 드러누웠다. 벽과 천장의 벽지가 달랐다. 깨끗한 벽과 달리 천장은 누렇게 때에 절었고, 갓이 없는 형광등 주변은 그을음이 묻은 것처럼 거뭇했다. 지난번 도배할 때 예산이 부족했던 모양이다. 그 안경사도 언젠가 이렇게 침대에 드러누워 천장 벽지의 저 그을음을 바라보았을까? 여기에서 실제로 무슨 일이 있었던 걸까? 떠올리는 것만으로도 9층 베란다에서 등을 떠미는 일이? 그런데 왜 이 방 열쇠가 내 캐비닛에…… 천장의 불 꺼진 형광등은 아무런 대답이 없었다. 대답은커녕 단두대 칼날처럼 떨어져 내 목을 내리칠 것 같았다. 죄목은 모텔 열쇠 미반납. 길게 늘어지는 산새 소리가 창밖에서 들려왔다. 자, 이제…… 어쩐다.

"자?"

"아니, 듣고 있어."

M은 깨어 있다는 표시로 그녀의 머리칼을 쓰다듬었다.

"유일한 끈인 모텔 열쇠를 따라 찾아오기는 했지만, 하루가 기대하는 건 그저 막연한 예감뿐이었어. 이 모텔이 정말 안경사의 자살에 얽힌 비밀을 품고 있다면, 만일 자신도 그 비밀의 어디선가 갈려 나온 줄기라면, 흘러 흘러 하류에서 본래의 큰 강에 다시 합쳐지리라는 예감. 하루는 일단 카메라를 들고 밖으로 나갔어. 빨간 머리 소녀의 말이 떠올라 폐광에 가보기로 했지. 버스를 타고 15분쯤 달리자 폐광촌이 나오더군. 두꺼비 떼처럼 납작 엎드린 슬레이트 지붕들, 검은 흙바닥, 개천에 흐르는 붉은 쇳물, 들꽃에 포위된 쇠락한 광업소 창고, 광부들의 애환이 깃든 각종 채굴 장비들⋯⋯."

어둠 속에서 건너오는 그녀의 목소리는 나직했지만 생동감이 깃들어 있었다. 눈을 감고 있노라면 시골 흙길에 버스가 멈추는 소리, 붉은 개천이 졸졸 흐르는 소리, 들꽃을 흔드는 바람 소리가 실제로 M의 귀에 들려왔다. 누군가 침대 밑에 숨어 그때그때 필요한 효과음을 내는 것처럼.

"하루는 사진작가 흉내를 내며 여기저기 카메라를 들이댔어. 필름도 넣지 않았으면서. 경쾌한 셔터 소리만 고요한 들판에 울렸지. 레일 위에서 붉게 녹슬어가는 탄차를 프레임에 담는데, 어느새 서쪽 산등성이 너머로 노을이 지기 시작하더군. 건조한 회청색 하늘을 거침없이 집어삼키는 진홍빛 화염. 하루는 우두커니 서서 눈도 깜빡이지 않고 노을의 고요한 진격을 응시했어. 그 절정의 한순간을 놓치지 않겠다는 듯. 선연한 붉은빛이 하늘 끝까지 닿으려는 찰나……."

"저렇게 질기게 흔적을 남기며 사라지는 것들은, 참 추해요."

빨간 머리 소녀가 내 곁에 나란히 서서 녹슨 탄차를 바라보고 있었다. 어느 틈에 나가온 거지? 다시 하늘을 올려다보았지만 노을은 거무튀튀한 재거름만 남긴 채 이미 사라지고 없었다.

"더 그럴듯한 걸 찍고 싶지 않아요?"

소녀의 빨간 머리가 창고 건물 뒤쪽 작은 오솔길로 한들한들 접어들었다. 들풀이 우거져 있어 자세히 살피지 않으면 발견하기 힘든 길이었다. 흰 티셔츠가 초록물이 들듯 나뭇잎 사이로 스며들었다. 카메라를 목에 걸고 재빨리 뒤를 따랐다. 가파른 산길을 소녀는 숲의 님프처럼 날래게 올랐다. 청바지와 하얀 스니커즈를 놓칠세라 걸음을 재촉하다 보니 등판에 금세 땀이 뱄다.

갑자기 하늘이 뻥 뚫리며 둥그런 공터가 나타났다. 빽빽한 소나무들이 주변을 울타리처럼 둘러쌌지만 민숭민숭한 공터에는 잡초만 성글게 돋아 있었다. 산머리 원형탈모의 치부에 발을 디딘 것 같아 괜스레 겸연쩍었다. 공터 한쪽을 막아선 둔덕 중간에 작은 동굴이 입을 벌리고 있었다. 천연 동굴은 아니고, 아마도 갱도를 뚫다가 버려진 구멍인 것 같았다.

소녀는 석상처럼 우두커니 서서 동굴 입구를 들여다보고 있었다. 감히 다가서기 힘든 영묘한 분위기가 느껴졌다. 그녀의 몸이 마치 프리즘처럼 동굴에서 나오는 검은 광선을 흡수해 다채로운 빛의 스펙트럼으로 분산시키는 것 같았다. 소녀가 양팔을 엑스 자로 교차시키더니 기지개를 켜듯 미키마우스 티셔츠를 머리 위로 벗어 던졌다. 붉은 머리채가 허공을 한 번 휘젓고 매끈한 등허리 위로 다시 모여들었다. 이번에는 손을 허리띠로 가져갔다. 나는 카메라를 천천히 눈앞으로 들어 올렸다. 사각 프레임 속 소녀는 허물을 벗듯 청바지에서 다리를 빼냈다. 속옷은 입고 있지 않았다. 동굴 속으로 걸음을 옮기는 소녀의 뒤를 따랐다. 어둠이 들어찬 뷰파인더 한가운데 소녀의 보얀 알몸이 소금램프처럼 빛을 발했다. 소녀가 춤을 추듯 경쾌한 동작으로 달리기 시작했다. 저만치 입을 벌리고 있는 암흑을 향해. 빨간 머리칼 한 올 한 올이 살아 있는 것처럼 허공에 나부꼈다. 울통불통한 검은 벽에 별 가루가 흩뿌려졌다. 소녀가 뒤를 흘끗 돌아보았다. 셔터를 누르려는 순간, 오른 발바닥에 따끔한 통증이 왔다. 멈칫하는 사이 소금램프는 어둠 속 하얀 점으로 녹아 사라졌다. 발치에 부러진 널빤지가 나뒹굴었다. 튀어나온 못을 밟은 모양이었다. 왼발로 널빤지를 밟고 박힌 오른발을 빼냈다. 빨간 페인트로 '출입 금지'라고 휘갈긴 팻말이 널빤지에 못질되어 있었다. 나는 엉거주춤 서서 소녀를 삼킨 어둠을 바라보았다. 동굴 안쪽에서 서늘한 입김이 뿜어져 나왔다.

"벌써 날이 밝아오네."

그녀는 이야기를 멈추고 희붐하게 물든 창문을 올려다보았다.

"나머지는 오늘 밤에 계속해줄게."

M은 침대에 누워 슬금슬금 방으로 침투하는 햇살을 바라보았다. 또 밤을 새운 건가. 이틀 밤을 꼬박…… 세수를 하다가 M은 거울 속 자신의 모습에 흠칫 놀랐다. 퀭한 눈두덩에 늘어진 다크서클, 실핏줄에 걸려 허우적거리는 흐리멍덩한 눈동자, 툭 불거진 광대뼈 아래로 홀쭉하게 꺼진 뺨, 까끌까끌한 수염만이 억척스럽게 살가죽을 뚫고 돋아났다. 우악스런 손아귀가 함부로 주물럭거리다 던져놓은 몰골이었다. M은 면도라도 하려다가 그만두었다. 칼을 댔다가는 부석한 살갗까지 함께 깎여 나

올 것 같았다.

아침식사 후 그녀는 시장에 갔다 오겠다며 나갔다. 햇살이 들이치는 방바닥은 요리를 위해 가열 중인 프라이팬 같았다. M 은 오전 내내 어리마리한 상태로 방바닥을 굴러다녔다. 안개가 낀 것처럼 머릿속이 흐리마리했다. 햇살이 물러나고 아카시아 그림자가 옥탑방 위로 손을 뻗칠 즈음, 그녀는 배가 불룩한 비닐봉투를 양손에 들고 돌아왔다.

"왜, 맛이 없어?"

그녀가 M의 시원찮은 수저질을 곁눈질하며 물었다. M은 젓가락을 입에 물고 마른 웃음을 흘렸다. 그녀가 맛에 대해 물어본 건 처음이었다. M은 정체불명의 향신료로 범벅된 소고기볶음을 한입 가득 밀어 넣었다.

"아냐, 맛있어."

상을 물리고 M은 책상에 앉아 노트북을 켰다. 뼈다귀 몇 개가 뽑혀 나간 것처럼 몸이 까라졌지만 게으름을 부릴 수는 없었다. 번역은 시간 싸움이기도 했다. 첫 책부터 뭉그적거리면 시리즈 일감이 자칫 단행본으로 끝날 수도 있었다. 등 뒤에서 그녀가 어제 출력한 종이 닉 장을 들고 계속 부스럭거리는 것도 신경이 쓰였고. M은 작업하던 파일을 열고 책을 펼쳤다. 책장에 흩뿌려진 낯선 활자들을 보자 새삼 의욕이 솟았다. 그 역시 「여섯번째 꿈」의 이어지는 스토리가 궁금했다.

폐광에, 아니 산장에 모인 여섯 사람은 예상대로 연쇄살인범에 대한 방대한 자료를 갖춘 웹사이트, '실버 해머'의 회원들이다. 운영자의 별장에 특별히 초대받은 정예 멤버들. 운영자인 악마는 베일에 싸인 인물이다. 마니아들 사이에서는 그의 정체를 두고 온갖 낭설이 무성하다. 전직 FBI 요원이다, 옥스퍼드 대학에서 살인의 역사를 연구하는 괴짜 교수다, 변태성욕을 가진 재일동포 부동산 재벌이다, 또 실제 연쇄살인범이란 설까지…… 여섯 회원들은 곧 그를, 혹은 그녀를 만날 수 있다는 기대에 부풀어 있다. 그러나 밤이 깊도록 악마는 나타나지 않는다. 손님들만이 둘러앉아 연쇄살인범을 말밑천으로 이야기꽃을 피운다. 흥겹게, 때론 신경전을 벌여가며. 빈 술병이 벽에 늘어서고 창밖의 눈송이가 굵어진다. 희붐한 새벽빛이 산등성이를 넘어올 즈음에야, 그들은 깔끔하게 정돈된 여섯 개의 방으로 흩어진다.

다음 날 아침, 료슈가 시체로 발견된다. 오연한 인상 그대로 침대에 반듯이 누워 베개를 피로 물들이고 있다. 세리나가 무심결에 서랍장 위의 〈생각하는 사람〉 모형을 가리킨다. 빈키가 다가가 모형을 집어 들자 정방형 바닥 모서리에 핏자국이 선명하다. 전날 밤 료슈에게 줄곧 무안을 당했던 세리나, 그녀는 넋이 나간 표정으로 중얼거린다. 꿈속에서 그가 살해당하는 장면을 목격했다고.

"분명히 꿈이었나요?"
빈키의 물음에 세리나는 절박하게 고개를 끄덕였다.
"꿈속에서, 당신은 어디에 있었죠?"

*

꿈속에서, 당신은 어디에 있었죠? 커서는 문장 끝에 멈춰 서서 숨을 골랐다. 첫번째 희생자는 하필 료슈였다. 닉네임 한니발, 내가 대사 중 단어 하나를 몰래 손봤던 남자. 남겨진 단서라곤 꿈에서 봤다는 세리나의 모호한 자백뿐이다. 그녀는 유일하게 살해 동기를 가진 인물이기도 했다. 남들이 보기엔 별것 아니라도 본인이 심한 모멸감을 느꼈다면, 죽일 수도 있지 않을까? 에드 게인은 별다른 원한도 없이 사람을 죽이고 가죽을 벗겨 뒤집어썼다는데.

오전 1시 42분. 머리가 무거워 자꾸만 앞으로 기울어졌다. 그때마다 종잇장 스치는 소리가 목덜미를 저미고 지나갔다. 그녀는 오히려 생기가 넘치는 기색이었다. M에게 이야기를 들려주며 이틀 밤을 지새웠는데…… 그녀는 오늘도 페이지가 넘어가기 무섭게 머리를 들이밀고 '인쇄' 버튼을 클릭했다. 프린터 돌아가는 소리에 맞춰 콧노래를 흥얼거리기도 했다. 어딘지 귀에 익은 가락이었다. 막 출력된 따끈한 종이를 손에 들고 응원의 미소를 보내주는 그녀. 진도가 더딘 게 미안할 따름이었다. 어쩔 수 없었다. 사전을 넘기고 자판을 두드리는 손끝이 골무를 낀 것처럼 무디었다. 료슈의 주검 앞에서 우왕좌왕하는 다섯 사람을 남겨두고, 나는 '저장하기' 버튼을 클릭했다.

*

"잘래?"

그녀는 불을 끄고 M을 따라 침대로 스며들었다. 오늘은 정말 자야 되는데…… 동굴이 내뿜는 서늘한 입김이 M의 얼굴에 닿았다. 발밑에 나뒹구는 '출입 금지' 팻말. 튀어나온 못이 따끔하게 발바닥을 찔렀다. M은 손을 뻗어 노크하듯 그녀의 어깨를 두드렸다.

"그래서, 하루는…… 어떻게 됐지?"

"듣고 싶어? 피곤해 보이는데."

"괜찮아."

그녀는 M의 팔을 끌어다 팔베개를 했다. 부드러운 곱슬머리가 그의 뺨을 간질였다. M의 심장에 대고 속삭이듯, 그녀는 이야기를 시작했다.

"하루는 소녀가 사라진 동굴 속을 망연히 바라보다가 혼자 산을 내려왔어. 버스를 타고 다시 읍내로 돌아왔을 때는 이미 어두컴컴해진 뒤였지. 모텔로 돌아갈까 하다가 못에 찔린 발바닥이 신경 쓰여 일단 보건소를 찾았어. 운동화 밑창이 두꺼워 상처는 깊지 않았지만, 못에 녹이 잔뜩 슬어 있었거든. 마침 야간진료를 하는 요일이라 상처를 소독하고 파상풍 예방주사를 맞을 수 있었지. 보건소를 나오던 하루는 좁은 골목 안쪽에 불을 밝히고 있는 네온간판에 눈길이 멎었어. Café 미로. 창문에 늘어뜨린 색색의 꼬마전구가 천진하게 반짝이고 있었지. 미로…… 왠지 자신의 처지를 암시하는 사인처럼 보이는 거야. 하루는 발길을 돌려 골목으로 접어들었어. 그런데 가까이 다가가 간판을 올려다보니……."

이런, 글자 하나가 불이 나간 상태였다. '미로' 앞에 '재', Café 재미로. 피식 웃음이 나왔다. 아무려나. 문을 밀고 들어가니 짭조름한 오징어 냄새가 손님맞이를 했다. 어스레한 실내에 그래도 사람들이 드문드문 앉아 있었다. 테이블마다 놓인 원색의 오일램프와 벽에 걸린 50~60년대 할리우드 여배우들의 흑백 사진이 묘한 대조를 이루었다. 나는 구석 창가에 자리를 잡고 맥주와 마른안주를 시켰다. 차가운 맥주가 알싸하게 목구멍을 훑어 내리자 조금 전 폐광에서 있었던 일이 아스라이 밀려나는 느낌이었다. 꿈을 꾸었나? 뭔가에 홀린 것도 같고…… 점멸하는 꼬마전구 불빛이 얼굴을 간질였다.

"외지서 오셨나 보네."

혼자 생각에 잠겨 있느라 바로 옆에 사람이 서 있는 것도 몰랐다. 희끗한 곱슬머리에 뱃살이 두둑한 남자는 연미복을 입고 있었다. 지금 이곳에 가장 어울리지 않는 복장을 꼽으라면 바로 연미복이 아닐까? 조그만 나비넥타이가 목의 실팍한 살집에 파묻혀 허우적거렸다.

"그렇다면 이 매직 박과 한잔해야지."

남자는 들고 있던 잭 다니엘스 사각병과 양주잔 두 개를 테이블에 올려놓고 맞은편 자리에 앉았다. 딱히 내 의사를 물은 것도 아니었기에 난 가만히 그를 건너다보기만 했다. 남자의 입가에는 사람 좋은 미소를 따라 팔자주름이 편안하게 들어앉아 있었다.

"이 복장은 신경 쓰지 마쇼. 난 매지션이거든. 저기 산 위 카지노 호텔에서 공연을 하지."

"매지션? 아아, 마술사요."

"사람 공중으로 띄우고, 상자에 처넣어 톱으로 자르고 칼로 쑤시고, 뭐, 그런 일이지."

남자는 껄껄거리며 양주잔 두 개에 술을 따랐다. 한 잔을 내 앞에 밀어놓고 자신의 잔을 비웠다.

"그런 빤한 눈속임 말고, 내가 진짜배기 마술 하나 보여드릴까?"

남자가 뭉뚝한 손가락으로 접시에 있던 피스타치오 한 알을 집어 껍질을 반쪽만 떼어내더니 테이블에 놓았다. 빈 양주잔을 피스타치오 위에 엎고 두 손으로 감싸 쥐었다.

"여기 피스타치오가 한 알 있었지? 분명히 봤지?"

"예……."

남자는 눈을 감고 입술을 달싹이며 주문을 외기 시작했다. 우리말 같기는 한데 도저히 알아들을 수가 없었다. 점점 입놀림이 빨라지며 볼살까지 부르르 떨리는 모습에 의외의 긴장감이 감돌았다. 양주잔을 감싸 쥔 그의 손에서 눈을 떼지 않았다. 그가 기합을 넣으며 양주잔을 들어 올리는 순간, 나도 모르게 숨을 크게 들이마셨다. 테이블 위에는 껍질이 반쪽만 붙은 피스타치오 한 알이 멀뚱히 놓여 있었다. 뭐지? 남자의 의기양양

한 표정 때문에 분위기 파악이 더욱 어려웠다.

"이거…… 그대로 있는데요."

"그렇지. 바로 그거야. 이건 피스타치오를 계속 존재하게 하는 마술이지."

웃어야 되는 건지, 손뼉을 쳐야 되는 건지.

"대단한 마술이긴 한데, 누구나 할 수 있다는 게 문제로군요."

"오호, 그렇게 생각하나?"

남자는 피스타치오를 집어 내 앞에 놓았다. 그리고 한번 해보라는 듯 손바닥을 내밀었다. 외지인이라고 놀리는 건가. 양주잔을 단번에 비우고 그가 했던 것과 같이 피스타치오를 덮어 감싸 쥐었다.

"여기 피스타치오가 한 알 있었죠?"

"정말 있었다고 확신하나?"

남자가 얼굴을 디밀고 내 눈을 똑바로 쳐다보았다. 의외의 기습에 난 멈칫할 수밖에 없었다.

"분명히 봤나? 자네가 본 게 틀림없이 피스타치오였나?"

뭐 하자는 수작이지? 혹시 내가 잔을 덮기 전에 피스타치오를 가로챘나? 아니, 그럴 새가 없었잖아. 나에게 건네줄 때 다른 것으로 바꿔치기했나? 접시 위의 땅콩과 아몬드를 노려보았다. 잔을 감싸 쥔 손에 힘이 들어갔다. 있어야 되는데…… 기합과 함께 잔을 들어 올렸다. 테이블 위에는 아무것도 없었다. 나는 벌어진 입을 다물지 못했다. 목구멍에서는 헛바람만 새어 나왔다. 마술사가 빙글빙글 웃으며 술병을 들어 다시 두 개의 잔을 채웠다.

"쉬운 게 아니라니까."

"하루는 매직 박과 주거니 받거니 술을 마시며 잡담을 나눴어. 그는 매일 공연이 끝나면 재미로에 들러 한 잔씩 걸친다고 하더군. 낯선 이가 보이면 하루에게 그런 것처럼 넌덕스럽게 말동무도 하면서. 자정이 넘어서야 하루는 미로를 나왔지. 여행의 피로 때문인지 많이 마시지도 않았는데 술기운이 얼근하게 올랐어. 모텔로 돌아와 베개에 머리를 붙이자마자 곯아떨어졌는데……."

"부럽네."

"부러울 거 없어. 하루도 이내 잠에서 깼으니까. 꿈을 꾸었거든. 카메라를 목에 걸고 동굴 속을 헤매는 꿈을. 사방이 캄캄해서 아무것도 볼 수 없었어. 움직이는 자신의 몸조차도. 영혼만 유체이탈 해서 둥둥 떠 있는 것 같았지. 그때 어디선가 정체불명의 소리가 희미하게 들려오는 거야. 진흙탕을 철벅거리는 소리 같기도 하고, 껌을 서른 개쯤 한꺼번에 털어 넣고 씹어대는 소리 같기도 하고. 하루는 소리가 들리는 방향으로 살금살금 움직였어. 울퉁불퉁한 벽을 짚고 한 걸음, 한 걸음. 농밀한 어둠 속에서 소리는 점점 또렷하게 울렸지. 바로 몇 걸음 거리까지 접근한 것 같은데, 보이지를 않으니 대체 이게 무슨 소린지, 앞에 뭐가 있는 건지…… 그때 카메라에 생각이 미친 거야. 필름은 없었지만 플래시는 터뜨릴 수 있었으니까. 하루는 카메라를 천천히 눈앞으로 들어 올렸어. 귀를 쫑긋 세우고, 소리의 진원지로 짐작되는 곳을 향해 렌즈를 겨냥했지. 손가락으로 카메라 조작부를 더듬어, 셔터를 누르는 순간……."

화들짝 침대에서 일어났다. 숨이 가빴다. 혓바닥이 마비되어 움직이지 않았다. 비뚝거리며 냉장고로 가서 생수를 들이켰다. 차가운 물방울이 고드름이 되어 식도와 위장 벽을 콕콕 찔러대는 것 같았다. 티셔츠가 식은땀으로 푹 젖어 있었다. 맙소사, 그게 뭐였지? 창문을 열자 산간의 사늘한 밤공기가 땀을 식혀주었다. 젖은 티셔츠가 차갑게 몸을 조여들었다.

꿈속의 광경이 머릿속 필름에 새겨진 것처럼 여전히 아른거렸다. 플래시가 터지는 찰나의 순간, 사각 프레임에 스쳐간 장면…… 검은 진창에 널브러진 깡마른 몸뚱이, 너저분하게 헝클어진 빨간 머리칼, 살점이 뜯겨 나간 팔뚝과 허벅지, 그 사이로 드러난 누렇게 변색된 뼈다귀, 움푹 팬 옆구리에서 흘러나와 죽은 구렁이처럼 늘어져 있는 검붉은 창자…… 소녀의 사체 옆에 '그것'이 앉아 있었다. 커다란 개구리 같은 몸뚱이는 굽실굽실한 검은 털로 뒤덮여 있었다. 가슴에 늘어진 네 개의 젖과 쩍 벌린 다리 사이에 매달린 주먹만 한 불알, 이마 한가운데 뾰족한 뿔이 솟은 머리통은 돼지 같기도 하고 늑대 같기도 했다. 아니, 생각해보니 사람 같기도 했다. 녀석은 입안 가득 소녀의 살점과 내장을 베어 물고 있었다. 몽탕한 주둥이는 붉게 물들었고 입가로 피와 육즙이 흘러내렸다. 가장 끔찍했던 건 나를 빤히 쳐다보는 그놈의 눈이었다. 마치…….

여물을 되새김질하는 송아지처럼, 초롱초롱하고 순박한 눈망울…… M의 머릿속 필름에도 하루의 꿈이 고스란히 새겨졌다. 의식이 가물가물 흐려질수록 그녀의 목소리는 더욱 또렷하게 들려왔다. 귀로 들어와 고막을 울리는 게 아니라, 피부에 퍼져 있는 감각세포들이 직접 흡수하는 것 같았다.

"이튿날 하루는 몸이 으슬으슬했어. 밤새 창문을 열어놓은 탓에 감기에 걸린 거야. 한나절 누워 쉬면 괜찮겠지 했는데, 갈수록 열이 펄펄 끓고 침대에서 일어날 기운도 없더라고. 다행히 여주인이 묵주를 감은 손으로 약을 사다 주고 끼니때마다 식사도 가져다주었어. 곰살궂게 걱정을 하는 것도 아니고, 늘 하는 일이라는 듯이 심드렁한 태도로. 매번 고맙다는 인사를 건넸지만 그녀는 별반 대꾸도 않더군. 그렇게 하루는 정신이 혼미한 상태로 며칠을 끙끙 앓았지. 폐장 시간이 지난 '유령의 집'을 홀로 헤매는 기분이었어. 귀신들도 전부 퇴근한 '유령의 집'을.

간신히 회복되어 모텔 밖으로 나왔을 때는 주위 산들이 울긋불긋하게 변해 있더라고. 그새 단풍이 깊어진 거야. 하루는 되찾은 원기를 만끽하며 종일 산행을 했어. 필름도 없는 카메라에 가을의 절경을 담으면서. 삼겹살로 저녁도 거하게 먹고, 모텔로 돌아와 단잠에 빠져들었지. 다음 날은 일어나자마자 인근에 있는 절을 두 군데 둘러보았어. 고요한 산사의 분위기가 마음을 차분히 다독여주더라고. 다음 날은 마침 5일장이 열리는 날이라 장터 구경을 갔고, 그다음 날은 읍내를 구석구석 배회했고, 또 다음 날은 카지노에 올라가 멍하니 슬롯머신의 레버만 잡아당겼고…… 그렇게 하루는 지친 몸과 마음에 편안한 휴식을 선사했어. 날이 저물면 재미로에 들러 매직 박과 술잔도 기울이면서.

시간은 시나브로 지나가더군. 하지만 쇠락한 관광지의 일상이 반복될 뿐, 아무리 흘러 흘러가도 강줄기는 나타나지 않았어. 안경사의 자살도 어느덧 하루의 의식 속에서 희미해져갔지. 어느 날 점심으로 순댓국을 먹으며 헤아려보니 W 읍에 머문 지도 벌써 한 달이 넘은 거야. 하루는 그만 돌아가기로 했어. 친척들 말대로 그 '지랄병'이 도진 것이겠지. 눈빛이 이상했잖아. 정신이 온전치 않은데, 손에 뭘 쥐고 뛰어내렸건 알 게 뭐람. 난 그 열쇠를 어디선가 주웠을 테고. 원래 술 마시면 잡다한 물건들을 심심찮게 집어 왔잖아. 아무튼 이 정도면 고인에 대한 최소한의 도리는 하지 않았나. 일사천리로 상황을 정리하고 하루는 짐을 챙기기 위해 모텔로 향했어. 그런데 중간에 뭔가를 발견하고 발길을 멈춘 거야. 그게 뭐였을까?"

"응?" M은 그녀가 자신에게 질문을 던졌다는 것도 얼른 깨닫지 못했다.

"하루가 모텔로 돌아가다가 뭘 발견했을 것 같으냐고."

"글쎄…… 모르겠는데."

"아무거나 말해봐. 생각하지 말고, 즉흥적으로 떠오르는 걸."

"어…… 도서관?"

"그래, 하루는 읍사무소에 붙어 있는 조그만 도서관을 발견했어. 왜 이걸 진작 못 봤을까? 고개를 갸웃거리는데, 그때 뭔가 머릿속을 반짝 스쳐가는 거야. 하루는 도서관으로 들어갔어. 신문의 크로스워드 퍼즐을 풀고 있던 사서가 힐끔 한 번 쳐다보더니 다시 책상 위로 고개를 숙였지. 시골 도서관답게 사람은 아무도 없고 몇 개 되지 않는 서가는 구멍이 숭숭 뚫려 있더군. 하루는 곧장 신문을 종류별로 제본해놓은 서가로 가서 지방 소식을 전하는 지역신문철을 꺼냈지. 3년 전의 것으로. 구석 책상에 앉아 한 장 한 장 넘기며 훑어보았어. 억새꽃 축제 소식, 군부대 가을철 일손 돕기 소식, 노인 게이트볼 대회 참가 소식, 사랑의 연탄 배달 봉사단 소식…… 반나절을 그러고 있다가, 사건사고란에서 그 기사를 발견한 거야."

지난 11일 W 읍 S 모텔에서 이십대 여성이 손목을 긋고 욕조에 빠져 숨져 있는 것을 모텔 주인 한모 씨가 발견해 경찰에 신고했다. 한 씨에 따르면 이 여성은 전일 오후 4시경 방을 잡아놓고 나갔으며 돌아오는 것은 보지 못했다고 한다. 경찰은 누군가 침입한 흔적이 없고 몸에 다른 외상이 없는 것으로 보아 이 여성이 자살한 것으로 추정하고 수사를 진행 중이다.

기사는 그게 전부였다. 소박한 지역 소식들이 대문짝만 하게 지면을 장식하고 있는 것과는 대조적이었다. 그날 이후의 신문을 면밀히 살폈으나 진행 중이라는 수사에 대한 추가 기사는 없었다. 안경을 벗고 얼굴을 문질렀다. 이십대 여성, 자살, S 모텔…… 사각 뿔테 안경이 신문 위에 양반다리를 하고 앉아 멀거니 나를 쳐다보았다. 멀리서 강물 흐르는 소리가 희미하게 들려왔다.

매직 박은 일찌감치 재미로에 자리 잡고 있었다. 조선족 기예단이 새로 영입되면서 공연 일수가 줄었다고 했다. 그리 서운한 기색은 아니었다. 나는 이별주를 사겠다며 잭 다니엘스를 주문했다.

"떠나려고?"

"예, 내일."

"아쉽네. 자네처럼 술벗 하기 좋은 관광객도 드문데."

오지랖 넓은 매직 박이라면 사건의 뒷얘기를 알고 있지 않을까? 하지만 왜 그런지 선뜻 입이 떨어지지 않았다. 잡담을 나누며 술병이 절반 정도 비어갈 때를 기다려 지나가는 말로 운을 떼었다.

"낮에 하도 심심해서 도서관에서 지역신문을 봤어요. 기사들도 참 평화롭더라고요. 도시에서는 신문만 펼치면 온통 험악한 기사들뿐인데."

"정말 심심했구먼. 호텔 올라와서 기예단 공연이나 구경하지 그랬어. 볼만하던데."

"그런데 말이죠, 유독 눈에 띄는 기사가 하나 있더라고요.

3년 전쯤인가, 여기서 이십대 여자가 손목을 긋고 자살했다고. S 모텔이라고 나오던데……."

"자네가 묵고 있는 샛강모텔이야."

매직 박은 냉큼 말을 받았다.

"그 사건, 기억하세요?"

"그럼. 난 그 여자를 직접 봤어. 그레이스 켈리를 닮은 우아한 여자였지."

매직 박은 벽에 걸린 그레이스 켈리의 흑백사진을 애잔한 눈빛으로 바라보았다.

"죽기 전날 그 커플이 여기 왔었거든."

"커플……이라고요?"

"응, 어떤 남자하고 같이 왔었어."

"벌써 날이 밝아오네."

그녀는 이야기를 멈추고 희붐하게 물든 창문을 올려다보았다.

"나머지는 오늘 밤에 계속해줄게."

M은 침대에 누워 슬금슬금 방으로 침투하는 햇살을 바라보았다. 빌어먹을, 저 창문을 막아야 되는데. M은 거울을 마주하기 싫어 세수도 생략하고 어리마리한 상태로 방바닥을 굴러다

넜다. 그녀는 어디 갔지? 또 장을 보러 갔나? 나에게 근사한 요리를 해주려고? 뭐라고 얘기를 하고 나간 것 같은데…… 먹구름이 낀 것처럼 머릿속이 어두침침했다. M은 TV 리모컨을 찾아 헤맸다. 움직일 때마다 푸딩으로 채워진 수조 속을 허우적거리는 것 같았다. 리모컨은 침대 밑에서 나왔다. M은 몇 달 만에 처음으로 TV를 켰다. 교육방송에서 맵시벌에 대한 자연 다큐멘터리를 방영했다. 내레이터의 또랑또랑한 음성이 방구석에 다소나마 현실감을 주입해주었다.

산란기가 된 맵시벌은 숙주인 거미를 마취시켜놓고 몸속에 산란관을 꽂아 넣어 알을 낳습니다. 알에서 깨어난 맵시벌 유충은 거미의 몸을 안쪽에서 파먹으며 성장하죠. 거미가 생존하는 데 필요한 최소한의 기관만 남겨놓은 채로.

M은 맵시벌 다큐멘터리를 전에도 본 것 같았다. 재방송인가? 채널을 돌렸다.

일정한 시기가 되면 맵시벌 유충은 거미를 조종하여 자신의 집까지 짓게 명령합니다. 몸속 유충의 꼭두각시가 된 거미는 사냥을 위한 원형 거미줄이 아닌 튼튼한 X자형 거미줄을 만들기 시작하죠.

다른 채널에서도 똑같은 프로그램이 나왔다. 왜 이러지? 다시 뉴스 채널로 돌렸다.

집이 완성되면 비로소 유충은 쓸모없어진 거미의 몸을 뚫고 밖으로 나오죠. 그리고 거미가 만들어놓은 안락한 거미줄 한가운데 고치를 틉니다.

역시나 맵시벌 다큐멘터리였다. 홈쇼핑 채널에서도, 영화 채널에서도, 스포츠 채널에서도 똑같은 화면이 이어졌다. 다 파먹히고 거죽만 남은 거미, 거미줄 한가운데 고치를 트는 애벌레, 고치를 가르고 나와 날아가는 맵시벌. 맵시 있게, 훨훨······.

손아귀를 뻗는 아카시아 그림자와 함께 그녀가 돌아왔다. M은 방바닥에 사지를 펼치고 드러누워 가만히 눈을 감았다. 주방에서 소리가 들려왔다. 도마에 칼이 부딪는 소리, 물이 끓는 소리, 요리책 뒤적이는 소리, 사각사각 뭔가 파내는 소리······ M은 미소를 머금고 입에 고이는 군침을 삼켰다.

한 상 푸짐하게 차려진 음식을 M은 꾸역꾸역 욱여넣었다. 재료도 조리 방법도 눈에 들어오지 않았다. 입속에서 뭉쳐진 덩어리를 목구멍으로 꿀떡꿀떡 넘길 뿐이었다. 식사를 마치자마자 M은 앉은뱅이책상에 앉았다. 노트북을 켜고 파일을 열고 사전을 꺼냈다. 자신의 행동이 의지와 무관하게 입력된 프로그램에 따라 실행되는 것 같았다. 무언가 몸속에 똬리를 틀고 앉아 자신을 조종하는 것처럼. 등 뒤에서 종잇장 넘기는 소리가 날아왔다. M은『여섯번째 꿈』의 책장을 펼쳤다.

일을 수습하려 할수록 그들은 더 큰 혼란에 빠져든다. 소담스럽게 내려앉던 눈송이는 밤사이 거친 눈보라로 변했다. 멀쩡하던 휴대폰은 통화 불능이고 차의 배터리까지 모두 방전된 상태이다. 창문을 때리는 하얀 눈갈기를 보며, 그들은 비로소 산중의 외딴 별장에 고립되었다는 사실을 깨닫는다. 의사인 빈키의 주도로 산장을 둘러보지만 구조 장비도 살인사건의 단서도 발견하지 못한다. 또 식량도. 방이 꼭 여섯 개뿐이라는 새삼스런 사실만이 그들의 불안을 증폭시킨다. 악마는, 이미 와 있는 게 아닐까?

산중의 겨울 해는 짧다. 전날 밤보다 보일 듯 말 듯 작아진 원을 이루고 둘러앉은 사람들. 한 가지 의문이 다섯 개의 머리통을 헤집고 다닌다. 과연 살인범은 산장 밖 눈보라 속에 있는 걸까, 아니면 우리들 중에 있는 걸까? 타이쇼쿠가 유력한 용의자인 세리나를 밤새 빨랫줄로 묶어놓자고 제안한다. 썩 내키지는 않지만, '만에 하나'라는 가정 앞에 어떠한 반론도 힘을 잃는다.

네 사람은 발버둥 치는 세리나의 사지를 하나씩 붙잡고 침대에 묶는다. 타이쇼쿠…… 곱슬머리에 뱃살이 두둑한 PC방 사장. M은 왠지 그가 낯설지 않다. 다음 날 아침, 카시코가 옷이 벗겨진 채 죽어 있는 세리나를 발견한다.

메이는 어금니를 깨물어 떨리는 아래턱을 붙잡았다. 사람들 말소리가 고장 난 스피커를 통해 들려오는 것처럼 워글거렸다. 미지의 거대한 존재가 뿜어내는 숨결이 꿉꿉한 안개가 되어 사위를 감싸는 게 느껴졌다. 주머니에 손을 집어넣어 악마의 초대장을 말아 쥐고, 메이는 기어들어가는 목소리로 중얼거렸다.

"게임이…… 이미 시작된 거예요."

*

게임이…… 이미 시작된 거예요. 커서는 문장 끝에 멈춰 서서 숨을 골랐다. 가장 유력한 용의자가 살해되었으니 게임은 다시 원점이었다. 사실 메이가 나오는 마지막 문단은 책에 없는 내용이었다. '폐쇄미로'라는 닉네임대로 그녀는 사람들과 쉽게 섞여들지 못하는 성격이었다. 자연히 출연 분량도 가장 적었고. 세리나의 죽음을 두고 세 사람이 옥신각신하는 와중에도 침묵만 지키고 있기에, 내가 한마디 거들어준 것이다.

오전 2시 39분. 눈이 뻑뻑하게 굳어갔다. 머릿속에서 번역된 문장을 자판으로 옮기는 데 시차가 느껴졌다. 뇌가 위성전화를 통해 손가락에 명령을 전달하는 것 같았다. 벌써 나흘째. 괜찮을까, M은? 오늘도 불을 끄고 침대에 들면 여자는 M의 몸속에 산란관을 박고 알을 낳겠지. 알에서 깨어난 애벌레가 그의 살을 파먹을 테고. 사각사각. 생존하는 데 필요한 최소한의 기관만 남겨놓은 채로. 사각사각. 어쩌면 거미는 날고 싶었던 게 아닐까. 맵시벌의……

*

"안 자?"

맵시벌의 일부가 되어서라도 거미줄을 벗어나…… M은 손가락을 멈췄다. 멈추는 명령에도 약간의 시차가 생겼다. 그녀가 오늘 출력한 종이로 입을 가리고 하품을 했다.

"자야지."

M은 파일을 저장하고 휘우청거리며 침대로 기어들었다. 그녀도 불을 끄고 침대로 파고들었다. M은 스르르 시야가 흐려졌다. 창문에 늘어뜨려진 달빛이 꼬마전구처럼 색색으로 점멸

했다. 자살한 여자와 함께 있었다는 남자…… 그가 죽은 안경 사일까? M은 그녀를 향해 돌아누웠다. 그녀가 어둠 속에서 고 양이처럼 눈을 동그랗게 뜨고 쳐다보고 있었다.

"그래서……."

그녀는 M의 팔을 끌어다 팔베개를 했다. 부드러운 곱슬머리 가 그의 뺨을 간질였다. M의 심장에 대고 속삭이듯, 그녀는 이 야기를 시작했다.

"자살한 여자와 함께 있었다는 남자가 죽은 안경사일까? 그 가 정말 이곳에, 샛강모텔 314호에 왔던 걸까? 하루는 차가운 담요를 뒤집어쓴 것처럼 오스스 소름이 끼쳤어. 마술사는 추 억을 음미하듯 천천히 술잔을 비우고, 그날의 이야기를 들려 주었지."

"지금 자네가 앉아 있는 바로 그 자리였군그래. 둘은 꼬마전 구 불빛을 받으며 샴쌍둥이처럼 찰싹 붙어 있었지. 남자가 팔 을 둘러 여자의 어깨를 감싸 안고, 여자는 나른한 고양이처럼 남자의 품에 폭 파묻혔고. 이따금 남자가 손을 까딱거려 여자 의 긴 머리칼을 쓰다듬기만 했어. 한마디 말도 없이 몇 시간을 그렇게 앉아 있더라고. 맥주 한 병 시켜놓고. 그 모습이 꼭 뒤엉 긴 나무뿌리 같은 게, 뭐랄까, 아름답기도 하고 해괴하기도 하고…… 아무튼 좀 그랬어. 마치 커다란 비눗방울 속에 들어가 둥둥 떠다니는 양, 이 매직 박도 감히 다가가 말을 걸 수가 없더라니까. 손끝만 닿아도 톡, 흔적도 없이 사라져버릴 것 같았거든. 누가 알았겠나? 그 요상한 분위기가 황천길 어귀에서의 마지막 휴식이었다는 걸."

"그런데 기사에는 여자의 시신만 발견되었다고……."

"그러니까, 그게 그래. 채플린 선생이 말했잖아. 인생은 멀리서 보면 비극이지만, 가까이서 보면 희극이라고. 음…… 비극이 가까이서 보는 건가? 인생은 멀리서 보면 희극이지만…… 헷갈리네. 한 번 헷갈리는 건 두고두고 헷갈린다니까. 어쨌거나, 마지막 순간에 로미오의 마음이 변한 게지. 손목에 칼 대는 거, 그거 아무나 못해. 독한 거야. 어차피 때 되면 다 갈 길, 뭘 그리 서두르나. 두 사람이야 그만한 사정이 있었겠지만, 그래도 일단은 살아서 쇼부를 쳐야지. 일단 살아야 맘대로 죽을 수도 있는 거잖아, 안 그래?"

연인과 동반 자살을 결심했다가 혼자 살아 돌아온 남자…… 그였을까? 그 후유증으로 장기간 정신과 치료를 받았던 걸까?

"두 사람이 무슨 사연으로 그런 건지는 안 밝혀졌나요?"

"몰라. 그거야 어찌 아누. 경찰도 자살이 확실하니까 서둘러 종결했어. 그나마 관광으로 먹고사는 동네에 뒤숭숭한 소문 돌아봤자 좋을 것도 없고."

"혹시 그 남자 얼굴 기억하십니까?"

"여자는 그레이스 켈린데, 남자는…… 그냥 멀쑥했어. 3년 전에 잠깐 본 건데, 남자 얼굴까지야 남아 있나. 이나마 기억하는 것도, 그날 막판에 특이한 일이 있었기 때문이야."

"특이한 일이라뇨?"

"난 저쪽 구석 자리에서 같이 여행 온 이혼녀 둘하고 술을 마시고 있었거든. 손 기술 몇 개 보여줬더니 더 해달라고 어찌나 보채던지. 그런데 갑자기 우당탕 테이블 엎어지는 소리가 나는 거야. 남자가 바닥에 쓰러져 온몸을 푸들푸들 떨고 있더라고. 눈을 허옇게 까뒤집고 입으로 게거품을 흘리면서. 간질이 있었나 봐. 왜, 지랄병이라고 하잖아. 놀라서 달려갔는데 여자가 침착하게 응급조치를 하더라고. 많이 해본 솜씨더구먼. 남자는 몇 분 그러고 있다가 깨어났는데, 영 정신을 못 차리고 어리어리한 표정이었어. 여자가 남자를 부축해서 밖으로…… 이봐, 어이, 괜찮나? 안색이 안 좋은데. 갑자기 왜 그러나?"

"하루는 미로를 뛰쳐나왔어. 하늘이 바로 머리 위까지 내려앉아 룰렛 회전판처럼 돌아갔지. 빙글빙글, 빙글빙글. 비틀거리며 모텔로 돌아오자마자 변기에 머리를 처박고 속을 전부 게

278

워냈어. 세면대에서 얼굴을 씻는데 거울 속으로 욕조가 보이는 거야. 빨간 핏물이 찰랑이는 욕조가. 하루는 머리가 쪼개지는 것 같았어. 빨리 여길 벗어나야 한다. 샛강모텔 314호를. 벌여놓은 짐을 손에 잡히는 대로 배낭에 쑤셔 넣고 문을 열어젖히는데, 문 위에 걸린 나무 현판에 눈길이 멎은 거야. '숨겨진 것은 드러나기 마련이고, 감추어진 것은 알려지기 마련이다.' 하루는 홀린 듯 손을 뻗어 현판을 벽에서 떼어냈지. 뒷면으로 돌리자, 누군가 매직으로 휘갈겨놓은 글귀가……."

옳고 그름의 율법이 우리를 어쩌겠다는 건가?
사랑이 지옥과 천국을 다 비웃겠지!

이 구절을 알고 있다. 보들레르, 레스보스 여인들의 금지된 사랑을 찬미한 시. 누군가, 내게 속삭여준 적이 있다. 도망치듯 모텔을 빠져나왔다. 다행히 터미널에는 아직 막차가 기다리고 있었다. 어둠이 고인 버스 뒷좌석에 몸을 묻고 차창에 이마를 기댔다. 시린 냉기가 혈관을 타고 몸 구석구석으로 퍼져갔다. 심장 뛰는 소리가 들리지 않았다. 속을 게울 때 딸려 나왔는지 허파도 간도 창자도 모두 사라진 것 같았다. 텅 빈 도자기 인형처럼 몸속이 고요했다.

동료와 잡담을 나누던 기사가 담배를 끄고 버스에 올랐다. 시동을 거는 소리와 함께 버스가 부르르 몸을 떨었다. 누군가 밖에서 창문을 두드렸다. 빨간 머리 소녀는 여전히 하얀 미키마우스 티셔츠에 청바지를 입고 있었다. 여전히 껌을 질겅이면서. 까치발을 하고 뭐라고 입을 오물거렸지만 들리지 않았다. 창문을 열자 소녀가 카메라를 들이밀었다.

"이거 놔두고 갔어요."

나는 카메라를 받아 품에 안았다. 버스가 출발했고 소녀는 제자리에 서서 손을 흔들어주었다. 나는 버스 뒤쪽 차창에 매달려 그녀를 바라보았다. 어둠 속 하얀 점으로 녹아 사라질 때까지.

버스가 터미널에 도착했을 때는 아직 한밤중이었다. 길 건너편 찜질방 건물 1층에 불 꺼진 안경점이 눈에 들어왔다. 발걸음은 저절로 안경사의 아파트를 향했다. 양손을 바지 주머니에 찌르고, 눈가리개를 씌운 노새처럼 앞만 보고 느럭느럭 걸었다. 도구를 꺼내어 문을 따려는데 문은 이미 열려 있었다. 땀이 밴 손바닥에 닿는 문손잡이가 싸늘했다. 안으로 들어섰지만 역시 냄새는 느껴지지 않았다. 냄새가 없는 집은 없다. 너무 익숙해서 냄새를 맡을 수 없는 집이 있을 뿐. 누구에게나 하나씩.

냉장고에서 캔맥주를 꺼내 들고 소파에 앉았다. 차가운 맥주가 알싸하게 목구멍을 훑어 내리자 W 읍에서 있었던 일들이 아스라이 밀려나는 느낌이었다. 횅한 벽에 걸려 있던 클림트의 〈키스〉는 뭉크의 〈죽음과 소녀〉로 바뀌어 있었다. 달빛을 받으며 입맞춤을 나누는 빨간 머리 소녀와 누런 해골 사나이. 소녀의 미끈한 팔이 엉거주춤한 해골 사나이의 목덜미를 다부지게 휘감고 있다. 봉긋한 유방이 강마른 갈비뼈를 짓누른다. 소녀의 팔이 점점 조여든다. 분홍빛 살덩이와 누런 뼈다귀가 흐물흐물 녹아내려 하나로 뒤엉길 것 같다. 카메라를 들어 그림을 프레임에 담았다. 찰칵. 필름은 없지만 셔터 소리만은 여전히 영롱했다.

베란다로 나가 창문을 열었다. 밤하늘에는 자를 대고 정확히 자른 것 같은 반달이 걸려 있었다. 달은 나머지 반쪽 몫까지 책임지려는 듯 유난히 밝게 빛났다. 혹은 나머지 반쪽의 빛을 흡수해버린 것처럼. 아쉽게도, 그레이스 켈리를 닮았다는 그녀의 얼굴조차 나는 떠올리지 못한다. 그녀와 나 사이에 무슨 일이 있었는지, 우리가 왜 동반 자살을 결심했는지, 왜 마지막 순간 혼자 도망쳤는지…… 반으로 쪼개진 나는 끝내 알 수 없으리라. 남은 건 지옥과 천국을 다 비웃어줄 사랑뿐. 나를 감싸고 있던 기억의 고치가 사라지고 나니, 순수 결정체로 남은 사랑이 투명한 날개가 되어 등에 돋아났다. 한쪽 다리를 들어 올려 난간에 걸쳤다. 점퍼 주머니에서 딱딱한 물체가 옆구리를 툭 건드렸다. 샛강모텔 314호. 급하게 떠나느라 카운터에 열쇠를 반납하는 것도 잊었다. 투명한 사각 기둥이 손아귀에 묵직하게 잡혔다. 저 아래, 놀이터 벤치에서 나를 올려다보는 사내는 누굴까? 나는 몸을 앞으로 기울이며 난간을 잡고 있던 손을 놓았다.

"이야기는…… 이렇게 끝난 거야?" M이 물었다.

"설마, 이게 끝인 것처럼 보여? 서두르지 마. 긴 이야기라고 했잖아."

"그랬지……."

"하루는 거꾸로 서서 아래로, 아래로 추락을 계속했어. 계속, 계속…… 하지만 아무리 떨어져도 땅바닥에 닿지를 않는 거야. 마치 무한히 팽창하는 우주 속을 홀로 가로지르는 것처럼. 어느덧 공간이 사라지고, 시간도 사라지고, 지금 추락을 하는 것인지 위로 솟구쳐 오르는 것인지도 모르겠고…… 그러다가 마침내, 자신이 푹신한 바닥에 등을 대고 누워 있다는 걸 깨달았어. 눈을 떠보니……."

여기는 어디인가? 눈부신 빛이 쏟아지는 걸 보니, 다행히 지옥은 아니었다. 천국도 아닌 건 확실했다. 천국에 형광등이 있다는 소리는 못 들어봤으니. 천장에 걸린 형광등은 단두대 칼날처럼 서늘한 빛을 뿜었다. 이번 죄목은 또 뭐기에…… 몸을 일으키려 했지만 팔다리가 움직여지지 않았다. 버클이 잔뜩 달린 뻣뻣한 옷이 내 몸을 싸매고 있었다. 이런 옷, 영화에서 본적이 있다. 정신병원이 등장하는 영화에서.

문이 열리고 하얀 유니폼을 입은 건장한 사내가 들어왔다. 숱이 수북한 그의 양쪽 눈썹은 미간에서 합쳐지기 직전이었다. 사내는 침대로 다가와 내 눈을 들여다보더니 옷의 버클을 하나씩 풀었다. 군데군데 얼룩으로 지저분한 환자복이 나왔다. 내가 왜 환자복을…… 사내는 미처 생각할 틈도 주지 않고 나를 침대에서 끌어 내렸다. 내 겨드랑이에 팔을 끼고 부축해 방을 나섰다. 오른발을 디딜 때마다 옆구리가 아팠다.

"이봐요, 여기가 어딥니까? 어디로 가는 겁니까?"

일자 눈썹의 사내는 아무런 대꾸도 없이 나를 질질 끌고 갔다. 어떤 질문도 튕겨낼 것 같은 견고한 표정이었다. 엘리베이터를 타고, 다시 내리고, 또 걷고, 복도 끝에 있는 방문 앞에 멈춰 섰다. 노크를 두 번 하고 잠시 사이를 두었다가 문을 열었다. 일자 눈썹은 나를 큼직한 원목 책상 앞에 앉혀놓고 방을 나갔다. 책상 맞은편에는 흰 가운을 입은 남자가 파일을 들여다보고 있었다. 어딘지 낯익은 얼굴이었다. 책상 위에는 주석으로 만든 유니콘 모형이 있었다. 힘차게 발을 구르는 유니콘, 분명 저것도 본 적이 있는데…….

"유니콘을 잡을 때 순결한 처녀를 미끼로 쓴다는 거 아세요?"

흰 가운이 파일을 들여다보며 말했다.

"유니콘은 힘이 세고 성질이 사나워 사로잡기가 힘들답니다. 하지만 순결한 처녀를 만나면 얌전히 다가와 무릎을 베고 잠이 든다고 하네요. 그때 확, 덮치는 거죠. 옆구리는 좀 어때요?"

환자복 상의를 들춰보았다. 오른쪽 옆구리에 손바닥만 한 거즈가 붙어 있었다. 거즈에는 핏자국이 둥그렇게 배어 있었다.

"섬망 상태에서 자해를 했어요. 링거 병을 깨뜨려서. 기억나십니까?"

흰 가운이 파일을 덮고 고개를 들었다. 갸름한 얼굴에 움푹한 눈두덩과 곧게 뻗은 콧날, 모서리가 둥근 사각 뿔테 안경…….

"어, 당신…… 그, 안경사…….."

"안경사? 안경 맞추는 사람 말입니까?"

흰 가운은 웃으며 검지로 안경 코다리를 살짝 밀어 올렸다.

"이번에는 제가 안경사로 나온 모양이군요."

이번에는? 이건 또 무슨 소린지.

"어쨌든 무사 귀환을 환영합니다. 또 작은 선물을 드려야지요. 이번에는 무슨 일이 있었는지 모르겠지만, 당신은 그 여자를 죽이지 않았어요. 죽이지도 않았고 그녀의 죽음에 아무런 책임이 없습니다."

현기증이 일었다. 속이 메스꺼웠다. 옆구리 통증까지 점점 더 심해졌다. 새끼 악어 한 마리가 이빨을 박고 옆구리에 매달려 있는 것 같았다.

"벌써 날이 밝아오네."

그녀는 이야기를 멈추고 희붐하게 물든 창문을 올려다보았다.

"나머지는 오늘 밤에 계속해줄게."

M은 침대에 누워 슬금슬금 방으로 침투하는 햇살을 바라보다가 말했다.

"이 이야기…… 정말 내 남은 인생보다 길지도 모르겠네."

그녀가 침대에 앉아 머리를 매만지며 웃었다.

"윤회를 믿는다며."

"가능하면…… 이번 생에 결말을 듣고 싶은데."

"그건 당신한테 달렸어. 이 이야기는 당신 「여섯번째 꿈」 번역과 함께 끝나."

"번역과…… 그게 무슨 관계가 있는데?"

"모든 건 연결되어 있어."

그녀는 알쏭달쏭한 답변을 남긴 채 방을 나갔다. 나한테 달렸다니, 이야기가 왜 「여섯번째 꿈」 번역과 함께 끝난다는 건지…… 번역은 얼마나 남았지? 지금부터 부지런히 하면 오늘 중으로 끝낼 수 있을까? 하지만 M은 햇살이 정면으로 들이치는 앉은뱅이책상에 앉을 엄두가 나지 않았다. 아카시아 그림자의 사늘한 손길을 기다릴 수밖에 없었다.

어리마리한 상태로 방바닥을 굴러다니는데 〈오! 해피 데이〉가 요란하게 울렸다. M은 애벌레처럼 꼬물거리며 책상으로 기어가 휴대폰을 들었다. 수화기 너머에서 키득거리는 웃음소리가 건너왔다.

"그 여자, 너한테 갔다며?"

"누구세요?"

"에이, 섭섭한데. 벌써 내 목소리도 잊은 거야?"

하루…… M은 헤벌쭉 웃었다. 오랜만이었다. 울먹이며 절규하던 그날 밤의 통화가 마지막이었다. 맥주홀에서 그녀를 만나던 날.

"쯧쯧, 자네도 곧 유이치 꼴이 나겠군."

"유이치…… 누구지?"

"후타나리 유이치, 『일곱 개의 고양이 눈』 작가 말이야."

"일곱 개의…… 고양이 눈?"

"이런, 벌써 맛이 갔군. 자네가 번역한 소설, 기억 안 나? 거기서 나의 후미코 짱을 죽였잖아."

"후미코 짱…… 아아, 고슴도치…… 후미코 짱."

"정신 바짝 차리는 게 좋을 거야. 그 여자가 널 안에서부터 파먹고 거죽만 남겨놓을 테니까."

"그녀가 나를…… 왜?"

"왜는, 그냥이지. 누구든 상관없어. 그 여자는 이야기를 만들어줄 숙주가 필요할 뿐이거든."

"숙주……."

"그녀가 원하는 건 오직 하나뿐이야. 완성되는 순간 사라지고, 사라지는 순간 다시 시작되는 영원한 이야기."

영원한 이야기…… M은 하루가 무슨 말을 하는 건지 알아먹을 수가 없었다. 부슬비가 내리는 것처럼 머릿속이 축축했다.

"내가 충고 하나 할까. 그 여자의 무모한 계획에 휘말려 사라지고 싶지 않으면, 다 잊고 잠이나 자. 너무 늦기 전에."

"너무 늦기 전에…… 응, 고마워. 그런데 왜 나한테 이런 얘길 해주는 거지? 나를 미워하지 않았나? 후미코 짱 때문에."

하루는 또 키득거리며 웃었다.

"글쎄, 왜 그럴까? 아마 유이치가 시켰나 보지. 난 그가 만들어낸 인물이니까. 아니면 중간에서 네가 시켰거나."

전화가 끊겼다. M은 책상 밑에 고개를 처박고 누워 하루가 했던 말을 차근차근 되새겨보았다. '쯧쯧, 자네도 곧 유이치 꼴이 나겠군.' 노트북을 켜고 구글 재팬 사이트로 들어갔다. 검색창에 '후타나리 유이치[双成有一]'를 치자 몇 개의 짤막한 기사가 떴다. 미스터리 작가 후타나리 유이치, 자신의 방 옷장 안에서 변사체로 발견…… 사인 불명…… 뇌경색에 의한 돌연사로 추정…… 여성용 스카프에 싸인 유작 원고 발견…… 제목은 「폐쇄 미로」…… 잠이 안 오면 내가 이야기 하나 해줄까…… 폐쇄된 미로에 빠진 남자 이야기…….

산장에 남은 네 사람은 게임을 풀어나갈 단서를 찾기로 한다. 분명 자신들을 이어주는 연결 고리가 있을 거라 생각한다. 모든 건 연결되어 있다니까. 이름, 나이, 직업, 사는 곳, 전화번호, 가족 관계, 친구들, 직장 동료, 취미, 자주 가는 곳, '실버 해머' 게시판에 올린 글, 연쇄살인범에 대한 선호도, 고민거리, 과거 누군가에게 원한을 샀던 일, '악마'라는 단어와 관련된 모든 기억…… 반나절 만에 그들은 몇 년을 가까이 지낸 지인들보다 서로에 대해 더 많은 걸 알게 된다. 하지만 아무리 친목을 다져도 자신들을 하나로 이어줄 연결 지점은 찾을 수가 없다. 벌써 애먼 사람이 둘이나 죽었는데, 악마가 자신들을 불러들인 이유조차 알지 못하다니. 진짜 제비뽑기라도 한 거라면, 너무 억울하지 않은가.

M은 오늘따라 작업에 몰두하기가 힘들었다. 오전에 걸려왔던 하루의 전화 때문이었다. '누구든 상관없어. 그 여자는 이야기를 만들어줄 숙주가 필요할 뿐이거든.' 이야기를 만들어주다니, 대체 무슨 소린지. 내게 이야기를 들려주는 건 그녀인데…… 심란한 와중에도 M은 문장을 하나씩 기계적으로 옮겨 나갔다. 번역이 끝나야, 그녀의 이야기도 끝나니까. 그녀의 이야기가 끝나야, 잠을 잘 수 있으니까.

그날 밤은 모두 뜬눈으로 지새운다. 자고 일어나면 한 명씩 시체로 변하는 마당에 어떤 강심장이 잠이 오겠는가. 덕분에 네 사람은 무사히 아침을 맞는다. 아슴푸레하게 비쳐드는 햇살에 그들은 잠시나마 승리감을 만끽한다. 하지만 눈보라는 더욱 거세지고, 굶주림과 수면 부족이라는 또 다른 살인자가 그들을 위협한다. 메이는 거슴츠레한 눈으로 산 전체를 집어삼킨 하얀 소용돌이를 바라본다. 유일하게 직업이 명시되지 않았던 메이…… 그녀는 스페인어 번역가였다.

"우리가 환영을 보고 있는 건 아닐까요?"

메이는 팔을 뻗어 성에 낀 유리창을 손바닥으로 천천히 쓸어 내렸다. 시린 냉기가 뼈마디 사이로 스며들었다.

"언제부터 환영이 시작된 걸까요? 처음 표슈 씨가 살해당했을 때부터? 아니면 이곳에 도착한 이후부터? '실버 해머'에 가입했을 때? 어쩌면…… 내가 태어난 순간부터?"

빈키는 창에 비친 파리한 얼굴의 남자를 바라보았다.

"저게 환영이면, 우리도 환영입니다. 이젠 환영 속에서 살아남을 궁리를 해야죠."

*

이젠 환영 속에서 살아남을 궁리를 해야죠. 커서는 문장 끝에 멈춰 서서 숨을 골랐다. 빈키의 말이 맞다. 내가 환영 속을 헤매고 있는 거라면, 사라져야 할 건 현실이다. 현실이 별건가. 내가 어떻게든 살아남아야 하는 곳일 뿐.

시계는 벌써 오전 3시 41분을 가리키고 있다. 늦게 취침하는 이들도, 일찍 기상하는 이들도 대부분 잠자리에 있을 교집합의 시간. 그래도 진도가 꽤 나간 덕분에 마음이 한결 홀가분했다. 부지런히 오가며 '인쇄' 버튼을 클릭하는 그녀도 흡족한 표정이었다. 그런데…… 작업 시간에 비해 너무 많이 나간 게 아닌가? 언제부턴가 사전도 거의 들춰보지 않고 자판만 두들긴 것 같았다. 아니, 사전은 고사하고 책을 들여다보기는 했던가? 뒤에서 흥얼거리는 노랫소리가 들렸다.

집에 돌아와 문을 열었을 때
어둠 속에서 일곱 개의 고양이 눈을 보았네
내가 키우는 새끼 고양이는 세 마리뿐인데
하얀 고양이, 까만 고양이, 얼룩 고양이
나는 차마 불을 켜지 못했네

뒤를 돌아보았다. 그녀가 흥얼거림을 멈추고 고개를 들었다.
"그 노래, 어떻게 알지?"
"당신이 가르쳐줬잖아."
"내가? 그런 적 없는데……."
"아냐, 분명히 당신이 가르쳐줬어."
그녀는 고개를 외로 꼰 채 눈을 끔벅거렸다. 그래, 어쩌면 내가 가르쳐줬는지도 모르겠다. 방금 전까지 책을 들여다보며 번역했는지조차 가물가물한 판이니, 원. 나는 마우스를 잡고 파일을 저장했다.

"잘까?"

불을 끄고 침대로 다가오는 그녀를 보며 M은 하루의 충고를 떠올렸다. '그 여자의 무모한 계획에 휘말려 사라지고 싶지 않으면, 다 잊고 잠이나 자. 너무 늦기 전에.' 이미 늦은 걸까? 비좁은 침대에 그녀와 살을 맞대고 누워 회반죽처럼 굳어가는 어둠을 바라보고 있노라면, 참을 수 없는 갈증이 찾아왔다. 몸이 버석버석하게 말라, 입김만 불어도 담뱃재처럼 흩날릴 것 같은…… M은 떨리는 손을 뻗어 노크하듯 그녀의 어깨를 두드렸다. 그녀는 M의 팔을 끌어다 팔베개를 했다. 부드러운 곱슬머리가 그의 뺨을 간질였다. M의 심장에 대고 속삭이듯, 그녀는 이야기를 시작했다. 자늑자늑 건너오는 목소리가 M의 메마른 혈관에 마약처럼 퍼졌다.

"하루의 머릿속은 엉망으로 헝클어졌어. 누군가 해머를 걸머메고 들어와 난장판을 쳐놓은 것 같았지. 아파트 9층에서 몸을 던졌는데 왜 멀쩡한 건지, 링거 병 자해는 뭐고 무사 귀환은 뭐고 그녀를 죽이지 않았다는 선물은 또 뭔지…… 흰 가운을 걸친 안경사가 하루에게 말했어. 내가 당신의 주치의라고. 그리고 설명을 해주었지. 하루가 잃어버린 그 자신의 이야기를……."

"폐광지역 개발사업을 진행하던 인부가 발견했어요. 처음엔 낡은 갱도가 무너진 줄만 알았지, 거기 사람이 매몰되어 있으리라고는 상상도 못 했답니다. 다행히 동굴 입구에서 카메라 가방을 발견했고, 장비를 동원해 당신을 구조해냈죠. 벌써 2년 전 일입니다."

"폐광…… 내가 왜……."

"글쎄요, 그거야 당신이 알겠죠. 하지만 구조된 후 당신은 사고 정황에 대해 한 번도 명확한 언급을 안 했어요. 카메라를 소지하고 있던 것으로 보아, 근처에 사진을 찍으러 갔다가 사고를 당한 것으로 추정하고 있을 뿐입니다."

"카메라……."

"갱도를 뚫다가 버려진 작은 동굴이라 아무도 사고를 알아채지 못했죠. 당신은 오랜 시간 그곳에 갇혀 있었어요. 호텔에서 사라진 날짜를 기준으로 하자면, 49일 만입니다."

"49일……이라고요?"

"예, 동굴 벽에서 지하수가 스며 나왔던 게 천운이었죠. 49일이나 갇혀 있던 사람치고는 상태가 양호했어요. 인간의 몸이란 게 신비해요. 어떤 기계보다도 정교하고 치밀하거든요. 그런 극한 상황에 처하면 최대한 오래 버틸 수 있도록 자동으로 시스템을 재정비한답니다. 에너지 소모를 최소화하기 위해 생체 시계를 늦추고, 신진대사 사이클은 저하되고, 뇌는 연료인 포도당을 알아서 다른 것으로 대체하죠. 그리고 비축된 지방과 근육의 단백질을 조금씩 에너지로 전환시켜 생명을 유지하는 겁니다. 마치 동면을 취하는 야생동물처럼. 문제는 말입니다, 여기예요."

의사는 검지를 갈고리처럼 구부려 자신의 머리를 톡톡 두드렸다.

"정신은 육체만큼 냉철하지가 않거든요. 밀폐된 공간에 장시간 혼자 갇혀 있으면 정신은 극심한 스트레스를 받습니다. 고립감과 죽음에 대한 두려움 때문에 패닉 상태에 빠지는 거죠. 두려움을 피하기 위한 방법으로 자살을 선택하는 사례도 많아요. 몸은 아직 충분히 버틸 수 있는데도."

의사는 기름한 손가락으로 손깍지를 끼고 그 위에 턱을 괴었다.

"반대로 극한 상황에서 정신이 육체를 살리는 경우도 있습니다. 육체가 한계점에 다다라 모든 걸 포기하려는 순간에 신비한 환각을 경험하고 위기를 넘기는 거죠. 붕괴된 건물에 매몰되어 있던 사람이 죽은 할머니와 대화를 하며 버텼다거나, 히말라야에서 조난당한 등반가가 낯선 이가 건네준 비상식량을 먹고 살아남았다는 이야기, 들어본 적 있죠? 사람에 따라 이런 현상을 기적이라 부르기도 하고 제3의 존재라 부르기도 합니다. 뭐, 허깨비라고 해도 그만이고. 당신의 경우도 유사하긴 하지만, 좀 독특한 케이스예요."

안경 너머 깊숙이 박힌 눈동자가 가느다랗게 반짝였다.

"한 줄기 빛도 없는 암흑 속에서 기약 없는 시간을 혼자 견딘다. 겪어보지 않은 사람은 상상조차 하기 힘들겠죠. 당신이 그러더군요. 모든 게 하나둘 사라져갔다고. 가장 먼저 눈에 보이지도 않는 몸이 사라지고, 거기에 축적되어 있던 기억이 사라진다고. 기억이 사라지니 가족, 친구, 연인 같은 관계들이 사라지고, 이어서 세상 모든 사람들이 사라지고, 인간이 쌓아온 사회와 역사가 사라지고, 자연법칙과 우주가 사라지고, 끝내 시간과 공간마저도…… 마지막에 남은 건 살아야겠다는 희미한 잡념뿐이었다고, 당신이 그렇게 표현했어요. 그건 의지도 희망도 뭣도 아닌 잡념일 뿐이었지만, 그 순간 당신이 가진 유일한 것이었다고. 살아야 하지 않을까…… 그래서 당신은 사라져버린 것들을 하나둘 다시 만들어내야 했죠. 물론 당신이 처한 절망적인 상황으로 귀결되지 않도록 슬쩍 비틀어서. 자기 몸에서 실을 뽑고, 베틀에서 새로운 나를 짜고, 거기서 다시 실을 뽑고…… 암흑 속에서 끝나지 않고 계속되는 이야기를 만들며 버텼던 거예요."

"끝나지 않는 이야기……."

"당신은 그렇게 49일의 시간을 견뎌내고 기적적으로 살아 돌아올 수 있었죠."

의사는 안경을 벗고 앞머리를 정성스럽게 쓸어 넘긴 후 다시 안경을 걸쳤다.

"문제는 그 이후였습니다. 병원에서 건강을 회복하고 퇴원했지만, 당신은 되찾은 일상마저도 현실로 받아들이지 못했어요. 그 역시 곧 사라질 환각일 뿐이라고 여겼죠. 외상 후 스트레스 장애 때문에 정신분열증이 발병한 거예요. 자신이 여전히 캄캄한 폐광 속에 갇혀 있다는 망상에 시달리며 환각의 방랑을 멈추지 못하고 있는 겁니다. 끊임없이 새로운 환각을 만들어냈다가 해체하면서, 아직도 필사적으로 버티고 있는 거죠. 당신에게 안주는 곧 죽음을 의미하니까."

"더 이상 의사의 설명이 귀에 들어오지도 않았어. 하루는 면담을 마치고 병실로 돌아왔지. 314호로. 잠시 후 나이 지긋한 간호사가 약을 들고 들어오는데, 그녀 역시 낯이 익은 거야. 목에 걸린 십자가 목걸이를 보고 알았지. 묵주를 손에 감아쥐고 있던 샛강모텔 여주인이란 걸."

"그러니까…… 모든 게 하루의 환각이었던 거야?" M은 힘겹게 웅얼거렸다.

"하루도 처음엔 믿기 힘들었어. 그렇게 생생했던 현실이 모두 자신의 환각이 만들어낸 연극무대였다니. 반면 전혀 기억에도 없는 폐광이니 매몰이니 하는 것들이 자신이 겪은 현실이었다니. 혼란스러웠어. 자신을 둘러싼 모든 걸 의심해야 했으니까. 그렇게 의심하는 나 자신까지도 의심해야 했으니까. 허공을 둥둥 떠다니는 유령이 된 기분이었지. 아파트에서 몸을 던졌던 것처럼, 다시 한 번 죽어보면 뭔가 답이 나오지 않을까 하는 위험한 충동에 빠져들기도 했어.

그래도 지상에 발을 붙이고 차츰 안정을 찾을 수 있었던 건, 병원 생활이 그럭저럭 마음에 들었기 때문이야. 영화에서 본 강압적인 정신병원과 달리 모든 게 자율적으로 운영되더라고. 의사와 간호사들은 친절했고 동료 환자들도 모두 순박했지. 하루 세 끼 잘 먹고, 푹 자고, 원하면 영화 보고 음악 듣고, 그림이나 연극 같은 취미 활동도 할 수 있고. 나쁘지 않더라고. 다 잊고 여기서 평생 살아도 괜찮겠다는 생각까지 들 정도로."

"괜찮네……."

"하지만 언제까지 그런 폐쇄된 울타리에 기댈 수는 없잖아. 폐광에서의 일이 사실이라면, 이게 어떻게 되찾은 현실인데. 어느 정도 마음이 안정되자 하루는 차분히 상황을 정리해보았어.

상황은 의외로 단순하더라고. 주치의의 설명대로 생각해보면 모든 게 맞아떨어졌으니까. 안경사, 314호, 폐광, 카메라, 모텔 여주인, 유니콘…… 자신은 이곳 현실에서 퍼즐 조각들을 그러모아, 그것들을 서로 아귀가 맞게 조금씩 비틀어서, 전혀 다른 그림의 새로운 퍼즐을 하나 만들었던 거야. 무엇보다 자신을 오랫동안 치료해온 의사를 환각 속에서 자신의 도플갱어로 삼았다는 점이 그럴듯하게 보였지. 하루는 환각의 방랑을 멈추고 있는 그대로의 현실을 받아들이려 노력했어. 처음엔 거부했던 수상한 약들도 복용하고, 상담 치료에도 적극 동참했지. 의사의 권유에 따라 환자들에게 마임을 가르치는 프로그램도 만들었어. 바깥세상에 나가면 다시 마임을 시작할 생각이었거든. 다시 무대에 서서, 관객들과 무언의 소통을 나눌 수 있다는 희망이 그에게 큰 힘이 되었지.

그러던 어느 날이었어. 점심식사 후 하루는 휴게실 창가에 앉아 밖을 내다보고 있었지. 병원 담장 너머의 커다란 아카시아를 좋아했거든. 뒤얽힌 가지마다 포도송이처럼 늘어진 하얀 꽃묶음이 산들바람에 흔들리는 모습을. 그때 문득 뒤통수에 어떤 끌림이 느껴지는 거야. 무심코 고개를 돌리자…….”

벽을 마주 보고 앉아 있는 사내가 눈에 들어왔다. 헝클어진 희끗한 곱슬머리에 두둑한 뱃살. 나는 반가운 마음에 그에게 다가갔다. 역시 매직 박도 여기 환자였구나. 그는 혼자 손가락을 꼽으며 벽에 대고 아라비아숫자를 빠르게 읊고 있었다. 내가 바로 옆에 서 있는 것도 모르는 눈치였다.

"1857780532171226806……."

어깨에 손을 얹자 그는 목구멍에서 컥, 소리를 내며 돌아보았다. 허탈한 표정이었다. 아니, 눈초리가 당겨 올라간 게 화가 난 것 같기도 했다.

"이런, 자네 때문에 끊겼잖아. 969번째 자리까지 갔는데."

"예?"

"파이."

"파이라뇨?"

"원주율 파이(π) 말이야. 3.14, 몰라? 무한히 계속되지만 반복되지 않는 초월수. 소수점 아래 969번째 자리를 외우는 중이었다고."

"정말요?"

"그럼. 내 기록이 4,512 자리야. 세계 기록은 83,431 자리. 하라구치라는 일본인이 가지고 있는데, 외는 데만 열한 시간이 걸렸다더군. 하, 미친놈. 암송 말고 원주율 계산 세계 기록도 일본 회사원이 가지고 있어. 걔들은 그런 거 참 좋아해. 자기가 개발한 컴퓨터로 소수점 아래 5조 자리까지 계산해냈지."

"와우, 5조 자리라니. 상상이 안 가네요. 아무튼 방해해서 죄송해요."

"괜찮아. 또 하면 되지. 우리가 가진 거라곤 시간밖에 더 있나."

그는 팔자주름을 넉넉하게 벌리며 사람 좋은 미소를 지었다.

"저기, 이상한 질문일지 모르겠지만, 우리가 전에 자주 보는 사이였나요?"

"이 친구, 또 이러네. 나야 나, 매직 박."

머리가 떵했다. 매직 박은 내 환각 속 등장인물이 아니던가. 하지만 이내 상황 파악이 되었다. 매직 박이라는 퍼즐 조각은 원형 그대로 옮겨졌던 것이다. 안 될 거 있나. 아마도 굳이 비틀어 변환시키지 않아도 다른 조각들과 넉살 좋게 어울렸던 모양이다.

"이번 여행은 어땠나? 흥미진진했어?"

"여행? 아, 예…… 뭐, 그럭저럭. 아저씨도 나왔어요. 매직 박 그대로."

"나야 항상 그대로 나오지. 진정한 매지션이잖아."

"말투도 똑같네요. 거기선 폐광촌 카지노 호텔에서 공연하는 마술사였어요. 저랑 재미로라는 술집에서 매일같이 술을 마셨죠. 잭 다니엘스를 좋아하시더라고요."

"카, 좋지, 좋아. 나도 자네 환각 속에서 살고 싶군."

매직 박은 입맛을 다시며 고개를 주억거렸다.

"그러고 보니, 아저씨가 중요한 역할을 했어요. 결정적인 정보를 제공해줬죠. 과거 샛강모텔이란 곳에서 있었던 일을 찾아 헤매는 중이었는데…… 에이, 그만두죠. 이제 현실로 돌아왔으니 여행의 추억은 잊어야죠."

"정말 현실로 돌아왔다고 확신하나?"

매직 박은 얼굴을 디밀고 내 눈을 똑바로 쳐다보았다.

"예? 그게 무슨……."

"하긴, 현실이 별건가. 어떻게든 살아남아야 하는 곳일 뿐이지."

매직 박은 천천히 손을 뻗어 탁자 위에 있던 빈 종이컵을 집었다. 나도 모르게 마른침을 삼켰다. 그가 종이컵을 거꾸로 엎어 내 앞으로 밀었다. 내 손을 잡아 종이컵 위에 얹고 그 위에 자신의 손을 포갰다.

"이 종이컵 안에 뭐가 있었으면 좋겠나?"

"예?"

"자네가 마술을 부리는 거야. 진짜배기 마술. 이 안에 뭐가 있길 원하는지, 아무거나 떠오르는 걸 말해보라고. 빨리, 생각하지 말고, 즉흥적으로."

"피, 피스타치오."

매직 박은 빙글빙글 웃었다. 천천히 고개를 기울여 내 귀에 입술을 대고 속삭였다.

"자네가 겪은 일이 이곳의 조각들을 가져다 만든 퍼즐이라고 생각하지? 그럼 이런 생각은 안 해봤나? 여기 이 병원도, 어딘 가의 다른 현실에서 조각들을 가져다 만든 퍼즐일지 모른다는 생각. 그렇다면 진짜 자네는 지금 어디에 있는 걸까?"

종이컵을 감싸 쥔 손에 땀이 배었다. 그의 손아귀가 내 손을 조여들었다.

"어쩌면 자네는, 아직 폐광 속에 갇혀 있는 게 아닐까? 한 줄 기 빛도 없는 암흑 속에."

그의 손이 내 손을 잡고 천천히 들어 올렸다. 힘을 주며 저항 했지만 소용없었다. 종이컵이 같이 딸려 올라왔고, 그 아래에 껍질이 반쪽만 붙은 피스타치오 한 알이 덩그러니 놓여 있었다.

"벌써 날이 밝아오네."

그녀는 이야기를 멈추고 희붐하게 물든 창문을 올려다보았다.

"나머지는 오늘 밤에 계속해줄게."

M은 침대에 누워 슬금슬금 방으로 침투하는 햇살을 바라보

았다. 심장도 허파도 간도 창자도 모두 파먹혔는지, 텅 빈 도자기 인형처럼 몸속이 고요했다. 파이가 먹고 싶었다. 텅 빈 속을 파이로 꾸역꾸역 채워 넣고 싶었다. 사과 파이, 피칸 파이, 치즈 파이, 블루베리 파이…… M의 부르튼 입술 사이에서 마법의 주문처럼 숫자가 쏟아져 나왔다. 3.14159265358979323384626 4338327950288419716939 375105820974944592307816406286208998628034825342117 0679…….

침대에 죽은 듯이 누워 있던 M은 손아귀를 죄어오는 아카시아 그림자의 악력에 떠밀려 몸을 일으켰다. 앉은뱅이책상으로 기어가 노트북을 켰다. 오늘은 어떻게든 끝낼 작정이었다. 그녀의 마지막 이야기를 듣기 위해서. M은 책을 꺼내어 작업할 페이지를 펼쳤다. 그런데…… 글자가 보이지 않았다. 글자들이 모두 사라진 책장은 새로 산 노트처럼 깨끗했다. 어제까지 번역을 마친 앞쪽도 마찬가지였다. 온통 눈 덮인 허허벌판이었다. 책표지에는 분명 『第6の夢』이라고 찍혀 있었다. W 출판사에서 보낸 책이 틀림없었다. 여전히 산장에는 눈보라가 몰아쳤고, 불을 밝힌 창문에 얼비치는 그림자도 여전히 자리를 지키고 있었다. 곤란한데…… M은 잠시 고민하다가 빈 책장을 펼치고 작업을 시작했다.

불면증 카시코, 왕두더지 타이쇼쿠, 전신마취 빈키, 그리고 폐쇄미로 메이. 산장에는 아직 네 사람이나 남아 있었다. 수렴되어야 할 그림자는 하나뿐. 오늘 중으로 끝내려면 서둘러야 했다. M은 손마디를 우두둑 꺾고 자판에 손을 올렸다. 네 사람은 낮 동안 한 명씩 돌아가며 최소한의 수면을 취하기로 한다. 먹을 것 없이는 한 달도 버티지만, 잠을 안 자고는 닷새도 못 버틴다니까. 제비뽑기에 따라 제일 먼저 단잠을 맛본 부잣집 사모님 카시코. 샤워를 하겠다며 화장실로 들어가 혼자 몰래 과자를 먹는다. 이런 행동은 화를 부르기 마련이다. 안됐지만, 그녀가 세번째 희생자다. M의 머릿속에 먹장구름 떼가 몰려오더니 폭우가 쏟아지기 시작했다. 자판을 두드리는 손길이 빨라졌다. 눈밭에 발자국들이 어지럽게 찍혔다.

자고 있던 타이쇼쿠가 입가의 과자 부스러기 때문에 카시코의 살해범으로 몰린다. 타이쇼쿠는 추궁하는 빈키와 메이를 등산용 칼로 위협해 결박하고 옷장에 가둔다. 거실을 서성이던 타이쇼쿠는 빼꼼히 열린 화장실 문틈으로 세면대에 걸쳐져 있는 카시코의 시체를 확인한다. 내가 정말 그녀를 죽였을까? 꿈을 꾸었을 뿐인데. 누군가 그녀를 죽이고 과자를 뺏어 먹는 꿈을. 아냐, 내가 그랬을 리 없어. 혼자 안달복달하며 어린애처럼 울먹이는 타이쇼쿠. 쯧, 나약한 모습을 보이다니. 그만 퇴장할 시간이 된 것 같다.

옷장을 탈출한 빈키와 메이는 거실 한가운데 드러누워 있는 타이쇼쿠를 내려다본다. 주황색 빨랫줄이 그의 투실한 목을 파고들어 있다. 메이가 최면에 걸린 사람처럼 나직한 목소리로 읊조린다. 꿈을 꾸었다고. 누군가 그의 목에 빨랫줄을 휘감아 잡아당기는 꿈을. 부들거리는 떨림이 손바닥에 그대로 전해졌다고. 두 사람은 비로소 알게 된다. 악마가 어디에 있는지.

커서가 페이지를 건너뛰기 무섭게 그녀가 어슬렁거리며 다가왔다. 프린터가 종이를 뱉어내는 동안 M은 숨을 죽이고 있었다. 잉크 냄새가 채 가시지 않은 싱싱한 먹잇감을 물고 그녀는 유유히 보금자리로 돌아갔다. M은 담배를 물고 불을 붙였다. 스크린에 가로막혀 흘러내린 담배 연기가 자판 사이로 스며들었다.

이미 저승에 한쪽 발을 걸치고 있는 듯한 피폐한 몰골의 빈키와 메이. 상대방이 잠들면, 내가 죽는다. 잠들지 않기 위해 두 사람은 이야기를 나누며 버틴다. M은 손길을 멈췄다. 책을 덮고 표지의 산장을 잠시 바라보았다. 빈키에게는 미안한 일이지만, 창문에 비치는 그림자의 주인은 이미 정해져 있었다. 불면증에 시달리던 카시코가 아스피린 약병에 든 수면제를 꺼낼 때부터. 그 사실을 메이만이 알게 되었을 때부터. 1막에서 벽에 걸린 총이 나왔다면, 3막에서 그 총은 발사되어야 한다. 안톤 체호프를 원망하라고. M은 담배를 재떨이에 눌러 끄고 다시 자판에 손을 얹었다.

메이는 생리통을 가장해 아스피린인 양 수면제를 삼킨다. 세 알, 아니, 한 알 더. 그녀는 곧 죽음 같은 잠에 빠져든다. 다급해진 빈키, 그녀를 마구 후려치고 앙상한 팔뚝에 이빨을 박아 넣는다. 하지만 메이는 깨어날 기미를 보이지 않는다. 다량의 수면제가 쇠약해질 대로 쇠약해진 그녀를 빈사 상태로 몰아넣은 것이다. 그래도 끊어질 듯 가냘픈 들숨과 날숨이 고르게 교차되고 있다. 메이의 얼굴에 떠오른 희미한 미소가 빈키의 귀에 속삭인다. 내가 이겼어요. 빈키는 그녀의 모가지를 감싸 쥔다. 울고 웃는 얼굴로 마지막 남은 힘을 열 손가락 끝에 쏟아붓는다. 하지만 그녀는, 이미 꿈을 꾸기 시작했다.

산장에는 이제 한 사람만 남았다. 메이는 그곳에 없는 누군가와 이야기를 나누며 기약도 없는 시간을 버틴다. 죽은 자들의 살로 허기를 달래면서.

괜찮아, 중요한 건 살아남는 거야. 우선은 그것만 생각해. 내가 살아 있기는 한 거야? 그런데, 내가 누구지? 이야기를 계속해보면 알 수 있겠지. 살아 있는지, 누가 살아남은 건지…… 이젠 못하겠어. 나…… 너무, 졸려. 나도 그래. 그래도 우리 조금만

더 버텨보자. 이젠 그냥 자도 되지 않을까? 게임은 이미 끝났잖아. 정말 게임이 끝났다고 생각해? 감당할 수 있겠어, 잠이 들면 찾아올지도 모를 여섯번째 꿈을? 여섯번째 꿈…… 그게 뭐가 됐든, 알고 싶지 않아. 나도 그래. 그러니 기운 내자. 만일 우리가 지금 악마의 꿈속에 들어와 있는 거라면, 버티기만 하면 되는 거야. 악마가 잠을 깰 때까지. 그럼, 이번에는 내가 먼저 시작할게.

지난 금요일 저녁, 우리 일곱 명은 산장에 모였어. 하지만 정작 우리를 초대한 악마는 오지 않았지…….

*

하지만 정작 우리를 초대한 악마는 오지 않았지…… 커서는 문장 끝에 멈춰 서서 숨을 골랐다. 결승선을 통과하고 트랙에 드러누운 마라토너처럼. 나도 함께 숨을 골랐다. 오전 4시 49분. 어느덧 어슴새벽이 가까웠다. 그녀가 다가와 마지막 페이지를 출력했다. 나는 파일을 저장하고 노트북을 껐다.

"수고했어."

그녀는 이제껏 출력한 원고를 전부 간추려 하얀 스카프로 감썼다. 원고 뭉치를 책상 위에 단정히 올려놓고 불을 껐다. 방 안에는 아직 미명의 어둠이 고여 있었다. 우리는 아담한 싱글 침대에 몸을 붙이고 누웠다. 그녀가 내 팔을 끌어다 팔베개를 했다. 부드러운 곱슬머리가 뺨을 간질였다. 내 심장에 대고 속삭이듯, 그녀는 이야기를 시작했다.

"매직 박을 만난 후 하루의 머릿속은 다시 뒤죽박죽이 되었어. 그냥 악의적인 농담이라고, 미친놈의 헛소리라고 치부하고 싶었지. 피스타치오도 그가 늘 하던 간단한 마술일 뿐이라고. 그걸 이용해 나를 조롱하는 수작이라고. 하지만 억눌러놓았던 불안과 공허가 알을 깨고 나오는 건 어쩔 수가 없었어. 몸속에서 사각거리는 소리가 점점 크게 울렸지. 매직 박의 말대로……."

이 병원도 어딘가의 다른 현실에서, 아니 다른 환각에서 조각들을 가져다 만든 퍼즐인가? 지금 폐광에 갇혀 아무런 기약도 없이 버티고 있는 내가 만든? 거기에, 내가 아직 살아 있기는 한 걸까? 그런데 내가 누구지? 도대체 왜 그런 곳에 혼자 갔다가 사고를 당한 거지? 카메라 하나 들고 아무도 찾지 않는 버려진 폐광에…… 의사는 내가 사고 정황에 대해 명확한 언급을 피했다고 했다. 하지만 상태가 호전된 뒤에도 의사는 그 부분에 대해 한 번도 묻지 않았다. 마치 다 알고 있다는 듯이. 그가 내게 뭔가 숨기고 있는 게 틀림없다. 아니, 이 세상이 내게 무언가를 숨기고 있는 것 같다. 아니, 내 자신이 내게…… 불현듯 W 읍에서의 마지막 날이 떠올랐다. 우연히 발견한 도서관에서 신문을 뒤적이다가 발견한 단서. 졸졸 흐르던 샛강이 본래의 큰 강에 합쳐지던…… 그래, 마지막으로 훔칠 물건이 하나 있었다.

한밤중에 병실을 빠져나와 주치의의 진료실로 갔다. 낮에 간호사 데스크에서 몰래 가져온 종이클립 두 개를 손에 들고. 클립을 일자로 펴서 열쇠 구멍에 집어넣었다. 문은 너무나 쉽게 열렸다. 어이, 이런 건 도대체 어디서 배운 거야? 책상 연필꽂이에서 펜라이트를 찾아 들고 캐비닛을 열었다. 내 이름이 붙은 파일이 비죽이 고개를 내밀고 있었다. 마치 기다리고 있었다는 듯이. 캐비닛 잠동사니 틈에 처박혀 있던 모텔 열쇠가 떠올랐다. 낯선 물건일 때가 좋지 않았나…… 하지만 내 손은 이미 파일을 끄집어내고 있었다. 파일 사이에서 하얀 봉투가 미끄러져 바닥에 떨어졌다. 봉투를 집어 들고 큼직한 원목 책상에 앉았다. 크게 심호흡을 한 번 했다. 펜라이트를 입에 물고 봉투의 내용물부터 꺼내보았다. 한 뭉치의 사진. 나는 비로소 알게 되었다. 폐광에는 나 혼자 들어갔던 게 아니라는 걸.

보얀 알몸으로 갱도를 달리는 여자. 검은 머리칼 한 올 한 올이 살아 있는 것처럼 허공에 나부꼈다. 여자가 흘끗 뒤를 돌아보는 순간, 셔터를 눌렀다. 여자의 눈빛은 겁에 질려 달아나는 것 같기도 했고, 해사하게 웃으며 카메라를 유혹하는 것 같기도 했다. 반쯤 젖힌 상체에 단단히 달라붙은 젖가슴이 함께 돌아보았다. 사진을 넘겼다. 여자는 이따금 멈춰 서서 포즈를 취하기도 하면서 갱도 안으로 달려들어갔다. 온몸의 여린 근육들이 경쾌한 달음박질 리듬에 맞춰 춤을 추었다. 울퉁불퉁한 검은 벽에 별 가루가 흩뿌려졌다. 나도 놓칠세라 사진을 넘기며 뒤를 쫓았다. 저만치 입을 벌린 암흑을 향해 질주하는 여자를, 그녀를 집요하게 붙잡고 있는 카메라 렌즈를, 렌즈 뒤에서 눈을 부릅뜨고 있는 누군가를…… 마지막 사진을 보는 순간 사냥개의 뾰족한 송곳니가 목덜미 깊숙이 박혔다. 벌거벗은 여신을 훔쳐본 죄. 여자는 검은 진창에 널브러져 있었다. 깡마른 몸뚱이와 헝클어진 머리채에 탄가루가 덕지덕지했다. 해골의 윤곽이 적나라하게 드러난 얼굴은 세상의 모든 수수께끼를 풀어버린 듯한 심드렁한 표정이었다. 살점이 뜯겨 나간 팔뚝이며 허벅지에 누렇게 변색된 뼈가 드러나 있었다. 움푹 팬 옆구리에서 흘러나온 검붉은 창자가 죽은 구렁이처럼 늘어져 있었다. ……49일이나 갇혀 있던 사람치고는 상태가 양호했어요. 영롱하면서도 절도 있는 셔터 소리와 함께 온몸의 감각세포들이 살아났다. 탄가루 범벅된 손에 닿는 사느란 살덩이, 입 주변에 엉겨 붙는 굳은 피, 비리척지근한 냄새, 어금니에서 미끄러지는 질깃한 생살, 목구멍을 지나 텅 빈 위장에 떨어지는 물컹한 덩어리…… 완전한 암흑 속에서 플래시가 터지는 찰나의 시간, 나는 무엇을 보았나.

동그란 펜라이트 불빛이 사진 위에서 춤을 추었다. 사진을 내려놓고 파일을 펼쳤다. 종잇장이 자꾸만 손끝에서 미끄러졌다. 글자들이 굼실거리며 사방으로 흩어지려 했다. 눈에 힘을 주고 글자들을 조각조각 맞춰 읽었다. 구조 후 세 차례 자살 시도…… 정신분열증…… 환각의 순환…… 투사된 여성을 죽이는, 혹은 죽음을 방치하게 되는…… 죄의식으로 인한 반복 강박…… 쌍둥이 여동생은 매몰 후 28일을 전후 사망…… 부검 결과 자연사로…….

쌍둥이 여동생…… 쌍둥이 여동생…… 펜라이트가 책상 위로 툭 떨어졌다. 따뜻한 주황색 빛기둥이 주석 유니콘을 비추었다. 유니콘을 잡을 때 순결한 처녀를 미끼로 쓴다는 거 아세요…… 더 그럴듯한 걸 찍고 싶지 않아요…… 숨겨진 것은 드러나기 마련이고, 감추어진 것은 알려지기 마련이다…… 잘 보이십니까…… 사랑이 지옥과 천국을 다 비웃겠지…… 이건 피

스타치오를 계속 존재하게 하는 마술이지…… 어지럽다. 머리
가 옆으로 기울어지며 유니콘이 발을 굴러 하늘을 향해 일어섰
다. 길고 날카로운 뿔로 천장을 뚫고 그대로 솟구쳐 오를 것 같
다. 발밑이 꺼지며 나는 아래로, 아래로 추락을 계속했다. 계속,
계속…… 무한히 팽창하는 우주 속을 홀로 가로지르는 기분이
다. 제길, 또 시작이군. 고대 사람들은 간질을 성스러운 병으로
여겼다고 한다. 발작이 일어나 눈을 까뒤집고 온몸을 부들부들
떠는 모습이 신을 만나는 것으로 보였다나. 아주 틀린 말은 아
닐지도…….

등에 닿는 바닥이 차가웠다. 여기는 어디인가? 힘겹게 눈꺼
풀을 들어 올렸다. 눈에 간유리를 끼운 것처럼 시야가 흐릿했
다. 누군가 옆에 쪼그리고 앉아 나를 내려다보고 있었다. 긴 생
머리, 말간 눈망울…… 그녀의 머리 뒤로 천장에 매달린 원형
형광등이 성스러운 후광처럼 보였다. 눈이 부셔 똑바로 쳐다볼
수가 없었다. 그녀가 빙긋이 웃으며 말을 건넸다.

"깨어났네."

그녀는 이야기를 멈추고 희붐하게 물든 창문을 올려다보았다.

"그래서……"

"몰라. 내 이야기는 여기서 끝이야."

그래, 끝이구나…… 이제는 좀 자야겠다. 그런데 햇살……
제길, 저 햇살 때문에 잠을 잘 수가 없다. 저 빌어먹을 창문을
진작 막았어야 했는데. 나는 침대에서 빠져나와 방구석 옷장을
향해 기어갔다. 문을 열고 가로봉에 걸려 있는 옷가지들을 바
닥에 팽개쳤다. 그녀의 에르메스 원피스가 두툼한 겨울 코트에
깔려 칭얼거렸다. 옷장 속으로 들어가 달걀 속 병아리처럼 동
그랗게 몸을 말았다.

그녀가 침대에서 일어나 햇살이 슬금슬금 침투하는 창가로
갔다. 양팔을 엑스 자로 교차시키더니 기지개를 켜듯 티셔츠를
머리 위로 벗었다. 탐스러운 머리채가 허공을 한번 휘젓고는
매끈한 등허리 위로 다시 모여들었다. 내 헐렁한 트렁크 팬티
도 벗어 던졌다. 머리칼에서 어깨, 가슴, 허리, 엉덩이, 종아리,
발목으로 이어지는 날렵한 곡선이 허공에 파스텔로 그려놓은
크로키처럼 보였다. 들이치는 햇살에 여린 윤곽선이 곧 지워져
버릴 것 같았다.

"이제…… 가는 거야?"

"응."

그녀는 허리를 숙여 바닥에 흩어진 옷가지에서 블랙 시폰 원
피스를 집어 들었다. 귀에 익은 콧노래를 흥얼거리며, 벽에 걸

린 거울 앞에서 원피스에 몸을 집어넣었다. 립글로스를 바르는
그녀와 거울 속에서 눈이 마주쳤다.

"하나만, 물어봐도 돼?"

"뭔데?"

"왜…… 나를 선택한 거지?"

내 목소리는 여러 겹으로 갈라져 나왔다. 그녀는 대답 없이
피식 웃기만 했다. 숄더백에서 파랗게 반짝이는 액세서리들을
꺼냈다. 사파이어 목걸이, 사파이어 귀걸이, 사파이어 팔찌, 사
파이어 반지…… 루비도 나쁘지 않았지만, 그녀에겐 사파이어
가 잘 어울렸다. 괴테가 매혹적 허무라고 표현한 파랑.

"당신은 항상 그 질문을 하더라. 더 궁금한 것도 많을 텐데."

"항상……이라니?"

그녀는 거울 앞에서 허리를 좌우로 틀며 옷맵시를 가다듬고
액세서리를 매만졌다. 최종 점검이 끝났는지 돌아서서 옷장으
로 다가왔다. 창문을 등지고 있어 그녀는 검은 실루엣으로 보
였다.

"완성되는 순간 사라지고, 사라지는 순간 다시 시작되는 영
원한 이야기. 무한대로 뻗어나가지만 결코 반복되지 않는 파이
처럼." 그녀의 얼굴이 가까이 다가왔다. "그게 바로 당신이 갈
망하는 단 한 편의 완벽한 미스터리 소설 아니었어?"

이 여자가 지금 무슨…… 눈꺼풀을 힘겹게 밀어 올렸지만 쏟아지는 졸음에 다시 밀려 내려갔다. 그녀가 빙긋이 미소 지으며 손으로 내 오른뺨을 감쌌다. 윤기 흐르는 입술이 다가왔다.

"잘 자요, 나의 영원한 연인."

그녀의 립글로스는 레몬 향이었다. 그 차갑고 새콤한 입맞춤이 이전의, 그 이전의, 또 그 이전의, 또 또 그 이전의, 또 또 또 그 이전의…… 지금 이 순간을 상기시켰다. 그녀가 옷장 문을 양손으로 잡고 천천히 닫았다. 문틈으로 검은 실루엣이 말했다.

"왜 당신을 선택했냐고 물었지? 그 질문 들을 때마다 나 서운해. 한 번쯤은, 당신이 나를 선택했다는 생각이 들지 않아?"

문이 완전히 닫혔다. 농밀한 어둠이 옷장을 가득 채웠다. 검은 우주에 둥둥 떠 있는 것 같았다. 내 몸에서 검은 실이 풀려 나오기 시작했다. 이게 하루가 말했던 사라진다는 건가? 아무려나…… 한잠 푹 자고 일어나면 기분이 나아지겠지. 참, 산장에 혼자 남은 그녀는 어떻게 되었을까? 아직도 홀로 이야기를 나누며 기약 없는 시간을 버티고 있나? 메이[迷], 닉네임 폐쇄 미로. 그녀도 여섯번째 꿈 따위는 잊고 한숨 푹 자면 기분이 나아질 텐데. 졸린다. 이제는 정말…… 자야겠다.

폐쇄된 미로에 갇힌 사람은,

얼마나 헤매어야 그 미로가 폐쇄되어 있다는 걸 알게 될까?

그걸, 굳이 알아야 할 필요가 있을까?

하늘이 열리고 빛이 쏟아져 들어오기 직전, Y는 잠깐 그런 생각을 했다. 오래 붙잡고 있을 틈은 없었다. 한순간 눈이 멀어버릴 것 같은 강렬한 섬광에 그의 머릿속은 하얗게 탈색되었다. 암실 문이 열리며 노출된 필름처럼.

일곱 개의 고양이 눈

모든 것은 한 마리의 송충이로부터 시작되었다.

소설을 이렇게 시작할 생각이었어요. 송충이. 누구에게나 환영받는 사랑스런 이미지는 아니지만, 그래도 굼실굼실 역동적인 느낌을 주지 않나요? 날개를 달고 비상하는 극적인 변신을 내포한 점도 매력적이고. 날갯짓의 주인공이 화려한 나비가 아니라 솔나방인 게 살짝 아쉽긴 하네요. 어쨌거나, 어느 날 우연히 찾아온 송충이 한 마리가 제겐 아리아드네의 실타래가 되어주었답니다. 그 실을 따라가다 보니 결국 이 글도 시작되었죠. 일종의 헌사라고 할까, 첫 문장에 그 작은 털북숭이에게 보내는 감사의 마음을 담고 싶었어요. 하지만 자판에 선뜻 손이 가지 않더군요. 오랜 시간 방치되었던 손가락들은 조금만 잘못 놀려도 툭, 부러질 것 같았거든요. 한겨울 바싹 마른 나뭇가지처럼. 스크린 가득 펼쳐진 희푸른 설원 앞에서 머뭇거리는 사이, 첫 문장은 다른 것으로 바뀌어버렸죠. '바뀌어버렸죠'는 나름 신중하게 선택한 중립적인 표현입니다. 백지 위에 오롯이 떠 있던 그 문장을 과연 내가 직접 썼는지, 아닌지…… 지금도 확신할 수가 없거든요. 첫 문장이 바뀌면서 이 소설은 당초 구상보다 꽤 길어졌답니다. 꽤 많이. 아무려나, 중요한 건 시작이 아니라 끝이니까요.

1

예전에 지하철 무가지에서 이런 기사를 본 적이 있어요. 오십대 중년 부부가 일요일 오후 집에서 빈대떡을 부쳐 먹으며 TV를 시청하고 있었습니다. 여느 주말과 다를 것 없는 한갓진 풍경이었겠죠. 그런데 채널 선택권을 놓고 작은 다툼이 벌어졌어요. 남편은 야구 중계를 보자, 부인은 드라마를 봐야 한다, 그런 정도가 아니었을까 싶네요. 이 여편네가, 지금 코리안시리즈 7차전을 하고 있는데 어디 채널을 돌려! 만날 하는 그놈의 야구, 이번 주가 출생의 비밀이 밝혀지는 클라이맥슨데 어제도 못 봤잖아요! 그 사소한 실랑이가 감정싸움으로 번졌던 모양입니다. 남편이 홧김에 먹고 있던 빈대떡을 부인의 얼굴에 냅다 던졌죠. 아무 말도 없이 부스스 일어난 부인은, 15층 아파트 베란다에서 그대로 몸을 던졌습니다.

사회면 귀퉁이에 씁쓸한 농담처럼 소개된 이 기사를 접하면서 문득 그런 의문이 들더군요. 만일 남편이 던진 게 빈대떡이 아니라 좀더 세련된 이미지를 가진 주전부리였다면 어떻게 됐을까? 색이 고운 한과라거나 앙증맞게 장식된 컵케이크 같은 것. 그랬다면 이 사건은 소형 가전제품 몇 개가 날아다니는 부부싸움 정도로 마무리되었을지도 모릅니다. 하지만 공교롭게도, 그때 먹고 있던 것은 빈대떡이었죠. 이름부터가 불쾌한 기생충을 연상시키거니와 돈 없으면 집에 가서 부쳐 먹는다는 옹색한 이미지의 군음식. 남편의 잇자국이 찍힌 기름기 번들번들한 빈대떡을 얼굴에 맞는 순간, 오랜 세월 부인이 가슴속에 억눌러왔던 무언가가 펑! 터졌는지도 모릅니다. 빈대떡이 그날 그 자리에 있었던 건 단순한 우연일까요?

생각해보면 우리 주위에 차고 넘치는 게 우연이란 놈이에요. 별로 놀라울 것도 낭만적일 것도 없는. 그걸 알면서도 우연적 사건이라면 빈대떡에까지 의미를 부여해 이름을 붙이고 싶은 유혹은 또 어쩔 수가 없죠. 운명이나 계시 같은 다소 부담스러운 이름부터 징조, 저주, 업보, 천벌, 징크스, 머피의 법칙, 샐리의 법칙, 신의 주사위, 옴 붙은 재수 등등. 어쨌거나 우리네 인생에는 드라마가 필요한 법이니까.

제가 그 책을 발견한 것과 21일 동안 장님으로 지낸 일 사이에도 별다른 연관성은 없습니다. 시간적으로 연달아 일어났다는 것밖에는. 공교롭게도, 연달아 일어났죠. 서가에 처박혀 누렇게 찌들어가던 책 한 권이 암흑이라는 용매를 만나 가역반응을 일으킨 거예요. 여기에 어떤 이름을 붙이는 게 좋을지 아직은 모르겠습니다. 가역반응은 연쇄적으로 이어지며 지금도 계속되는 중이거든요. 빙글빙글, 나선을 그리면서.

시간이 흐르면서 슬며시 의구심이 드는 것도 사실입니다. 내가 밝혀낸 그 책의 비밀이 사실일까? 아니, 그날 도서관에서 내가 실제로 그 책을 보기는 했던 걸까? 물론 아직은 분명히 그렇다고 대답할 수 있습니다. 하지만 기억이라는 놈은 나이를 먹을수록 합리성에 복종하는 방향으로 나아가기 마련이잖아요. 어쩌면 우리는 어린 시절에 지금의 굳어버린 머리로는 납득할수 없는 기이한 일들을 많이 겪었을지도 모릅니다. 시답잖은 어깃장에 불과한 이 의구심도 시간이 흐른 후에는 합리성의 연미복을 빼입고 거드름을 피우겠죠. 쯧, 말도 안 돼. 혼자 공상한 내용을 실제와 혼동했던 게지. 머리가 점점 이상해지네. 등 푸른 생선을 많이 먹어야겠군. 꼴불견이죠. 그래서 지금이라도 그 수수께끼의 책에 대한 기록을 남겨놓기로 했습니다. 당시의 소소한 정황들까지 가능한 한 되살려서. 그러니까, 모든 것은 한 마리의 송충이로부터 시작되었습니다.

그날 전 동네 구립도서관에서 『이상한 나라의 앨리스』 완역본을 읽고 있었죠. 기자 시사회에서 본 영화에 대해 칼럼을 하나 써야 했거든요. 앨리스를 제국주의 사업가로 성장시켜놓은 영화였는데, 최대한 신랄하게 까기 위해 원작의 그윽한 광기를 다시 느껴보고 싶더군요. 진짜 이상한 나라에 간 5차원 소녀 앨리스 말입니다. 화창한 봄날 오후였고 도서관은 한산했습니다. 앨리스가 나뭇가지 위의 체셔 고양이를 발견하고 길을 묻는 장면으로 넘어가는 중이었어요.

"그거야 네가 가고 싶은 곳에 달렸지."
"난 어디라도 별로 상관없어요."
"그렇다면 어느 길로 가도 괜찮아."
"어디든지 도착만 한다면요."
"오, 그렇게 되고말고. 꾸준히 걷는다면 말이야."

"이 근처에는 어떤 사람들이 살죠?"

"저쪽에는 모자 장수가 살지. 그리고 저쪽에는 3월의 토끼가 살아. 네가 가고 싶은 곳으로 가렴. 어차피 둘 다 미쳤으니까."

"하지만 난 미친 사람들이 있는 곳에는 가고 싶지 않아요."

"오오, 그래도 어쩔 수 없어. 여기 있는 것들은 모두 미쳤거든. 나도 미쳤어. 너도 미쳤고."

참으로 교훈적인 대화 아닙니까? 삽화 속 체셔 고양이의 흐리멍덩한 눈과 능청스런 웃음이 잘 어울리더군요. 책장을 넘기려던 손으로 무심코 목덜미를 긁는데, 발치에 뭔가 툭 떨어지는 겁니다. 송충이였어요. 반질반질한 도서관 바닥이 어색한지 녀석은 하얀 털을 곤두세우고 주위를 두리번거리더군요. 한참을 웅크리고 있다가 도미노처럼 늘어선 나무 책장들을 향해 굼실굼실 기어가기 시작했어요. 그쪽이 숲인 줄 알았나 봐요. 소나무 아래 벤치에서 담배를 피우고 들어온 시간을 어림해보니, 녀석은 한 시간 가까이 내 몸을 애무하며 돌아다닌 셈이더군요. 맙소사, 작별 인사라도 해줘야 하나. 멍하니 녀석의 초저속 대탈주를 지켜보았습니다. 컴퓨터 서가를 타고 올라, 늘어선 책등을 갈팡질팡 헤매다가, 책의 울타리 너머로 사라질 때까지.

의자를 당겨 자세를 고쳐 앉고 다시 『이상한 나라의 앨리스』

를 펼쳤죠. 저 녀석은 고상하게 책을 파먹고 고치를 짓겠군. 다네 덕분이야. 나뭇가지에 걸터앉은 체셔 고양이가 히죽 웃으며 말을 걸어오더군요. 또 자유연상 시스템이 발동된 거예요. 조그만 꼬투리만 잡아도 레밍 떼처럼 맹목적으로 질주하는 통제 불능 시스템이죠. 올여름에는 저 책장에서 해박한 컴퓨터 지식을 갖춘 솔나방이 탄생하겠군그래. 그만해, 말도 안 되는 소리. 녀석이 지도자가 되어 전 세계 솔나방들을 규합할지도 모른다고. 목표는 인간세계의 컴퓨터 네트워크 시스템을 장악하는 거지. 얼씨구, 점점. 미처 상상도 못 한 솔나방의 습격에 궤멸 위기에 처한 인류. 크으, 드디어 종족의 운명을 건 솔나방과 인간의 최후 결전이…… 자리에서 일어나 컴퓨터 서가로 갔습니다. 인류의 운명부터 구해놓아야 조용히 독서를 계속할 수 있겠더라고요. 송충이가 타고 넘은 책을 뽑아 들었어요. 미래의 솔나방 지도자는 책의 앞 단면에 몸을 잔뜩 움츠리고 붙어 있더군요. 소나무가 있는 창밖으로 책을 내밀고 부채질하듯 흔들었습니다. 설마 다리가 부러졌다고 진단서를 보내지는 않겠지. 녀석이 떨어져 나갔는지 책을 확인하다가, 비로소 빛바랜 까만 표지에 하얀 글씨로 인쇄된 제목이 눈에 들어왔어요. 『미스터리 클럽 Q — 제1권, 일곱 개의 고양이 눈』.

내 몸을 타고 도서관에 불시착한 송충이, 컴퓨터 서가에 잘

못 꽂힌 미스터리소설, 우연과 우연의 교차. 꽤 흥미로운 플롯이었죠. 그런데 더욱 흥미를 불러일으킨 건 책의 저자였습니다. 표지에도 책날개에도 저자가 표기되어 있지 않더군요. '작자 미상'이라거나 저자가 익명을 원한다는 문구도 없었어요. 앞표지 하단에 원주율 기호 'π'가 덩그러니 찍혀 있을 뿐이었죠. 아마도 출판사 로고인 것 같았어요.

자리로 돌아와 책을 찬찬히 살펴보았습니다. 온통 검은색인 앞뒤 표지에는 제목과 출판사 로고만 소박하게 인쇄되었을 뿐, 느낌표가 난무하는 홍보 문구도 재치 있는 추천사도 심지어 판매 가격조차도 없었어요. 청빈을 강조하는 프란체스코회 수도사를 연상시키더군요. 아무도 찾지 못하게 컴퓨터 서가에 파묻혀 묵상에 잠겨 있던 걸 끄집어낸 건 아닌지. 책장을 넘겨보았습니다. 꺼끌꺼끌한 종이는 가장자리가 누르스레하게 변색되었고, 딱딱한 글씨체에 잉크의 농담도 균일하지 않아 영 어수선해 보였어요. 다행히 책 뒤의 판권지 페이지는 붙어 있더군요. 1990년에 펴낸 1판 1쇄. 하지만 저자와 출판사에 대한 정보는 나와 있지 않았죠. 아무래도 정식으로 출판된 책은 아닌 듯했어요. 사전 조사를 대강 마치고 첫 페이지를 펼치니, 제목의 출처로 보이는 짤막한 제사가 실려 있었습니다.

집에 돌아와 문을 열었을 때

어둠 속에서 일곱 개의 고양이 눈을 보았네

내가 키우는 새끼 고양이는 세 마리뿐인데

하얀 고양이, 까만 고양이, 얼룩 고양이

나는 차마 불을 켜지 못했네

시나 노랫말의 일부를 인용한 것 같은데 역시 출전은 밝혀
놓지 않았죠. 무슨 비밀이 그리도 많은지. 일곱번째 눈은 내 거
야. 윙크를 하고 있었거든. 체셔 고양이가 또 실없이 참견하기
에 『이상한 나라의 앨리스』를 덮어버렸어요. 난데없이 주위에
고양이들이 들끓는군요. 지난 주말에는 여동생이 찾아와 지방
에 결혼식이 있다며 대뜸 새끼 고양이를 떠안기고 갔거든요.
조막만 한 새끼 고양이에게 '유혈낭자'라는 이름을 붙이는 여
동생이랍니다. 유혈낭자는 길거리에서 흔하게 보이는 얼룩덜
룩한 무늬의 고양이였어요. 길고양이를 데려다 키우는 거냐고
물었더니 고양이와 인간이 함께 화를 내더군요. 무식한 오라버
니야, 이건 뱅갈고양이라고. 뱅갈고양이는 고양이계의 왕으로
불린다나. 몸값이 장난 아니더군요. 고양이계의 왕은 주말 내내
제 보금자리를 망나니처럼 휘저어놓았답니다. 참, 고양이 얘기
를 하려던 게 아니었죠. 오지랖 넓은 체셔 고양이 때문에 또 옆

길로 샜네요. 다시 책으로 돌아가서, 목차에는 네 개의 소제목이 나열되어 있더군요. 이게 장편소설이라는 건지, 중편 네 개가 묶인 소설집이라는 건지…… 시치미 뚝 떼고 묵상만 하고 있으니, 원. 확인하는 방법은 하나뿐이었죠. 첫번째 소설, 혹은 첫번째 장의 제목은 「폭우」였습니다.

2

비는 쉽게 그칠 것 같지 않았다. 손을 뻗으면 한 움큼 잡힐 듯 무겁게 내려앉은 먹장구름 떼가 몸을 뒤틀어 굵은 빗줄기를 쏟아냈다. 앙상한 와이퍼 한 쌍이 가쁜 숨을 몰아쉬며 차창에 떨어지는 빗물을 쓸어냈다. 한 차례 휘젓고 지나가면 부채꼴 창으로 구불텅하게 허리를 틀고 앉은 2차선 국도가 불쑥 나타났다가, 사라졌다. 자욱한 비안개에 밑동이 잘린 잡목들이 국도변 허공에 둥둥 떠다녔다. 헤드라이트 빛기둥은 겹겹이 드리운 은빛 장막에 가로막혀 멀리 뻗어가지 못했다. 장막들 너머 저만치, 소용돌이치며 주위 풍경을 빨아들이는 질퍽한 동굴…… 검은 뱀처럼 번들거리는 49번 국도는 그 깊은 동굴 속에 도사린 채 아주 조금씩만 제 몸을 풀어내고 있었다.

*

"죽었습니다."

뱃살이 두둑한 형사는 한마디를 툭 던지고 담배에 불을 붙였다. 회색 점퍼의 팔과 어깨가 물에 젖어 얼룩이 졌다. 반백의 곱슬머리에 송골송골 맺힌 물방울이 백열등 불빛에 반짝였다. 손으로 머리를 쓸어 넘기자 물방울이 사방으로 튀었다. 밖에는 아직도 비가 많이 내리는 모양이었다.

"아가씨가 말한 그 공터에 뻗어 있더군요. 자세한 건 검시 결과가 나와봐야겠지만, 두개골이 함몰되면서 즉사한 것 같습니다."

형사는 철제 의자를 끌어와 책상 맞은편에 앉았다. 그의 입에서 쏟아져 나온 담배 연기가 몸을 늘어뜨리며 천장의 백열등을 향해 피어올랐다. 검시 결과, 두개골 함몰, 즉사…… 생경한 단어들이 허연 연기에 실려 공중을 배회했다.

"피살자 옆에 이만한 돌덩이가 있던데……."

형사는 두 손을 벌려 허공을 붙잡은 채 나를 쳐다보았다. 공기 중에 스며드는 담배 연기를 좇으며 나는 고개만 끄덕였다. 꺼끌꺼끌한 침묵이 이어졌다. 형사가 일회용 라이터의 모서리로 책상을 두드리기 시작했다. 천천히 일정한 간격으로, 하나,

둘, 셋, 넷, 다섯, 여섯, 일곱, 여덟…… 열다섯에서 멈췄다. 형사
는 흰 털이 듬성듬성 박힌 턱수염을 손바닥으로 한번 쓸어내리
고 묵직한 유리 재떨이에 담뱃재를 털었다. 검지의 손톱이 꺼
멓게 죽어 있었다.

"피살자 신원을 조사 중인데, 시간이 걸릴 것 같습니다. 창고
에도 신분을 알아낼 만한 게 전혀 없더군요. 목격자도 없고, 현
장은 이놈의 비가 벌써 깨끗이 씻어냈고." 형사는 느릿느릿 말
을 이었다. "지금 유일하게 확실한 건, 이게 살인사건이라는 겁
니다. 피해자로 당한 일은 유감입니다만, 아가씬 일단 피의자로
조사를 받아야 합니다."

살인. 정전기가 등줄기를 훑고 지나갔다. 비에 젖은 돌덩이
의 우툴두툴한 감촉이 손바닥에 되살아났다. 머릿속에서 플래
시가 터지며 흑백 영상들이 점멸했다. 끝없이 쏟아지는 빗줄
기, 단단하게 빛나는 칼, 찡그린 한쪽 눈, 입가에 일그러진 미
소…… 아랫배에서 뜨거운 공기 덩어리가 솟구쳐 목구멍을 틀
어막았다.

"따뜻한 거 한잔 드릴까요? 커피, 녹차?"

형사가 한 손으로 턱을 괴고 멀거니 건너다보았다. 나는 고
개를 숙이고 숨결을 가다듬었다. 부어오른 눈두덩과 입술이 욱
신거렸다. 허벅지와 엉덩이도 다시 뻐근하게 당겨왔다. 입술 안

쪽의 터진 살갗에서 찔끔찔끔 새어 나오는 피가 혀 밑에 고였다. 잊고 있던 통증들이 여기저기서 아우성을 치자 머릿속은 오히려 차갑게 맑아졌다. 피가 섞인 마른침 한 덩이를 목구멍으로 넘겼다. 형사가 담배 연기를 한숨에 실어 길게 내뿜었다.

"정 힘들면 잠시 쉬었다가……."

"커피."

엉거주춤 일어서던 형사와 눈이 마주쳤다.

"커피로 주세요."

형사는 큼직한 머그잔 가득 커피를 담아왔다. 머그잔에는 소담스럽게 눈이 쌓인 통나무 산장이 수채화풍으로 프린트되어 있었다. 배경의 전나무 꼭대기에서 산장 창문까지 손톱으로 긁은 것처럼 길게 칠이 벗겨져 있었다. 잔을 감싸 쥐자 온기가 손바닥을 통해 온몸으로 뭉근히 퍼져갔다. 입김을 불어가며 한 모금 마셨다. 향이 거의 날아간 인스턴트커피였다. 설탕과 크림의 텁텁한 뒷맛만 입천장에 들러붙었다.

"맛있네요."

형사는 타자기에 종이를 끼우며 고개를 주억거렸다.

"어젯밤 사건 경위를 있는 그대로 진술하시면 됩니다. 처음부터, 자세히. 필요하면 제가 중간에 질문을 하죠. 이름이, 유미미 씨라고 했죠?"

형사는 조서에 필요한 인적 사항을 쳐 넣었다. 타닥거리는 타이핑 소리가 빗소리처럼 귀를 파고들었다. 나는 딱딱한 철제 의자 깊숙이 몸을 묻고 진술을 시작했다. 처음부터, 자세히.

"어제저녁, 마지막 공연이 끝나고 쫑파티를 했어요. 운전 때문에 술은 거의 안 마셨죠. 차에서 잠깐 쉬다가 집으로 출발한 게…… 자정 무렵이었던 것 같아요. 아시겠지만, 비가 많이 내리고 있었어요."

재떨이 옆에 놓인 담뱃갑과 라이터를 향해 손을 뻗었다. 형사가 코로 연기를 내뿜으며 내 손을 곁눈질했다.

"한 대 피워도 될까요?"

미미는 입술을 동그랗게 오므리고 쭈글쭈글하게 말은 담배를 힘껏 빨아 당겼다. 연기를 폐 깊숙이 밀어 넣고 숨을 멈춰 가두었다가, 천천히 내뱉었다. 몸속에 비눗방울이 차올라 둥실 떠오르는 느낌이었다.

"좋지? 유럽 공연 갔던 친구가 구해준 거야. 동남아에서 들여오는 부스러기들하고는 차원이 달라."

옆자리에 앉은 요한이 담배를 건네받아 불꽃이 손가락 가까이 올 때까지 빨아들였다. 라디오에서는 김현식의 〈비처럼 음악처럼〉이 흘러나왔다. 난 오늘도, 이 비를 맞으며, 하루를 그냥 보내요— 미미는 의자를 비스듬히 젖히고 빗물이 흘러내리는 앞유리를 바라보았다. 노랫소리가 빛과 색으로 변해 너울거리는 물의 커튼 뒤에서 춤을 추었다. 원색의 별들이 점멸하고, 거대한 호랑나비가 날개를 펄럭이고, 돌고래 떼가 물살을 가르며 헤엄쳐 갔다. 요한이 몸을 기울여 미미의 어깨를 감싸 안았다.

"그렇게 퍼마시고 어떻게 운전하려고……."

배꼽 언저리를 문지르던 손이 꾸물꾸물 위로 올라왔다.

"공주, 저기 보이는 샛강모텔에서 잠시 쉬었다 가시지요. 무대에서 이루지 못한 로맨스를 불살라봅시다."

요한이 가슴을 주무르며 귓바퀴를 살짝 깨물었다. 무표정하게 있던 미미가 킥, 웃었다. 그녀는 요한의 머리칼 속에 손을 집어넣고 원을 그리며 휘저었다.

"로맨스, 좋지. 대신 날 위해 진짜 요한이 돼줄 수 있어? 그럼 나 확 달아오를 것 같은데."

미미는 검지를 세워 손톱 끝으로 요한의 목에 가로로 금을 그었다. 네온사인 불빛이 어린 눈동자가 말갛게 빛났다. 요한은 손을 멈추고 몸을 뒤로 뺐다. 입가의 근육이 굳어 입술이 어정쩡하게 벌어졌다.

"미친년."

요한이 차 문을 열고 빗속으로 나갔다. 세제를 풀어놓은 듯한 비 냄새가 와락 끼쳐 들었다. 미미는 눈을 감고 라디오에서 나오는 노래를 따라 불렀다. 흐르는, 비처럼 너무 아프기 때문이죠, 오— 그렇게 아픈 비가, 왔어요— 노래가 끝나자 미미는 의자를 세우고 와이퍼를 작동시켰다. 앞유리에서 춤추던 빛과 색이 빗물과 함께 쓸려 나갔다.

빗방울이 부서지며 도로에는 희부연 물의 융단이 깔렸다. 타이어가 미끄러지는 게 액셀을 밟은 발바닥에 느껴졌다. 속도계의 빨간 바늘은 30킬로미터 언저리에서 조는 듯이 까딱거렸다. 미미는 연달아 심호흡을 해 몽롱하게 까라지는 의식에 산소를 불어넣었다. 앞유리에 동그랗게 김이 서렸다. 너무 마셨나…… 알 수 없는 열패감이 자꾸만 술잔을 끌어당겼다. 병사들의 방패에 짓눌려 쓰러지고 불이 꺼졌을 때, 마지막 무대라고 생각하자 일어나고 싶지 않았다. 이대로 살로메로 죽는다면…… 하지만 곧 불이 켜졌고, 그녀는 몇 명 되지 않는 관객들을 향해 우아한 미소를 지으며 허리를 숙여야 했다. 드문드문 이어지는 박수 소리가 되살아난 자신을 조롱하는 것 같았다. 눈앞이 번쩍하며 도로변 잡목들과 비닐하우스, 멀리 신도시 아파트 단지와 하늘의 먹구름까지 한순간 적나라하게 모습을 드러냈다. 풍경이 다시 어둠에 묻히고 잔상마저 사라질 즈음, 하늘에서 거대한 맷돌을 돌리는 소리가 울렸다. 파르르, 차창이 떨렸다.

"요한, 내가 그대의 입술에 입을 맞추었어. 그런데 왜 씁쓸한 맛이 나지? 피의 맛이었을까? 아니 어쩌면 사랑의 맛이었는지도 몰라. 사랑은 쓰다고들 하잖아."

미미는 룸미러 속 다갈색 눈동자를 응시하며 대사를 읊었다. 연습 때부터 강 감독은 오스카 와일드도 홀릴 신들린 연기라며 너스레를 떨었다. 원래 말치장을 좋아하는 사람이기는 했지만, 계속되는 상찬은 그녀를 어리둥절하게 만들었다. 신들리기는커녕 이번만큼 배역에 몰입하지 못하는 것도 처음이었다. 차가운 커리어우먼부터, 명랑 소녀, 냉소적인 창녀, 팜프파탈, 사랑에 목숨 건 순정파, 사기꾼, 유령…… 그녀는 어떤 역할을 맡건 기꺼이 자신을 내던졌다. 연극이 상연되는 동안에는 일상생활마저도 무대 위 인물이 내려와 유미미를 연기한다는 착각이 들 정도였다. 그런 몰입이 배우로서의 타고난 재능과는 무관하다는 걸 자신도 잘 알고 있었다. 그건 집착에 가까웠다. 끊임없이 몸을 바꾸기 위한, 새로운 삶을 통해 삶으로부터 도피하기 위한 집착.

"아무 소리도 들리지가 않아. 왜 소리를 지르지 않을까, 그 사람은? 아, 누군가 나를 죽이려고 한다면, 난 비명을 지를 텐데. 몸부림을 칠 텐데."

살로메는 각별한 캐릭터였다. 고등학교 졸업 공연에서 처음

만났을 때부터, '일곱 베일의 춤'을 추는 유대의 공주는 미미를 사로잡았다. 바보스러울 만치 순수한 열정과 섬뜩한 광기, 그 간극에서 피어나는 관능과 아름다움, 그리고 절정의 순간에 맞이하는 죽음까지. 강 감독이 이번 공연을 기획한다는 소식에 미미는 노개런티로라도 역을 따내고 싶었다. 다시 한 번 그 천방지축 공주가 될 수 있다면…… 이례적으로 개런티까지 선불로 지급하며 정식 제의가 들어왔을 때, 미미는 열여덟 살의 그날로 돌아간 기분이었다. 오른발에 지그시 힘이 들어갔다. 졸고 있던 속도계 바늘이 서서히 고개를 쳐들었다. 앞유리에 부딪치는 빗방울의 리듬이 빨라졌다. 그녀의 귀에 대고 위험한 비밀을 속살거리는 것 같았다.

공연이 시작되자마자 문제가 있다는 걸 알았다. 11년 전의 완벽한 일체감은 사라지고 없었다. 다가갈수록 살로메는 자신을 밀쳐내고 따돌렸다. 무대 위에 두 사람이 따로따로 올라가 연기하는 느낌이었다. 살로메를 피해 움직이느라 동선과 동작이 틀어졌고 발성에도 자신감이 실리지 않았다. 이러다 공연 중에 보이지도 않는 살로메를 향해 불쑥 악다구니를 내뱉는 건 아닌지…… 설상가상으로 첫날 첫 공연을 위해 무대에 발을 디딜 때부터 왼쪽 머리에 편두통이 왔다. 벌새 한 마리가 두개골에 뾰족한 부리를 박고 뭐라고 쉴 새 없이 재잘거리는 것 같았다. 진통제도 소용없었고, 편두통은 결국 서른세 번의 공연 내내 지속되었다.

오른발 끝에 점점 힘이 들어갔다. 빗방울들이 소리 높여 환호성을 지르고 기립 박수를 보냈다. 검은 도로가 벌떡 일어설 듯이 빠르게 다가왔다. 미미가 꿈꾸었던 건 도피가 아닌 무한한 확장으로서 몸을 바꾸는 삶이었다. 빨간 구두를 신고 뭇사람들의 갈채를 받으며 끝없이 춤을 추고 싶었다. 살로메와 처음 만났을 때 미래는 그녀 앞에 레드카펫처럼 펼쳐져 있었다. 드레스 자락을 살짝 올려 잡고 우아하게 손을 흔들며 걸어가기만 하면 되는 줄 알았다. 하지만 11년 만의 해후, 살로메는 그 모습 그대로건만 자신은 엉망으로 망가져 있었다. 초라했다. 빨간 구두를 빼앗긴 소녀라니. 차라리 발목까지 잘라갈 것이지…… 노란 중앙선이 왼쪽으로 급하게 몸을 틀며 달아났다. 발목에 맥이 툭 풀렸다. 미미의 오른발은 어느새 브레이크로 옮겨져 있었다. 빨간 바늘이 힘없이 고개를 떨구었다. 빗방울들의 환호성과 박수가 야유로 바뀌었다.

"아! 어째서 그대는 나를 보려 하지 않았지, 요한? 나를 보았다면, 그대도 나를 사랑했을 거라는 걸 알아. 사랑의 신비는……."

미미는 독백을 멈추고 룸미러를 향해 오른뺨을 내밀었다. 귓불 밑에 보랏빛 펄파우더가 희미하게 반짝였다. 손을 뻗어 조

수석의 숄더백을 뒤적였다. 손수건 대신 스카프가 걸려 나왔다. 잠시 망설이던 미미는 스카프를 손가락에 말아 쥐고 침을 묻혔다. 룸미러를 들여다보며 살로메의 마지막 흔적을 닦아내는 순간, 앞유리에 검은 덩어리가 불쑥 나타났다. 급브레이크를 밟았다. 퉁, 둔중하게 부딪는 진동이 운전대에 전해졌다. 비가 내리치는 헤드라이트 빛기둥 속에 한 남자가 몸을 웅크리고 쓰러져 있었다.

"신고는 안 했습니까?"

형사가 고개를 들고 물었다.

"일단 병원으로 가자고 했어요. 그런데 그 남자가 괜찮다는 거예요. 살짝 밀린 거라고. 사실 비 때문에 서행하고 있었고, 더구나 급커브 길이라 충격은 크지 않았을 거예요. 지금 생각해보면, 접촉이 있었는지조차 의심스러워요. 그래도 나중에 뺑소니다 뭐다 덤터기 쓰기 싫어서 어떻게든 병원에 데려가려 했죠. 하지만 완강히 거부하더라고요. 병원 냄새도 싫고, 번거롭다면서. 빗속에서 계속 실랑이만 할 수도 없고…… 남자가 병원 대신 근처 자기 집까지만 태워달라고 하더군요."

"그래서 그냥 태우고 갔나요?"

"예?"

"한밤중에 낯선 남자의 집에 가는 게 위험할 수 있다는 생각도 들 텐데."

나는 아랫입술을 깨물었다.

"이것 보세요, 형사님. 저는 그 낯선 남자를 한밤중에 차로 친 상태였어요. 한사코 병원에 안 가겠다는 사람을 묶어서 끌고 갈까요? 호의를 보이며 집까지만 태워달라는 사람을, 허튼수작 말라고 버려두고 올까요?"

절로 목소리가 높아졌다. 형사는 심드렁한 표정으로 턱수염만 쓸어내렸다.

"달리 수상한 점은 없었나요?"

"없었어요. 행색은 초라했지만 예의도 바르고, 사람이 멀쩡해 보였어요."

침착하자 유미미, 침착. 룸미러를 살폈다. 뒷좌석에 구겨져 있는 남자는 움직임이 없었다. 바닥에 머리를 찧어 기절한 건가? 차에 실을 때만 해도 분명 숨은 쉬고 있었는데. 우선 병원으로 가야겠지. 미미는 엄지손톱을 잘근잘근 씹었다. 경찰이 올 텐데, 만취 상태에 마리화나까지…… 남자가 죽기라도 하면…… 가슴속에서 사각거리는 소리가 울렸다. 자신의 삶에 아직도 망가질 구석이 많이 남았다는 사실을 새삼 깨달았다. 미미는 속도를 줄이며 뒷좌석을 흘끔거렸다. 남자에게선 싸구려 고량주 냄새가 진하게 풍겼다. 한 치수 정도 커 보이는 카키색 점퍼와 검은 바지는 얼룩이 묻어 지저분했다. 본 사람이 있을까? 도로 근처에는 분명 아무도 없었다. 지나가는 차도 없었고. 저 주정뱅이 때문에 인생을 망쳐야 하나…… 사각거리는 소리가 점점 더 크게 울렸다. 심장에 구더기 떼가 버글거리는 것 같았다. 젠장, 빌어먹을! 미미는 주먹으로 경적을 때리며 새된 비명을 질렀다.

"어이구, 깜짝이야."

룸미러 속에서 검은 형체가 벌떡 일어나 앉았다. 미미는 내지르던 비명을 삼켰다. 심장이 잠시 멈췄다가 다시 힘차게 쿵쾅거렸다. 구더기 떼가 후드득 떨어져 나갔다.

"저기…… 괜찮으세요?"

"깜빡 잤나 보네."

"약주를, 많이 하셨나 봐요."

"차에 받힌 거 같은데……."

"예, 차가 밀렸어요, 살짝. 그래서 지금…… 병원으로 가는 길이에요."

"허이구, 이까짓 거 가지고 병원은 무슨."

남자는 실실 웃으며 지저분한 소맷자락으로 이마에 흐르는 피를 문질러 닦았다.

"예전에 군대에서 야삽에 무르팍을 찍혔을 때는 도가니가 허옇게 들여다보였어. 그래도 아까징끼만 몇 번 바르고 말았지. 덕분에 쩔뚝발이가 됐지만, 헤헤."

"그럼, 병원에 안 가셔도 되겠어요?"

"예예, 그런 데 가봤자 번거로워. 냄새도 싫고. 내 몸은 내가 알지, 이발사 가운 입은 샌님들이 뭘 아나."

"그래도 혹시 모르니까 검사를 받아보시는 게……."

"검사는 무슨, 돈만 버리는 짓이지. 병원은 됐고, 이왕 탄 거 집까지 데려다주면 고맙겠수다. 가서 한숨 푹 자고 싶네."

"그러시겠어요? 댁이 어디세요?"

남자는 운전석으로 몸을 기울여 전방에 삿대질을 해가며 길을 설명했다. 고음의 탁한 목소리가 철사로 귀를 콕콕 찌르는 것 같았다. 숱이 무성한 검은 머리와 잔주름으로 뒤덮인 얼굴의 대비는 연배를 짐작하기 어렵게 했다. 삼십대 중반에서 오십대 중반까지 어디를 불러도 별 이의 없이 고개를 끄덕일 것 같았다. 까만 콩알 같은 눈동자 두 개가 주름에 파묻혀 묘한 광채를 띠었다.

"나쁜 새끼."

창밖을 내다보던 남자가 불쑥 씹어뱉었다.

"예?"

"나 야삽으로 찍은 새끼 말이오. 오정환이라고, 완전 꼴통이었어. 그 새끼가 어떻게 했는지 알아요? 연병장에서 말라비틀어진 잡초를 하나 뽑아와서는, 이게 세계적으로 희귀한 난초라는 거라. 그러면서 나한테 이러는 거야. '정성껏 돌봐라. 이 난초가 죽으면, 너도 죽는다.' 에라이, 미친놈. 잡초를 가지고, 응? 무슨 희귀 난초라고. 하아, 내가 무르팍만 성했어도 잘나가는 스턴트맨이 됐을 텐데. 군대 가기 전까지 영화 스턴트를 했거든."

남자는 자신의 과거 활약상을 신나게 떠들어댔다. 미미는 담배에 불을 붙이고 창문을 조금 내렸다. 빗방울이 튀어 들어와 뺨에 떨어졌다.

"〈원한의 거리〉란 영화 봤나? 안 봤나? 거기서 주인공이 불붙은 차를 타고 바다로 뛰어드는 장면이 있는데, 그게 내가 한 거라. 하, 아찔했지. 팔에, 여기 봐요." 남자는 소매를 걷어 올리고 운전석을 향해 팔뚝을 디밀었다. "이만큼을 전부 불에 그슬렸는데, 그래도 감독님이 얼마나 칭찬을 했다고. 굿이라고, 연방 굿, 굿. 〈돌아온 외팔이 검객〉이란 영화에선 직접 출연도 했지. 나쁜 놈 오야붕 똘마니로. 칼 맞고 죽는 장면에선 얼굴도 단독 샷으로 나왔다니까. 하아, 그런데 오정팔이 그 개새끼 때문에……."

왜소한 체구의 남자는 스턴트맨 출신으로는 보이지 않았다.

가뜩이나 등과 어깨가 구부정하게 안쪽으로 말려 있어 커다란 아르마딜로 한 마리가 앉아 있는 것 같았다. 술 때문인지 원래 그런 건지, 횡설수설하는 품새가 아무래도 온전한 정신은 아니었다. 미미는 담배 한 모금을 깊숙이 빨아들였다가 시원하게 내뱉었다. 탱탱하게 부풀었던 풍선에서 서서히 바람이 빠지는 것 같았다. 남자가 룸미러 속에서 때꾼한 눈을 끔벅이며 쳐다보고 있었다.

"예?"

"이름, 아가씨 이름이 뭐냐고?"

"아, 미미라고 해요. ……강미미."

"미미, 미미." 남자는 알사탕을 빨아 먹듯 그녀의 이름을 입 안에서 굴렸다. "헤에, 예쁜 이름이네."

남자는 다시 소맷자락으로 이마의 상처를 문질렀다. 깊게 찢어졌는지 피가 계속 흘러나왔다. 미미는 숄더백 위에 던져놓았던 스카프를 남자에게 건넸다.

"이걸로 닦으세요."

"어이구, 괜찮아요. 마후라 더러워지게. 이까짓 거 갖고, 뭘."

남자는 과장스럽게 손사래를 쳤다.

"괜찮아요. 닦으세요."

남자는 두 손으로 스카프를 받더니 코를 감쌌다. 미미는 남자가 코를 푸는 줄 알았는데 눈을 감고 냄새를 맡고 있었다. 향기 좋다. 혼잣말로 중얼거리더니 스카프로 이마의 상처를 눌렀다.

"친절하고 예쁜 아가씨가 이름도 예쁘네. 미미, 미미. 〈비터문〉이란 영화 봤나? 안 봤나? 내가 영화란 영화는 죄다 보거든. 씨팔, 오정팔이, 내 다리만 멀쩡했어도…… 아무튼 거기 나오는 여자 이름도 미미야. 그 미미는 프랑스 미미지만. 그 여자도 아가씨처럼 예뻐요. 예쁜데 좀 무섭지. 하긴 그 여자 욕할 수도 없어. 죽도록 사랑했던 남자한테 쓰레기처럼 버림받았으니. 그래서 복수를 하는 거라. 어떻게 하는 줄 알아요? 교통사고를 당한 남자가 입원해 있는 병원으로 찾아가지."

'교통사고'라는 말에 미미는 흠칫했다. 차는 끝없이 드리워진 은빛 주름을 헤치고 달렸다. 신도시 아파트 단지가 창밖으로 멀어져갔다.

"찾아가서는 남자를 침대에서 떨어뜨려 아주 반신불수로 만들어버려. 그러고는 돌봐주는 거라. 엄마처럼. 아니, 엄마처럼은 아니지. 자기 손아귀에 떨어진 남자를 가지고 노는 거야. 음식도 엉망으로 처먹이고, 휠체어에서 오줌을 싸게 내버려두고, 깜둥이를 집에 데려와 면전에서 그 짓도 하고, 히히. 차라리 나를 죽이고 끝내버려!"

남자가 버럭 소리를 지르는 바람에 매달려 있던 담뱃재가 미미의 허벅지 위로 떨어졌다.

"그렇게 울부짖는 남자한테 미미는 예쁜 상자를 내밀어요. 생글방글 웃으면서, 생일 선물이라고. 남자도 감동 먹고 마음이 누그러지지. 쌍, 그래도 이 여자밖에 없구나. 상자를 풀어보는데, 선물이 뭐였는지 알아요? 뭘 거 같아, 응?"

"글쎄요, 뭐였죠?"

"권총."

남자는 가래 끓는 소리를 내며 키득거렸다.

"하, 멋있는 여자잖아. 권총을, 선물이라고, 그걸로 뭐하라고, 응? 마지막에 그 권총으로…… 아, 저기, 저게 내 집이요. 내 집 크지?"

미미는 산 밑의 야적장 같은 공터로 들어가 낡은 창고 앞에 차를 세웠다. 허연 비안개가 폭우에 무덤을 잃은 원귀처럼 산기슭을 떠다녔다.

3

여기까지 읽었을 때 도서관 폐관 시간을 알리는 안내 방송이

나오더군요. 마침 눈도 침침해서 그만 쉬려던 참이었어요. 얼마 전부터 눈앞에 검은 커튼이 나풀거리는 것처럼 시야가 어룽거렸거든요. 피곤해서 그런가 보다 했죠. 별로 피곤한 일도 없으면서. 나머지는 집에서 천천히 읽기로 하고 대출대로 갔습니다. 신문의 크로스워드 퍼즐을 풀고 있는 사서에게 책과 회원증을 내밀었죠. 그런데 이 대목에서 플롯을 끌고 나가기 위한 장치가 하나 더 준비되어 있더군요. 조그맣고 하얀 여자 발 하나가 튀어나와 태클을 걸 줄이야.

"대출이 안 되는데요."

사서가 보라색 뿔테 안경 너머로 쩨려보며 말하더군요. 눈씨가 어찌나 싸늘한지 개인적인 원한 때문에 그러는 줄 알았어요.

"왜요?"

"연체된 책이 있네요. 벌써 두 달도 넘었어요."

"그럴 리가 없는데."

"『후미코의 발』."

"전 그 책을 빌린 적이……."

있습니다. 지난겨울 일본으로 영화제 취재 가는 길에.『후미코의 발』은 아마도 그때 가져갔던 손가방 속에 그대로 들어 있을 겁니다. 문제는 그 손가방이 아키하바라에서 암약하는 2인조 날치기에게 넘어갔다는 거죠. 여권이며 지갑, 휴대폰까지 몽땅 잃어버리는 바람에 취재도 제대로 못 하고 객지에서 생고생만 하다 왔답니다. 최악의 여행이었죠. 변명 같지만, 동네 도서관에 책을 변상하는 문제까지 신경 쓸 경황이 없었어요.

사서의 눈총을 받으며 일단 책을 들고 후퇴했습니다. 주변 지형지물을 활용한 은폐, 엄폐 전술이 필요한 상황이었죠. 인적이 드문 교육사 서가로 가서 『교육인적자원 연수원 35년사』와 『일본의 문부 과학 백서』 사이에 『일곱 개의 고양이 눈』을 꽂아놓았어요. '도대체 누가 구립도서관에서 이런 책을 들춰볼까?' 경연 대회에서 그랑프리를 수상한 영광의 얼굴들이랍니다. 매너 없는 수작이라는 건 알지만, 읽고 있던 책을 가로채이게 되면 상당한 짜증이 밀려오거든요. 그 책은 다른 곳에서 구할 수도 없을 것 같았고. 어쩌면 제가 그 책을 읽는 동안 누군가 짜증을 내며 컴퓨터 서가를 뒤지고 있었는지도 모르겠네요.

결론부터 말하자면, 전 그 책의 뒷부분을 읽지 못했습니다. 이튿날 자고 일어났더니 눈 상태가 더 안 좋아졌더라고요. 왼쪽 눈에 드리워진 검은 커튼이 나풀거리지도 않고 아예 시야의 절반 정도를 가려버렸어요. 도서관 가는 길에 동네 안과에 들렀죠. 검사를 마친 젊은 의사가 서둘러 종합병원으로 가라고

하더군요. 서둘러 종합병원에 갔더니 서둘러 수술을 하자고 하더군요. 〈양들의 침묵〉에 나오는 한니발 렉터를 닮은 의사가 강렬한 눈빛으로 망막박리라는 질병에 대해 설명해주었습니다. 스크린 역할을 담당하는 눈 뒤쪽의 망막이 찢어져 너덜거리는 상태인데, 더 심해지면 실명의 위험이 있다고. 수술 과정도 친절하게 알려주더군요. 눈의 흰자위도 피부와 마찬가지로 절개할 수 있다는 걸 처음 알았습니다. 그 구멍을 통해 현미경과 수술 도구를 집어넣을 수 있다는 것도. 그리고 다시 실로 꿰맬 수 있다는 것도. 수술 후 망막이 아물 때까지 3주 정도 안대를 해야 한다는 설명이 이어졌습니다. 애꾸눈 선장 하록을 연상했습니다만 한니발 렉터 박사는 심봉사를 요구하더군요. 양쪽을 다 가려야 합니다. 눈이라는 게, 세트예요. 한쪽이 움직이면 다른 쪽도 같이 움직이거든요. 보호자는 있죠? 송충이에 『후미코의 발』에 일본 2인조 날치기꾼에 찢어진 망막까지. 책 한 권을 둘러싸고 상당히 다채로운 레퍼토리들이 얽히고설켰네요.

여동생이 유혈낭자를 안고 와서 임시 보호자가 돼주었습니다. 오, 오라버니, 무슨 맹인 예언자 같은데. 네 앞날을 예언해주지. 평생 시집도 못 가고 처녀로 늙을 운명이로다. '오라버니'는 '오빠'의 높임말이 아니라 비꼬는 말입니다. 어릴 때부터 동생은 부모님이 강요하는 '오빠'라는 호칭을 어떻게든 회피하려

애썼죠. 여동생과 전 쌍둥이거든요. 남녀 쌍둥이라고 하면 호기심 어린 시선을 보내는 이들이 많은데, 터울이 7분인 남매일 뿐별다른 건 없습니다. 우리도 보통의 오누이처럼 어릴 때는 목숨 걸고 싸우고, 철이 들어서는 서로 소 닭 보듯 하고, 성인이 되어서는 별로 마주칠 일이 없었죠. 그래도 어려운 일이 생기면 발 벗고 도와주는 게 혈육 아닙니까. 예를 들면 몸값이 장난 아닌 뱅갈고양이를 맡긴다거나, 망막박리 수술을 했다거나 하는.

'몸이 천 냥이면 눈이 구백 냥'이라는 속담을 실감하겠더군요. 거스름돈 백 냥은 오로지 먹고 소화시키는 일에만 쓰였습니다. 동생이 출근 전에 아침을 먹여주고, 점심때는 탁자에 차려놓은 샌드위치나 김밥을 손으로 더듬어 찾아 먹고, 동생이 퇴근 후 다시 저녁을 먹여주었죠. 눈을 감은 채 식사해본 적 있나요? 참으로 생생하게 느껴집니다. 음식물의 냄새가, 어금니에서 짓이겨지는 촉감과 소리가, 혀 밑에서 배어나오는 침이, 식도를 지나 위장에 떨어지는 물컹한 덩어리가, 소장과 대장을 거쳐 몇 시간 후 배설물로 빠져나가는 과정까지. 신체 기관이 대부분 퇴화하고 개불 모양의 긴 소화관으로 남은 기분이었죠. 가능한 한 머리를 움직이지 말라는 지시에 따라 밥 먹는 시간 외에는 종일 똑바로 누워 있어야 했어요. 그 외에 딱히 할 수 있는 일도 없었지만.

비자발적인 구도의 시간이 이어졌습니다. 폐쇄된 몸뚱이에 갇힌 영혼은 홀로 순례의 길을 떠나더군요. 잊고 있던 나의 원 시림을 찾아서. 삼십여 년 영욕의 세월을 성큼성큼 거슬러 올라 금세 유아기에 도착했습니다. 역시 종일 똑바로 누워 먹고 소화시키는 일만 하던 시절이었죠. 물론 지금보다는 좀더 귀여웠겠지만. 영혼은 거기서 발길을 멈추지 않더군요. 양수 속을 둥둥 떠다니던 태아 시절로 갔다가, 정자와 난자가 막 살림을 합친 수정란이 되었다가, 대대적인 비약을 거쳐 종의 범주를 벗어난 구역까지 거슬러 올라갔습니다. 한 마리 오랑우탄이 되어 밀림에서 나무를 타고, 바오밥나무가 되어 아프리카 초원에 5천 년쯤 팔을 벌리고 서 있다가, 암모나이트가 되어 빛도 들지 않는 바다 밑바닥을 굴러다니고, 화산재가 되어 태초의 혼돈 속을 부유하고…….

어둠 속에서 무기력한 존재가 되어 순례를 다니는 건 그리 유쾌한 일이 아니었습니다. 수없이 많은 거울이 흩어져 있는 동굴 속을 혼자 헤매는 기분이랄까. 사방에서 무언가 출몰하며 나를 훔쳐보는데, 돌아보면 언제나 '나'의 잘린 일부분이었어요. 저만치 입을 벌리고 있는 암흑을 향해 걸어 들어갈수록 두려움이 엄습했습니다. 과연 저 끝에서 나는 무엇을 마주치게 될 것인가? 가장 두려웠던 건, 걷고 또 걸어도 결국 아무것도 마주치지 않을지 모른다는…….

　일주일째 되는 날, 경건한 맹인 구도자의 마음에 작은 파문이 일었습니다. 등 뒤의 거울에 누군가 다른 이의 모습이 스쳐간 거예요. 돌아보았을 때는 이미 사라지고 없었지만, 윤기가 흐르는 긴 머리채가 흩날리는 걸 분명히 보았습니다. 누구였을까? 갑자기 생기가 충천하더군요. 달뜬 마음으로 거울의 동굴을 헤집고 다녔습니다. 틀림없이 그녀도 동굴 속에 함께 있다는 걸 느낄 수 있었어요. 온전한 모습을 보지는 못했지만, 여기저기 거울에 스치는 파편들을 맞춰볼 수 있었죠. 허리 부근까지 탐스럽게 물결치는 곱슬머리, 이마에서 시작해 콧날, 턱, 목, 가슴골까지 한 번의 붓질로 그려낸 듯한 날렵한 윤곽선, 탄력넘치는 가무잡잡한 피부, 완벽이란 표현이 버겁지 않은 신체비율과 볼륨…… 왠지 낯이 익었어요. 동굴 깊은 곳에서 울려나오는 목소리가 그녀의 정체를 알려주더군요. 철사로 귀를 콕콕 찌르는 듯한 고음의 탁한 목소리가. '친절하고 예쁜 아가씨가 이름도 예쁘네.'

　그래요, 유미미 씨였어요. 「폭우」에 등장했던 연극배우. 책을 읽는 동안 자연스럽게 머릿속에 그려진 그녀의 모습이었죠. 꽤나 매력적으로 만들어놨죠? 출처를 금세 알겠더군요. 얼마 전 그리스 신들이 총출동하는 판타지 영화를 봤는데, 그중 달의 여신 아르테미스의 이미지를 끌어온 거였어요. 달의 여신은 일 없이 바다 밑바닥을 굴러다니고 초원에 서 있던 저에게 휘황한 보름달을 비쳐주었습니다. 그 달빛 속에서 저는 하나의 계시를 받았어요. 그래, 앞부분만 읽었던 「폭우」를 내가 상상극장에서 이어 써보자. 혼자 동굴을 헤매느니 이야기의 미로를 산책하며 남은 구도의 시간을 때우기로 한 거죠. 나중에 책의 실제 내용 과 비교해보는 것도 재미있겠다 싶더라고요.

일단 읽은 부분까지 나왔던 정보들을 하나씩 떠올려 나열해 보았습니다. 유미미라는 여자가 경찰서 취조실에서 진술을 하고 있다. (성)폭행 사건의 피해자이자 살인사건의 피의자로. 그녀는 연극배우이고 이번에 맡은 역은 '살로메'였다. 마지막 공연이 끝난 후 빗속에 차를 몰고 귀가하는 중이었다. 형사에 게는 술을 거의 마시지 않았다고 했지만, 실은 만취 상태에 출발 직전 마리화나까지 피웠다. 운전 중 우울한 마음에 한순간 자살 충동을 느꼈다. 그러다가 한 남자를 치었다. 다행히 어딘가 모자라 보이는 남자는 문제를 일으키지 않고 집까지만 태워달라고 했다. 둘은 외딴 공터 한구석에 있는 허름한 창고에 도착했다. 자, 얼추 정리는 된 것 같더군요. 그런데 유미미 씨는 왜 살인까지 하게 된 걸까요? 호의를 보이며 자신을 곤경에 서 벗어나게 해준 사람을. 대체 무슨 일이 있었기에……

남자의 반문이 같은 모습은 가면이 아니었을까요? 집에 들어가자 남자가 치한으로 돌변해 그녀를 덮쳤고, 혹은 음주 사고를 빌미로 협박을 했고, 그래서 격투 중에 남자를 죽이게 되었다. 아니면 남자의 집에 엄청난 가치를 지닌 보물이 있었던 게 아닐까요? 남자는 그 가치를 모르고 있었고, 그녀가 보물을 차지하기 위해 남자를 살해한 후 교묘하게 정당방위로 위장했다. 쉽게 떠오르는 스토리는 이런 정도였습니다. 하지만 밋밋하더군요. 명색이 '미스터리 클럽 Q'라는데. 두 사람 사이를 좀 더 끈끈하게 엮을 필요가 있었죠. 사고가 일어났던 외진 도로로 다시 돌아가보았습니다. 앙상한 와이퍼 한 쌍이 가쁜 숨을 몰아쉬며 차창에 떨어지는 빗물을 쓸어내고, 자욱한 비안개에 밑동이 잘린 잡목들이 허공에 둥둥 떠다니는…… 어쩌면, 남자는 급커브 길에서 기다리고 있다가 일부러 그녀의 차 앞으로 뛰어들었던 게 아닐까요? 남자는 전부터 그녀를 알고 있었던 겁니다.

4

남자가 차에서 내렸다. 미미도 따라 내려 엉거주춤 앞쪽 번호판을 가리고 섰다.

"들어와 따신 차라도 한잔 하고 가요. 옴팡 젖어 감기 걸리 겠네."

남자는 대답도 듣지 않고 절뚝거리며 창고로 들어갔다. 커다란 창문 두 개가 몇 번 깜빡이더니 불빛이 흘러나왔다. 시멘트 벽돌로 지은 허름한 창고는 엎드려 눈알만 굴리고 있는 늙은 도사견처럼 보였다. 미미는 그곳에 발을 들여놓고 싶지 않았다. 두려움 때문은 아니었다. 행여 남자가 치한으로 돌변한다고 해도 충분히 제지할 자신은 있었다. 그녀가 피하고 싶은 건 자기혐오였다. 정신이 온전치 않은 남자의 추레한 삶을 눈으로 확인하고 나면 자신이 더욱 추레하게 보일 것 같았다. 조금 전까지 벼랑 끝에서 초연하게 몸을 던질 것처럼 폼을 잡다가, 남은 한 조각 삶이라도 지키겠다고 야비하게 구는 자신이. 지금까지도 스스로를 충분히 혐오하면서 살았다고 미미는 생각했다. 그냥 갈까, 문 앞에서 약값이나 좀 쥐여주고…… 비를 맞으며 망설이고 있는데, 어디선가 진한 꽃향기가 다가와 그녀를 에워쌌다. 분명 창고의 열린 문틈에서 새어 나오고 있었다. 미미는 향기에 이끌려 창고로 다가갔다.

창고 내부는 밖에서 보던 것과는 전혀 다른 세상이었다. 창고 전체가 형형색색의 난(蘭)들로 가득한 인공 정원이었다. 천장에는 커다란 채광창 네 개가 뚫려 있어 온실처럼 하늘이 내다보였다. 크고 작은 화분만 해도 2백 개는 족히 넘었고, 통나무와 바위의 이끼 위에 터를 잡은 난들은 훨씬 더 많았다. 만두피 같은 하얀 겹꽃잎을 탐스럽게 펼친 꽃, 혀를 내밀고 있는 것처럼 붉은 수술이 길게 늘어진 꽃, 복주머니처럼 생긴 연보라색 꽃, 별 모양 꽃받침에 수줍게 내려앉은 노란 꽃, 주황색 꽃이 삭이 처마에 매달아놓은 곶감처럼 주렁주렁 달린 꽃……

"섹시한 아가씨들이지, 응? 이거 들어봐요. 춘란으로 끓인 약차야."

남자가 김이 모락모락 올라오는 찻잔을 내밀었다. 차에서도 진한 난향이 풍겼다.

"난초 화원을 운영하시나 봐요?"

"화원은 무슨, 그냥 취미야, 취미. 대부분 야생란들이라 고생 좀 했지. 돈도 많이 들었고, 뭐 보호구역 이런 데 들어갔다가 철창신세도 숱하게 졌어. 풀숲에 파묻혀 사는 놈들이 웬 몸치장을 이리 야하게들 하는지."

남자의 시선이 미미의 가슴께를 흘끔거렸다. 비에 젖은 블라우스가 들러붙어 브래지어의 윤곽선이 훤히 드러나 있었다. 미미는 헛기침을 하며 엄지와 검지로 블라우스를 슬쩍 잡아당겼다.

"근데, 아가씨들이라 부르면 안 되겠네. 난이 영어로 오키드 잖수, 오키드. 그게 그리스어의 고환에서 왔다고 하더만. 난초 구근이 남자 봉알을 닮아서 그렇대나, 히히히."

남자는 가래 끓는 소리를 내며 웃었다. 얼굴의 잔주름이 송충이 떼처럼 꿈실거렸다. 미미는 불쾌한 기색을 숨기지 않았다. 그러거나 말거나 남자는 침을 튀기며 난초 강의에 열을 올렸다. 지네발난이니 애기제비란이니 청닭의난초니 하는 희귀종 소개부터 시작해서, 남아메리카 오지에 있다는 죽음을 부르는 푸른 난초의 미스터리, 양귀비는 사실 뚱뚱하고 얼굴도 별로인데 난향으로 현종을 사로잡았다는 둥, 화투장 5월에 그려진 건 난초가 아니라 창포라는 둥…… 미미는 따라다니며 건성으로 고개만 끄덕였다. 화사한 꽃들에 둘러싸인 남자는 더욱 늙고 추하게 보였다. 피를 닦은 자신의 스카프는 왜 손에 말아 쥐고 있는 건지…… 괜스레 심사가 뒤틀렸다. 다닥다닥 붙어 있는 난초들마저 사군자의 은은한 기품 대신 천박한 음기만 뿜내는 것 같았다. 꽃잎을 헤벌쭉 벌리고 경쟁적으로 내뿜는 향기에 미미는 속이 울렁거렸다.

"여기 보슈. 이게 해오라기난초라고, 내가 제일 아끼는 놈이지."

미미는 허리를 숙여 남자가 가리킨 하얀 꽃을 들여다보았다.

"똑 해오라기 날아가는 것처럼 생겼지? 귀한 놈이야. 아는 사람들은 꽃 핀 거 발견해도 서로 쉬쉬한다니까. 누가 손댈까 봐서."

과연 세 갈래로 갈라진 꽃잎이 양 날개와 머리 부분을 이루며 흰 새 한 마리가 날개를 펼친 형상이었다. 날개 끝은 진짜 깃털처럼 잘게 갈라져 있어 금방이라도 펄럭이며 날아오를 것 같았다.

"어때요, 예쁘지? 응?"

받아쓰기 점수를 자랑하는 개구쟁이 같은 말투에 미미는 미간을 찡그렸다.

"예, 그러네요. 예쁘긴 한데, 이 새는 날 수가 없겠네요. 야생란들은 역시 야생에 있을 때 더 아름다운 거 같아요. 이렇게 한곳에 잔뜩 모아놓으니까 어쩐지……."

남자는 아무런 대꾸가 없었다. 미미는 뒤를 돌아보았다. 남자의 얼굴이 벌겋게 찌그러져 있었다. 햇빛에 말린 찰흙 두상처럼, 딱딱하게 굳은 주름살이 얼굴에 갈라 터진 생채기를 그어놓았다.

"맞네…… 아가씨 말이 맞아."

남자가 힘없이 웅얼거렸다.

"그렇지, 야생란은 야생에 있어야 야생란이지. 허, 병신, 내가 멍청한 짓을 했네."

"아뇨, 그런 뜻이 아니라……."

미미는 당황하여 말을 잇지 못했다. 남자가 절뚝거리며 다가오더니 말릴 새도 없이 그녀의 눈앞에서 날갯짓하는 조그만 꽃을 움켜잡았다. 하얀 해오라기는 알싸한 향기를 토해내며 때가 꼬질꼬질한 손아귀에서 짓이겨졌다. 남자는 연이어 옆에 있는 연보라색 복주머니 꽃도 터뜨렸다. 다시 옆으로 한 발짝 옮겨 노란 꽃을 향해 손을 뻗었다.

"그만하세요!"

남자가 눈을 휘둥그렇게 뜨고 돌아보았다. 되레 겁을 집어먹은 표정이었다. 미미는 숨을 몰아쉬며 머리를 쓸어 넘겼다. 공기가 답답했다. 무심코 터져 나온 목소리가 너무 날카로워 그녀는 더욱 약이 올랐다. 자기 꽃 자기가 뭉개겠다는데…… 눅눅한 습기를 타고 퍼지는 꽃향기 때문에 욕지기가 치밀었다. 빨리 창고를 벗어나고 싶은 마음뿐이었다. 미미는 메모지에 전화번호를 휘갈겨 쓰고 지갑에 있는 지폐를 되는 대로 꺼내어 남자에게 내밀었다.

"얼마 안 되지만 약값으로 쓰세요. 혹시 나중에라도 몸에 이상 있으면 그리로 전화하시고."

미미는 돌아서서 출입문을 향해 바삐 걸었다.

"저기, 저기요, 잠깐만……."

뒤에서 남자가 머뭇거리며 불렀다. 미미는 발걸음을 멈췄다.

"이건…… 유미미 씨 집 전화번호가 아닌데."

"그자가 순식간에 뒤로 다가와 제 목에 스카프를 휘감았어요. 그때는 무슨 일이 벌어지고 있는지도 몰랐죠. 그냥 숨이 막히고, 잠이 드는 것처럼 의식이 희미해지다가, 정신을 잃었어요."

손바닥으로 목을 쓰다듬었다. 서서히 조여드는 리넨 스카프의 까끌까끌한 감촉이 아직도 남아 있었다. 내 침과 남자의 피가 묻은, 그 스카프는 지금 어디 있을까?

"다시 정신이 들었을 때, 전 무대 위에 있더군요."

"무대?"

"예, 미처 못 봤는데, 창고 한쪽에 작은 무대를 만들어놓았더라고요. 불은 전부 꺼져 깜깜했고, 천장에 설치된 스포트라이트 하나가 저를 비추고 있었어요. 옷도…… 갈아입혀져 있었어요. 〈살로메〉 공연에서 제가 입었던 드레스로."

"그자가 유미미 씨를 알고 있었다는 말이군요?"

형사는 재떨이를 당겨 요란하게 가래침을 뱉었다.

"예, 극장에 왔다고 했어요."

"어제 말입니까?"

"매일…… 매일 저녁 객석에서 절 지켜봤다고."

"아가씨가 유명한 배우인가요?"

형사는 질문이 투박하다고 느꼈는지 주섬주섬 덧붙였다.

"아, 제 말은 그러니까, 그런 식으로……."

"아뇨, 전 프리랜서로 영세 극단을 전전하는 무명 배우일 뿐이에요. 이번 공연도 안면이 있는 연출가의 부탁으로 갑작스럽게 합류하게 됐는데, 공연 내내 객석이 썰렁했어요. 그걸 본 관객을 일부러 찾기도 힘들었을 거예요."

"매일 왔다면 눈에 띄었을 텐데, 객석에서 그자를 본 기억은 없나요?"

"언제나 불이 켜지기 전에 나갔다고 했어요. 제가 죽는 장면에서."

형사는 라이터 모서리로 콧잔등을 긁적거렸다. 내 다음 말을 기다리는 건지, 혼자 생각에 잠긴 건지 알 수가 없었다.

"불빛을 받으며 무대에 혼자 서 있는데, 정신이 몽롱한 게 처음엔 목이 졸려 죽은 줄 알았어요. 왜, 영화 같은 데 종종 나오잖아요. 죽어서 심판대 위에……."

"어떤 겁니까, 그 〈살로메〉라는 연극은?"

형사가 말허리를 자르고 들어왔다.

"〈살로메〉는…… 오스카 와일드가 성서의 내용을 각색해서

쓴 희곡이에요. 기획을 맡은 연출가가 정통적인 스타일을 신봉하는 사람이라, 최대한 원작의 느낌을 살려 무대에 올렸죠. 그러다 보니 흥행 요소가 부족했어요. 원작의 분량 자체가 짧은데다, 내용도 요즘 관객들한테는 어필하기 힘들었고."

"무슨 내용이죠?"

한숨이 나왔다. 여기서 오스카 와일드에 대한 토론이라도 하자는 건가. 절반 정도 타들어간 담배를 재떨이에 비벼 끄고 새로 한 개비를 물었다. 형사가 팔을 뻗어 들고 있던 라이터로 불을 붙여주었다. 그의 머리 위로 연기를 길게 내뿜었다.

"그런 것도 수사에 필요한가요?"

"예, 때로는."

형사도 담배를 물고 불을 붙였다. 불빛에 드러난 그의 흰자위에는 얼기설기 실핏줄이 어지러웠다. 양쪽에서 뿜어낸 담배 연기가 책상 위 허공에서 흐느적거리며 몸을 섞었다. 머그잔을 들고 뿌연 장막 너머로 그를 건너다보았다. 이 무뚝뚝한 형사도 지금 자신만의 내밀한 쾌락을 탐닉하고 있는 게 아닐까? 밀폐된 취조실에 피의자를 앉혀놓고, 베일을 하나씩 벗기듯 죄상을 까발리면서 흥분을 느끼고 있을까? 이따위 달아빠진 커피나 한 잔 던져주고.

"살로메는 유대의 공주예요. 왕비 헤로디아와 계부인 헤롯 왕의 딸이죠. 어느 날 그녀는 감옥에 갇혀 있는 예언자 요한을 보고 한눈에 사랑에 빠졌어요. 그에게 자신의 마음을 고백하며 입맞춤을 요구하지만, 차갑게 거절당하죠. 요한은 오히려 그녀에게 독설과 저주를 퍼부었어요. 그럴수록 살로메는 더 뜨겁게 타올랐고. 그녀는 헤롯 왕에게 원하는 소원은 무엇이든 들어주겠다는 약속을 받아내고 춤을 추기로 해요. 평소 살로메에게 눈독을 들이고 있던 왕은 그녀의 춤을 보고 싶어 안달이 나 있었으니까. 살로메는 관능적인 '일곱 베일의 춤'을 추고 그 대가로, 요한의 목을 잘라 은쟁반에 담아줄 것을 요구했어요. 왕은 세상의 온갖 진귀한 보석으로 그녀의 마음을 돌리려 했지만, 그녀가 원하는 건 오직 하나뿐이었죠. 왕은 어쩔 수 없이 약속을 이행했고, 살로메는 마침내 그 잘린 머리에 입을 맞춰요."

"캬, 그런 게 진짜 사랑인 거라. 단 한 번의 입맞춤을 위해 상대방 목을 딸 수 있는 거. 안 그래요?"

목소리는 어둠 속에서 메아리쳤다. 방향도 거리도 가늠하기가 어려웠다. 미미는 자신을 에워싸고 있는 빛기둥을 벗어날 수가 없었다. 스포트라이트 밖으로 나가는 순간 몸이 헤실헤실 풀어져 어둠에 스며들 것 같았다. 내가 꿈을 꾸는 건가? 미미는 관자놀이를 누르며 정신을 집중했다. 수백 촉 난초가 뿜어내는 질펀한 향기가 여전히 주위에 그득했다.

"잘린 대가리에 입 맞추기 직전에 하는 대사 있죠? 그거 한번 읊어봐요."

"이봐요…… 왜, 왜 이러는 거예요?"

"에이, 그게 아니지. 사랑의 신비는 죽음의 신비보다 더 깊은 거야. 난 유미미 씨 이거 할 때가 제일 멋있더라."

"그건 제가 아니라 살로메의 대사예요." 미미는 떨리는 목소리를 다잡으려 애썼다. "저기, 연극이 마음에 드셨던 모양인데…… 감사해요. 감사하긴 한데, 연극과 현실을 혼동하시면 곤란하죠. 전 살로메가 아니에요. 유미미라는 일개 배우일 뿐이지."

쩔뚝거리는 발소리가 들렸다. 이어서 의자 삐걱거리는 소리. 미미는 눈만 굴려 어둠 속을 훑었다. 문의 위치를 찾으려 했지만 자신을 향해 쏟아지는 한 줄기 빛 때문에 아무것도 보이지 않았다.

"에이, 나도 알지요, 그 정도는. 내가 망상에 빠져 똥오줌도 못 가리는 사이코처럼 보이나? 물론 당신은 살로메가 아니라 유미미지. 사실 연기도 형편없었잖아. 매번 동작도 제멋대로고 발성도 들쭉날쭉, 시선 처리도 불안하고, 영 몰입을 못 하더구만. 왜 그런 줄 알아요?"

맙소사, 나를 감금하고 연기 지도라도 하겠다는 건가. 미미는 은근히 부아가 치밀었다.

"그렇게까지 엉망인 줄은 몰랐네요. 왜 그렇죠?"

"당신은 말이야, 살로메를 갈망한 거라. 그녀의 사랑, 그녀의 분노, 그녀의 광기, 그녀의 파멸까지도 탐욕스럽게 집어삼키려 했지. 살로메가 요한을 갈망한 것처럼, 응? 갈망에는 간극이란 게 필요하거든. 그래야 자기 욕망을 알아볼 수 있으니까. 그래야 상대방 모가지도 뎅강 자를 수 있고."

어둠 속에서 울리는 목소리가 아까 그 남자의 목소리가 맞는지, 미미는 확신할 수가 없었다. 비슷하긴 했지만 훨씬 선명하고 카랑카랑하게 들렸다.

"형편없긴 했지만, 그래도 역시 클라이맥스만큼은 볼만하더만. 요한의 대가리를 붙잡고 폭포수처럼 독백을 쏟아내는 장면 말이야. 잘린 모가지에서 흘러나오는 피가 당신 몸을 적시고, 푸르뎅뎅한 죽은 입술과 당신의 붉은 입술이…… 캬, 굿이었어, 굿. 보고 또 봐도 몸이 찌릿찌릿하더라고. 당신이 무대 위에 쓰러지고, 불이 꺼진 극장을 나설 때마다 난 생각했지. 아, 정말로 죽은 게 아닐까…… 솔직히 그러길 바랐거든. 당신이 살로메처럼 가장 아름다운 순간에 죽음을 택함으로써 그녀와 진정으로 하나가 되길."

칼로 썰듯 모든 걸 또각또각 단정 지어버리는 말투. 더 이상 어수룩한 주정뱅이의 횡설수설이 아니었다.

"하지만 다음 날이면 당신은 어김없이 또 보름달이 휘황한 무대에 등장하는 거라. 하얀 드레스를 입고, 따분한 연회에 대해 조잘조잘 불평하면서. 난 반가움과 아쉬움 속에서 또 한 번의 당신을 지켜볼 수밖에 없었고."

지붕의 채광창을 때리는 빗소리가 객석을 가득 메운 관객의 환호성처럼 들렸다. 질척한 습기, 습기와 뒤엉겨 음탕하게 진동하는 난향…… 미미는 드레스 소맷자락으로 이마의 땀방울을 훔쳤다.

"이봐요, 내가 죽긴 왜 죽어요. 그건 연기일 뿐이에요. 무대 위에서 대본대로 하는, 돈 받고 하는 직업이라고요. 내 연기가 어설펐다면……."

"무대 밖 연기는 더 엉망이더라고."

무대 밖? 미미는 현기증이 일며 무릎이 꺾였다. 무대가 빙글빙글 돌아가는 것 같았다.

"너…… 누구야?"

"삼류, 어쩔 수 없는 삼류야. 그렇게 어설프게 일상을 버티는 역할을 하다가, 응? 그 손바닥만 한 무대에 올라 불타는 눈빛으로 살로메를 갈망하는 당신을 볼 때마다, 내 마음이 어땠는지 알아요? 슬펐지, 아주 많이."

"누구냐니까!"

"뭐, 당신도 힘들었을 거라. 매일 저녁 살로메는 당신 몸을 통해 살아나는데, 화끈하게 자신을 태우고 황홀한 절정으로 사라지는데, 당신은 그녀의 그림자가 되어, 꼭두각시가 되어 남은 육체를 질질 끌고 다니면서⋯⋯."

"닥쳐! 누가 그림자라는 거야."

미미는 목까지 벌겋게 달아올랐다. 그 모습마저 남자가 지켜보고 있다고 생각하니 더욱 화가 났다.

"미친놈, 네가 나에 대해 뭘 안다고. 난 내 의지대로 살아가는 거야! 난 너 같은 미치광이하곤 달라!"

어둠 속에서 키득거리는 소리가 건너왔다. 남자의 누런 송곳니가 보이는 것 같았다.

"미친다는 것도 하나의 의지인 거라, 유미미 씨."

5

두 사람의 관계에 대해 다양한 시나리오를 구상해봤어요. 남자를 어설픈 킬러로 설정한 것도 있었죠. 킬러는 차를 세우고 표적인 여자를 제거하려던 참이었는데, 그만 차에 치여 머리를 다치면서 얘기가 꼬여가는 블랙코미디죠. 제 취향이긴 한데 앞부분 분위기와 너무 동떨어진 것 같아 포기. 두 사람이 어릴 때 헤어진 남녀 쌍둥이라는 시나리오도 있었어요. 한날한시에 태어난 도플갱어 같은 존재. 둘은 무서운 비밀을 둘러싸고 서로를 파괴해야 하는 상황에서 다시 만나게 되었다. 이건 동생이 야근 때문에 늦는다고 나를 쫄쫄 굶겨놓고는 술 냄새를 풍기며 들어온 날 구상한 겁니다. 양치에 가글까지 하고 밥을 먹여줬지만, 수술 후 셰퍼드처럼 예민해진 나의 후각을 피해갈 수는 없었죠. 안주로 곱창을 먹었더군요. 당시의 심정을 담아 장난스럽게 시작한 설정이었지만 의외로 괜찮았어요. 하지만 쌍둥이 중 남자가 죽는다는 결말이 문제가 되어 역시 포기. 결국 여자가 배우라는 점을 부각해 남자를 스토커로 만들었죠. 영화 〈비터 문〉을 언급하는 대목에서 애정의 대상에 과잉 집착하는 편집증적 심리가 엿보였거든요. 읽은 곳까지의 분위기와도 그럭저럭 어울렸고. 그러고 보니, 〈비터 문〉의 미미와 살로메 공주 캐릭터가 어슷비슷하게 겹치기도 하네요.

상상극장의 효과는 괜찮았어요. 시간이 역동적으로 흘러가더군요. 이따금 내가 눈이 가려진 채 누워 있다는 사실마저도 망각했죠. 그런데 말이에요, 이야기를 이어가면서 그 책을 떠올릴 때마다 뭔가 께름칙한 기분이 드는 겁니다. 부드러운 깃털 하나가 대뇌피질을 살짝살짝 스치는 듯한 간지러움. 당시에는 무심코 지나쳤지만, 잠재의식이 책에서 뭔가 이상 징후를 감지하고 신호를 보내는 것 같았어요. 비유하자면 이런 느낌입니다. 뉴욕 록펠러센터의 카페에 앉아 브런치를 먹으며 『타임』지에 실린 세계 금융 위기에 관한 기사를 읽고 있는데, 창밖으로 뭐가 휙 지나가는 거예요. 잠시 창밖을 내다보다가 다시 『타임』지로 고개를 돌렸죠. 흠, 세계 금융 위기가 심각하군. 그런데 생각해보니 방금 지나간 것이 분명 말을 타고 칼을 높이 치켜든 몽고 병사였다는…… 그 몽고 병사의 정체는 나중에 도서관에 가서 책을 면밀히 살펴 밝혀내기로 했죠. 당장은 간지러움을 참고 이야기를 계속 진행시키는 수밖에요.

우리의 주름투성이 스토커는 매일 극장에 가서 그녀의 죽음을 지켜보았습니다. 아니, 살로메가 되어 맞는 그녀의 죽음을. 그 광적인 집착은 무대에만 한정된 게 아니었죠. 무대 밖에서도 그녀의 일거수일투족을 내내 훔쳐봤던 겁니다. 조용히, 숨을 죽이고, 마치 몸에 새겨진 문신처럼, 흉터처럼. 그리고 공연이 끝나는 날 교통사고를 가장하여 납치극을 꾸몄죠. 난향이 그득한 외딴 창고, 무대에서 홀로 스포트라이트를 받고 있는 그녀. 전 어둠에 잠긴 객석에 몸을 묻고 생각했습니다. 과연, 그게 전부였을까…….

6

"차분한 음성으로 제가 어디를 갔는지, 무엇을 했는지, 누굴 만났는지, 제 방 화장대 위에 있는 바비인형이며 옷장 속 미키 마우스 잠옷까지 언급하는데…… 소름이 쫙 끼쳤어요."

"그런 스토커들은 의도적으로 자신의 존재를 드러내기 마련인데, 익명의 편지나 전화 같은 건 없었나요?"

"전혀요. 전혀 눈치를 못 챘어요. 그래서 더 끔찍했어요. 그가 살아 있는 인간이 아니라 마치…… 몸에 새겨진 문신이나 흉터 같이 느껴졌어요."

형사는 혼자 고개를 주억거리다가 물었다.

"유미미 씨를 언제 처음 봤다고 하던가요?"

"그러니까…… 길거리에 붙은 공연 포스터에서 봤다고 했어요. 미리 붙였으니까, 한 3개월 됐을 거예요. 포스터 속 제 모습을 보는 순간 하나의 의미가 생겼다고, 자기의 모든 걸 걸고 싶은……."

담배 연기를 삼킬 때마다 입안의 상처가 아릿했다. 피는 멎었지만 설익은 자두를 한 입 베어 문 것 같은 시큼한 뒷맛이 감돌았다.

"완전 사이코였어요. 혼자 흥분해서는 알 수 없는 말을 주절거리는데……."

"구체적으로 무슨 말을 하던가요?"

나는 잠시 생각해보다가 고개를 저었다.

"모르겠어요. 저도 제정신이 아닌데, 그딴 헛소리가 귀에 들어오겠어요. 그 한마디만은 기억나네요. 저에게 어울리는 죽음을 선물하고 싶었다고."

"그게 무슨 뜻이죠?"

"뜻은 무슨, 사이코라니까요. 그냥 마지막 공연이 끝났다는 거겠죠. 저를 연극 속 살로메와 혼동하고 있었어요."

길게 매달려 있던 담뱃재가 책상 위로 툭 떨어졌다. 불에 탄 애벌레처럼 웅크린 담뱃재에서 희미하게 연기가 피어올랐다.

"그런데 형사님, 그 남자가, 그 남자 시체가 거기 공터에 정말 있던가요? 형사님이 분명히 확인했나요?"

형사가 멀뚱한 표정으로 쳐다보았다.

"예, 제가 확인했습니다. 지금은 감식반에서 실어 갔고. 왜 그러시죠?"

입김을 불어 책상 위에 떨어진 담뱃재를 바닥으로 날렸다.

"모르겠어요. 그 일이 실제로 있었던 건지, 아직도 실감이 안 나요. 잠깐 악몽을 꾸었던 것도 같고⋯⋯."

"도대체 나한테 원하는 게 뭐예요?"

어둠 속에서 남자가 절뚝거리며 움직였다.

"원하는 거 없어. 선물을 하려는 거지. 당신에게 어울리는 죽음을."

딸깍, 소리와 함께 스포트라이트가 하나 더 켜졌다. 두번째 빛기둥은 무대에 놓인 탁자를 비추었다. 은쟁반 위에 요한의 잘린 머리가 눈을 감고 있었다. 그녀가 매일 저녁 입을 맞추던 바로 그 머리였다.

"요한, 나는 아직도 살아 있는데, 그대는 죽었어. 그대의 머리는 내 것이 되었지. 난 그대의 머리를 내 마음대로 할 수 있어. 개에게 던져줄 수도 있고, 하늘을 나는 새에게 던져줄 수도 있지."

남자는 과장된 억양으로 대사를 읊었다. 미미는 요한의 머리를 응시하며 어둠 저편에서 건너오는 대사를 무심결에 따라 웅얼거리고 있었다.

"그래, 그대는 분명 신을 보았을 거야, 요한. 그러나 나를, 결코 나를 보려 하지 않았어."

요한의 머리 옆에서 무언가 반짝였다. 등에 톱니가 달린 등산용 칼이었다. 미미는 칼을 집어 들었다. 싸늘한 푸른빛이 칼날을 타고 흘렀다.

"이걸로…… 어쩌라는 거죠?"

"선물이라니까."

"내 목이라도 그으라는 건가요?"

"목이 확실하지."

"내가 왜 그래야 하죠?"

"오늘이 마지막 공연이니까."

"못 하겠다면……."

"내가 대신하겠지. 그땐 일이 훨씬 추잡해져요."

미미는 칼을 부르쥐고 어둠 속에서 들려오는 목소리에 정신을 집중했다. 소리는 멀리서 확성기를 통해 울려 퍼지는 것 같기도 했고, 바로 귓전에서 속삭이는 것 같기도 했다. 땀방울 하나가 등줄기를 타고 빠르게 흘러내렸다. 유미미, 정신 바짝 차려.

"이봐요, 당신이 원하는 건 살로메잖아요. 그 정열적인 공주님. 난 당신 말대로 그렇고 그런 삼류 배우일 뿐이에요. 연기력도 형편없는. 이번 역할도 우연히, 그냥 어쩌다 보니 맡게 된 거예요. 사실, 캐릭터가 맞지 않아 별로 내키지도 않았어요."

"에이, 거짓말."

"정말이에요. 원래는 다른 배우가 캐스팅됐는데, 갑자기 캔슬됐다는 얘길 들었어요. 강민규 감독이라고, 연출자가 친분이 있는 사람이라 급하게 제안이 들어온 거예요. 처음엔 너무 촉박해서 저도 거절했죠. 그런데 개런티까지 선불로 준다기에……"

"그렇게 말하면 나 서운하지. 내가 얼마나 정성껏 준비한 공연인데. 대본도 직접 썼고, 강민규 그 친구 끌어들이고, 당신 받쳐줄 배우들 고르고, 극장 대관하고, 당신 의상이나 소품 하나까지, 거기 요한 대가리도 내가 직접 제작한 거야. 돈도 많이 들었어. 오로지 그대 하나만을 위해서."

"뭐…… 당신이…… 왜……"

미미는 말을 잇지 못했다. 발밑이 꺼지며 선 채로 추락하는 것 같았다. 검은 구덩이는 생각보다 훨씬 더 깊었다.

"벌써 11년 전이네. 하, 세월 빠르다, 빨라. 그날 당신은 얼마나 아름다웠는지. 눈이 부셨어. 객석에서 느꼈던 희열을 잊을 수가 없네요. 잊기는커녕 날이 갈수록 그 순간만이 빛을 더하며 다른 시간들을 지워버리는 거라. 아작나버린 내 인생에 다시 하나의 의미가 생기는 순간이었거든. 내 모든 걸 걸고 싶은."

미미는 오금에 힘을 주고 간신히 몸을 지탱했다. 예언자 요한이 어느새 눈을 부릅뜨고 있었다. 목에서 흘러나오는 핏줄기가 은쟁반에 고였다.

"그때는 간극이란 게 없었는데. 살로메를 갈망한 게 아니라, 당신 자신이 바로 살로메였으니까. 아니, 오히려 살로메가 당신을 질투하는 거 같았지. 하, 멋졌는데. 하지만 아쉽게도…… 그때뿐이더라고. 그게 마지막이었어. 무대에서 내려오기 무섭게 곧장 악취가 진동하는 쓰레기통 속으로 뛰어들더구만. 드라마 단역 하나 따내겠다고 여기저기 매춘부처럼 몸을 팔고, 돈 많은 강남 양아치들 기생 노릇이나 하고, 마약에 빠져 철창신세까지 지고, 우울증으로 병원 들락거리고…… 참, 가지가지 하더라."

남자의 목소리는 동굴 깊은 곳에서 울려 나와 사방에 메아리 쳤다. 수많은 박쥐 떼가 그녀를 에워싸고 퍼덕이는 것 같았다.

"난 객석에 앉아 전부 지켜봤어. 조용히, 숨을 죽이고, 당신 몸에 새겨진 문신처럼, 흉터처럼. 딱 한 번 개입한 적이 있었지. 스물네 살 봄이었지 아마. 술이 잔뜩 꼴아서 수면제 들이부었을 때, 기억나지? 확실한 치사량은 아니었지만 혼자 놔두기에는 위험했거든. 보는 사람 생각도 해야지, 그렇게 끝내면 너무 싱겁잖아."

미미는 박쥐 떼를 헤치고 목소리를 쫓아 동굴 속으로 걸음을 옮겼다. 저만치 입을 벌리고 있는 암흑을 향해.

"나름 재미도 있었어. 뭐랄까, 11년 동안 상연되는 연극을 한 편 보는 기분이었지. 근데, 이게 점점 지루해지는 거라. 예언자가 아니라도 당신 앞날을 얼마든지 예언할 수 있겠더라고. 계속 보고 있기도 껄쩍지근하고, 어떡해? 그만 막을 내려야지. 그래도 참, 함께한 시간이란 게 있는데 어물쩍 끝내긴 그렇더라고. 나 그렇게 무정한 사람은 아니거든. 연극에는 모름지기 클라이맥스가 있어야지. 해서 당신에게 마지막으로 한 번 더 살로메를 선물하기로 했어요, 헤헤."

걸어도, 걸어도 목소리의 주인공은 나타나지 않았다. 어느덧 박쥐 떼는 사라지고, 동굴마저 사라지고, 목소리는 그녀의 몸속 깊은 곳에서 울려 나오고 있었다. 미미는 손을 올려 머리칼을 거머잡았다. 또다시 편두통이 시작되었다. 벌새 한 마리가 두개골에 뾰족한 부리를 박고 재잘거렸다.

"나를…… 계속 지켜봤다고요."

미미는 목을 가다듬고 어둠에 잠긴 객석을 향해 말을 걸었다. 무대에서 항상 그랬던 것처럼.

"11년 동안이나…… 진작 말을 건네지 그랬어요. 손을 내밀어줬다면, 그랬다면 덜 외로웠을 텐데."

"손을, 내민다고?" 남자는 딸꾹질하듯 반문했다. "내가……
왜?"

"왜라뇨…… 내가 유일한 의미라고……."

피식, 웃는 소리가 들렸다.

"나 참, 이 아가씨 말귀를 못 알아먹네. 내가 반한 건 무대 위의 살로메지, 무대 밖의 삼류 배우 유미미 씨가 아니라니까. 연극과 현실을 혼동하면 곤란하지."

미미는 고개를 숙이고 입술을 깨물었다. 자꾸만 헛웃음이 비어져 나왔다. 그랬지…… 난 지금 삼류 배우 유미미지. 미미는 허리를 곧게 펴고 자신을 비추는 불빛을 정면으로 마주 보았다. 매일 저녁 무대에 걸려 있던 휘황한 보름달 같았다. 오늘이 마지막 공연이다. 목이 잘린 예언자가 뒤에서 소리쳤다.

"두렵지 않은가, 헤로디아의 딸이여. 내가 말하지 않았던가, 이 궁전에서 죽음의 천사가 날개를 퍼덕이는 소리를 들었다고. 방금 그가, 죽음의 천사가 온 것이 아니더냐."

미미는 쥐고 있던 칼을 들어 올렸다. 매끈한 칼날은 너무나도 확고하고 자신만만하게 보였다. 모든 걸 자신에게 맡기면 된다는 듯이 고개를 끄덕였다. 칼날을 목에 갖다 대었다. 사위를 둘러싼 어둠이 숨을 죽이고 지켜보았다. 지붕의 채광창을 때리는 빗소리만 수선스럽게 환호성과 기립 박수를 보냈다. 슬며시 힘을 주자 차가운 칼날이 연한 피부를 파고들었다. 혈관이 펄떡거리며 칼날을 밀어냈다.

한순간 미미의 눈앞에 창고 내부가 흑백의 네거티브필름처럼 스쳤다. 하늘이 구겨지는 듯한 천둥소리가 이어지고, 잔상이 늪에 가라앉듯 서서히 지워져갔다. 미미는 난향을 품은 텁텁한 공기를 한껏 들이켰다. 잠시 숨을 멈췄다가 머금었던 공기를 와락 내질렀다. 앙칼진 비명이 창고에 길게 메아리쳤다. 상체가 점점 앞으로 구부러지며 가느다란 첫소리가 뽑혀 나왔다. 비명이 멎고 다시 허리를 폈을 때, 그녀의 얼굴은 창백하게 변해 있었다. 미미는 칼을 조명 밖 어둠 속으로 힘없이 던졌다.

"살려주세요." 미미는 스포트라이트 속에서 무릎을 꿇었다. "잘못된 거예요."

"어라…… 뭐가? 뭐가 잘못돼?"

남자의 말꼬리가 어색하게 올라갔다.

"모든 게, 당신이 지켜봤던 내 모든 삶이……."

"뭐하자는 수작이지? 이런 스타일 아니잖아."

"죽기 싫어요. 이렇게 끝내고 싶지 않아요."

"걱정 마. 죽음은 단지 과정일 뿐이야."

"아직 하고 싶은 일이 많아요."

"그런 거 없잖아."

"한 번만, 한 번만 더 기회를 주세요. 그리고 지켜보세요."

"아이, 11년이면 충분히 지켜봤어. 날 실망시키지 마."

"제발 살려주세요."

"일어나, 어서."

"목숨만……."

"일어나."

"제발……."

미미의 뺨으로 눈물 한 방울이 흘러내렸다. 이어서 또 한 방울. 격한 흐느낌과 함께 이내 얼굴은 눈물범벅이 되었다. 그녀는 앞으로 엎어져 어깨를 들썩였다. 어둠 속에서 의자 넘어가는 소리가 울렸다. 왔다 갔다 하는 엇박자의 발소리가 빨라졌다. 점점 더 거칠어지는 숨소리는 억지로 토악질을 하는 것 같았다. 절뚝거리는 발소리가 똑바로 무대를 향해 다가왔다.

"하아, 그렇단 말이지. 내가, 내가 널 위해, 이렇게 기회를 마련해줬는데……."

발소리가 멈추는 순간, 미미는 칼을 던진 지점을 향해 웅크렸던 몸을 있는 힘껏 퉁겼다. 앞이마에 부딪치는 딱딱하고 울퉁불퉁한 덩어리. 혀뿌리에 걸리는 짧은 비명이 귓전에서 터졌다. 미미는 조금 전 하얗게 스쳐간 출입문을 향해 내달렸다. 넘어지고 부서지고 깨지는 소리가 창고에 뒤울렸다. 발밑에서 짓이겨지는 난초들이 알싸한 향기를 내뿜었다.

7

그 얘기도 해야겠군요. 미미가 창고를 탈출하고 이야기가 막바지로 접어들 무렵, 기묘한 사건이 있었어요. 연달아 두 가지나. 사실 사건이라고 할 것까진 없는데, 아무튼 좀 기묘하긴 했어요.

김밥과 만두로 점심을 때우고 소파에 누워 있을 때였습니다. 김밥과 만두가 위액을 뒤집어쓰고 녹아내리는 광경을 상상하고 있었죠. 휴대폰이 울리더군요. 젊은 여자가 내 이름을 확인하더니 다짜고짜 쏘아붙이는 겁니다.

"남의 얘기를 이렇게 함부로 써도 되는 건가요?"

자신은 지금 매우 화가 났지만 기본적인 교양은 갖춘 사람이므로 최대한 억제하고 있다는 억양이었습니다.

"뭘요?"

"「그녀의 태엽」."

"예? 그게 왜……."

사연인즉 이랬습니다. 그녀는 며칠 전 도서관에 갔다가 5년 전 펴낸 제 소설집을 읽었답니다. 그런데 거기 실린 「그녀의 태엽」이라는 단편에 자신이 겪은 사연이 그대로 나와 있는 걸 보고 경악했다는 거예요. 아무리 소설이라지만 당사자의 동의도 구하지 않고 프라이버시를 까발리는 건 부적절한 처사가 아니냐, 최소한의 직업윤리도 없느냐는 항의였습니다. 전 잠자코 들으면서 그녀의 의도를 헤아려보았죠. 독자가 소설을 읽고 심심해서 장난 전화를 하는 건지, 아니면 우연히 내 소설의 주인공과 똑같은 사연을 가진 실존 인물이 있었던 건지. 왜냐하면 그 소설은 100퍼센트 공상에 기초하여 쓴 거니까요.

"문학적 변용이란 게 있어야죠. 알레고리나 메타포, 뭐, 그런 거. 들은 얘기 고대로 옮길 거면 뭐하러 소설가 해요?"

"안 그래도, 그만둔 지 꽤 됩니다."

"아, 그래요? 왜요?"

"그냥, 개인적인 사정으로."

"그건 그렇고, 도대체 그 얘길 누구한테 들었어요?"

"태민이요. 박태민, 광고 회사에 다니는."

"그럴 줄 알았어. 걔는 사내새끼가 입이 싸가지고."

장난 전화였습니다. 광고 회사 다니는 박태민 씨는 「그녀의 태엽」 등장인물이거든요. 역시 100퍼센트 가공의. 우연히 소설 주인공과 똑같은 사연을 가진 실존 인물에게, 우연히 그 소설의 다른 등장인물과 똑같은 이름과 직업을 가진 지인까지 있을 확률은 굳이 따져볼 필요가 없겠죠. 장난 전화라는 걸 확인하고 나니 한결 마음이 편하더군요. 가뜩이나 심심하던 참이라 그녀와 한참 수다를 떨었습니다. 문학적 변용, 알레고리나 메타포, 뭐, 그런 거에 대해서. 인물을 분석하고 거기에 몰입하는 연기력이 배우를 해도 손색이 없겠더라고요. 진짜 「그녀의 태엽」 여주인공과 대화를 나누는 기분이었어요. 성격이며 말투는 물론 목소리까지도 제가 상상했던 그대로였죠. 소설 속 인물이 전화를 걸어오다니, 이것 참. 화가 좀 누그러졌는지 그녀는 소설에 언급된 사건의 후일담도 은밀히 귀띔해주더군요.

"저런, 그렇게 됐군요."

"그래요. 이건 제가 직접 오픈한 얘기니까, 소설에 써도 문제삼지 않겠어요."

"예, 뭐, 기회가 되면……."

대단히 수준 높은 장난 전화였습니다. 인사를 하고 전화를 끊는 순간까지도 장난이라는 티를 전혀 내지 않더군요. 시종일관 진지하게. 너무나도 진지하게.

두번째 일은 바로 그날 밤에 일어났습니다. 한밤중에 덜거덕거리는 소리에 잠을 깼어요. 제 청각은 박쥐처럼 예민해져 있었거든요. 덜거덕에 이어서 드르륵, 쿵. 누군가 창문으로 침입한 겁니다. 이런 양심도 없는 도둑놈, 털어봤자 인건비도 못 건질 집을 고르다니. 최소한의 직업윤리도 없나. 일단 자는 척하며 작전을 짰습니다. 눈이 안 보이는 상태에서 어떻게 침입자를 상대할 것인가. 가만히 있을까? 훔쳐갈 것도 없는데. 하지만 책상 위 노트북에 생각이 미쳤죠. 한물간 모델이지만 그 안에 든 소설이며 일기, 사진 등의 개인사를 도둑놈 손에 넘겨줄 수는 없었습니다. 벌떡 일어나 괴성을 지를까, 그 틈에 밖으로 나가서 동생에게 경찰에 신고하라고, 문손잡이를 정확히 잡을 수 있을까, 아니, 동생이 위험할 수도 있으니까, 남자들이 많은 것처럼 이름을 마구 부르면서…… 꽃향기가 났습니다. 창밖에서 들어오는 게 아니라 분명 침입자의 몸에서 풍기는 것이었어요. 온갖 꽃이 뒤섞인 듯한 진한 향기. 살금살금 움직이는 발소리는 분명 절뚝거리는 엇박자 리듬이더군요.

전 몸을 웅크리고 신경을 곤두세웠습니다. 발소리는 책장 앞에서 멈췄어요. 책을 뽑아 들고 이쪽저쪽 넘겨보는 소리, 다시 꽂아놓는 소리, 지구본 돌리는 소리, 행거의 옷을 뒤적이는 소리, 책상으로 다가가 담뱃갑을 들고 흔드는 소리, 탁상 달력을 넘기는 소리, 책상 의자를 빼는 소리, 엉덩이를 걸치는 소리, 노트북을 켜는 소리…… 소리들이 눈꺼풀 안쪽에서 초음파 영상 같은 이미지로 옮겨졌습니다. 얼굴이 잔주름으로 뒤덮인 사내가 마우스를 쥐고 저장된 파일을 하나씩 열어보기 시작했어요.

주름에 파묻힌 까만 콩알 같은 눈동자가 스크린 불빛을 받아 반짝였죠. 무대 위에서 스포트라이트를 받으며 발가벗겨지는 심정. 당장 일어나 사내에게 달려들고 싶었습니다. 하지만 침대에 눌어붙어 꼼짝할 수가 없었어요. 자학적인 노출증 충동과 관음증 충동이 서로 꼬리를 물고 빙글빙글 돌아가는 겁니다. 나를 훔쳐보는 침입자를 훔쳐보고 싶은…….

"냐아아웅!"

날카로운 포효가 정적을 깼습니다. 유혈낭자. 이 몸은 사실 정체를 감춘 새끼 호랑이였다는 듯 우렁차게 울부짖더군요. 저도 얼결에 몸을 벌떡 일으켰죠. 의자가 뒤로 쓰러지는 소리, 다급하게 창문을 넘어가는 소리가 이어졌어요. 전 멍하니 침대에 앉아 있었습니다. 미처 빠져나가지 못한 꽃향기만이 여전히 코끝을 간질이더군요. 유혈낭자가 침대로 올라와 까끌까끌한 혓바닥으로 제 새끼손가락을 핥았습니다.

제가 꿈을 꾼 거 아니냐고요? 저도 그런 줄 알았어요. 아침에 동생이 방에 들어오기 전까지는.

"어라, 노트북은 왜 켜놨어?"

8

"창고를 나와 차로 뛰어들었어요. 다행히 열쇠를 꽂아놓았더군요. 몇 번이나 헛손질을 하다가 간신히 시동을 걸었는데, 사방이 캄캄해 어디로 가야 할지 모르겠더라고요. 가뜩이나 진창이라 잘 나가지도 않고. 그러다가……."

말이 끊기자 형사가 고개를 들었다.

"왜 그러시죠?"

"잠깐만요. 그때 상황이 너무 뒤죽박죽이라, 어떻게 된 건지…… 그래요, 헤드라이트. 헤드라이트를 켜지 않았다는 걸 깨닫고 뒤늦게 켰는데, 불빛 속에 그 남자가 서 있었어요. 피투성이 얼굴로. 전 그대로 액셀을 밟았죠. 그가 씩 웃더니, 들이받기 직전에 날쌔게 몸을 옆으로 날리더군요. 차는 바로 뒤에 있던 철조망에 처박혔고, 핸들이 가슴팍을 파고들어 숨이 턱 막혔어요."

형사는 고개를 주억거리며 열심히도 받아 적었다.

"정신을 차리기도 전에 뭐가 터지는 소리와 함께 유리 파편이 쏟아졌어요. 운전석 창으로 남자의 손이 불쑥 들어와 내 머리채와 멱살을 잡아챘죠. 저를 짐짝처럼 끄집어내 그대로 진흙탕에 메다꽂는데, 엄청난 힘이었어요. 그 왜소한 체구에서. 몸을 일으키려 했지만 굳어가는 시멘트 속에 파묻힌 것처럼 팔다리가 말을 듣지 않았어요. 빗줄기는 사정없이 눈을 찔러대고…… 남자가 다가와 제 주위를 쩔뚝쩔뚝 돌기 시작했어요. 절 내려다보면서, 옷가지를 하나씩 벗어 던지더군요. 그 새끼가 날…… 싸구려 창녀라고 불렀어요."

남자의 알몸이 어둠 속에서 희붐하게 빛났다. 숨을 들이켤 때마다 튜브에 공기를 불어넣는 것처럼 몸피가 부풀어 올랐다. 온몸에 탄탄하게 밀착된 근육들이 하늘의 먹구름처럼 움씰거렸다. 구부정한 등과 어깨도 떡 벌어지고 어느새 얼굴의 주름도 팽팽하게 펴졌다. 그의 손에 들린 칼이 발광체처럼 빛을 내쏘았다. 미미는 버둥거리며 상체를 일으켰지만 남자가 달려들어 다시 양어깨를 찍어 눌렀다. 잘 벼려진 한 뼘 길이의 칼날이 눈앞으로 달려들었다. 미미는 숨을 내뱉을 수가 없었다. 칼날 뒤로 까만 콩알 같은 눈동자가 다가왔다. 그의 코와 입가에서는 계속 피가 흘러내렸다. 턱 끝에 물컹거리는 이물질이 닿았다. 미미는 온몸의 체액이 역류하는 것 같았다. 피에 젖은 혓바닥이 붉은 궤적을 그리며 한 마리 괄태충처럼 뺨을 타고 올라왔다. 남자의 입술이 달싹거리며 귓전에 더운 김을 뿜었다.

"그래, 싸구려 창녀처럼 죽고 싶다면, 어쩔 수 없지."

미미는 주먹으로 남자의 관자놀이를 후려쳤다. 남자는 꿈쩍도 하지 않았다. 미소를 머금은 채 입가에 흘러내리는 피를 혀로 핥았다. 남자가 느닷없이 미미의 턱을 향해 주먹을 날렸다. 쌉쌀한 향기가 입안에 훅 끼치며 정신이 아뜩해졌다. 남자의 단단한 주먹이 연달아 얼굴이며 가슴팍을 내리갈겼다. 쇠망치가 파고드는 것 같았다. 온몸이 자근자근 으깨지는 듯한 통증. 미미는 의식을 잃지 않기 위해 그 통증을 유일한 구원인 양 붙잡고 앙버텼다. 날아오는 주먹이 점점 빨갛게 물들어가는 것을 똑똑히 지켜보았다. 나쁜 새끼…… 죽여버리겠어.

"때리고, 때리고, 또 때렸어요."

무심코 필터를 세게 깨물었다. 빨간 담뱃불이 휘청, 흔들렸다.

"무력감…… 아무것도 할 수가 없더군요. 이렇게 죽는구나, 하는 생각밖에. 그제야 주먹질을 멈추고…… 옷을 벗기기 시작했어요. 드레스를 갈기갈기 잡아 뜯고, 브래지어와 팬티를 칼로 찢어발기고……."

형사는 고개를 처박고 부지런히 자판을 두들겼다. 희끗한 정수리가 연방 위아래로 까딱거렸다. 담배 한 대를 새로 꺼내 물었다.

"형사님, 강간당할 때 기분 궁금하지 않으세요?"

타이핑 소리가 뚝 그쳤다.

"이것도 받아 적으시죠. 기분이, 아주, 더러웠다고."

새 담배를 물고 피우던 담배로 불을 옮겨 붙였다. 형사가 타자기 종이를 갈아 끼우며 사무적인 목소리로 말했다.

"참고로 말하자면, 그런 진술은 정당방위 성립에 불리할 수도 있습니다."

너풀거리며 올라가는 하얀 연기를 사이에 두고 우리는 말이 없었다. 자판에 손을 얹은 채, 형사는 인내심을 가지고 기다려 주었다.

"그자가 무표정한 얼굴로 내 벗은 몸을 내려다보았어요. 한 손을 쳐드는가 싶더니, 칼이 내 얼굴을 향해 내리꽂혔어요."

예리한 금속이 진흙을 파고드는 소리가 왼쪽 귀를 스쳤다. 미미는 실눈을 뜨고 천천히 고개를 돌렸다. 땅에 박힌 칼날에 낯선 여자의 눈이 비쳤다. 겁에 질려 흉하게 찌그러진 눈이. 남자의 억센 손아귀가 미미의 양 손목을 낚아채 활짝 펼쳤다. 다리 사이에 묵직한 체중이 얹혔다. 비에 젖은 음부를 밀고 들어오는 살덩이의 체온이 느껴졌다. 미미는 어금니를 깨물었다. 남자의 움직임이 격렬해지면서 몸이 점점 진흙 속으로 잠겨들었다. 빠져나오려 몸부림쳤지만 소용없었다. 남자의 몸은 하늘을

뒤덮은 먹구름처럼 거대하게 부풀어 올랐다. 문득 팔이 자유로
워졌다고 느낀 순간, 남자의 손이 갈고리처럼 목을 감싸 쥐었
다. 미미는 필사적으로 남자의 팔뚝을 할퀴고 검뜯었지만 대리
석처럼 딱딱한 팔뚝은 꿈쩍도 하지 않았다. 바르작거리며 양손
으로 진흙을 파헤쳐보아도 손가락에 걸리는 건 부러진 나뭇가
지와 작은 돌조각뿐이었다. 남자의 손아귀가 젖은 가죽 끈처
럼 서서히 조여들었다. 수십 개의 성기가 꿈틀거리며 몸속을
헤집고 다녔다. 떨어지는 빗방울이 납덩이가 되어 살가죽에 박
혔다. 미미는 검은 소용돌이 속으로 빨려들어가는 자신을 보았
다. 머릿속에 사늘한 바람이 불었다.

　이 사람은 정말 11년 전 그날, 나를 처음 봤을까? 난 이 사람
의 눈길을 훨씬 더 오래전부터 느낀 것 같다. 세 개뿐인 다리로
동네를 돌아다니던 그 개였나? 항상 침을 질질 흘리던 송아지
만 한 검은 개…… 어릴 때 몰래 주워 온 그 바비인형이었나?
친구가 버린, 한쪽 다리가 뒤틀려 쓰레기통에 처박혀 있던……
어쩌면 내가 정글짐에서 밀어 다리가 부러졌던 그 애인지도 모
르겠어. 날 연탄집 깜순이라고 놀렸던…… 아니면 뒷방 벽에
항상 팔을 벌리고 매달려 있던 그 아저씨였나? 발에 못이 박혀
있었잖아…… 탄가루 날리는 그 방에서 늘 혼자 엎드려 동화책
을 읽었는데. 책장이 나달나달해지도록. 그래, 절름발이 여우였

나 봐. 피노키오의 금화 다섯 닢을 빼앗은 절름발이 여우와 애꾸눈 고양이…… 아, 알았다. 빨간 구두 소녀였어. 제 손으로 발목을 자른 소녀. 바보같이, 멀쩡한 발목은 왜 잘라. 신이 벗겨지지 않으면, 끝없이 춤추면 되지. 공동묘지이건 가시밭길이건, 아름답게 춤을 추면서…… 그런데 이 쓸쓸한 맛은 뭐지?

미미는 눈을 떴다. 남자의 턱 끝에 맺힌 핏방울이 벌어진 입속으로 뚝뚝 떨어졌다. 남자의 피와 자신의 피가 뒤섞인 침을 짓씹으며, 미미는 얼굴 옆에 박힌 칼을 향해 슬금슬금 왼손을 뻗쳤다. 둘의 눈길이 칼날 위에서 마주쳤다. 그녀의 손이 닿기 직전, 남자가 재빨리 칼을 낚아챘다. 목을 감았던 손아귀가 풀리며 숨길이 트였다. 미미는 눈을 부릅뜨고 숨을 몰아쉬었다. 까만 콩알 같은 남자의 눈동자에 선명하게 비치는 자신의 얼굴…… 미미는 오른손에 쥐고 있던 뾰족한 나뭇가지로 남자의 왼쪽 눈을 힘껏 찔렀다. 손끝에 전해진 떨림이 등줄기를 훑고 지나갔다.

"남자가 얼굴을 감싸 쥐고 떨어져 나갔어요. 쉴 새 없이 기침만 나오더군요. 전 일어서지도 못하고 기어서 도망을 갔죠."

"칼은 어디 있었죠?"

"칼?"

"눈을 찌르기 전에 남자가 낚아챘다고 했는데, 피살자 허벅지에 찔린 상처가 있더군요."

형사가 손가락으로 자신의 허벅지 안쪽을 가리켰다.

"칼…… 맞아요. 그자가 떨어져 나갔을 때, 땅바닥에 떨어진 칼이 보였어요. 그걸 집어 무작정 눈앞의 살덩이를 찔렀죠. 남자가 뒷걸음질 치다가, 엉덩방아를 찧었어요. 씩씩거리는 숨결이 허옇게 뿜어져 나왔어요. 그가 허벅지에 박힌 칼자루를 움켜쥐고 저를 노려보는데, 나뭇가지가 박힌 눈에선 피와 진물이 흘러내리고……."

손바닥으로 얼굴을 문질렀다. 관자놀이가 실룩거리며 경련을 일으켰다.

"그때 옆에 있던 돌덩이가 눈에 들어왔어요. 다른 건 아무것도 생각할 수 없었어요. 칼이 뽑히며 허벅지에서 피가 솟구치는 순간…… 어디서 그런 힘이 솟았는지……."

미미는 몸을 던져 남자의 허벅지에 칼을 쑤셔 넣었다. 남자가 괴성을 지르며 나뒹굴었다. 미미도 중심을 잃고 앞으로 쓰러졌다. 목구멍에서 쉴 새 없이 기침이 터져 나왔다. 눈알이 튀어나올 것만 같았다. 남자는 철조망에 몸을 의지한 채 허벅지에 박힌 칼을 힘겹게 뽑아냈다. 허벅지에서 피가 솟구쳤다. 미미는 멀리 보이는 도로를 향해 네발로 기었다. 몸은 고철이 가득 담긴 자루처럼 거치적거리며 끌려왔다.

"미미!"

외마디소리가 빗속의 공터에 괴괴하게 울려 퍼졌다. 미미는 뒤를 돌아보았다. 남자는 철조망에 기대앉아 고개를 떨구고 있었다. 거대하게 부풀었던 먹구름의 위용은 사라지고, 다시 바람 빠진 튜브처럼 구겨진 몰골이었다. 미미는 주저앉아 양손으로 뺨을 철썩 소리가 나도록 때렸다. 진흙에 파묻힌 맷돌만 한 돌덩이가 눈에 들어왔다. 미미는 돌을 뽑아 들고 힘겹게 몸을 일으켰다. 박하 향이 퍼지듯 머릿속이 개운하게 욱신거렸다. 미미는 비척거리며 남자에게 다가갔다. 남자의 입에서 허연 입김이 불규칙하게 뿜어져 나왔다. 숨을 들이쉴 때마다 팽팽하게 당겨지는 혈관들이 비쩍 마른 낙엽의 잎맥처럼 도드라졌다. 남자의 얼굴은 다시 잔주름으로 뒤덮여 있었다. 처음 보았을 때보다 더 늙고 추레한 몰골이었다. 축 늘어진 손에는 허벅지에서 뽑아낸 칼이 들려 있었다. 세찬 빗줄기가 칼에 묻은 핏물을 씻어냈다. 남자가 비딱하게 고개를 들어 미미를 올려다보았다. 나뭇가지가 박힌 눈에서 점액질 섞인 피가 눈물처럼 흘러내렸다. 남자가 입술을 일그러뜨리며 하나뿐인 눈으로 웃었다.

"헤에, 비가 많이 오네."

미미는 돌을 머리 위로 높이 쳐들었다. 우툴두툴한 돌덩이의 감촉이 맞춘 듯이 손바닥에 감겨들었다. 갈가리 찢긴 살로메의 하얀 드레스가 몸에 들러붙었다.

"미친 새끼, 너나 죽어."

"도로로 나와서 지나가는 차를 세워, 이리로 온 거예요."

몇 시쯤 됐을까? 턱밑까지 사막의 뜨거운 모래 속에 파묻힌 기분이었다. 형사도 깍지 낀 손을 머리 위로 올려 길게 기지개를 켰다.

"우선 눈 좀 붙이시고, 진술 내용을 다시 확인합시다."

형사는 담뱃갑을 집어 한 대를 뽑아 물고 나에게도 권했다. 우리는 말없이 담배만 피웠다. 좁은 취조실은 양쪽에서 쉴 새 없이 뿜어댄 담배 연기로 뿌연 안개 속에 잠겨 있었다.

"전…… 어떻게 되는 거죠?"

형사는 서류철을 부채처럼 흔들어 눈앞에 흐느적거리는 연기를 걷어냈다.

"놈이 계획적으로 일을 꾸몄고 흉기까지 소지하고 있었다면, 별문제 없을 겁니다. 물론 현장 조사 결과가 유미미 씨 진술과 일치한다면 말이죠."

나는 머그잔을 들어 남은 커피를 마셨다. 식어버린 커피가 입천장에 텁텁하게 들러붙었다.

"제가 거짓말이라도 했다는 건가요?"

"그런 뜻은 아닙니다."

형사의 입꼬리가 보일 듯 말 듯 꿈틀거렸다. 미소를 지은 걸까? 형사는 마지막 한 모금을 맛 좋게 빨아들이고 담배를 꽁초가 빼곡한 재떨이에 눌러 껐다.

"누가 그러더군요. 진실을 말하는 건 단순한 반복이지만, 거짓말을 하는 건 창조적인 과정이라고. 예를 들면 유미미 씨가 처음에 했던 거짓말처럼."

"예?"

"저 커피, 맛있다고 했죠?"

*

비가 내린다. 빗줄기는 더 굵어지지도 더 가늘어지지도 않고 체로 치는 것처럼 일정하게 쏟아진다. 도로에서 멀리 떨어진 공터에 낡은 창고가 서 있다. 여기저기 웃자란 풀들이 빗줄기의 리듬에 맞춰 몸을 떤다. 공터 한쪽, 녹슨 철조망 옆에 한 남자가 누워 있다. 사지를 활짝 펼친 남자는 실오라기 하나 걸치지 않은 벌거숭이다. 뻣뻣하게 굳은 몸뚱이에 희미하게 푸른빛이 감돈다. 검붉게 짓이겨진 왼쪽 눈에는 한 뼘 길이의 나뭇가지가 수직으로 꽂혀 있다. 나뭇가지는 눈알 속에 뿌리를 내리고 이제 막 새싹을 틔우려는 것 같다. 헤벌어진 입속에 빗물이 옹달샘처럼 고였다.

남자의 곁에 한 여자가 서 있다. 찢어져 나달거리는 하얀 드레스를 걸치고 두 팔을 늘어뜨린 채 가만히 남자를 내려다본다. 몸의 윤곽을 따라 옅은 수증기가 피어오른다. 여자가 두 손으로 탐스러운 머리채를 천천히 쓸어 넘기고, 원을 그리며 남자의 주위를 돌기 시작한다. 점점 빨라지는 발걸음이 춤을 추는 것처럼 경쾌하다.

"요한, 그토록 분노와 경멸로 가득 찼던 두 눈이 지금은 감겨 있네. 왜 눈을 감고 있는 거지? 눈을 떠! 눈꺼풀을 들어 올려, 요한! 어째서 나를 보지 않는 거야."

여자의 목소리가 점점 높아진다.

"그리고 그대의 혀, 독을 쏘는 붉은 뱀 같던 그 혀가 이제는 움직이지 않네. 아무 말도 하지 않네, 요한. 어째서 그 붉은 독사가 이제 꿈틀거리지 않는 거지?"

여자가 남자의 가슴팍을 타고 앉는다. 물에 젖은 살과 살이 서로를 끌어당긴다. 떨어지는 빗줄기가 두 사람의 몸 구석구석을 어루만진다.

"요한, 당신은 나의 어떤 것도 가지려 하지 않았지. 당신은 나를 거부했어. 지독한 욕설을 퍼붓고 나를 창녀로 취급했어. 헤로디아의 딸이며, 유대의 공주인 나 살로메를!"

여자가 남자의 얼굴 위로 허리를 굽힌다. 딱딱하게 굳은 얼굴에 더운 숨결이 뿜어진다.

"난 깨끗하고 순결했는데, 그대가 내 피를 불타게 만들었지…… 아! 어째서 그대는 나를 보려 하지 않았지, 요한? 나를 보았다면, 그대도 나를 사랑했을 거라는 걸 알아."

여자의 매끈한 손가락이 남자의 주름투성이 얼굴을 매만진다.

"사랑의 신비는, 죽음의 신비보다 더 깊은 거야."

여자의 붉은 입술이 다가와 남자의 푸르스름한 입술을 덮는다. 멀리서 하늘과 땅이 빛의 촉수를 뻗어 찰나의 교접을 한다. 엉겨 붙은 두 몸뚱이가 한순간 푸른빛으로 물든다. 그들의 머리 위로 무겁게 내려앉은 먹장구름 떼가 몸을 뒤틀어 굵은 빗줄기를 쏟아낸다. 끝없이 뻗은 그 잿빛 덩어리들이 모두 녹아 떨어질 때까지, 비는 쉽게 그칠 것 같지 않았다.

9

빛이 있으라! 21일 만에 안대를 풀고 났더니 다시 태어난 것 같더군요. 보증금 구백 냥을 돌려받은 대신 청각과 후각은 다시 평범한 호모사피엔스 수준으로 돌아왔죠. 여동생은 자신이 베푼 하해와 같은 은혜에 보답할 기회를 주겠다며 절 백화점으로 끌고 갔어요. 안나수이 블랙 시폰 원피스를 만지작거리며 간을 볼 때만 해도, 정말로 살 줄은 몰랐습니다. 한밤의 침입자 사건 이후 유혈낭자와도 정이 들었나 봐요. 떠나는 날 녀석은 동생의 어깨 너머로 절 바라보며 구슬프게 울더군요. 그래, 타이거. 난 네 정체를 알고 있어.

며칠 후 도서관에 갔어요. 한니발 렉터 박사는 잡아먹을 듯한 눈빛으로 당분간 책이나 컴퓨터를 멀리하라고 했지만, 궁금해서 견딜 수가 있어야죠. 과연 유미미 씨와 절름발이 사내 사이에 실제로 무슨 일이 있었을까? 하지만 교육사 서가에는 『교육인적자원 연수원 35년사』와 『일본의 문부 과학 백서』가 사이좋게 어깨동무를 하고 있더군요. 책이 사라진 거예요. 혹시나 하는 마음에 교육사 서가를 전부 뒤졌지만 『일곱 개의 고양이 눈』은 없었습니다. 대출이 된 것도 아니었고 청구기호에 따른 본래의 자리에도 없었어요. 그새 송충이가 또 들어온 건 아닌지…… 사서에게 혹시 그 책이 반출된 건 아닌지 물어보았죠.

"아뇨, 반출된 책은 없어요. 이용객들 중에 책을 보고 제자리 아닌 곳에 꽂아두는 분들이 있는데, 그러면 정말 찾기 힘들어요."

사서는 보라색 뿔테 안경을 밀어 올리며 저를 빤히 쳐다보았습니다. 그런 몰상식한 사람들이 있느냐고 구시렁거리고 재빨리 돌아섰죠. 하지만 기어코 비수 같은 한마디가 날아와 등허리에 꽂히더군요.

"연체된 책 가져오셔야죠."

며칠을 들락거리며 찾아보았지만 책은 없었습니다. 원본 「폭우」와 제가 리모델링한 「폭우」를 비교해보지 못해 아쉬웠어요. 줄거리라도 나와 있지 않을까 싶어 인터넷을 뒤졌지만 『일곱 개의 고양이 눈』에 관한 자료는 없더군요. 단 한 줄도. 국회도서관과 국립도서관 홈페이지도 찾아봤지만 헛수고였어요. '미스터리 클럽 Q'라는 시리즈도, 'π'라는 출판사에 대한 자료도 전무했습니다. 뭔가 이상하더군요. 요즘 같은 정보화 시대에 그렇게 꼭꼭 숨기도 쉽지 않을 텐데.

줄거리도 줄거리지만, 잠재의식이 감지한 이상 징후의 정체를 밝혀내지 못한 게 더 안타까웠어요. 맨해튼 록펠러센터에서

『타임』지를 읽던 중 창밖으로 지나간 몽고 병사 말입니다. 분명 책의 이음매 어딘가가 비뚜름히 어긋나 있었다는 느낌을 떨칠 수가 없었거든요. 그 틈새로 불어오는 바람이 서늘하게 얼굴에 닿았죠. 내가 의식하지 못하는 사이 머릿속 창고로 팔랑거리며 날아들어온 나비 한 마리, 그게 뭐였을까…… 책이 사라지고 나자 더욱 집착하게 되더군요. 한동안 부드러운 깃털 하나가 대뇌피질을 간질이는 고문을 견뎌야 했죠.

이따금 의식보다 정밀하게 작동하는 잠재의식을 접할 때면 섬뜩한 느낌마저 듭니다. 나 자신을 제어하는 게 내가 아는 내가 아닐지도 모른다는…… 두 달 정도 지나자 몽고 병사에 대한 관심도 흐지부지해졌어요. 진열대 자리를 내주고 창고에 처박혀 먼지를 뒤집어써가고 있었죠. 별거 없었을 거라고, 그것도 레밍 떼의 맹목적인 질주일 뿐이었다고. 그렇게 대충 눙치고 넘어가려는 의식을 향해 잠재의식은 고개를 저으며 조소를 머금었을 겁니다. 결국은 그 정체가 밝혀지고 말았거든요. 이번에도 역시 우연한 극적 장치에 의해서. 송충이와 『후미코의 발』과 일본 2인조 날치기꾼과 찢어진 망막에 이어 등장한 마지막 레퍼토리는, 시내버스였습니다. 그 버스는 횡단보도에 서서 신호를 기다리고 있던 제 눈앞을 막아섰죠. 교통 정체를 가장하여 아예 움직일 생각을 않더군요. 빨리 버스 옆면에 붙은 영화 광고를 보라는 듯이. '당신이 아는 모든 것을 의심하라! 진실을 파헤칠 유일한 목격자, 〈유령 작가〉. 스릴러의 거장 로만 폴란스키 감독 작품.' 불현듯 대뇌피질을 콕 찌르고 지나가는 장면이 있었습니다.

〈비터 문〉이란 영화 봤나? 안 봤나? ……거기 나오는 여자 이름도 미미야. 그 미미는 프랑스 미미지만. 그 여자도 아가씨처럼 예뻐요. 예쁜데 좀 무섭지.

〈비터 문〉 역시 로만 폴란스키 감독의 작품이었죠. 미성년자 관람불가였던 그 영화를 미성년자 친구들끼리 동시상영관에서 봤던 추억이 떠오르더군요. 엄청 에로틱하다는 입소문을 듣고 갔다가 모두들 툴툴거리며 나왔답니다. 우리의 기대와 달리, 매우 정상적으로 만들어진 영화였던 게죠. '그래도 가슴에 우유 뿌리고 핥아 먹는 장면은 먹어주네.' 아랍인이라는 별명을 가진 친구의 한마디가 지금도 생생합니다. 별명의 예언적 위력인지, 녀석이 두바이 지사로 나간다고 해서 작년에 환송회를 했었죠. 동시상영관 멤버들이 오랜만에 모였답니다. 중학교 친구들이. 그래요, 틀림없이 중3 때 그 영화를 처음 봤어요.
　집에 돌아와 인터넷에서 〈비터 문〉을 검색했죠. 제 예상이 맞았습니다. 로만 폴란스키 감독의 1992년 작품. '오스카와 미미는 파리의 시내버스에서 만나 첫눈에 사랑에 빠진다. 서로의 육체와 영혼을 탐욕스럽게 갈구하는 두 사람. 만족을 모르는 그들의 욕망은 점점 더 퇴폐적이고 변태적인 모습을 띠어간다. 결국 그들의 치명적인 사랑은 파국을 향해⋯⋯.' 마침내 『일곱 개의 고양이 눈』의 이상 징후를 밝혀낸 거예요. 1990년에 출간된 책에 어떻게 1992년에 만들어진 영화가 언급될 수 있었을까요?

물론 건전한 상식을 지닌 친구라면 이렇게 대답하겠죠.

"네가 잘못 본 거겠지. 책의 인쇄 상태가 조잡했다며. 너 그때 눈도 정상이 아니었고."

"그래, 그렇지만 난 책을 읽기 전에 먼저 출간 연도를 꼼꼼히 확인하는 버릇이 있다고. 어떤 분위기에서 쓰인 책인지 알기 위해서. 아무리 생각해봐도 분명 1990년이라고 찍혀 있었어. 게다가 '6'과 '8'이라면 모를까, '0'과 다른 숫자를 혼동하는 경우는 별로 없잖아."

"그럼 인쇄가 잘못된 거 아냐? 그런 오타야 흔하잖아."

"본문도 아니고 출간일 표기에? 뭐, 그럴 수도 있겠지. 담당자가 너무나 황홀했던 1990년의 추억을 떠올리며 실수를 했고, 출판사와 인쇄소의 전 직원들이 귀신에 홀린 것처럼 그걸 발견하지 못하고 넘어갔다면."

"아무튼 둘 중 하나겠지. 상식적으로 말이 안 되잖아."

솔직히 그 둘 중 하나보다는, 저자도 소개되어 있지 않고, 책 앞뒤 표지에는 달랑 제목만 인쇄되어 있고, 출판사명은 원주율 'π'로 표기되었고, 인터넷의 바다에 단 한 줄의 자료도 나와 있지 않고, 송충이 때문에 우연히 발견했다가 흔적도 없이 사라진 책이 뭔가 기괴한 수수께끼를 감추고 있다고 보는 게 더 말이 되지 않을까요? 그래서 저는 건전한 상식을 지닌 가상 친구의 의견을 무시하고, 그 책의 비밀에 대해 이런 결론을 내렸습니다.

『일곱 개의 고양이 눈』은 말이죠, 내용이 끊임없이 변하는 책이에요. 누군가가 책 속에 자신을 유폐시켜놓고 계속 새로운 이야기를 써나가고 있는 거죠. 마치 유령이 연주하는 변주곡처럼. 백과사전에서 찾아본 원주율에 대한 설명이 이러한 추론에 단서를 제공해주었죠. '초월수 π는 소수점 아래 어느 자리에서도 끝나지 않고 무한히 계속되며 반복되지 않는다.' 무한대로 뻗어나가지만 결코 반복되지 않는 이야기 사슬, 가장 단순한 폐곡선인 원을 규정하는…… '미스터리 클럽 Q'는 제1권이 바로 무한히 이어지는 전체 시리즈였던 셈이죠. 그야말로 완벽한 미스터리소설 아닙니까?

제 추론을 증명하기 위해 요즘도 도서관에 갈 때마다 그 책을 찾아보지만 다시 만나지 못했습니다. 따라서 제가 그날 도서관에서 직접 읽었다고 인용한 「폭우」의 앞부분은 저의 별 볼일 없는 기억력에 의존할 수밖에 없었음을 밝힙니다. 하긴 책을 옆에 놓고 인용했다 한들 정확한 내용을 옮겼다고 할 수는 없겠네요. 누군가 이 글을 읽고 있을 때쯤이면 원본의 내용도 이미 달라졌을 테니. 그 소설에 관한 한 원본이라는 개념은 무의미하니까요.

사라진 『일곱 개의 고양이 눈』은 어디 있을까요? 어떤 몰상식한 이용객 때문에 그 도서관의 신학이나 공학 서가에서 묵상에 잠겨 있을까요? 아니면 날개라도 달려 다른 도서관으로 떠나갔는지도 모르죠. 하루 날을 잡고 도서관의 모든 서가를 샅샅이 뒤져볼까 생각도 했지만, 그러지 않기로 했어요. 개인적으로 후자 쪽이 더 매력적으로 보였거든요. 제 몸에서 실을 뽑아 고치를 짓고, 그 속에서 변태 과정을 거친 후, 화려한 나비가 되어 팔랑팔랑 날아간 거죠. 혹은 솔나방이 되어 팔락팔락. 당신도 어느 날 동네 도서관에서 우연히 그 책과 마주칠지 모릅니다. 부디 사양 말고 책장을 열어보시길. 어쩌면 내용에 따라 책의 제목이 바뀌었을지도 모르죠. 어쩌면 출판사나 표지 디자인도…….

비는 쉽게 그칠 것 같지 않았습니다. 장마전선이 하늘에 뿌리를 내리고 연일 천둥, 번개를 동반한 폭우를 뿌려댔어요. 커피를 마시며 무겁게 내려앉은 먹장구름 떼를 바라보고 있으려니, 그들이 생각나더군요. 번개가 내리치는 저 멀리 산기슭 공터에서 유미미 씨와 절름발이 사내는 아직도 빗속의 사투를 벌이고 있는 게 아닐까…… 어쩌면 내용이 변주되면서 두 사람도 이미 책 속에서 사라지고 없을지 모르겠군요. '걱정 마. 죽음은 단지 과정일 뿐이야.' 당신 걱정은 별로 안 해요. 난 유미미 씨가 더 보고 싶다고요. '나를 보았다면, 그대도 나를 사랑했을 거라는 걸 알아.' 저런, 이분은 또 너무 앞서 가시네. 어쨌든『일곱 개의 고양이 눈』에서 퇴출되었을지라도 너무 섭섭해하지 마시길. 제가 소설 형식으로 남겨놓을 그 비밀의 책에 대한 기록에서 당신들은 다시 주인공으로 등장할 테니.

약간은 긴장된 마음으로 노트북 앞에 앉아 스크린에 새 파일을 띄웠습니다. 팔짱을 끼고 눈앞에 펼쳐진 설원을 하염없이 바라보았죠. 커서 혼자 허허벌판에 서서 열심히 워밍업을 하더군요. 첫 문장을 어떻게 시작하는 게 좋을까…… 가장 설레면서도 곤혹스런 작업이죠. 신성한 카오스에 세속의 형태를 부여해야 하는 순간. 고민 끝에 나온 게, '모든 것은 한 마리의 송충이로부터 시작되었다'였습니다. 나쁘지 않았죠. 연쇄적인 가역

반응의 시발점이 되어준 그 작은 털북숭이에게 보내는 헌사도 될 테고. 하지만 자판에 선뜻 손이 가지 않더군요. 오랜 시간 방치되었던 손가락들은 조금만 잘못 놀려도 툭, 부러질 것 같았거든요. 한겨울 바싹 마른 나뭇가지처럼. 한참을 그러고 있다가 의자에 앉은 채 까무룩 잠이 들었던 모양이에요.

천둥소리에 놀라 눈을 떴더니 한밤중이더군요. 창밖에는 여전히 장대비가 쏟아지고 있었어요. 침을 닦고 늘어지게 기지개를 켜다가, 하마터면 의자와 함께 뒤로 넘어갈 뻔했죠. 하얀 눈밭에 누군가 지나간 한 줄의 발자국이 새겨져 있는 겁니다. 커서는 그 뒤에 멈춰 서서 숨을 고르고 있고. 내가 썼나? 비몽사몽간에 잠깐 자판을 두드렸던 것도 같고, 아닌 것도 같고. 내가 아니라면 대체 누가 썼다는 건지…… 때맞춰 창밖에서 번개까지 번쩍이더군요. 보고 있자니 저로서는 사뭇 등골이 서늘해지는 문장이었습니다. 여기까지 읽었다면, 그래요, 당신도 이미 그 문장을 알고 있을 겁니다.

자, 이야기를 계속해봐. 잠이 들지 않도록.

일곱 개의 고양이 눈

© 최제훈, 2011, 2015

초   판 1쇄 발행일 2011년 2월 10일
개정판 1쇄 발행일 2015년 1월 27일
        3쇄 발행일 2018년 4월 6일

지은이   최제훈
펴낸이   강병철

펴낸곳   더이룸출판사
출판등록 1997년 10월 30일 제1997-000129호
주소   04047 서울시 마포구 양화로6길 49
전화   편집부 02) 324-2347 경영지원부 02) 325-6047
팩스   편집부 02) 324-2348 경영지원부 02) 2648-1311
이메일   munhak@jamobook.com 커뮤니티 cafe.naver.com/cafejamo

ISBN 978-89-5707-836-5 (03810)

잘못된 책은 교환해드립니다.
저자와의 협의하에 인지는 붙이지 않습니다.

이 도서의 국립중앙도서관 출판예정도서목록(CIP)은 서지정보유통지원시스템 홈페이지
(http://seoji.nl.go.kr)와 국가자료공동목록시스템(http://www.nl.go.kr/kolisnet)에서
이용하실 수 있습니다.(CIP제어번호: CIP2015001392)